燃烧的蜂鸟

时空追凶1990

法医秦明 著

图书在版编目（CIP）数据

燃烧的蜂鸟．时空追凶1990／法医秦明著．— 南京：江苏凤凰文艺出版社，2025.8．— ISBN 978-7-5594-9753-6

Ⅰ．I247.5

中国国家版本馆CIP数据核字第2025Q2N455号

这是一卷来自1990年的物证胶卷
里面记载了5桩骇人听闻的凶案

燃烧的蜂鸟．时空追凶1990

法医秦明 著

责任编辑	曹 波
特约编辑	王 霄
封面设计	沐希设计
责任印制	杨 丹
出版发行	江苏凤凰文艺出版社
	南京市中央路165号，邮编：210009
网 址	http://www.jswenyi.com
印 刷	三河市中晟雅豪印务有限公司
开 本	700毫米×980毫米 1/16
印 张	20.75
字 数	359千字
版 次	2025年8月第1版
印 次	2025年8月第1次印刷
书 号	ISBN 978-7-5594-9753-6
定 价	52.80元

江苏凤凰文艺版图书凡印刷、装订错误，可向出版社调换，联系电话025-83280257

FILES NO. 001

校长遇刺案

他的头骨凹陷,似乎是在午睡时遭遇了重击。这个凌乱的房间里,是否藏着某个不为人知的秘密?

FILES NO. 003

剖腹取子案

浓重的血腥味弥漫在卧室中，无论谁见了这一幕，都会有种强烈的生理不适感。这……是人类能干出来的事情吗？

公鸡血？怪石像？麻袋？他失踪的那几天，到底经历了什么？

FILES NO. 005

囚虐大学生案

5桩令人迷惑的凶案，正在不同地点发生。

校长遇刺案、千里碎尸案、剖腹取子案、母女双尸案、囚虐大学生案……1990年无法破解的跨时空「悬案」，会是它们中的哪一桩？

颠覆想象的杀人动机，往往隐藏在平静的日常之下。

冯凯、顾红星、卢俊亮并肩作战，投身于犯罪现场，专注勘查着每一处可疑的痕迹。

他们并不知道，残酷的命运即将降临在某一人的身上……

国家安危，公安系于一半。

———

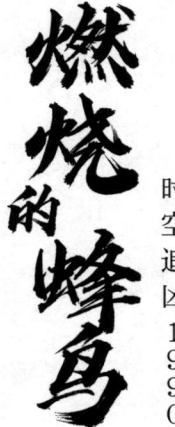

燃烧的蜂鸟

时空追凶1990

「序言」

说真的,我还是特别喜欢《燃烧的蜂鸟》的故事。

其实我自己的作品成书后,我是很少从头到尾再看一遍的。但是《燃烧的蜂鸟》前两部出版后,我都仔仔细细地又读了一遍,顺便看了很多网友的评论。

还是那种感受,夸赞的评论是我的动力,批评的评论是对我的鞭策,无论如何,对我都是极有帮助的。

当然,之所以要认真重读,还是为了创作《燃烧的蜂鸟:时空追凶1990》。我看有读者评论:我感觉秦明不一定能填上这个坑了。这句评论真的让我"压力山大"。是啊,要延续前两部的主题精神,还原父亲办案笔记里的情怀,情节又不能落下,对我这个纯纯的理科生来说,难度着实不小。

好在从《燃烧的蜂鸟:迷案1985》开始,我们似乎形成了集中讨论主线情节的一个惯例。这一次,是元气社的包包、小诺和我们外聘的心理专家周瑜来了合肥。我也诚意满满,空出了宝贵的年休假。我们四个人一起,集中在一个小会议室里,头脑风暴、思维碰撞。从主题到人物,从主线到细节,从心理到行为,每天十二个小时高强度脑力劳动,就连吃饭都紧盯着白板。

功夫不负有心人,总算把主线情节捋清楚了。

读过前两部的读者朋友们肯定知道,这一次,该说命案积案了。这几年来,社交媒体上时不时会报道某地警方侦破十几年乃至几十年前的命案积案,但也只是一笔带过,其中的艰辛不易,很少会在新闻里表达。

命案积案,究竟是怎么破的呢?除了民警们持之以恒的耐心和勇往直前的勇气,我觉得最关键的因素就是科技进步,而科技是随着时间进步的。

所以这一部的主题,我认为是"时间"。

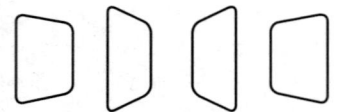

有朋友说:"只要事物不发生变化,时间就没有意义。"虽然有道理,但我不是很喜欢这句话,于是我换一种说法:"只要事物发生变化,时间就有意义。"

这句话,就是我们这本书的主线,也是命案积案侦破的秘诀。

我在第一部中写道:"岁月对任何一个人来说,都是负能量。比衰老和死亡更可怕的,是一个人停止了思考。"有些事物的变化是不可避免的,有些事物的变化是势在必行的,而有些事物的变化是可以延缓的。如果故步自封,岁月对每个人来说都是负能量;如果急功近利,时间就是牵绊我们脚步的绊脚石。我们只有不急功近利、不故步自封,保持初心,对未来充满希望,才能最终抵达想要去的地方。

在时间的长河中,我们作为一个个体,更应该放眼未来,"短择"不如"长择",不忘初心,相信未来。

通过前两部的阐述,读者们可以看出,在改革开放初期,我们的前辈将刑事技术的火种衔来,并且在中华人民共和国的大地上开枝散叶,让刑事技术在打击犯罪、保护人民的大业中发挥出不可替代的重要作用。而随着时间的推移,越来越多的经验教训积累在前辈们的心中,因此,他们将这项技术工作系统化、规范化,保障了这项工作准确无误地一路向前。而正是有了这些规范的技术,才在某种程度上保障了司法的公平和公正。

我想,这也是蜂鸟精神的一部分吧。

"国家安危,公安系于一半",在创作这个系列的时候,我反复地思考着这一句周总理的训示,荣誉感和责任感油然而生,也希望这个系列的小说,可以给我的读者们带去同样的勉励和鞭策。

咱们还是先说好,这只是个故事,不要随意对号入座。如有雷同,纯属巧合。

2024 年 9 月 9 日

「前情提要」

陶亮被困在一个奇异的梦境中,已经不知道过去多久了。

最初,他记得自己还是一个生活在2020年①的小警察。

因为马马虎虎的工作态度,陶亮从刑警被降职为民警,还被全局通报批评,妻子顾雯雯和他吵了一架,气得深夜回了娘家。陶亮追妻追到老丈人的书房,发现顾雯雯已经在一堆卷宗前睡着了。顾雯雯是技术刑警,也是市局刑科所的所长,最近正全身心扑在一起1990年的悬案上。虽然陶亮所在的派出所接到过协助排查的任务,但他对这个案子的了解并不多,只知道顾雯雯翻出的这一堆笔记,是属于岳父顾红星的。他这个古板又严厉的岳父,是退休多年的老警察,说不定这起悬案当年就发生在他的辖区里。

出于好奇,陶亮阅读起那些卷宗和笔记来。他读得很入迷,正想稍微活动下身体,却感到一阵眩晕,和2020年的世界就此断联。

醒来时,陶亮发现自己到了二十世纪七十年代,成了刚刚入警的年轻侦查员冯凯。而他在这个陌生的时代交到的第一个朋友,居然就是初出茅庐的顾红星——不过,和他印象中完全不同,年轻的顾红星拘谨又害羞,作为最早一批痕迹检验员,显然还缺乏一些自信。

不过,这并没有影响这对搭档的默契。在这个技术极其落后、设备极其简陋、人员极其短缺的时代里,冯凯和顾红星各自发挥所长,破获了一起又一起疑难案件,也让周围的人慢慢地接纳、认可了他们的新技术、新方法。他们像是蜂鸟一样,把技术的火种带入了公安队伍。

---

① 蜂鸟系列第一部初版时写作"2021年",勘误后以2020年为准。

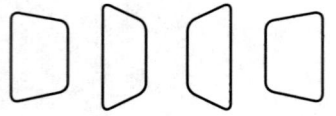

然而，陶亮的梦境并不稳定。

他刚在1976年破完一桩大案，便又瞬间"穿越"到了1985年，陷入了一场差点被"刺杀"的危机。而1985年的迷案解决后，他的梦境似乎也即将推动着他接近这一串梦境的核心……他会在梦中，亲身经历1990年的那起悬案吗？他还有机会回到2020年吗？

「登场人物」

▶ **顾红星**

1956 年出生。

最早一批学习痕迹检验技术的警察之一。

他不擅与人交往,做事小心谨慎,一开始当警察时并不自信。但他是个非常有韧性的人,在一个又一个案子中不断成长,年纪轻轻就成了刑警部门的领导。

▶ **冯凯**

1955 年出生。

侦查员。他性格大大咧咧,不擅长做计划,喜欢随机应变,虽有一腔热血,却也爱走捷径,留下不少隐患。他和顾红星一个胆大灵活,一个细致谨慎,个性截然相反,却也互助互补,成了一对神奇的搭档。顾红星在自己的笔记里也记录了很多关于这位昔日的战友的事。

▶ **卢俊亮**

1962 年出生。昵称小卢。

法医兼痕迹检验员。顾红星的徒弟,冯凯的属下。

龙番市公安局的第一个大学生,一个阳光开朗的大男孩。

▶ **陶亮**

1985 年出生。

侦查员。毕业于中国刑警学院侦查系,因为嫌规章制度麻烦,爱"走捷径"而

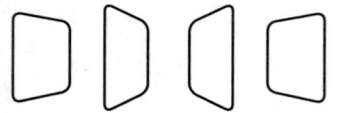

屡屡受挫，对待工作的态度也越来越消极。因为昏迷而"穿越"到与其性格极其相似的冯凯身上，和自己的岳父顾红星共同办案。

▶ **顾雯雯**

1985 年出生。

痕迹检验高级工程师。毕业于中国刑警学院痕迹检验系，龙番市公安局刑事科学技术研究所所长，负责侦办 1990 年的悬案。父亲顾红星对顾雯雯从小就很严格，和父亲不同的是，顾雯雯是主动选择了警察的道路。

目 录
CONTENTS

引子——001

黑水

挖菱角的男人在淤泥中摸到一个又滑又软的东西,以为捡到宝了。
他欣喜若狂地将它捞出水面,紧接着,一种毛骨悚然的感觉就将他定在原地。

第一章——007

隐形持锤人

校长直挺挺地躺在床上,洁白的床单上有一摊血迹。
他的头骨上有一处凹陷的痕迹,像是有人趁他睡着时,一锤子砸了下去。

第二章——035

校长的秘密

50岁的校长至死都没有结婚,生活里似乎只有学生。
凌乱的书籍堆满了桌面,那个无人知晓的秘密,就埋在这里。

第三章—— 065

树上的肉块

蝇群飞舞,在树冠上编织出诡异的黑纱。
暗红色肉块垂挂在枝丫间,腐肉特有的腥臭味顺着风,渗进每个人后颈的汗毛里。

第四章—— 093

剖腹取子

她裸露的肚子被某种利器切开,里面露出一个皱巴巴的暗红色肉团。
血浆混合着羊水,死亡和新生仿佛被硬生生地搅在了一起。

第五章—— 123

废宅凶屋

两年前贴上去的春联,已斑驳不堪。门上的封条和蛛网仿佛融为一体。
不知道是不是心理作用,一进屋,一股血腥之气便扑面而来。

第六章—— 153

母女双尸

母亲被人一刀毙命,而女儿的死亡过程就有些耐人寻味。
她被人捆绑过,手腕上有切割的痕迹,又似乎被人擦拭过伤口,最终却是被勒死的。

第七章 —— 181

全是垃圾

一周才清理一次垃圾，垃圾房里的垃圾都堆成了小山。
但这污垢遍布的地方，也遮不住那些沾染血腥的灵魂的恶臭味。

第八章 —— 209

公鸡与死神

村里唯一的大学生，在回老家办事的短短几天里失踪了。
生不见人，死不见尸，有人却悄悄在野山脚下泼了一盆公鸡血。

第九章 —— 239

尸骨袋

为了修高速公路，施工队在挖山的时候，挖出了一个麻袋。
麻袋里有一具不知是何年代的白骨，还有一团散落的黑发。

第十章 —— 265

镇墓兽

那尊石雕长得有些瘆人，乍看像老虎，细看又带了点其他动物的影子。
可是，这东西……不应该出现在这里啊。

尾声 —— 293

漫长的告别

他要离开这里，迟早也会离开我。
那时候我没有想到，最后离开这里的人，只有我。

| 引子 |

黑水

1

月光皎洁，洒在小山的轮廓上。

几座小山连在一起，都不太高，植被却很丰茂。山上的树木被月光扭曲着影子，投射在杂草间，像是给小山披上了一层有着奇怪花纹的黑灰色面纱。

山的北边是一片连绵的平房瓦顶，在月光的照射下反射出幽蓝色的光芒。和那片生机勃勃的瓦顶相比，小山就像是一个被遗忘的角落。如果不是山里偶尔传出的不知是飞禽还是走兽的叫声，这里几乎死气沉沉。

一条蜿蜒的小河从山脚下流过，哗哗的水声被河岸边传来的"咔嗒"声打乱了节奏。河岸的石子地面上，出现了一高一矮的两个人影，他们艰难地向山脚的方向移动着，身后还拖着一辆吱呀乱响的板车。

"咔嗒"声就是板车的轮胎轧过河岸的石子发出的响声。

两人已经走到了小山的脚下，小河在他们的脚边默默地流淌着。矮个儿停下了脚步，抬头看了看眼前这座只有100多米高的小山。

"没人看见吧？"高个儿的声音打破了黑夜的寂静。

"应该都睡了。"矮个儿气喘吁吁地应道。

一阵阴森的冷风突然吹过，让矮个儿不由自主地打了个寒战。他连忙收回胳膊，用嘴往两手之间吹着热气。

"这晚上，可有点长啊。"高个儿说。

矮个儿没说话，看了看背后板车上凌乱堆放着的树枝。树枝下，隐约埋着什么东西。

"板车就别拉上山了，容易留下印子。"高个儿移开板车上的树枝和杂物，看看那东西，又看看矮个儿，说，"你背着，我拿家伙。"

矮个儿深吸了一口气。他转过身，在高个儿的协助下，费力地把那东西背在自己的后背上。两人潜入了树木的阴影。

"冤有头……"矮个儿一边费力地攀登，一边喃喃自语。那东西沉甸甸的，他的气息也越来越不稳。

"念叨什么呢？"在前面开路的高个儿说，"就这儿吧，最好别被人发现。"

矮个儿放下那东西，说："万一……"

"没有万一。"高个儿扔给矮个儿一把铁锹，说，"把浮土扒拉到旁边，埋好了之后，把这些浮土再弄回来，这样就看不出新挖的痕迹了。"

说完，高个儿先动起手来。他有点费力地把土壤表层的土铲起来，堆在一边。

一阵阴风吹过，矮个儿连忙把衣服裹紧了一些，也跟着铲起土来。

两个人挖坑的速度很快，一个长约2米、深约1米的坑不觉就挖好了。

"早知道找张草席来裹一下了。"矮个儿看看那东西，有些迟疑。

"净说些没用的。"高个儿说，"埋好一点，别让野兽扒出来就行。"

说完，高个儿一把把那东西推进了土坑，站起身拍了拍手，说："这回妥了，最好没人发现，被人发现了也不要慌张。谁要是乱说话，就让他知道会有什么下场。"

矮个儿顺从地点了点头。

两个人七手八脚地填完土，又小心地覆上之前铲到一边的浮土，再盖上一些枯枝和树叶，整座"坟墓"便完工了。

高个儿又打开手电筒，仔细查看了几遍，说："嗯，这回应该是看不出什么痕迹了。"

虽然天气已经十分寒冷，但是经过这一番体力劳动，矮个儿也不觉得冷了。他拉开了衣服的前襟，又用袖口擦了擦额头上的汗珠，直起身看着山下潺潺的流水，发起了呆。

月光照射下的河中央，不知是有大鱼跃起，还是有小鱼群经过，突然泛起了一圈圈涟漪。

波动着的河水，反射着皎洁的月光，熠熠生辉。

2

"这是什么？"

暗房的红光之下，年轻人从绳子上小心地取下一张相片。

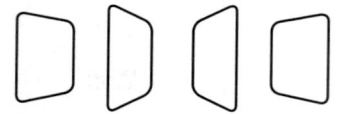

他的同伴闻声凑过头去,一同看着这张并不清晰的照片。

照片里是个笑得很灿烂的男孩子,这张脸年轻、清秀、阳光,让人如沐春风。他一只手搭在一个老人的肩膀上,把老人的脖子紧紧地搂向自己。老人也是笑容满面,一脸的皱纹在阳光的照射下,和背后的水纹交相辉映。

他们的背后,是一条不宽也不窄的小河,绿色的水面泛着白色的光。

"是河。"同伴说。

"那么,这又是啥?"年轻人指着河中央的一块白斑问道。

阳光均匀地洒在河水上,把小河的波浪照射得层次分明。而河中央的这一块白斑,打破了这极富韵律的画面,显得突兀、不协调。

鉴于原始胶卷的清晰度有限,即便年轻人已经将相片冲洗到六寸,依旧看不清河中央漂浮的是什么异物。能够反射太阳的光芒,最有可能的是鱼的鳞片。

难道,这是一群漂浮在水面上的死鱼?

3

李炮儿整理了一下身上的橡胶衣,蹚向这个野外的小池塘的深处。

他知道,这个水只有齐腰深的池塘里,长满了菱角。菱角浑身都是宝,除了大家都爱吃的果实,它的根茎也深受当地人的喜爱。当地人会把这种叫"菱角菜"的植物腌制后切碎,炒肉丝,简直就是下饭神器。

所以,在这个菱角成熟的季节里,他下这一趟水,就能去菜市场赚不少零花钱。

池塘不大,底下的淤泥也不深,所以李炮儿很快就走到了池塘的中央。和他想的一样,水面下长满了菱角。不一会儿,他就摘了整整一大筐。

今年菱角长得特别好,又大又重,色泽鲜明。李炮儿一边盘算着去菜市场应该卖个什么价,一边迈着脚步向岸边走去。

突然,他踢到了一个重物。准确地说,是个有一定重量,又很柔软的东西。

这是一个包吗?谁把包扔到这池塘里了?包里不会有钱吧?

李炮儿这样想着,弯下了腰,用双手摸索着池塘下的淤泥。

东西有重量,所以被李炮儿这么一踢,也没有滚出多远。李炮儿摸了几步路,就摸到了这个又滑又软的东西,摸起来像是圆柱状的。

还真是个背包?

引 子
黑 水

李炮儿十分欣喜,连忙把东西抱出了水面。

就在这一刹那,一列火车呼啸着从池塘边飞驰而过,掠过池塘时带起的风,把李炮儿的头发都吹得竖立了起来。

但竖立起来的不仅是他的头发,李炮儿全身的汗毛也几乎都竖了起来。他目瞪口呆地盯着自己抱出水面的东西——那并不是什么背包,而是一截大腿。

大腿的外面包裹着黄色的皮肤,两侧的断端露出了淡黄色的脂肪、鲜红色的肌肉和白森森的骨骼。李炮儿的心脏怦怦直跳,这肯定不是什么动物的大腿——这形状、这大小、这颜色……只有一种可能,这是一截人类的大腿,只是被锯断了!

火车驶离,李炮儿也回过神来。他吓得把大腿甩出去老远,挂在臂弯的竹筐也翻倒在池塘里。他一屁股跌坐下去,池塘的水灌进了他的口鼻,甚至灌进了他橡胶衣的上缘。

他踉跄着、挣扎着从池塘里站起身来,不要命似的向岸边跑去。他的每一步都胆战心惊,生怕自己再踩到或者踢到什么不该看见的东西,他只想第一时间回到岸上。

终于,李炮儿连滚带爬地回到了岸上。他挣扎着往前跑了几步,就重重地摔在了地上,岸边的石子硌得他浑身生疼。但是他已经顾不了那么多了,刚才的景象一直在他的脑海里翻滚——那淡黄色的脂肪、鲜红色的肌肉和白森森的腿骨。

思绪翻涌间,他感觉自己的嘴里尽是腥臭之气。他想到了自己刚才被迫灌进去几口池塘水,顿时胃里翻江倒海,食糜伴着池塘水无法抑制地向他的喉头冲来。

"哕——"李炮儿吐了出来,吐得天昏地暗。

| 第一章 |

隐形持锤人

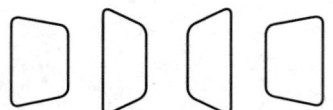

1

顾雯雯迷迷糊糊地醒了过来。

她的睡眠很浅，一点点声音都足以惊扰她。她在狭窄的陪护床上微微挪动了一下身体，抬起头，睁开惺忪的双眼看了看病房的门。

门被人轻轻地推开了，一个戴着护士帽的小丫头钻了进来，手里拿着一个电子血压计。小丫头看见顾雯雯醒了，甜甜一笑，微微点了点头。

陶亮出事已经有半个来月了，顾雯雯把手上的案子交给同事们处理，自己则在医院一边"遥控指挥"，一边陪护丈夫。大部分夜晚，她都睡在这张只有60厘米宽的陪护床上。住院期间，护士每两个小时就要给陶亮测一次血压，所以顾雯雯每晚都会醒来好几次。

顾雯雯也笑了一下，算是对小护士的回应。她重新躺平，在血压计鼓气的声音中，回味着刚才的浅梦。

梦里她闯入一片废墟，在残垣断壁中茫然前行，焦急地寻找着陶亮。她知道，梦是潜意识的投射。自己心底最在意的无非是两桩事，一桩是陶亮能否醒来，另一桩便是命案积案能否侦破。

这起1990年发生的命案，已经过去了整整30年，逝者的沉冤迟迟没有昭雪，这让顾雯雯总是难以安下心来。当年发案的小山村，正面临拆迁，即将成为她梦中的废墟。顾雯雯一直在这桩积案的物证资料中寻找突破口，她需要尽可能地保存现场，来配合下一步的勘查，所以便通过市局领导延缓了拆迁的进度。但物证资料尚未研判完毕，顾雯雯心里也很担心会节外生枝。

"一千年以后，所有人都遗忘了我……"

正想着，顾雯雯的手机铃声忽然响了起来，是林俊杰的《一千年以后》。这是顾雯雯和陶亮在大学时最喜欢的一首歌，也是他们周末去约会K歌的必点曲目。也

第一章
隐形持锤人

许是因为,这首歌见证了他们的爱情,所以毕业后,两人一直都用这首歌作为手机铃声,一用就是十几年。沉浸在侦破命案积案的思绪中,突然听到这样的歌词,还真是应景。

歌声打破了半夜病房的寂静,顾雯雯像是弹簧一样从陪护床上弹了起来。对电话铃声的高度敏感,可能是所有刑警的通病。

也不知道是被手机铃声吓了一跳,还是被顾雯雯的弹起吓了一跳,小护士手中的血压计差点掉到地上。她连忙把血压计拿好,看了看数据,轻声说了一句:"正常的哦。"然后匆匆离开了病房。

顾雯雯朝小护士点点头,从枕头下面拿出手机,看了一眼。

现在是 2020 年 9 月 1 日(星期二)的凌晨 4 点 03 分,来电者是刑警支队刑事科学技术研究所的同事——也是她的徒弟——小黄。

作为一名刑警,在这个时间点接到电话,肯定不是什么好事。

"喂,怎么了?"顾雯雯开门见山地问道。

"师父,要拆了。"小黄喘息着说道。

"村子要拆了吗?"顾雯雯问,"我让你们整理的检验鉴定结果,都出来了吗?"

"还没有啊!如果能再延缓两天就可以了。"小黄焦急地答道。

"市局领导不是和拆迁办的人说好了吗?不是说等检验鉴定结果出来,确定现场没有保留的必要后,再进行拆迁吗?"

"是啊,可是拆迁办的人说,政府和企业签了协议,现在拖着不给拆,是违约。"小黄说,"现在人家拿政府的诚信说事儿,拆迁办的人说他们也没办法啊。"

"拆迁现场有几个我们的人?"

"只有你留在拆迁办的宁文法医。"

顾雯雯本来是想把自己安插在拆迁办的,无奈陶亮住院,她就只能让宁文去承担这一职责了。

宁文虽然是龙番市公安局的法医,但也需要参与这种类似侦查的警务工作。宁文留在拆迁办,一方面是为了延缓拆迁的进度,另一方面也充当了"卧底"。村子的拆迁公告发布后,很多已经搬离村子的村民都赶回来找拆迁办要拆迁款,而他们重点关注的某个失踪已久的嫌疑人也有可能冒险回来要钱,如果是这样,这未尝不是破案的"捷径"。

不管如何,宁文都需要把拆迁工作拖到所有物证资料检验结束、依据检验结果

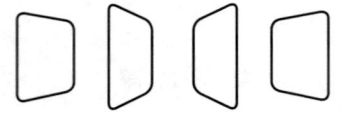

再对现场进行一遍勘查之后。可没想到拆迁办顶不住各方面的压力,不顾之前和公安局的约定,凌晨突然决定开始拆迁。

"你现在抓紧时间赶去现场,和拆迁办的同志说清楚保存现场的重要性。"顾雯雯从陪护床边站起,一只手折叠着毛毯,说,"我马上赶去局里,找值班局长汇报这件事,让市局领导再和政府沟通沟通。"

"好的,我刚上车,以最快的速度去支援宁文。"

"注意安全。"

顾雯雯把毛毯叠好,又收起了折叠陪护床,突然感到腰间一阵剧痛。这段时间她真的是心力交瘁,前阵子父亲顾红星因为高血压而住院,前天终于控制住了血压,估计这两天就可以出院。两头跑的顾雯雯刚刚轻松了一点,手上的案子就出现了变故,真是一天也不让她省心啊。

连续睡了这么多天狭窄的陪护床,她的腰酸痛不已,刚才那样猛然坐起,估计是腰肌被拉伤了。

顾雯雯一边揉着剧痛的腰,一边拨通了婆婆的电话:"妈,真不好意思,天没亮就打扰你。但是我手上的案子出现了变故,我现在必须赶去局里……"

"没事,没事,一家人说什么两家话。"婆婆打断了顾雯雯的话,说,"我们老年人这个点就醒了,你放心去,我马上就到医院,放心。"

顾雯雯挂断了电话,在陶亮的床边站定。

"雯雯,雯雯……"陶亮像是在说梦呓。

前天陶亮也发出过这样的呢喃,医生说这很有可能是醒转的迹象。现在陶亮再次说梦呓,顾雯雯知道这可能是一件好事。

顾雯雯走到床头,俯下身,在陶亮的额头上吻了一下,说:"快点醒过来吧,我真的快坚持不住了。"

说到这里,她鼻子一酸,差点控制不住自己的眼泪。她压低了声音,喃喃道:"你答应我,你一定要醒过来,好吗……我真的很害怕,真的……"

可是陶亮的梦呓似乎已经停止了,他安静地平躺在病床上,再也没有任何反应。

顾雯雯擦了擦眼角,直起身来,深深吸了一口气,抚摸了一下陶亮的脸颊,说:"你一定会回来的,一定、肯定、绝对会的。"

顾雯雯又看了看手机,她知道事不宜迟,现在不是儿女情长的时候。于是她拎起包,离开了病房,没有再回头。

第一章
隐形持锤人

出了医院，顾雯雯飞奔到自己的车前，系上安全带就踩下了油门。医院距离市局挺远的，顾雯雯盘算着，凌晨车少，她应该从哪条小路抄近道，才能最快赶到市局。

就在这时，《一千年以后》又唱了起来。顾雯雯按了车上的蓝牙按钮，接通了电话。

"顾所长，我已经尽力周旋了，但他们说今天一定要拆掉村子西边的老化工厂。"电话是宁文打来的，"本来不想惊动你，但是小黄说必须得直接和你汇报。"

"关键是作案现场的老房子，他们什么时候拆？"

"他们说是先拆老化工厂，但会不会拆村里的老房子，我也不敢保证。"宁文说，"都30年了，现场真的还有用吗？"

"案发后一直是封存的，没人住，我也不知道有没有用，但拆了就彻底没用了。"顾雯雯打着方向盘，说道。

"拆迁办的人说，只要让开发商能在老化工厂旧址上先把工程指挥部和工棚盖起来，其他地方的拆迁工作还是有商量的余地的。"宁文说。

"好，让他们先拆厂子。"顾雯雯说，"我现在就去市局领导那里，再争取十天半个月的时间。不管最后的结果怎么样，我们尽力了就……"

顾雯雯的声音戛然而止，她眼前忽然出现了两束刺眼的强光。

尖锐的刹车声，划破了城市寂静的夜空。它穿越了屋顶，穿越了公园，穿过了医院的窗户，钻进了病床上陶亮的耳朵里……

"吱——"

尖锐的刹车声把陶亮从睡梦中猛地惊醒，醒过来的第一感受，就是自己的胸口好疼。

他下意识地揉了揉自己的胸口，掌心所触之处，是一片坑坑洼洼的长方形铁片。如果不出意外，应该就是这个东西，硌着他的胸口了。

他左右看了看，还是那间熟悉的办公室，陈旧的桌椅、掉皮的墙壁，还有挂在门后的绿警服。

好嘛，还是冯凯。陶亮想着。

可是他转念一想，不对啊，他怎么在办公室里趴着睡着了？他不应该在办公室里啊。

陶亮闭上眼睛，仔细拼凑着上一刻的回忆。

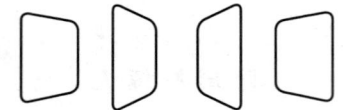

上一刻,他应该在医院产房的门口,医生把襁褓中的顾雯雯递给了他,他看着雯雯那个小光头,还觉得十分好笑。

对啊,他应该抱着雯雯的啊!怎么雯雯不见了?

陶亮觉得天旋地转,顿时慌了起来。

他"腾"地一下站起身,左看右看,又弯下腰,一边喊着雯雯的名字,一边看了看桌肚底下。

可能是因为他太专心了,所以门口响起的"凯哥,凯哥"的叫声他都完全没有听见。

办公室的门被猛地推开,卢俊亮风一般地冲了进来,正好看见冯凯弯着腰在到处找着什么,嘴里还喊着"雯雯"。

"凯哥?"卢俊亮一脸疑惑地问,"凯哥,你找啥呢?你这是养猫啦?"

此时的陶亮(准确地说应该是冯凯)已经回过神来,毕竟已经经历过两次梦境穿越,他知道这种梦境穿越是毫无时间逻辑的。目前这种情况很容易解释,他很有可能又跳跃到了另一个时间维度。

但这个臭小卢居然说雯雯是猫,他自然是不能忍的。

冯凯坐回到座位上,对着小卢说:"你才是猫,你全家都是猫。"

当然,这句网络流行语在这个时代肯定还没出现,所以小卢一脸疑惑地问:"我怎么就是猫了?凯哥你刚才不是在喊什么东西的名字?"

"你才是东西。"冯凯更气了,但他自然不能和小卢说自己在喊顾红星的女儿,所以连忙转移了话题,说,"有什么急事儿?火急火燎的。"

"还能有什么事儿?有大案!"小卢说,"快点走吧,师父还在等我们呢。"

"你师父先过去了?"冯凯很好奇,他还不知道自己现在是在哪个年代。

小卢表情更疑惑了,说:"不是啊,是在师父他们辖区发生大案了。"

"师父他们辖区"?冯凯心里琢磨着,不知道这是什么意思。整个龙番市,都是刑警支队的辖区,什么叫"师父他们辖区"?

冯凯没有继续问,拎起放在办公桌上的小黑包,跟着小卢向楼下走去。

他们刑警支队还在市公安局的二楼,二楼的楼道里倒是新装了一块白底红字的"龙番市公安局刑警支队"门牌。冯凯心想,他醒之前办的金苗案[①]还是1985年的

---

① 见蜂鸟系列第二部。

事,那时候,他们还是刑警大队。现在他们已经升级成刑警支队了,那顾红星就应该是名副其实的刑警支队支队长了。

一辆不算太新的白色长安牌平头微型面包车停在市局的院子里,不出意外,刚才那打破他梦境的刺耳的刹车声,就是小卢驾驶这辆车的时候发出的声响。小卢走到车边,把勘查包从后排窗户里扔到座位上,拉开驾驶座的门就跳上了车,冯凯则坐上了副驾驶的位置。

小卢发动了汽车,朝南边驶去。

"这车,嘿,除了喇叭不响,哪儿都响。"冯凯听着自己的座椅吱吱呀呀,笑着调侃道。

这可把小卢逗得乐坏了,他一边开车一边还按了两下喇叭,表示这辆车的喇叭还是会响的。

小卢说:"这车其实还行,就是老了点儿,1984年的车,开了10万公里了,政府淘汰下来的。能有一辆车就不错了,咱们不挑肥拣瘦。"

冯凯侧过头,细细打量着小卢。

他和自己一样,穿着一身绿色的警服,和之前穿的"83式"警服很相似。只不过,中山装合领变成了西装式开领,领口的红领章被两枚红黄相间的警察领花取代了。左侧的胸口上,还多了一块金属质地的数字牌,冯凯知道,这就是最早的警号牌。刚才自己的胸口被硌得生疼,也是拜这块警号牌所赐。

冯凯又看了看自己的裤子,"83式"警服裤边的红色牙线已经没有了,不用说,他们穿的是"89式"警服,是1990年开始普及的。

陶亮曾经去过好几次警察博物馆,对警服的演变历史还是记忆犹新的。1992年7月,公安部正式为人民警察授衔,所以"92式"警服相对于现在他穿的这一身,就有较大幅度的改变了。到时候,不仅肩章会变成硬质的肩章,臂章也会发生很大的变化,变成和陶亮后来穿的"99式"警服类似的臂章。而最大的变化,是警服的领口没有领花了,取而代之的是根据警察的职务、工龄而颁授的警衔。到1995年,警服的警衔被移到了肩膀上,领口重新恢复成了领花。再到1999年,警服的颜色、样式又大幅修改,依旧保留了肩膀上扛警衔、领口上戴领花的式样。可以说,一看到警服的款式,基本就能猜出相应的年份。

冯凯看了看车窗外,此时应该是夏末秋初,9月份的光景,而他们还没有戴上警衔,那么说明现在不是1990年,就是1991年。

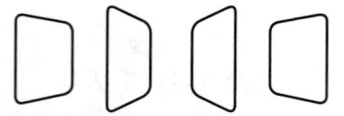

"对了,今天是几号来着?"冯凯已经习惯了用套话来掌握现在的时间。

"9月17号啊。"小卢还沉浸在冯凯刚才的笑话中,咧着嘴说。

一般说日期,不太会说年份,可是冯凯又不好直接问,不然实在显得很奇怪。突然,车窗外掠过的某个卡通形象,唤起了陶亮幼时的记忆。那是一只熊猫……啊,熊猫盼盼。他记得,北京亚运会的吉祥物就是熊猫盼盼。陶亮小时候超级喜欢熊猫盼盼,他在本子上画过很多很多的熊猫盼盼(当然,全部画得扭扭歪歪),还一本正经地跟妈妈说过长大了要当熊猫盼盼——妈妈老拿他5岁的这个远大志向开玩笑,所以即便长大了,他印象也一直很深刻。而陶亮5岁那年,正好是1990年。

冯凯灵机一动,对小卢说:"这个,亚运会……"

"亚运会啊,亚运会还有一个礼拜的时间就要开了。"小卢收敛起笑容说,"最近老肖天天睡不好,说是关心咱们的男足能不能夺冠。老肖说,之前经历了世预赛①两次黑色三分钟,这一回应该哀兵必胜了吧?你说惨不惨,不说对卡塔尔,就说对阿联酋那一场,肯定应该拿下的啊,三分钟给人家进两个,逆转了。哪怕只赢下这一场,也该进世界杯决赛圈了啊……"

冯凯可没心思听小卢叨叨足球,他已经笃定,现在是1990年9月17日的上午。他的心里似乎燃起了一道光,他还隐约记得自己陷入这漫长梦境的前情,他为了帮顾雯雯研究一起1990年的命案积案,才会去翻看岳父顾红星那厚厚的一堆笔记。1990年,年份应该没错,可不知道是因为在梦境中度过了太久的时间,还是因为当时看笔记还没来得及进入正题,他怎么也想不起来顾雯雯研究的那起关键的案子是什么时候发生的了。

2

其实公安机关标识命案的方法很简单,就是案发日期加上案件性质或者被害者姓名,比如说"1970.9.15特大抢劫杀人案"或"1985.7.3夏晓曦被杀案"。所以只要能够记住命案的名字,自然也就知道案发的时间了。可是冯凯现在的脑子里,越是想要捕捉这个案子的信息,就越是迷雾重重。所以他完全不知道,在自己进入到1990年的梦境的时候,那起案件是否已经发生了。

---

① 世预赛即国际足联世界杯预选赛。

第一章
隐形持锤人

冯凯又侧头看了看正在开车的小卢。和 5 年前相比，小卢依旧阳光开朗，而且经历了更多的案子后，他的眼神又比之前更添了一分英气。

"今年的命案还有几起没破？"冯凯试探着问。

"还有五六起。"小卢嘟囔道，"这事你不应该是最清楚的吗？你可是大案大队的大队长啊，凯哥。"

原来冯凯已经是刑警支队大案大队的大队长了，看来顾红星还真的是因材施用、人尽其能啊。他知道冯凯这个人喜欢破命案，直接将其提拔到这个专办大案的岗位上了。冯凯知道，在这个年代，命案发生率是 2020 年的好几倍，破案率也远远达不到 2020 年的水平。所以，他这个大案大队长肩上的压力可一定是不小的。

"我当然清楚，我就是考考你。"冯凯咳了一下，说，"那我继续考考你，这几起没破的命案的卷宗，都在哪里呢？"

"嗨，你一个大队长，考我这个技术员，有意思吗？"小卢笑着说，"但我知道，你都交给内勤小叶保管了，要求随时能调取，说你没事的时候要翻翻。"

看来冯凯这个大队长还真是挺负责任的，和之前的形象似乎有一点不一样。不过这样就好，等有空的时候，他还真的要翻翻，看看他这个有"金手指"的新时代刑警能不能把这些案件都给破了。说不定，雯雯研究的案件，就在这五六起案件之中。如果是这样，等他回去，就能帮媳妇解决难题了。

当然，也不能排除接下来发生的命案会变成积案，所以冯凯暗下决心，他待在梦境中的这一年，无论如何也一定要仔仔细细记住每一起命案的细节，如果哪天他回到了 2020 年，他相信总有一些信息能派上用场——他肯定能回到 2020 年的，一定、肯定、绝对会的。

"老顾他人呢？"冯凯回过神来，装作漫不经心地问道。

"他在分局啊。"

"哦，他先过去了是吧？"

"先过去？什么先过去？"小卢一脸茫然，说道，"这案子就发生在师父他们管辖的青山区啊。所以啊，你又要和师父见面了，你们都好久没见面了吧？"

冯凯立马意识到小卢之前为什么会说"师父他们辖区"了，原来这时候顾红星已经调任到分局去工作，不在市局刑警支队当支队长了。冯凯庆幸自己刚才称呼的是"老顾"，而不是"顾支队"。市公安局刑警支队和市辖的各个分局是平级的，一般都是正科级建制，但一把手会高配为副处级。如果不是犯了错误被贬，那么作为

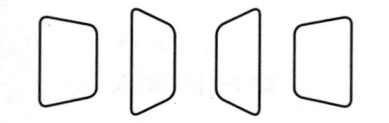

刑警支队支队长的顾红星，去分局只会担任一把手的局长。

冯凯了解顾红星，他做事万般谨慎，自然不会被贬，所以，顾红星现在应该是青山区公安分局的局长了。

公安队伍非常庞大，刑警、交警、治安、禁毒、看守所……至少有十个职能部门。命案侦办只是刑警工作中的一部分，在公安工作中也只占极小的比重。所以，把顾红星这个刑侦专家、刑事技术专家调去区公安分局当局长，冯凯觉得反倒不能充分发挥他的特长了。

冯凯的脑海里，飞快地浮现出顾红星退休后的样子。他之前所熟悉的岳父顾红星，是从市公安局局长的位置上退休下来的，即便退休了，也还有种威严而谨慎的气场。很快，他又想起了1985年的顾大队，干练果断之余，还有青涩腼腆的一面。中枪后，顾红星对冯凯托孤的场景，似乎就在昨天，冯凯不禁扑哧一笑。

"笑啥？"小卢莫名其妙。

冯凯连忙岔开话题，缓解尴尬，说："老顾是哪一年调走的？"

"1987年啊。"小卢说，"时间过得真快，这一晃都过去3年了，也不知道师父有没有适应新岗位。他们辖区啊，乱啊。"

确实，刚才小卢说青山区的时候，冯凯的心头就微微一震。不管是1990年，还是陶亮所在的2020年，龙番市的老大难问题，基本都出在这个青山区。

青山区位于龙番市的西北角，地点偏僻、地理位置复杂。它南和城市相交，西和龙西县、秋岭市相交，东边是龙番湖。在这个区域里，有很多山区和矿场。所以，青山区的居民有很多靠龙番湖生活的渔民，有很多在山里生活的山民，也有很多矿场的职工。

改革开放后，青山区多了很多外来人口，在这里开设的娱乐场所也非常多。流动人口和娱乐场所多了，鱼龙混杂，犯罪势头就会抬头，治安形势不容乐观。

所以在青山区发生了需要市局刑警支队出面的重大或者疑难命案，也并不奇怪。

冯凯知道，1990年还没有提出"命案必破"的工作要求，当时的命案发案率又比较高，所以一般的命案都由各区公安分局刑警大队直接侦办。只有久侦不破的或是看上去十分疑难的命案、死亡两人以上的重大命案以及有广泛社会影响的命案，才会邀请市公安局刑警支队出面参与侦破。不像陶亮所在的那个年代，"命案必破"深入警心，不管是多么简单的命案，只要是命案，市公安局刑警支队就会直接介入。

"好闷啊，凯哥你把窗子摇下来。"小卢的话打断了冯凯的思绪。

第一章
隐形持锤人

冯凯看看窗外，秋高气爽。他见车门上有个摇把，知道这是他小时候才能看到的手动车窗摇把。只需要摇转这个摇把，车窗就能升上去或是降下来。陶亮那个时代，几乎所有的汽车都是电动车窗了，年轻人只会说"开车窗"或者"关车窗"，而不像这个时代的人，说的是"摇车窗"。

冯凯转动摇把，车窗一点点降了下来。窗外是一片野花盛开的美丽风景，秋风夹杂着野花的香气扑面而来，让人心旷神怡。

"9月17日……"冯凯忽然转头问小卢，"今天农历是几号？"

"农历？我算算……嗯，应该是农历七月二十九吧。"小卢奇怪地说。

"停车。"冯凯后背一紧，说。

"啊？"

"停车！"

小卢同时踩住了离合器和刹车板，面包车停了下来，正停在路边的一家小卖部边。冯凯打开车门，飞快地跑过去买了一盒奶糖，又回到车里，小心地把糖盒放进了口袋。

"凯哥，你能不能不要这么一惊一乍的？"小卢挂上一挡，驾驶车辆起步，说，"你都多大了，还馋这个？"

"你懂个屁。"冯凯说。

农历七月二十九，是顾雯雯的生日。这时候的雯雯，应该扎着两个马尾辫，正在幼儿园里蹦跳玩耍呢吧？这个年代物资还不丰富，一盒糖果也算是个生日礼物吧。

"凯哥你今天真的好奇怪啊。"小卢说，"以往这种时候，你都会问我一串问题：案件是什么样的？难不难？嫌疑人明确不明确？死者是什么人……你今天是一个关于案件的问题都没问啊，问的都是日期啊、亚运会啊什么的，还去买糖吃，我真是看不懂你了，不理解，不理解。"

"嘿嘿。"冯凯挠了挠头，尴尬地说，"我刚才趴桌子上睡着了，迷迷糊糊的，还没进入工作状态。好了，小卢同志，回归正题，请——介绍案情吧。"

"具体案情我也不清楚。"小卢说，"是三天前案发的，侦查出现了问题，应该算是个疑难命案吧。"

"嫌疑人不清楚吗？"

小卢摇了摇头，说："完全没有头绪。听说死者是村子里的一个老师，是德高

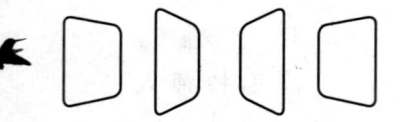

望重的人。按理说，也不应该有人去杀老师啊。"

中国人自古以来尊师重道，十分重视教育。在这个改革开放开始深化的年代，人民群众的物质生活逐步提升，最重视的就是孩子的教育问题。在一些比较偏远的乡村，政府为了方便孩子上学，就会在村里建一些乡村学校，村里的知识分子就会兼任学校的教师。这样的人，一般都是在村子里很受尊重的人。

老师如果被杀，必然会是村子里最大的事情。而老师被杀后三天，公安还没有找到破案的头绪，势必会承担巨大的舆论压力。

青山区很偏远，这时候的道路状况、车辆状况都不好，所以整整开了四十分钟的车，小卢和冯凯才来到一个有着深色围墙的小院。

小院里有一幢三层砖混结构的小楼，每层有十几个房间。

那个年代，公安机关还没有在建筑物外悬挂警徽的习惯，也没有在外墙涂蓝白相间的涂料的规定，所以这幢小楼看起来和其他单位的办公楼并没有什么区别，只有从院门口挂着的一块白底黑字的木质门牌上，能看出这就是龙番市公安局青山区分局的办公地点。

面包车开进了小院，最先映入眼帘的是挂在小楼屋檐下方的一块标语牌。

国家安危，公安系于一半。

标语牌很新，看来是顾红星来到青山区公安分局之后才挂上的。

因为不知道顾红星的办公室在哪里，冯凯故意磨磨蹭蹭地下车，然后跟在小卢的后面，来到了二楼中央的局长办公室。

小卢一推门，正在伏案苦读的顾红星抬起头来，紧接着站起身，伸出右手向他们迎了过来。

"师父！"小卢亲切地叫了一声，说，"好久不见，你都有白头发了。"

眼前的顾红星其实只有34岁，看上去却像是个40岁的中年人。小卢说得并不夸张，顾红星的两鬓确实已经有了白发。他穿着一身整齐的警服，头发一丝不乱，但眼角已经有了一些皱纹。他的身材似乎比1985年的时候更加消瘦了一些，但双眼精光闪闪，分明已是老警察鹰隼般的眼神。

"最多才一年不见，你至于吗？"顾红星笑着和小卢握了握手。

小卢说："真的是！自从你来了青山区之后，你们区的命案全破，这是奇迹啊！你们这儿没有破不了的案件，我都见不到师父了！"

"能不能不要乌鸦嘴？"冯凯"呸"了一声，说。

第一章
隐形持锤人

"你又开始造新词儿了。"顾红星哈哈一笑,把手向冯凯伸了过去。

冯凯可不管顾红星那一套,他直接把顾红星拥进了怀里。

一见到顾红星,他就想起了顾红星胸口中枪,被紧急送往医院的场景。这一个拥抱倒不是因为别的,更像是对顾红星劫后余生的一种欣慰和庆幸。

"嗨,老凯,你至于吗?"顾红星挣脱了冯凯的拥抱,说,"我们也就半年多没见而已。"

"是吗?半年多?"冯凯掏出糖盒,问道。

"是啊,过年的时候,是淑真请你来我们家的,这不就七个多月吗?"顾红星说,"你说你,老大不小了,真的不考虑自己的终身大事啊?"

"干我这行,刀尖上舔血,想啥终身大事。自己一个人,无牵无挂,脑袋掉了碗大个疤。"冯凯故作洒脱地说道。实际上他依旧像上次穿越一样庆幸,他至今没有家室,实在是少了很多尴尬和麻烦。

"你这是?"顾红星指着冯凯手中的糖盒,问道。

"今天不是雯雯的生日嘛,你帮我转交给她,算作是生日礼物。"冯凯把糖盒往前一递。

顾红星微笑着接过了糖盒,说:"你啊,还记得雯雯的生日,真是有心了。只可惜,这案子没头绪,我也没心思回家给她过生日。等我回去了,再转交给她。"

"好,那咱们就别浪费时间了。"冯凯对顾红星说,"开始介绍案件吧。"

"不急,不急,先坐,喝口水。"顾红星走到一个橱子边,拿出两个瓷杯,往里面装茶叶,说,"说老实话,是我轻敌了。案件刚发生的时候,我觉得没有多少难度,别的事情又多,就没有特别关注。可是没想到,他们查来查去查了三天,硬是把线索给查断了。"

"我听说是一个村子里的老师被杀了?"冯凯问。

"是我们区的治安先锋模范村,赵村。"顾红星说,"这个村子吧,在永田石矿的旁边,村里不少人都是在这个石矿打工。村长是一个很负责任的前辈,把村子管理得井井有条,已经连续好几年没有发生过大的刑事案件了。这不,前不久刚去给村委会挂了一个'治安先锋模范村'的牌子,这就发生了命案,被害的还是村办小学的校长兼老师,一个特别德高望重的知识分子。现在,群众的呼声很大,希望公安机关尽快抓到凶手。"

"抢劫杀人?还是什么?"

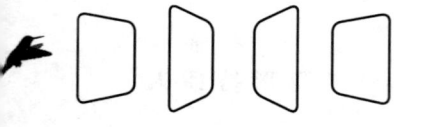

"现在我也很犹豫，不清楚。"顾红星说，"照理说，这么德高望重的人，不会有什么仇家啊。而且，凶手还是去他家里杀人的。"

"入室杀人。"冯凯思索道，"你说线索查来查去查断了，是什么意思？"

"这就要从头说起了。"顾红星把茶水端给两人，坐回自己的椅子，说，"这案子发生之初，我就去过现场，虽然后来没再去，但也研究了卷宗，对案件情况还算是了如指掌的。你们听我慢慢说来。"

3

三天前，也就是9月14日，星期五的下午，赵村村办小学的语文老师赵硕准备找校长李进步请下周的假。村办小学的教师资源很匮乏，一个老师通常要带好几个不同年级的班，一旦请假，就会有很多孩子没办法上课。好在李校长是个全才，什么课都能教，哪位老师请假，他就可以替补。所以老师们请假都会去找李校长协调时间。

可是赵硕老师扑了个空，已经是下午上课的时间，李校长居然还没来学校。

赵硕知道，李校长今年已经50岁了，精力有限，所以每天中午他都会回家睡两个小时午觉。如果不出意外，李校长一定是最近太辛苦，午觉睡过了点儿。所以赵硕拿着请假条，就直接奔李校长家去了。

李校长的家距离学校很近，就在村子主干道的最末端，是一个平房的单间。

到了李校长家门口，赵硕发现大门锁上了，于是抬手敲了敲门，但没有回应。他又喊了两声，依旧没有回应。好在李校长家很小，赵硕走到窗户旁边，准备从窗户里看看李校长为什么睡得这么死。可是一到窗边，他透过窗户的铁栅栏，就看到了屋里倾倒的书架。

李校长平时最爱的两件事，一个是干净，一个是书。他怎么也不可能容忍自己的书架倾倒，心爱的书籍散落一地。

心怀疑惑的赵硕向李校长的行军床看去，见他直挺挺地躺在行军床上，洁白的床单上有一片污渍。赵硕定睛一看，那片污渍分明就是一摊血迹！

"李校长被害了！"赵硕惶然大喊道。只可惜时值下午，大家要么在矿上干活儿，要么在田里干活儿，附近根本就没有人。

赵硕连滚带爬地跑到镇子上的派出所报案。一听有可能是命案，派出所所长亲

第一章
隐形持锤人

自带队，带了一名民警和两名联防队员赶到了现场。

现场房屋的大门是普通的暗锁，没有钥匙无法从外面打开，窗户又安装了铁栅栏，无法从窗户翻入，所长于是一脚踹开了房门，带着大家进入了现场。

李进步的额头有明显损伤，在确定他已经死亡后，派出所所长带人退出了现场，按照《现场勘查规则》的要求，在李进步家门口拉了一条警戒带防止别人进入，并留下一名联防队员看守。

所长骑着车赶到了村委会，用村委会的电话拨通了公安分局刑警大队的电话，要求刑警大队给予支援。

在接到电话后，刑警大队大队长亲自带队，带着两名痕检员、两名法医和三名侦查员赶赴现场，对现场进行勘查，对尸体进行检验。同时，大队长招呼内勤上楼将此事通报给正在开亚运会安全保卫部署会的顾红星局长。

顾红星在会议结束后，听刑警大队内勤汇报了此事，二话没说，乘坐局里的吉普车，也赶到了现场。

顾红星到现场的时候，里面正站着一屋子人。

李进步校长活到50岁，一直没有成家，把自己的全部精力都投入到了村办小学的建设中。虽说村办小学的经费是由国家财政承担，但李进步为了让孩子们的伙食更好，学习资料更多，一直都过得非常节俭，把大部分工资都用在了学校。因此，李进步平时居住的房子，只是一个简陋的单间。

这个单间，既是卧室，也是客厅，还是书房。从房门进入，这个大约20平方米的房间就一览无余，房间西头摆着一张行军床，行军床的床头放着一个大衣橱。东头大门这一侧是一扇窗户，窗户内是两个并排摆放的2米高的书架，里面堆满了各种各样的书籍。靠窗的书架倒下，斜斜地压在写字桌上。写字桌的桌面已经被掉落的书籍完全覆盖。

李进步家现场示意图

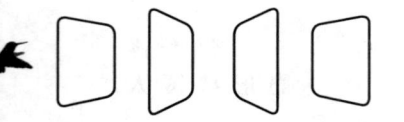

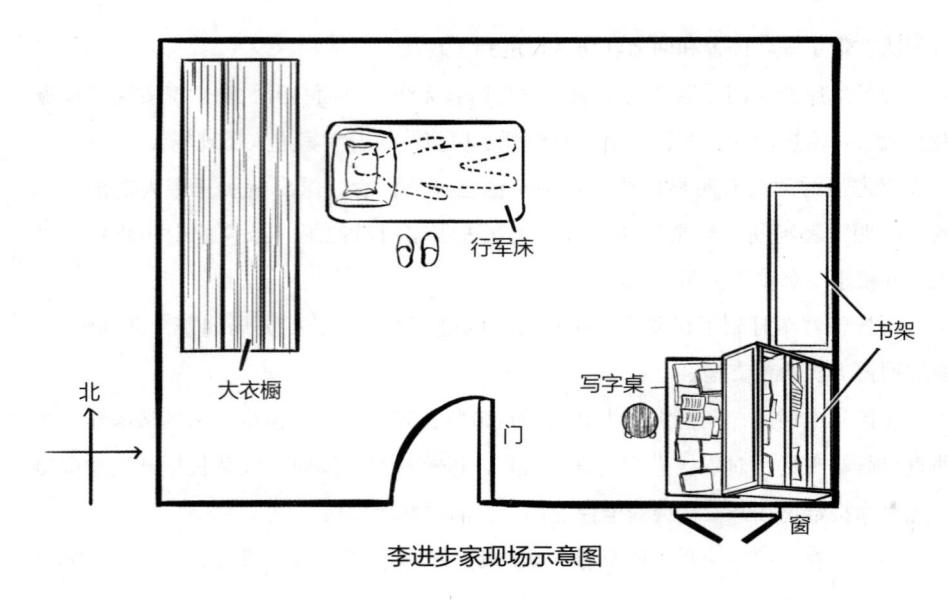

　　房间里除此之外就没有其他家具摆设了。据说，李进步平时在学校食堂吃饭，所以家里没有厨房。而他上厕所是在公用厕所，洗澡则去村委会的浴室。

　　在顾红星的眼里，这间狭小的房屋里站满了人，意味着现场基本已经被破坏殆尽，很难在现场提取到有价值的痕迹物证了。

　　所以，顾红星很少见地发了火。

　　"你们这是怎么勘查的现场？我是怎么教你们的？你们又是怎么执行勘查规则的？"顾红星怒道。

　　全场鸦雀无声，屋内的人都悄悄地向门口挪动。

　　"顾局长，我们都按规则戴了手套，门口也设置了警戒带。"分局年轻的痕检员殷俊壮着胆子说道，"只是，这个现场实在是太狭小了，根本没法打开现场通道。"

　　所谓的现场通道，是指在不破坏地面痕迹的情况下，从入口进入现场的通道。

　　顾红星还在刑警支队工作的时候，总结了冯凯拉绳索保护现场等工作细节，制定了一份《现场勘查规则》，并且通报全局实施。在这份规则里，有要求现场勘查员进入现场必须戴手套，必须打开现场通道再进入现场，对现场设置警戒带等内容。但这份规则起草得比较匆忙，所以并没有实施的细则。年轻的技术人员不知道如何在这种狭小空间里打开现场通道其实也可以理解，就连顾红星也一时想不到更好的办法去打开现场通道。

第一章
隐形持锤人

"设置了警戒带？那这些人在干什么？"顾红星指了指窗口。

窗口的外面站了很多围观群众，一个个踮着脚往屋内窥视。这并不奇怪，不管发生什么热闹事儿，都会有"吃瓜"群众，更不用说这种难得一见的命案现场了。

"我们只是封闭了大门，窗户进不来人，所以就没设置。"殷俊说道，"《现场勘查规则》里主要说了防止有外人进入现场，并没有说该怎么设置警戒带啊。"

殷俊说的是事实，顾红星一时不知道该怎么反驳。好在顾红星并不是一个有官威的领导，并不需要刻意找其他理由来训斥下属。他对殷俊小声说："你让派出所把围观群众疏散一下，窗口外面也要设置警戒带。"

殷俊领命离开。

顾红星又转头问身边的法医周满，说："尸表看了吗？怎么样？"

周满说："死者是斜靠在叠好的被子和枕头上的，看起来应该就是在简单的午睡过程中遇害的。身上没见到其他的损伤，只在额头上有一处创口，里面有组织间桥，是钝器伤。我刚才触摸了一下，骨擦音很明显，皮下的额骨应该是粉碎性骨折了。"

"颅脑损伤死亡？"顾红星问。

"目前从尸表看，推测是这样的。确定性的结论，还得解剖尸体后才能下。"周满说，"尸体温度没有下降多少，尸僵、尸斑形成了，但还不明显，估计就是三四个小时前，中午12点半左右死亡的。"

顾红星点了点头，左右环顾了一下，发现此时所有人都已经很自觉地退出了现场，便说："那接下来就这样办，周满，你们法医抓紧时间把尸体运到殡仪馆进行解剖检验。殷俊，我给你们配备的足迹静电吸附器带了吗？"

顾红星提到的"足迹静电吸附器"，是一种痕迹检验设备。设备的主要组成部分，是一张像黑色塑料布的静电膜，这张膜很大，可以覆盖几平方米的地面。勘查员抵达现场后，把静电膜盖在地面上，然后在两端通电。静电可以让塑料膜紧紧地贴在地面上，同理，静电膜也可以将地面上的灰尘颗粒吸附上来。如果地面上有一些灰尘加层足迹，静电吸附器就可以把这些构成足迹的灰尘原封不动地吸附到膜上，因为膜是黑色的，和灰尘有明显的色差，可以直接拍照固定。如果地面的足迹较多，吸附到膜上之后，还可以逐一进行分析、排除。所以，这是一个方便痕检员检验足迹的设备。

顾红星在刑警支队工作的时候，就给支队痕检员配备了这套设备，到了分局后，也立即给分局痕检员配备了这套设备。

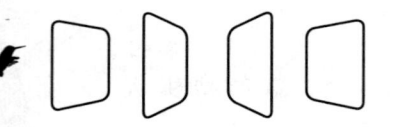

"带了。"殷俊说,"只不过,这么多人进来了,不知道足迹还能不能分辨。"

"你也知道人进来多了不行?"顾红星瞪了殷俊一眼,说,"你把现场所有足迹都提取回去,我亲自看。"

"好。"听顾局长说要亲自看,殷俊如释重负。

"另外,现场认真刷,仔细看。"顾红星指着窗口倾倒的书架,说,"如果凶手翻动了书架,那么必然会在书架上留下指纹,除非他戴了手套。不管怎么样,现场所有的指纹和手套印,都必须发现、提取。"

"这个你放心,一定提取全面。"殷俊信心满满地说。

顾红星拍了拍殷俊的肩膀,表示对他的信任和鼓励,然后对侦查员们说:"按照你们大队长的分工,开展调查,调查结束后第一时间回局里汇报。"

"那我去尸检了?"周满在一边问道。

"尸检工作更重要,接下来看你的了。我和你一起去殡仪馆。"顾红星说。

命案发生后,发现线索的核心就是命案现场,而命案现场的中心则是死者的尸体,很多案件都是在尸体上发现破案线索的。这一点,顾红星在十几年刑侦工作中已经非常清楚了。

所以在安排完现场勘查工作后,顾红星和周满等人乘车赶往殡仪馆,对尸体进行解剖检验。

李进步穿着一件白色的背心和一条蓝色的平角短裤躺在殡仪馆的砖砌解剖台上,看上去,他确实是处于一种睡眠的衣着状态。他平时穿的灰色长裤和白色衬衫原本放在现场的行军床床沿,此时也被带到了解剖室。

顾红星戴上了手套,指示周满开始对尸体解剖,而自己则是仔细地观察死者的这套衣着。

从衬衣上,顾红星就能看出李进步有多节俭了。这件已经泛黄的白衬衫,他至少穿了20年。腕口已经磨损得像是毛刷一样,肘间打了好几块补丁,只不过为了校长的形象,这些补丁是打在里面的。

衬衫唯一的口袋里,插着两支钢笔、一支红墨水笔、一支蓝墨水笔,体现出一个老师的职业特点。灰色的长裤,腰间穿着一根皮带,看起来也有十几年的历史了,皮带的表面都已经脱落,锁眼处也都已经开裂。皮带的腰部挂着一串钥匙,裤子的两个口袋里,一个装了53元钱,另一个装了三颗小孩玩的玻璃弹珠。

"这是没收的玩具?"顾红星仔细看了每颗玻璃弹珠,上面有指纹的痕迹,但

第一章
隐形持锤人

是似乎意义不大。毕竟，李进步口袋里的现金还在，凶手应该没有搜过他的裤子。

如果凶手不是为了劫财，那么他翻动书架，导致书架倾倒这个动作又是为了什么呢？顾红星的脑海里不自主地想起了5年前那个出纳被杀的污水池腐尸案[①]。难道这么节俭的校长，也存在财务问题吗？不，应该不是。李进步没有亲人、没有孩子，除了书可以说是家徒四壁，他怎么看也不是个贪财的人。

现场虽然进来了很多人，破坏了一些地面足迹的情况，但是除了书架倾倒，看不到任何搏斗的痕迹，所以书架倾倒也不应该是搏斗所致。

"死者应该没有经过搏斗吧？"想到这里，顾红星抬头问了正在用手术刀划开死者胸腹腔的周满法医。

"没有。"周满说，"死者的躯体和四肢没有发现任何抵抗伤、约束伤和威逼伤。嗯，准确来说，除了额头这一下，其他地方丝毫没有受伤的痕迹。可以肯定，一定是有人趁其睡觉，猛然打了他的头。"

"是的。"顾红星说，"死者的鞋子也都整齐地放在床边，现场看起来很平静。不过，如果是这样的话，凶手是怎么进入死者家的呢？如果死者家来了客人，死者也不应该是靠在自己床上的被子上吧？"

"哦，顾局长，这个你没来的时候，他们已经问过了。"周满一边解剖尸体，一边说，"派出所管片的民警[②]对他很熟悉，说他睡午觉的时候，一般不锁门，都虚掩着房门。"

"虚掩房门？"顾红星说，"为什么？"

"听说是自己睡觉比较沉，怕来找他的人以为他不在家。"周满说，"辖区民警说他曾经有次中午就直接推门进去叫醒了李校长。顾局长，你看他家徒四壁，确实可以夜不闭户。"

"嗯。"蹲在地上检验衣物的顾红星站起身来，站到解剖台边，看周满解剖。

"顾局长，这活儿交给我们就行啦。"周满笑着说。

"这本身就是学习的过程，而且这个案子目前来看，尸检可能是最大的突破口，有什么异常情况，咱们立刻就能分析讨论。"顾红星说，"现在是要解剖头颅了吗？"

"对，胸腹腔都没有任何异常。"周满一边让比自己更年轻的法医做缝合，一边

[①] 见蜂鸟系列第二部。
[②] 派出所会把辖区分为若干个片区，每个片区由一名或多名民警管辖，这些民警就叫管片民警。

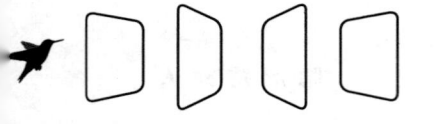

划开了死者的头皮,说:"现在我们法医的工作重点,就全在头上了。"

划开头皮后,周满从勘查箱里拿出一把手锯,一只手拿着一块毛巾按住死者的面部,防止其头部在手锯的作用下晃动,另一只手拿着手锯,像是木工一样在死者的颅骨上锯了起来。随着手锯的来回拉扯,被锯下的骨末在空气中翻飞,钻进了顾红星的鼻孔里。顾红星下意识地用手在鼻子前面扇了扇,说:"你们解剖最费力的,就是锯头骨了吧?"

周满费力地锯着,脸上的肌肉都在痉挛,说:"是,有的人颅骨厚,更难锯开。这位颅骨很薄,一会儿就能锯开了。"

说话间,"咔"的一声脆响,周满按照顺时针、逆时针方向锯出的两条骨折线,在死者颅骨的枕部相交,整个颅盖骨应声和颅骨分离。周满取下颅盖骨,剪开硬脑膜,视线所及之处,全是黑黝黝的凝血块。

"额部大面积硬脑膜下血肿。"周满说,"枕部正常,说明不是对冲伤[①],不是摔跌造成的,而是被人打的。"

"用什么东西打的?"顾红星连忙问。

"表皮有一处挫裂创,创缘有镶边样挫伤带,下面是一处凹陷性、粉碎性的颅骨骨折。"周满说,"只能说是钝器,伤口周围看不到棱角留下的痕迹,所以我更倾向于是没有棱角的钝器,比如说奶头锤什么的。不过这一下,力度可是真够大的。"

"一下?"顾红星瞪着眼睛问道,"你说就一下?"

周满没想到顾红星会对这个问题这么感兴趣,连忙翻开死者的头皮,指着额部的骨折说:"是啊,顾局长你看,这就是粉碎性骨折的地方,整个粉碎的方式都是围绕着中间这个着力点,一圈一圈向周围放射状发散的。如果是击打了多下,咱先不说皮肤上会不会留下更多的痕迹,就是这条颅骨骨折线,也会出现'截断现象'。所有的骨折线都没有截断现象,就说明外力只有一次。"

---

① 对冲伤:是指法医发现的脑挫裂伤,出血的部位对应的头皮和颅骨没有损伤,而是在对侧位置有头皮和颅骨的损伤,那么对侧位置是着力点,而这一处是对冲伤。有对冲伤存在,可以提示死者的头颅是在运动中受力,突然静止的一种减速运动损伤,多见于摔跌。

第一章
隐形持锤人

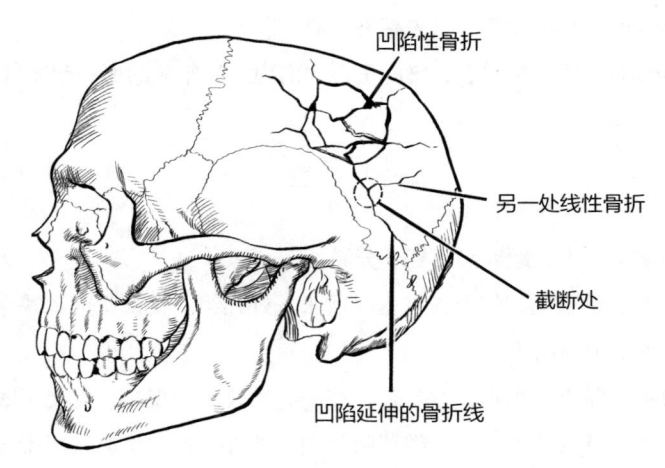

骨折线示意图

（图中标注：凹陷性骨折、另一处线性骨折、截断处、凹陷延伸的骨折线）

"那就有点说不过去了。"顾红星说,"我们经常说,杀人的心理一般就是要确保被害人死掉。在头上只打了一下,显然这个动作并不一定致死。这样的损伤,一般发生在纠纷中,一方情绪失控打了对方一下,然后因为害怕终止了继续伤害对方的动作。可是,现场显然没有发生纠纷的迹象,你也说了,他是在睡眠中被人击打的。"

"这倒是。"周满拿起颅盖骨说,"你看,死者的颅盖骨比成年男性的颅盖骨要薄三分之一。如果是颅骨较厚的人,这一下真不一定能致死。"

"所以这个带有不确定性的杀人动作,令人起疑啊。"顾红星说。

"也许,凶手觉得只要把他打晕了就行?"周满猜测道。

"如果是熟人,为了防止被害人醒转后报案,必然会有'加固心态',就是'恐其不死',必须置他于死地。"顾红星说,"如果是不认识的人,倒是有可能将其打晕了就行。但是,不认识的人,一般都是侵财、流窜作案,流窜犯也不可能找这么穷酸的人家动手啊。"

"还有一种可能。"周满说,"就是这个熟人不一定是专门要杀人,而是要在他家翻找什么东西,怕他惊醒过来发现。正好,死者当时在睡觉,他打了一下,死者直接失去意识,他就没有必要再打了,直接翻找东西就行。你看,这种推论和现场被翻乱的情况还是吻合的。"

"你是说,翻找不是为了财物,而是为了某个东西……"顾红星问。

"是啊,不过……如果我是小偷,想偷东西首先会翻他的床垫底下,还有大衣

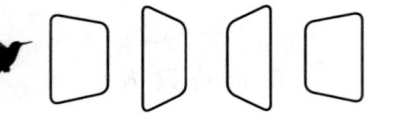

橱。"周满疑惑地说,"哪有只去翻书架的?"

"有道理。"顾红星说着,脑海里再次出现了5年前的那一起案件。

4

尸体解剖结束,顾红星回到了分局。

分局的会议室里,侦查人员已经回来了好几组。会议室的一块空地上,铺着吸满了灰尘的静电吸附膜。

这块吸附膜有1米宽,数米长。在一些比较大的现场,需要每吸附一次,就拍照固定一次,然后擦掉灰尘,继续吸附别的地方。但这次的现场十分狭小,吸附膜一次就基本覆盖了所有地面。所以,为了防止照片拍摄得不细致,殷俊他们没有擦去吸附膜上的灰尘,而是把吸附膜原封不动地带回了分局。这样,顾红星就能看得更清楚了。

对于殷俊的举措,顾红星很满意。他看了看地面上的吸附膜,上面有纵横交错的上百枚足迹,又微微地皱了皱眉头,问殷俊:"现场有指纹吗?"

"大门、大衣橱、床沿、书架全都细细刷过了,提取到十五枚新鲜指纹,全都是死者李进步的。"殷俊扬了扬手中的指纹卡,说,"哦,局长你来之前我们就提取了死者的指纹。"

"手套印也没有?"顾红星问。

"没有。"殷俊笃定地说。

"那就奇怪了。"顾红星揉搓着手中的钢笔,思考着说,"那侦查呢?有什么发现吗?"

"我们这几组人主要是调查住在现场周边的人。"一名侦查员说,"案发当时,周边肯定是没有人的,所以不太可能有目击者。但是他们对李进步的评价都特别高,都把他当成村子里的'宝'。调查了一大圈,也没有发现有谁和他存在矛盾。"

"就是说,毫无头绪了?"顾红星问。

大家都不吱声了。

"行吧,你们先回去休息,明天继续去问。"顾红星看了看窗外已经全黑的天,说,"殷俊你们两个痕检员留下来,和我一起整理吸附膜上的足迹。对了,进入过现场的人,足迹是不是都提取了?"

第一章
隐形持锤人

"按照您的《现场勘查规则》，都提取了。"殷俊说。

侦查员退场后，顾红星蹲在静电吸附膜前，说："你们先熟悉一下进入现场的每个人的鞋底花纹痕迹，然后按照顺序，把膜上的足迹逐一排除，剩下来的，就是嫌疑足迹。"

"好的。"殷俊拿出了一沓白纸，每张白纸上都有一枚足迹，这是他要求每个进过现场的人踩出来的。

"进过现场的，有两名派出所民警、两名联防队员、一个报案人，还有刑警大队的5名同事。"殷俊把白纸在吸附膜边一字排开，说，"哦，这是死者的鞋子拓印的痕迹。一共是11种。"

"好，把这11种足迹在膜上都找出来。"顾红星说，"我们一起找。"

接下来的工作就比较烦琐了。顾红星带着周满和两名痕检员，分别从静电吸附膜的两端开始，每看到一个足迹，都和旁边的11张白纸上的足迹进行比对。确定排除的，就略过；不能排除的，就用白色粉笔画一个圈；如果发现肯定和11种足迹不同的，就用红色粉笔画一个圈。

被静电吸附膜吸附上来的足迹并不是简单的简笔图画，有的花纹断断续续，有的则完全模糊。所以，这需要痕检员们耐心地分辨每一枚足迹的花纹，分析其损坏的部分是否可以和完整的鞋底花纹对应上。

因此，这项工作他们整整做了三个小时，终于把整张吸附膜上的足迹全部整理清楚了。

然后顾红星又花了一个小时，对用白色粉笔圈出来的部分再次进行筛选，又和红色粉笔圈出来的两枚足迹进行对比，最终确定，现场的地面上，确实有属于第12个人的足迹。

"好歹算是有发现，没白干。"顾红星满意地站直了身体，揉了揉酸痛的腰，说道，"走吧，你们抓紧时间回去休息，明天看看前线没回来的那两组侦查员有没有什么收获。"

次日。

"顾局长，顾局长！有发现！"一名侦查员突然推门进来，嚷道。他身后还跟着刚刚来上班的殷俊和周满。

"别一惊一乍的，慢慢说。"在办公室折叠床上睡了一夜的顾红星被吓得翻身坐

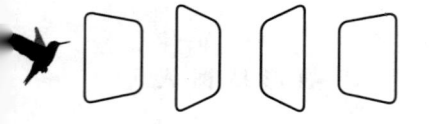

起，见是一直在前线侦查刚刚回来的侦查员，知道可能有所发现，于是说道。

"我们调查的时候，有个人说了一则传言。"侦查员喝了口水，说，"说是这个村的村长已经70多岁了，年纪大了，所以镇政府想推举李进步接任村长。"

"这有啥？挺合适的啊。"顾红星说，"虽然老村长的政绩很突出，但他总有退休的一天吧。"

"我们就猜想，会不会是因为村长这个位子有权力，所以老村长不愿意交？"侦查员说，"这不就是矛盾吗？"

顾红星皱着眉头，说："别胡说。这个老村长我认识，为人和善，一心为民，不然他们怎么能拿到'治安先锋模范村'的牌子？"

"可是，在我们沿着这条线索继续查的时候，发现老村长的侄子赵源，昨天本来应该在矿上上班，中午却请了假，11点半离开了石矿场，去的方向就是李进步家。"侦查员说，"不止一个矿工看见，还有人说他的口袋里鼓鼓囊囊的。"

这个季节温度还有二十六七摄氏度，人们穿的衣服都不多，所以如果真的要在口袋里藏一把锤子，从衣着上确实是可以看出来的。

"凶手要找的东西，会不会和村长选举有关？"周满在一边轻声提醒着顾红星。

顾红星的脑海里又浮现出那倾倒的书架。

"局长，别犹豫了，咱们把赵源抓回来问一问就心里有数了。"侦查员说。

"是啊，顾局长，我们在调查属于第12个人的鞋印时，找到了四枚在室内的鞋印，而且两枚在床边，两枚在窗边。"殷俊也加了一把火，说，"这枚鞋印有重大嫌疑，把赵源抓回来，拿他的鞋子比对一下就知道是不是他了。"

顾红星仍在斟酌着。

"我刚才回来的时候，前方盯梢的侦查员把电话打到了分局门卫室，门卫转达给我，说赵源似乎正在家里收拾东西。"侦查员说，"他可能要跑啊！这是反常行为，再不抓就来不及了！"

顾红星咬了咬牙，说："好吧，你去办手续，先传唤。"

侦查员转身飞奔而去。

顾红星抬腕看了看手表，已经是9月15日的早上8点钟了。随着年纪的增长，像年轻的时候那样熬夜办案已经很难了。他翻身起床，洗漱一番，又签署了几个分局政秘科送来的文件，不知不觉就10点多了。

听见楼下院子里的停车声，顾红星知道赵源应该被传唤到分局了，于是起身向楼下的询问室走去。

顾红星推门进来的时候，赵源已经坐在询问椅上了，一脸疑惑。

而殷俊已经让赵源在一张白纸上踩下了足迹，正在和他们发现的那枚无主的足迹进行比对。

"顾局长，我认识你，你给我们揭牌的时候，我也在。"赵源开始套起近乎。

"少废话，我问你，昨天中午你干吗去了？"侦查员问。

侦查员话音刚落，殷俊把白纸递给了顾红星，两眼中充满了兴奋。不用说，现场的那一枚无主的足迹，就是这个赵源的。

"我去李校长家了啊。"赵源恍然大悟，说，"你们不会怀疑是我害死了校长吧？那我可真够冤枉的！我去他家是给他送账本啊！我叔叔要退了，他让我先把村委会的账本送给李校长让他审啊。"

以顾红星的直觉来判断，他没有说谎。

"我 11 点 40 分就到了，当时他正准备睡觉，长裤都没脱，正在窗口那里拉开窗帘、开窗户呢，说阳光不错，要晒晒书。"赵源滔滔不绝地说，"我就走过去和他说了账本的事情。他说，村长是要选举的，等他选上了再看也不迟，就让我带着账本走了。我 12 点就到村委会食堂吃饭了，好多人都可以作证。"

警察们几乎没有问问题，赵源就把自己的事情说清楚了，而且还提供了不在场的证据。最关键的是，他解释了为什么现场会出现他的足迹。

"我们家和李校长是世交！你们怀疑谁也不应该怀疑我啊！"赵源快哭出来了。

"你刚才为什么收拾东西？"侦查员问。

"收拾东西？"赵源说，"我现在住的，其实是村委会的房子。我没地方住，我叔叔就让我暂住在那里。但是他要退了，我也不好意思继续占用公家的地方，所以准备搬到我叔叔家的厢房啊！这也是我叔叔要求的，你们可以去问。"

"你别紧张。"顾红星见他的供词没有破绽，而且可查，他的表情也没有什么疑点，于是和颜悦色地说，"就是因为你在案发前去过现场，所以我们要找你了解情况嘛。也许你发现的线索，就是我们破案的关键线索呢。你看，这里是询问室，是问证人的地方，并不是问嫌疑人的讯问室啊。而且，我们抓嫌疑人是要戴手铐的，你不知道吗？"

"可是，你们啥也不问，就直接把我带到公安局了，我回去怎么和乡亲们解释？"赵源放下心来，又有一些担忧，说，"农村传话很快的，他们会造谣的。"

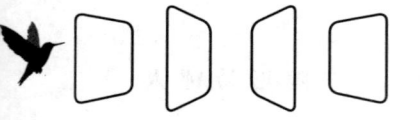

"这你放心,两年前我们顾局长就已经要求了,所有的侦查活动都必须保密。"侦查员说,"这是我们的工作制度,所以不会有人知道你来过这里。"

顾红星等侦查员说完,给他使了个眼色,意思是让他去调查赵源的不在场证据。侦查员会意,离开了询问室,应该是去打电话通知前线的侦查员,去村委会食堂进行调查。

"那就好。"赵源说,"可我是真不知道谁会干这个事。当时李校长也非常正常,没有什么值得怀疑的地方。"

"你和李校长关系很好?经常去他家吗?"

"是啊。"赵源说,"每个礼拜总有一天会去一趟吧。毕竟,我也在帮我叔叔做一些村委会的事情。"

"那他平时几点睡午觉?一般怎么睡觉?盖被子吗?"

"他一般12点准时睡觉,要睡两个小时,如果没人打扰,他自己也会准时醒,所以我赶在12点之前到的。他这个天睡午觉就靠在床上,被子和枕头枕在背后,就和他死的时候那姿势是一样的。"

顾红星知道,因为没有对现场的窗户进行保护,窗户也是打开的状态,所以在民警勘查现场的时候,窗口围了很多人,现场的情况口口相传,几乎家喻户晓了。

"村民们也认为,他就是在睡觉的时候被人害了?"顾红星问。

"那还用说?"赵源说,"李校长没有仇人,肯定是有人谋财害命。"

"村里有那种可能谋财害命的二流子吗?"

"那倒没有,我们是治安先锋模范村,人人有工作。"赵源自豪地说,"而且,李校长对每个人都很好,大家也都知道他没钱,所以肯定不是我们村的人干的。"

顾红星深深叹了一口气。

这一次询问,不仅排除了唯一的嫌疑人,还排除了唯一一个现场的物证。也就是说,前线的侦查员一旦查实了赵源的不在场证据,这个案子立即就陷入了僵局。

"我还有别的事情要忙,你先在这里喝喝茶,过一会儿等中午村子里没人的时候,我再让他们悄悄送你回去。"顾红星说。

"谢谢顾局长!"赵源说道。

顾红星苦笑了一下,心想现在不放赵源,是因为需要时间通过调查来排除他的嫌疑,只是不能放在明面上和赵源说。回想起来,冯凯当年这种"圆滑"的处事方式,还曾被自己鄙视过。没有想到,过了这些年,自己在不知不觉中也学会了。

第一章
隐形持锤人

毕竟公安工作繁重，现在还处于亚运会安保时期，所以顾红星也不能在询问室多待，他回到自己的办公室，苦读那些又被政秘科送来的堆积如山的文件。

不知不觉已经过了中午12点，侦查员从前线反馈了调查结果：因为赵源有明确的不在场证据，而且他去找李进步的理由也是真实的，所以他的嫌疑被排除了。

也就是说，前期侦查和勘查，一无所获。

前线的深入调查还在进行，顾红星作为公安局局长，无法亲临前线，只能一边处理公文，一边等待好消息的出现。

只可惜，事与愿违，一直等到了晚上7点，前线再也没有传来一点消息。

顾红星有个习惯，一旦发生命案，他就睡在办公室。因为他的家里还没有安装电话，家又在市里，距离青山区很远，如果案件有突发的状况，侦查员得跑到市里去找他，有可能会贻误战机。

所以，他和往常一样，支起折叠床，坐在床上，静静地翻看着这起案件的现场照片。

这是个没有数码照片的年代，现场勘查员在勘查完现场后，回到局里的暗室，先把拍摄的胶卷给冲洗出来，再把洗出来的照片按照勘查的顺序粘贴在一张很长的卡片纸上。粘贴完后，还会把互相关联的整体和细目照片用红笔连在一起，方便查阅的时候看懂空间位置关系。做完这一切后，勘查员会把卡片纸像古代的奏章一样反复折叠，折叠成卷宗的宽度，然后装订在卷宗里。

需要查阅的时候，将卡片纸拉开，就可以看到整个现场的照片了。

顾红星捧着1米长的卡片纸，一张张看过去。毕竟现场他已经去过，所以这些照片中的景象早已印入他的脑海，现在只是为了温故而知新。

可当顾红星看到最后一张照片的时候，他不禁瞪大了眼睛。

这一张照片是勘查结束、现场大门贴上封条后，殷俊从窗口往屋内拍摄的一张备份照片。让顾红星感到诧异的是，现场勘查都已经结束了，那个倾倒的书架仍然没有被扶起，散落的书籍也没有被收拾。

这是什么情况？顾红星顿时有些怒火攻心，他拿起桌上的电话，拨给了刑警大队值班室，说："我是顾红星，找到殷俊，让他立即来我办公室。"

| 第二章 |

校长的秘密

1

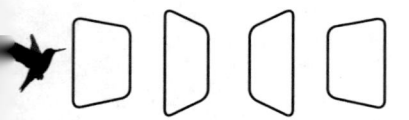

"我错了，顾局长。"殷俊主动承认道。

"之前我一说你，你还总有这样那样的理由，嘴不厌。"顾红星怒气冲冲地说，"《现场勘查规则》都已经在我们市施行好几年了，你连现场需要全面勘查都不知道？"

"我错误理解了《现场勘查规则》里关于尽可能保全现场原始状态的内容。"殷俊挠着头说，"我真的以为，所有的现场都要尽可能保留原始状态，以备复勘。所以，我们只是提取了书架上的指纹，并没有把书架恢复成出事前的样子。"

"是，现场的东西能不动就不动，动了就要提取。"顾红星说，"但是，这么多书散落，把下面的写字桌都覆盖了。就算是为了勘查写字桌，你也应该清理这些书籍吧？"

"我当时觉得，如果凶手翻动现场，只会翻动写字桌的抽屉，并不会动桌面。所以抽屉上我都刷了，就是没有刷桌面。"

"不说刷桌面有没有用，现在是桌面上有什么东西，我们都看不到啊！"顾红星说，"清理桌面，就可以看到桌面上放着哪些东西了！"

"这个我也想到了，可李进步只是一个人生活，他家里有哪些东西别人并不知道。"殷俊委屈地说，"所以即便我们知道他桌上现在有哪些东西，也不知道他丢了什么东西啊。"

见殷俊认了错还是一副不服气的样子，顾红星气不打一处来，追问道："那如果凶器在现场呢？现在认定有人来杀害李进步的重要依据，就是现场没有类似的钝器，没有凶器，凶器被带走了。假如现场有把锤子，是不是可以找找凶手的指纹？甚至是不是可以怀疑死者是用这把锤子自杀的？"

"自杀？那太扯了，不可能。"殷俊忍俊不禁。

"你别笑！法医都没说不可能，你凭什么就觉得不可能？"顾红星说，"现实中

第二章
校长的秘密

就有人是用敲头的方式自杀的！"

"这个……锤子，肯定是没有。"殷俊说，"虽然书籍没有清理，但是我大致从书籍的夹缝中看了一下，桌子上应该只有一个被压倒的笔筒、几支笔，还有一台双喇叭的收录机和几盘磁带。"

"收录机？"顾红星第一次在本案中听到这个名词，问，"那你专案会的时候怎么不汇报？"

"我觉得和本案无关啊。"殷俊说。

"你觉得没有用？要拿事实说话！你连收录机是什么样子都没看，凭什么说与本案无关？"顾红星的声调进一步升高。

"死者口袋里的现金都在，收录机都在，肯定不是劫财啊。不是劫财，去碰收录机干吗？"殷俊可能也感觉到了理亏，咕哝道。

"现在光线不行了，也不能去打扰村里人。"顾红星压下胸口的怒火，说，"明天一早，你和我一起去复勘现场。把设备带齐了。"

9月16日一早，顾红星就亲自驾车，带着两名痕检员赶赴现场。

现场的状况和顾红星第一次来的时候一模一样，殷俊因为教条地执行《现场勘查规则》里尽可能保持现场原状的要求，真的没有对现场进行清理。

顾红星亲自带着痕检员先把倾倒的书架扶正，然后把散落在地面和桌面上的书籍逐一捡起。当桌面上那台80厘米长的收录机的全貌展现在他们面前的时候，殷俊就彻底意识到自己的错误了。

之前从散落的书的夹缝中，根本就看不出这台收录机遭受过破坏。现在，情况就显而易见了。

收录机其实是很新的，夹缝中都没有灰尘。但是，收录机的一侧已经被完全摧毁，蓝色和红色的电线暴露在外面，金属质地的零件也裸露在外。曾被书本压着的，还有散落的收录机的小零件。

"有意思了，凶手不仅锤杀了李进步，还砸烂了他的收录机？"殷俊说。

"现在你是不是意识到，全面清理、勘查现场是有必要的了？"顾红星还不忘让殷俊长长记性。

殷俊讪笑着说："顾局长，这次我心服口服，确实是我们前期工作失误。好在现场完整封存了。"

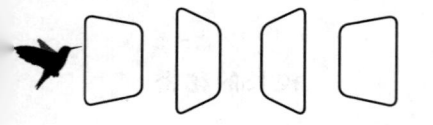

"不是说李进步很节俭吗？"顾红星一边指挥殷俊对收录机进行拍照，一边说，"怎么会有钱买这么贵的东西？"

"人嘛，总要有爱好。"殷俊按着快门，说道。

"收录机有可能就是侦破这一起案件的关键，凶手的动作反映出他的心理。"顾红星一边说，一边戴上手套，小心翼翼地把已经砸坏的磁带仓门掀开，从里面拿出了一盘轻微受损的磁带。

磁带上贴着的标签上，写的是"小学英语"。

"小学英语？"殷俊凑过头来看，说，"现在小学就要学英语了？不至于吧？"

顾红星顿时明白过来，为什么这位节俭的李校长会斥"巨资"买一台收录机了。1990年，我国逐步开始引入英语教育。在大城市，有些小学已经从三年级就开设了英语课。不过，龙番的大多数小学，目前并没有开始英语教育。如果不出意外，这位尽职尽责的李校长是感受到了英语教育的趋势，所以有意在学校开始英语教育的试点。不过，别说他们一个村办小学了，就连市里面的示范小学都还没有英语老师。所以，李校长是在自学英语，准备亲自来教孩子们。

"怪不得这位校长什么课都能带，他是一个十分好学的人啊。"顾红星感叹道。

"你是说，这位'万金油'校长，是在学习怎么当一个英语老师？"殷俊一脸不可思议的样子，"可是，小学就开始学英语，有这个必要吗？"

"你这话倒是提醒了我，说不定是有人抵触孩子们学英语，所以才会作案？"顾红星猜测道。

"那砸东西就行了，干啥要杀人？"殷俊摇摇头，说，"我觉得太牵强。"

确实，这也仅仅是个猜测。

"这是啥？"殷俊戴着白手套，在收录机破碎的边缘上擦拭了一下，白手套上顿时出现了一道黑色的痕迹。

"黑色的？这不是你们刷指纹留下的粉末？"这个发现立即引起了顾红星的警觉。

"不是啊。"殷俊说，"这里我们都没有清理到，怎么会在书籍下面刷指纹？"

顾红星立即从勘查箱里拿出一个放大镜，在收录机的周围看了起来。这一看不要紧，整个案件的性质就发生了转变。

收录机的附近，有很多黑色的粉末，就连覆盖在收录机上的书架和书籍，也沾有黑色的粉末。很显然，如果它们不是刷指纹使用的黑色粉末，那么这些黑色的粉末是从哪儿来的就是个很大的问题。

第二章
校长的秘密

另外，有一本被压在最下方的书，是《钢铁是怎样炼成的》，书页边缘有受热翻卷的现象，甚至还有一点烧焦的迹象。

顾红星小心地翻开了这本书，看到扉页上用蓝墨水写着一句话："走正路，走大路，走远路。"落款是李进步，下面手写的日期是1990年9月14日，正是他死亡的那一天。

经历过"滚天雷"爆炸案[①]的顾红星，脑海里第一时间就出现了爆炸案现场的样子。可以说，清理完书籍之后，这一起案件的现场状况和爆炸案现场无异。

"爆炸。"顾红星低声说了一句。

"爆炸？"殷俊吓了一跳，这是他第一次见到爆炸案现场。

"是的，这是爆炸啊！"顾红星说，"这些黑色的粉末，是爆炸残留物。这本书应该是要送人的，放在收录机旁边，所以有烧灼痕迹。"

"收录机会爆炸？"殷俊问。

"不会，是有爆炸物。"顾红星说，"仔细搜索书桌附近，看看能不能找到其他有用的线索。"

接下来的两个小时里，顾红星带着两名痕检员，又是趴在地上，又是伏在书桌上，又是趴在窗框上进行了搜索，找到了不少物证。

这些物证主要是一些带有黑色粉末的牛皮纸碎片，不出意外，就是爆炸物的包装纸。只可惜这些碎片都太小了，不能在上面寻找指纹。另外，顾红星在窗框上发现了一些灰色的条形灰烬，不用说，这是引爆炸药的引线燃烧后留下的灰烬。

至此，可以确证顾红星的猜测了，这就是一起爆炸案件。

涉及爆炸案件，顾红星不敢再独自进行侦办，因为这不仅是重大、疑难案件，而且可能带来广泛的社会影响。尤其是在这个亚运会即将举办的节骨眼上，出现了爆炸案件，极有可能成为有全国影响的大案。

所以，顾红星带着殷俊他们退出了现场，对现场进行封存。

顾红星带着提取到的物证，回到了分局，找到分局刑警大队技术中队的理化检验师马晴红，让她对牛皮纸上黏附的黑色粉末进行理化分析，确定爆炸物的来源，看能不能找到破案的捷径。

拿到物证后，马晴红分析这种黑色粉末很可能是黑火药，所以用显色法对粉末

---

① 见蜂鸟系列第一部。

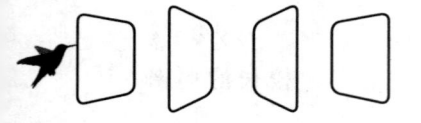

进行了检验鉴定。

黑火药的显色法，是一种快速区分 TNT、硝酸铵和黑火药的检验方法，可以用最快的速度来确定爆炸物的成分。

马晴红先是将 0.1 克二苯胺溶于 10 毫升浓硫酸中，搅拌后放入深棕色玻璃瓶密封。然后将 20 毫升丙酮和 10 毫升蒸馏水混合均匀，将前期收集的牛皮纸上黏附的黑色粉末和丙酮、蒸馏水混合溶液加入试剂瓶，振荡均匀。最后，用滴管取二苯胺、浓硫酸混合试剂 1 毫升，滴入刚才已经振荡均匀的试剂瓶中，等候显色反应。

不一会儿，试剂瓶中出现了绿色。

"确定是黑火药。"马晴红对顾红星说。

顾红星眉头紧锁，说："这就麻烦了，我们区有这么多石矿场，而石矿场炸石头使用的基本都是黑火药。这么多石矿场，我们该从何查起？"

"是啊，还不如是烟火剂呢。"马晴红说，"一般常见的爆炸案，嫌疑人都是买一些烟花爆竹，用里面的烟火剂自制爆炸物。那样的话，在这种非年非节的时候购买鞭炮的人，就有作案的嫌疑了。可这次嫌疑人用的居然是威力更大的黑火药，这可就不好查了。毕竟，造成现场的状况，最多只需要 1 公斤黑火药。从体积上看，也就是一块豆腐那么大，这么小的量，就更难查了。"

"现在已经太晚了。"顾红星叹了口气，说，"明天一早，致电市局刑警支队，请求他们的支援吧。"

"事情的经过就是这样，虽然通过现场复勘，有了新的发现，但对于案件侦办，我还是心里没底啊。"顾红星讲完了案件的来龙去脉，叹了一口气，对冯凯说道。

"我有个问题。"小卢听得津津有味，此时插嘴道，"如果是爆炸案，总得有声响吧？难道周围的人都没听到爆炸声？"

"当时是正午，大部分村民都在干活儿，周围没有人，这是其一。"顾红星喝了口茶，说，"其二，现场周围全是石矿场，爆破声对当地村民来说，几乎已经习惯了，谁也不会因为听见爆炸声而觉得有什么奇怪的。"

"原来如此。"小卢恍然大悟。

"爆炸不爆炸的，也许不是重点，重点是爆炸点在窗边，离床还有一段距离，人是怎么死的？和爆炸有关系吗？"冯凯盯着现场示意图说道。

第二章
校长的秘密

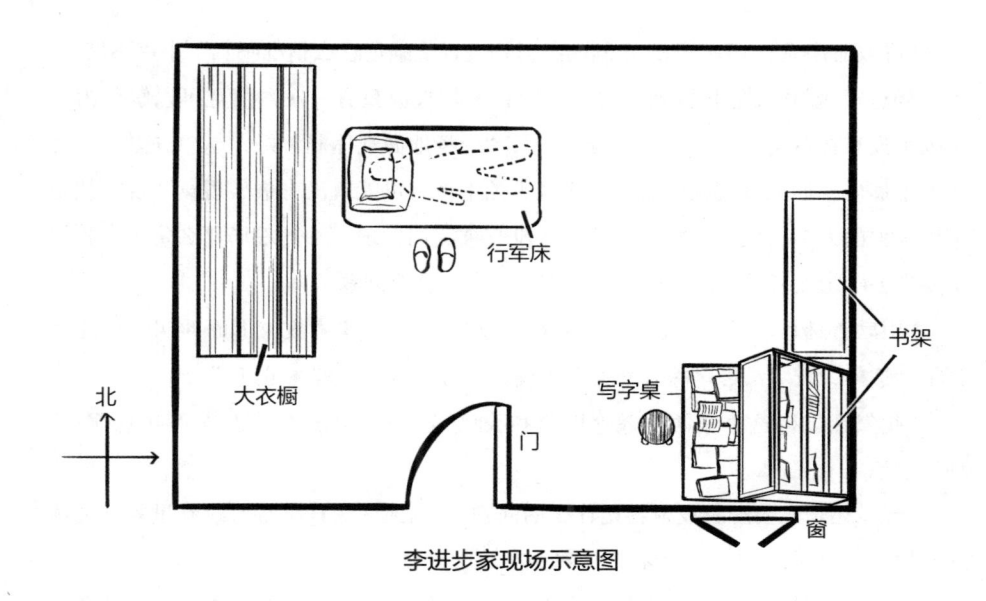

李进步家现场示意图

"你是说，可能是爆炸投射物①导致的死亡？"顾红星捏着自己的下巴，说，"之前大家都先入为主，认为死者是被人锤杀的，还没考虑过你说的这种可能性。不过，这至少可以解释为什么打一下就停，没有继续击打了。"

"可是你也介绍了，现场并没有致伤工具啊！"小卢说，"难不成凶手还得等爆炸结束，进门去把爆炸投射物带走？我觉得爆炸是爆炸，锤杀是锤杀，应该是两个过程。而且，他们不是说李进步睡午觉一般虚掩着门吗？报案人却说门是关闭着的，这不说明凶手有进入现场的过程吗？"

"门这个问题好解释。"冯凯说，"现场的门是往内开的，爆炸发生，室内气压变大，自然会把虚掩着的门给'推'上。"

"是啊。"顾红星说，"爆炸的冲击波很厉害，以前我和老凯办过的爆炸案，死者被开膛破肚了。"

"对啊，你说的那案子，瓶子里面放了很多石子、硬币，不就是通过增加爆炸投射物来增加爆炸装置的威力吗？"冯凯说，"这个凶手会不会也设置了一个有投射物的爆炸装置，炸完了之后，进门把投射物带走了？"

---

① 爆炸产生的冲击波将爆炸物以及周围的物体抛射出去，就形成了爆炸投射物。

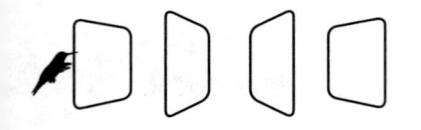

"可致命伤只有'一下',自制的投射物装置能瞄得这么精准吗?"小卢不信。

"但是用爆炸投射物致死不仅可以解释击打次数只有一次,而且可以解释为什么凶手没有在现场留下痕迹。"顾红星说,"现场地面载体非常好,赵源进去一下就留下了痕迹。如果没有嫌疑足迹,我认为凶手很有可能就没有进入现场。现在就是害怕进去的人多,破坏了嫌疑足迹,才没有被我们发现。不过现场那么狭小,我们又要进去确定死者是否已经死亡,确实不好解决这个问题。"

"用勘查踏板啊。"冯凯一边比画着一边说,"用一块木板,下面的四角钉几个钉子,这样,技术员可以踩着踏板进入现场,钉子也不会破坏足迹。"

"我怎么觉得这个东西好像你以前和我描述过……不过这真是个好主意啊!"顾红星陷入了沉思。

"现在还是先要解决投射物是什么的问题。"冯凯一边仔细翻看顾红星复勘现场的照片,一边问,"法医那边有说法吗?"

"这个不用周满解释,我给你解释。"小卢说,"致伤工具和人体接触,只有一个面,所以法医只能分析出一个面。周满说了,是表面光滑、没有棱角的钝器,那么法医也就只能分析到这个地步了。让我们说出究竟是什么东西,那是不科学的。"

"这儿,是不是少了点什么东西?"冯凯指着一张照片,说。

照片里是被炸坏的收录机的细目,照片清晰地反映出收录机被炸坏的一侧以及机器内部的情况。

"我记得,收录机的喇叭里,应该有一大块磁铁吧?"冯凯说。

"对!应该有!"顾红星兴奋地说。他手工一直很好,自己制作过收音机,自然知道喇叭里有磁铁。

"你们是说,爆炸把收录机里的磁铁炸得飞过了客厅,精确地砸到了斜靠着被子和枕头睡觉的李进步头上?"小卢瞪大了眼睛,说,"那他是不是太倒霉了?"

"无巧不成书啊。"冯凯说,"你看看这张现场示意图,李进步当时是头靠着床的西侧。因为后背垫着被子和枕头,所以上半身和床面是有个45度的斜角的。这时候,如果磁铁从东边飞过来,确实可以砸在他头上。我们要分析的,不是李进步倒霉不倒霉,而是这种推测从物理学上有没有可能实现。"

第二章
校长的秘密

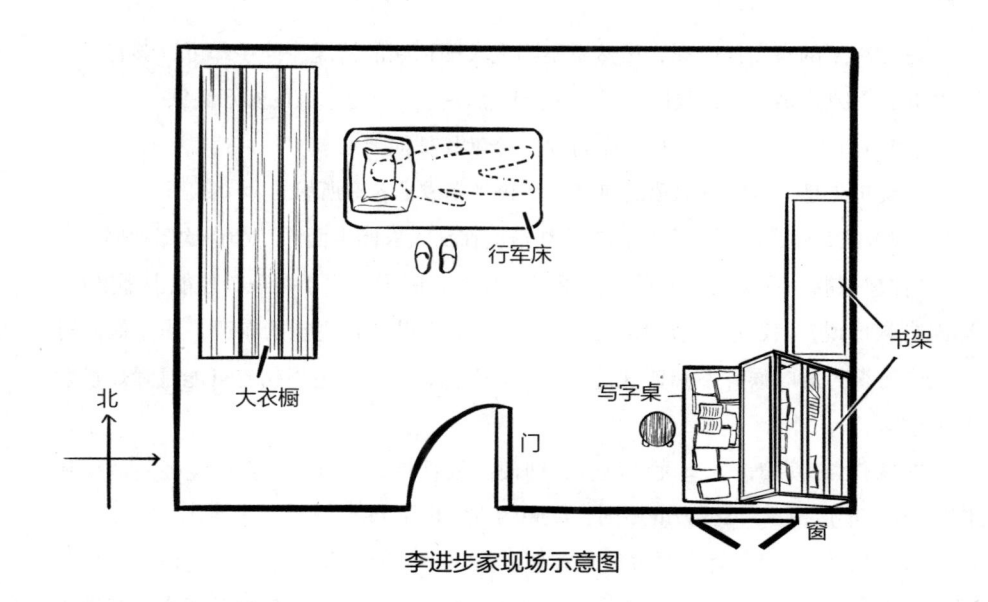

李进步家现场示意图

（图中标注：大衣橱、行军床、书架、写字桌、门、窗、北）

"自然是有可能的。"顾红星说,"不过,磁铁呢?殷俊虽然不算太靠谱,但是现场的物件很少,他们也趴在床边仔细勘查了床下面。如果尸体附近有一大块磁铁,不可能看不见的。"

"那就是像你们说的,被人拿走了。"小卢说。

"可是进来拿磁铁,却没有留下足迹?解释不通。"顾红星说。

"空谈误国,实干兴邦,你们在这儿猜来猜去有啥用,走走走,我们去现场,我来变个戏法给你们看。"冯凯笑着挥手,站起身来。他见顾红星办公室的橱子里有一团揉在一起的塑料袋,从里面抽出两个大小合适的,揣进口袋,率先走出了顾红星的局长办公室。

2

顾红星驾车带着冯凯和小卢来到现场,昏昏欲睡的看守现场的联防队员立即清醒了过来。他连忙去把现场大门的门锁打开,推开了门让他们进去。

进入现场后,顾红星和小卢戴上手套,就去仔细查看那台被炸坏的收录机。而冯凯倒是简单直接,他先是戴好了手套,然后把两个塑料袋套在自己的两只脚上,站到行军床上,伸手向大衣橱的顶部摸去。

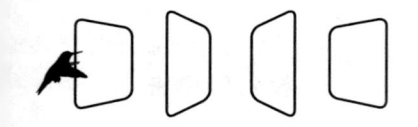

好在冯凯的身高比较高，虽然看不到大衣橱顶端的情况，伸手却可以够着。不一会儿，冯凯狡黠一笑，收回了手，手上居然举着一块巴掌大的圆形磁铁。

"当当当当……"冯凯说，"你们看，我变出来啦。"

顾红星先是一副醍醐灌顶的表情，很快又变成了若有所思。

"我说凯哥，你真是神啊！你怎么知道会在那大衣橱上面？"小卢钦佩地问。

"你想想啊，现场这么简单，如果投射物就在附近，除了橱顶，还能去哪里？"冯凯自豪地说，"我就猜到现场的勘查员不可能去勘查在高空的东西，毕竟他们对现场进行勘查的时候并不知道这是一起爆炸案件，也不知道损伤有可能是爆炸投射物所致啊。"

"是啊！磁铁撞击到坚硬的颅骨，即便把颅骨打碎，也一样会产生强烈的反弹作用力。"小卢说，"根据力的不同，反弹的方向也不同。"

"是吧。凶手应该就是通过窗户布置了黑火药，而不是一个精心制作的爆炸装置。黑火药炸坏了收录机，没想到正好抛出一块磁铁，把还没来得及醒来的李进步给砸死了。磁铁砸完李进步，自己反弹到衣橱顶上了。"冯凯说，"这么一看，整个案件性质都不一样了，我们对凶手的刻画和推理方向也就完全不一样了。"

"确实。"小卢指着冯凯套在脚上的塑料袋，说，"不过，你这塑料袋是干啥用的？你是怕踩脏人家的床吗？这些被子没主人了，最后也会被销毁的。"

冯凯一时语塞。对2020年的警察陶亮而言，进入现场要戴鞋套已经成了刻在骨子里的习惯，可是究竟为什么要戴鞋套，他倒是从来没有细想过。即便每次要踩踏现场的物品时，他都会下意识地找个东西保护、隔离一下，他却并不清楚自己这么做是为什么。

小卢的这句话，也引起了顾红星的注意，他看了看冯凯脚上的塑料袋，再一次陷入了沉思。

"老顾，你在想啥呢？"冯凯说，"哥哥我给你推理出了作案全过程，你还不赶紧去窗口外面的地面上找找嫌疑人的足迹？破案就靠这一锤子买卖了。"

"师父现在是局长，这种事，我来做！"小卢兴奋地拎起相机，想要出门。

"不用了，"顾红星说，"外面没有痕迹了。当时因为没有对窗户进行警戒保护，所以很多人就站在那里围观。外面是土地，本来是提取立体足迹的好载体，但是踩的人多了，自然也就没用了。"

"屋内进来那么多人，你都能分析出可疑足迹，为什么窗外的就不行？"冯凯

第二章
校长的秘密

疑惑道。

"因为屋内是灰尘足迹,虽然会互相叠加,但不会相互破坏。"顾红星解释道,"但屋外是土壤地面,是立体足迹,只要相互叠加,就会相互摧毁。"

"啊,这可麻烦了。"本来信心满满的冯凯顿时像泄了气的皮球。

"也不一定就没有别的出路。"顾红星说,"你刚才也说了,现在案件性质变了。那么,我们现在要搞清楚,一是凶手为什么要从窗口放黑火药来炸李进步的收录机;二是凶手从哪里搞到的黑火药。"

"是啊,毕竟不是通过买鞭炮就能买到的烟火剂,这黑火药是不让随便买的。"小卢说。

"会不会是自己配的?"冯凯说,"一硝二磺三木炭,这我小时候就会背。"

"不可能。"顾红星说,"一来,自己配的黑火药不一定能达到这么厉害的爆炸程度;二来,你别忘了,我们在现场找到了很多牛皮纸碎屑。这些碎屑,就是我们这边的石矿场上包装制式黑火药的包装物的碎屑。"

"那这些碎屑能拼吗?能不能看出是从哪个石矿场出来的?"小卢问。

"太碎了,不可能拼起来。"顾红星说,"而且,很多石矿场的包装物都是一样的,没有什么特别的标识。"

"所以,你是想挨个去石矿场清查炸药?"冯凯问。

"嗯。"顾红星点了点头。

"你看,我一看你表情就知道你想干啥。"冯凯说,"那你们这儿有多少个石矿场?"

"我们区有13个,如果算上周边的区、县,得有60多个。"顾红星说。

"老顾同志,你有多少警力?你知道清查炸药有多难?"冯凯瞪着眼睛惊讶地说,"这里只用了1公斤,1公斤啊,每次炸矿使用炸药的误差都能有这个数字吧?"

"我觉得,不管有多复杂,还是得查。"顾红星说。

"如果是炸药库管理员干的呢?"冯凯说,"入库出库,随便要点手段,都能弄1公斤黑火药出来。你怎么查?很有可能是做无用功。"

顾红星咬着嘴唇思考了一会儿,说:"那你有什么办法?"

"你别急,别急,我想想。"冯凯走到现场门口,透了口气,说,"从嫌疑人刻画入手行不行?不愿意让李校长教孩子英语的人?嫉妒李校长有收录机的人?"

"就算是有这样的人,那也很难查啊!你说的都是心理活动,除非这人大肆宣扬过他的想法,要不然其他人怎么会知道。"小卢说,"假设他们真的说过这种话,

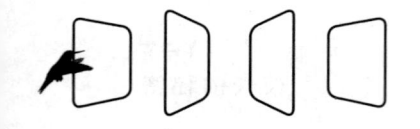

前期侦查也早就调查出来了。李进步的声望这么高，要是有人真的对他有意见，也不会轻易说出来吧？"

"所以还是得从炸药查起。"顾红星说。

"哎，老顾，蛮干不一定是好的，甚至可能会推迟破案的时间啊。"冯凯说，"对了，那个赵源，是不是李进步死前见过的最后一个人？"

"最后一个人应该是凶手……啊，不对，也许李进步就没见到凶手。"小卢说。

"对，就是这意思。"冯凯对顾红星说，"我在听你讲述案件的时候发现一个问题，现在需要问问赵源，说不定对案件有帮助。"

见警察找上门来，赵源显得有些紧张。

"你别紧张，就是上次没有问明白，这次补充一个问题。"冯凯拍了拍赵源的肩膀，示意他坐下来慢慢说。

"我知道的都说了。"赵源说。

"你之前说，你进到李进步家的时候，他正在干啥来着？"冯凯尽可能和颜悦色地问道。

"拉窗帘，开窗户。"赵源回忆道。

"也就是说，在李进步回家之前，他家的窗户、窗帘是关闭的。"冯凯问。

顾红星似乎明白了冯凯的意思，赞许地点点头。

"是啊，李校长最爱他的书了。"赵源说，"正常情况下，他家的那扇窗户都是关死的，最多偶尔拉开窗帘，晒晒太阳。他之所以把书架放在窗户边，就是为了他的书能晒到太阳。"

"为啥平时都是关死的？"

"因为怕被偷啊。"赵源说，"以前他经常忘记关窗户，结果有人就从他家的窗户伸进手来，偷书架上的书。虽然他那窗户有栅栏，人进不来，但伸手进来偷本书还是很简单的。"

"所以他就很矛盾，书又需要晒太阳，又怕偷，就只能不开窗户了？"冯凯接着问。

"是啊。"赵源说，"但那屋子光照有限，他又怕屋内湿气重，时间长了书会受潮，或者长霉，所以偶尔会打开窗户通风透气。不过，开窗户的时候他肯定在家。"

"他在家的时候都会开窗吗？"

第二章
校长的秘密

"那不是,至少晚上不会开,没太阳啊。哎呀,总之他开窗还是很少的。"

"那他是定期开窗吗?或者说,是在特定的某种天气情况下就会开窗吗?"

"这个……应该没有什么规律吧。"赵源说,"他想起来就开呗,我们其他人咋知道他是怎么想的?反正他就是极少开窗,一两个礼拜不一定会开一次。"

"行了,这个线索很重要,谢谢你。"冯凯诚恳地说。

赵源见警察们很客气,还说他提供的线索很重要,立即从拘谨变成了欣慰,一路寒暄着把三人送出了家门。

走到没人的地方,顾红星对冯凯说:"从炸药源、作案动机上无法入手,你就从作案时机上入手,另辟蹊径,这果然是你的风格。"

"破案本来就不该被惯性思维约束嘛。"冯凯说,"现在问题来了,不可能有人天天带着炸药、引线在身上,随时准备动手。尤其是这种衣着单薄的季节,带着炸药很容易被发现,更何况炸药不稳定,有危险。所以,这必然是预谋犯罪。但如果是预谋犯罪,凶手又怎么知道死者会在9月14日这天开窗呢?"

"踩点。"

"对,凶手很有可能了解死者的生活习惯,所以每天中午会来踩点。"冯凯说。

"那天天中午在这里晃荡,就算中午附近人不多,但也不可能不被人发现、不被人注意啊。"小卢说。

"对!"冯凯神秘一笑,说,"不仅有可能被别人看见,也有可能被李进步看见。你想想,凶手如果了解李进步的生活习惯,为什么不趁着他午睡虚掩着门的时候,推门进去放置爆炸物?"

"因为推门进去,很有可能惊醒李进步。"小卢抢答。

"而且推门进去,要走到书架边,肯定得经过李进步的床边。"顾红星说,"老凯的意思是,这个人心里应该很畏惧李进步,所以根本不敢选择这种实际上更有把握的进入现场的方式。"

"对,就是这个意思。"冯凯说,"他既然很怕李进步,那么就不可能在这附近溜达来踩点,而是会选择蹲守的方式。"

"所以有蹲守,就会有蹲守的现场,而蹲守的现场就可能有痕迹。"顾红星兴奋地说。

"全对,100分!"冯凯说。

"不愧是你!"顾红星已经等不及了,拔腿向现场走去。

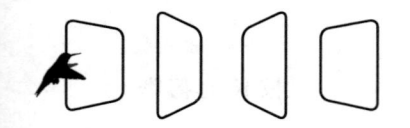

李进步的家虽然在村落主干道的旁边,却位于一排房屋的最末端。从屋子的背后,是无法观察到他家是否开窗的,所以顾红星就直接将屋子背后的区域排除了。屋子前面是一片土地,紧接着就是主干道。主干道的对面又是一排房屋,正对着李进步家的,是另一名村民的家。

"他不可能躲到别人家里去蹲守。"顾红星指了指李进步家对面那户人家紧锁的大门,说,"唯一的可能,就是在这一家旁边的灌木丛里躲着。"

"我也觉得这里是唯一可以躲着观察的地方,能看到对面的情况,也不会被发现。"冯凯说,"那就啥也不说了,进去看看吧。"

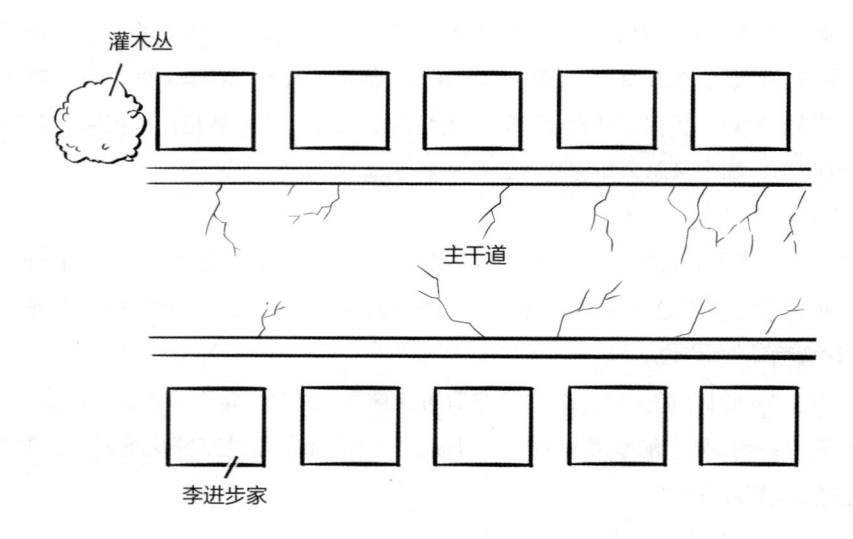

李进步家周边现场示意图

"等一会儿。"顾红星制止了冯凯,从小卢的勘查箱里拿出一卷警戒带,把灌木丛周围都给围了起来,然后又从冯凯口袋里掏出那两个塑料袋,套在自己脚上,戴好了手套,才一步步向灌木丛的深处走去。

"喂,你现在是局长,能不能有点势子?"冯凯喊道,"啊,就是派头的意思。"

"你们别进来,踩坏了物证我会翻脸。"顾红星的声音从灌木丛里传了出来。

"你说这个老顾,当了局长还把自己当技术员。不像有的人,一旦当了官,那走路的姿势都不一样。"冯凯的脑海里出现了高勇的模样。

第二章
校长的秘密

"你说的是谁？"小卢好奇地问道，却被顾红星的喊声给打断了。

"找到了！老凯！我要给你报功。"顾红星惊喜地嚷道，"你们沿着我刚才踩踏的痕迹进来，不要乱走动。"

"报啥功？我又不属于你管。"冯凯一边说着，一边也走进了灌木丛。

灌木丛中，果然有一片0.5平方米大小的灌木倒伏痕迹，而这一片痕迹中央，有几枚深深地踩入土中的立体足迹。

顾红星从小卢手上接过照相机，开始对足迹进行照相，并说："小卢，配石膏，把这些足迹都提取回去。"

"可是，不能因为这里有足迹，就确定是犯罪分子留下的吧？万一是别人进来解手呢？"小卢好奇道。

顾红星伸手指了指足迹边的一块塑料皮，又恢复拍摄动作，猛按快门。

冯凯蹲下来，小心地捡起那块塑料皮。这应该是一个豆腐块大小的物件的外包装，上面还有"1KG"的字样和一排数字。

"马晴红判断得不错，就是1公斤黑火药。"顾红星说，"人家不愧是大学生，就是不一样！这让我想到了小卢刚来的时候，你们一个当法医，一个当理化检验师，个个都是人才啊。"

"嘻，还不是国家培养得好啊！"小卢笑嘻嘻地说，"原来炸药是这样包装的，外面有塑料皮防潮，撕开后，里面就是牛皮纸把火药粉末包装在一起，插上引线就能用。"

"这排数字是什么？"冯凯问。

"是生产批号。"顾红星说，"根据这个，就能找到炸药原来应该在哪个库里。所以说，我要给你报功。"

"报功就算了。"冯凯说，"不过，这种塑料质地，应该很容易提取指纹吧？"

"应该没问题。"顾红星说，"等我们提取完足迹，我和小卢回分局去分析足迹和指纹，你按照这一排编号去找炸药库。找到后，不要随便进去，告诉我们，我们去找足迹。"

从灌木丛出来后，顾红星跳上汽车，载着小卢就往分局驶去，留下冯凯一脸蒙。

"喂，你们就这样跑了？"冯凯看着远处汽车轮胎掀起的尘土，说，"总要给我找辆自行车吧？"

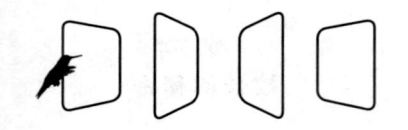

没有交通工具，冯凯只能靠两条腿。好在派出所距离现场也就两公里的路程，冯凯一口气小跑到了派出所，找到了所长。

"这个批号，能不能查到是属于哪个炸药库的？"冯凯扬了扬手上的纸。纸上有顾红星给他抄下来的生产批号。

"那当然能查到。"所长说，"炸药管理，我们所一直都是很认真的。"

很快，所长就找到了具体炸药库的编号，说："是距离这里5公里外三号石矿场的炸药库。走，我骑摩托带你去。"

"你让内勤给分局打个电话，告诉顾局长。"冯凯说。

不一会儿，所长带着冯凯就来到了炸药库边。

炸药库也就是一间普通的厂房，不大，约200平方米。库门用铁插销插着，没有上锁。门口有一间小平房，是炸药库管理员平时居住的地方。

冯凯推门走进小平房的时候，管理员正坐在窗边的写字台前听收音机。

"公安同志，有什么事吗？"管理员问。

"这个批号的炸药，是你们库的吧？"冯凯把纸放在写字台上。

管理员推了推老花镜，看了看，说："是啊，怎么了？"

"被人偷了，"冯凯说，"而且用来杀人了。"

这一句话，把管理员的汗都说下来了，他"腾"地一下站起身来，哆嗦着说："不，不可能，不可能！我天天坐在这里，谁要是经过，我都看得见！"

"晚上呢？"

"晚上库房会上锁。"

"要是工人领炸药的时候，多拿了呢？"

"那更不可能，都是我自己进去拿出来给他们的。"

"那为什么会丢？"冯凯瞪着眼睛问。

"公安同志，我真不知道啊！"管理员几乎要哭出来了，说，"对了，肯定是工人领走了炸药，使用的时候扣下了1公斤。少1公斤不影响爆破作业的。"

冯凯语塞。管理员说的这种可能，是最大的可能了。好在最近所有领炸药的人都会登记在册，这样的话，侦查范围就不大了，在几个人之间排查就可以。不过，最怕的就是工人扣下炸药后，留存了很久，那要排查的人就很多了。

"还不快把领炸药的登记本拿出来给冯大队看？"所长在一边说。

"好的，好的。"管理员连忙拉开了抽屉，拿出一个本子递给冯凯。

冯凯接过本子，正在细细看的时候，一阵尖锐的刹车声在门外响起，冯凯知道顾红星到了。

3

"怎么样？"顾红星进门就问。

"现在他说是工人领回去，偷偷扣下的。"冯凯说。

"不可能。"顾红星说，"每次使用炸药前，都是要两三个人一起清点的，这个都有登记，作不了假。"

"那就没法解释了啊！"管理员一脸委屈，"我拿人头保证，我这个炸药库别人进不去。"

"你开门，我进去看。"顾红星说。

管理员连忙起身，跑到库房门口，拉开插销，打开了大门。

库房内，有一排排货架，货架上整齐地码着一堆堆包装好的黑火药。还有一排货架上，放着盘成圆形的引线。

顾红星拿着一个手电筒，蹲在地上，对地面进行侧光照射。

地面是用水泥铺垫的，上面有大量的灰尘，被顾红星这么一照，立即显现出大量错综交杂的鞋印。不过，一眼就可以看出，基本都是同一种鞋印，也就是管理员自己的鞋印。

看来这个管理员没有说谎，这个库房他还真不给别人进。

顾红星看了好一会儿，终于在地面上发现了异常。他用粉笔在地面上画了几个圈，对冯凯说："没问题，这个鞋印就是现场的鞋印。"

"怎么可能？没人进来啊！真的没人进来过啊！"管理员连忙喊了起来。

"小孩呢？"顾红星问。

管理员立即收起了委屈的表情，开始回忆。

"你怎么知道是小孩？"冯凯也很惊讶，"不过你这么一说，还真有点像是恶作剧。"

"37码的白球鞋。"顾红星说，"像不像小孩的？"

"啊？球鞋我能懂，你咋知道是白的？"冯凯愣了一下。

"这种鞋底花纹，就是那种最常见的白球鞋啊，它也没有别的颜色啊。"顾红星

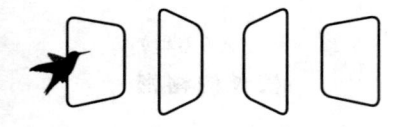

见怪不怪地答道。

大家一起把目光聚焦到了管理员脸上。

"我想起来了,想起来了,确实有一个小孩进来过。"管理员说,"那应该是一个星期前的事儿,大概是上上个星期天,当时有几个矿工的小孩在这里玩。我们这里矿工多,尤其是学校不上课的节假日,矿工们的孩子没人看管,就会被带到矿上,在这附近一起玩。那天,好像是几个孩子玩躲猫猫。我当时上厕所去了,回来的时候正好看见有个小孩推开了库房门。平时库房门是插上的,肯定是这小孩淘气。我就过去训斥了一番,把他赶走之后,不放心,进库房看了一眼,发现赵庆楼的儿子在里面躲着。我当时就很恼火,把他提溜出来了。"

"他身上没带包之类的东西吗?"冯凯问,"你搜身了吗?"

"小孩子躲猫猫,我搜什么身啊?"管理员说,"不过1公斤也有豆腐块大小,揣口袋里应该能看出来,确实是没有啊。"

"行了,麻烦你继续严加看管炸药,准备好台账,过后我们会清查。"顾红星说完,招呼冯凯上车。

坐在车上,顾红星说:"现在嫌疑人是明确了,但是不好甄别。"

"不是有指纹吗?"冯凯问。

"塑料皮在野外,风吹日晒,还有露水。上面确实有指纹,但是破坏严重。"顾红星说,"也不是说不能甄别,但不敢确定。"

"你就是太谨慎了。"冯凯说,"只要能比对上几个特征点,再加上咱们的这些调查,还有足迹,证据够了吧?"

"毕竟是未成年人作案。"顾红星说,"你还记得布拉吉那案子[①]吗?我们也明确了嫌疑人,但并没有轻易动手。对待未成年人作案,还是谨慎一点为好。如果抓错了人,后果不堪设想啊。"

"那可咋办?"

"这样,你去学校调查一下,看看嫌疑人有没有作案的动机。"顾红星说,"我回去再问问理化检验部门,有没有理化检验的办法。"

"行是行,但这次你得送我去学校,我走不动了。"冯凯瘫在副驾驶座上。

"你看你这身体,当年我们步行10公里也不嫌累啊。"顾红星笑着,发动了汽车。

---

① 见蜂鸟系列第一部。

第二章
校长的秘密

抵达村办小学后，冯凯直接找了学校的老师，调出了学生的花名册。

"赵庆楼的儿子，你看看叫啥？"冯凯问。

"赵小三。"老师指着花名册的一个名字，说道，"14岁，六年级。"

"李进步老师带他的课吗？"冯凯问。

"李校长带所有学生的课。"老师说，"他什么课都能带，几乎所有学生他都认识。他不仅管学习，还管生活。"

"那这个赵小三，是个什么样的学生？"

"他怎么了？"老师好奇地问，但看冯凯没有丝毫要透露的意思，便接着说，"这孩子，很可怜，从小没妈，就是调皮一些。唉，他爸在矿上干活儿，忙得很，他妈是生他的时候难产死的。所以，他平时没人管。"

"从名字上就看出来了。"冯凯说，"不然谁会起这个名字啊？"

"而且，这孩子有小偷小摸的习惯。"老师说，"不过也不能完全怪他，他爸嗜酒，钱都花在酒上了，给他的生活费少得可怜。男孩子嘛，总想玩点什么玩具，想吃点什么零食，没钱买，就偷。"

"那这个小偷小摸，你们老师是怎么知道的？"冯凯接着问。

"三年级的时候就开始了，但那时候是偶尔被抓住，然后被人告状到学校。"老师说，"我们做老师的，几乎都训斥过他，有的甚至体罚过。可是没用啊，愈演愈烈，六年级开学才半个月，他都已经被抓到三次了。我们管不了，就交给校长管了。具体是怎么处理的，只有李校长知道。"

"明白了，李校长这半个月，就找了他三次麻烦。"冯凯说，"那你大概知道是什么事吗？"

"开学第二天，偷人家卖的冰棍，被同学举报了。"

"卖的冰棍，怎么偷？"冯凯的脑海里都是商店门口的大冰柜。

"就是骑自行车，后座上带着个泡沫盒子的那种卖冰棍的嘛。"老师说，"放学后就会停在门口，一来就被一圈学生围上。冰棍包在棉被里，放在泡沫盒子里，有人买就打开盒盖拿冰棍。赵小三趁着老板转身找钱的时候，从盒子里拿了一根就走。老板没看见，倒是被学生匿名举报了。"

"举报到李校长那里？"

"嗯。校长知道后，就找他谈了一次话，说了一个多小时，说了什么我们就不知道了。"老师说，"可没想到，这还没过三天，又去偷人家的画片，被当场抓到

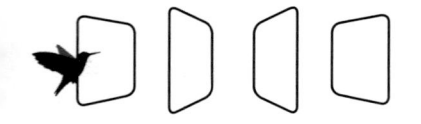

了。画片，你知道吧？"

冯凯点点头，他的脑海里，尽是自己儿时的记忆。

二十世纪九十年代初，孩子们没啥玩的，尤其是男孩子，最常见的玩具就是画片、酒瓶盖和玻璃弹珠。

画片就是半个烟盒大小的硬纸片，正面印着一些动画形象，比如变形金刚什么的，反面是对动画形象的介绍。男孩子们在一起玩画片，就是一人拿出一张画片，正面朝上放在地面上，然后每个人拍一下地面，用拍地的气流让画片翻过来。谁拍完之后所有的画片都是反面朝上，那他就赢了，就可以赢走其他小伙伴的画片。

酒瓶盖就是男孩们收集的大人们喝啤酒留下的瓶盖，用石头将它砸成扁平的铁饼状。一人出一个酒瓶盖，放在手掌心，然后抛起，在酒瓶盖腾空的时候，翻转手掌，让所有的酒瓶盖都落在手背上。再将酒瓶盖抛起，在空中抓住一定数量的酒瓶盖。如果开始大家设定的数字是"3"，那么能够抓住3个酒瓶盖的人，就赢得所有的酒瓶盖。

玻璃弹珠，需要在土地上玩。用脚踩玻璃弹珠，在土地上踩出一个小坑，孩子们将弹珠放在食指的第二指节，然后用拇指将弹珠弹出去。弹出去的弹珠碰撞别人的弹珠并把别人的弹珠撞进小坑里，就可以赢走别人的弹珠。这是一个类似桌球和高尔夫球的游戏。

"当时，人家老板摆地摊，他蹲在地上，看上去是在挑选画片。"老师的话打断了冯凯的回忆，"结果他趁着老板不注意，把画片塞到自己的鞋帮里。因为太贪心，最后那个鞋帮鼓得很明显，被老板发现了，扭送到学校交给李校长。校长当时很生气，当着我们几个老师的面，打了他的屁股，实际上打得很轻。"

"可赵小三屡教不改是吧？第三次，是发生在14号吗？"冯凯问。

"如果我没记错，应该是13号。"老师说，"这一次是学校门口的小卖部老板找到了校长，说赵小三在他的玻璃弹珠柜台前面站了好久，什么都没买就走了，于是老板清点了一下，发现少了三颗。老板认为是赵小三偷的，就来找校长告状了。"

"少三颗弹珠都知道？这老板够细心的。"

"是啊，少的是什么颜色的都知道。"

"是赵小三偷的吗？"冯凯问。

"校长当时很生气，当着全班同学的面，搜了赵小三的书包，果然发现了颜色一模一样的弹珠。"老师说，"校长没收了弹珠，应该是还给老板了。"

第二章
校长的秘密

"行了,一切都清楚了。"冯凯说,"你先忙吧,我去找这三个老板,再核实一下。"

另一头,顾红星回到分局找到了理化检验师马晴红。

"我记得你那个显色法很灵。"顾红星说,"现在,我们已经有了一名犯罪嫌疑人,但因为是未成年人,所以希望证据扎实后再讯问。"

"你是说,去他家里搜?"马晴红问。

"不是,他应该只偷了那一块炸药,应该都用完了。"顾红星说,"我是这样想的,他在蹲守点撕开了塑料包装,走到现场的窗口去放炸药,那么必然会有黑火药的粉末从牛皮纸包装里漏出来,黏附在他的手上。如果对他的手进行擦拭,是不是有可能检出黑火药?"

"按理说,肯定可以。"马晴红说,"但是,这都已经过了三天了,他肯定都洗过好几次手了,即便手上有,也是极微量的了。而显色法,至少需要0.1克的检材啊。"

"说的也是。"顾红星顿感失望。

"不过……"马晴红俏皮一笑,说,"你还记得去年我找你要过仪器吗?"

"是吗?"顾红星想了想,说,"现在各个大队、派出所都设备紧缺,我当时给你批了吗?"

"批了啊。"马晴红说,"当时在分局党委会上,你说人民群众安全感的底线就是命案要破、要防,而命案侦破得依靠现场和物证。所以,你说要把有限的预算倾斜给刑事技术部门,破例给我们批了这台电泳仪。"

"电泳仪?"顾红星已经不记得自己批的是什么仪器了。

"对啊。"马晴红自豪地说,"显色法无法进行的微量物证检验,我们可以用电泳法。有这台电泳仪,如果你能提取到嫌疑人的双手擦拭物,我就可以试试看。"

"那太好了,我现在去找老凯。"顾红星说。

"局长,你还要亲自去吗?让殷俊去不就得了。"马晴红笑道。

"其他的事可以,这件事必须我自己跑。"顾红星说完,推门离开。

顾红星找到冯凯的时候,冯凯刚从被偷的小卖部里出来。

"现在要让你提取赵小三的双手擦拭物,你能不能想到办法?"顾红星开门见山。

"等等,理化检验部门真的能检验出三天前遗留的微量检材?"冯凯惊叹道。

在他的印象里,顾雯雯他们刑科所有一台仪器叫什么色谱仪,确实能检验微量物证。但那也是顾雯雯参加工作后,市局才引进的仪器,在这个年代,应该是没有的。

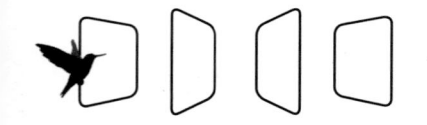

"说是电泳法,可以试一试。"顾红星说。

冯凯点点头,猜测这应该是有那个什么色谱仪之前,上一代的检验方法。

"这个太简单了,比之前我们办的强奸杀害幼女案①取手掌纹简单多了。"冯凯信心满满地说,"你等我,我去买几个梨。"

不一会儿,换上便装的冯凯和顾红星来到了赵小三的家。

此时夜幕已经降临,赵小三应该在家中写作业或者休息。冯凯敲响了房门,来开门的果然是身材瘦弱的赵小三。

"你爸爸呢?"冯凯和蔼地问。

"喝酒去了。"赵小三把着门,警惕地说。

"那我们能进去坐坐吗?等一会儿要是还等不到你爸,我们再走。"冯凯拎起手中的网兜,说,"我还给你买了梨,削一个给你先吃啊。"

"你们是谁?"赵小三看了眼圆滚滚的梨,咽了口口水。

"嗐,连我们都不认识啦?我们是你爸爸的老同事,你小时候我经常抱你啊。"冯凯说。

不知道是这个时代的小朋友警惕性不够,还是因为梨子的诱惑太大,赵小三没再追问,就放二人进了家。

这个房间和李进步的住处一样简陋,唯一的电器就是天花板上的电灯。冯凯找来找去也没找到一把椅子,只能在屋内两张床中的一张上坐了下来,从网兜里拿出一个梨削了起来,边削边和赵小三胡诌。

"你小时候啊,就是瘦,你妈妈去世得早,没人管你,我们经常来陪你玩的,你都不记得了?"

赵小三盯着渐渐露出的白色梨肉,摇了摇头。

"喏,吃吧。"冯凯把削好的梨子递给赵小三。

赵小三接过梨子,开始狼吞虎咽。

"晚上又没吃饭?"冯凯大胆地加了一个"又"字。

赵小三点点头,仍不停下啃梨子的动作。不一会儿,一整个梨子就变成了一个瘦瘦的梨核。

"你看你这孩子,没钱买东西吃,哪怕自己做一点呢?"冯凯从口袋里掏出一

---

① 见蜂鸟系列第一部。

张刚才顾红星给他的滤纸，帮赵小三擦拭着双手，说，"没事，梨子就放这里了，我们走了，你饿了就自己削着吃。"

赵小三一边咀嚼着梨肉，一边感激地朝他俩点了点头。

走出了赵小三家，顾红星钦佩地说："梨子多汁，给他擦手就不显得突兀了。"

"而且梨汁含糖量高，黏稠，会把他手上的微量物证黏附住，然后再黏附到滤纸上。"冯凯说，"就是不知道经过这几天，量还够不够。"

"回去试试吧。"顾红星小心翼翼把滤纸装进一个塑料物证袋里。

4

"你真不回去陪雯雯过生日啊？"冯凯坐在顾红星办公室的沙发上问。

"这都晚上9点了，等我回去，她们娘儿俩都睡着了。"顾红星坐在办公桌前，翻阅着文件。跑了一天现场回来，他的案头已经积压了很多文件。

"你这当爹的，不称职。"冯凯把头枕在沙发的一侧扶手上，干脆躺平了。

"没办法，哪个警察是称职的爹妈？"顾红星说，"国家安危，公安系于一半……"

"打住，打住，别在这儿给我上价值。"冯凯说，"你们那个漂亮姑娘说什么时候能出结果？"

顾红星停下手中的笔，抬起头看着冯凯说："你说马晴红？很少听你这样形容别人啊，她还没对象，你要不要考虑一下？"

冯凯猛地坐了起来，摇着手说："你别乱牵红线啊，我可没那意思。再说了，我都多大了，比人家得大10岁吧？"

"年龄不是问题。"顾红星笑了笑，又继续批阅文件，"重点是你这个岁数了，真的该考虑考虑自身问题了。"

"我没问题，我说过了，无牵无挂。"说到这里，冯凯心中一动，他又开始想顾雯雯了。

"马晴红说为了稳妥，要多跑几遍电泳，估计凌晨三四点才能出结果。"顾红星看着沙发上的冯凯说，"你就搁那儿睡一觉吧，不然从这里往市里跑太远了。"

"你呢？不会要熬通宵吧？"

"你看看。"顾红星用笔指了指案头的文件，说，"不熬通宵也得熬到凌晨一两点，放心，我有折叠床。"

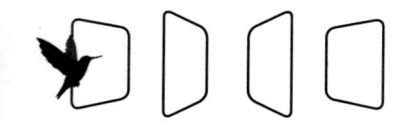

"难得啊，时隔 14 年，我俩又同居了。"冯凯说。

"用词不当。"顾红星头也不抬地说。

这个年代的"同居"似乎不是什么好词，一般都会在前面加上"非法"二字。

"雯雯现在……长高了吗？"冯凯忍不住问。

"你不是早上刚问过吗？"顾红星说，"过年不还在一起过的吗？半年多能有什么变化。"

"真好，羡慕你们。"冯凯说。

顾红星又抬起了头，说："哦，你也知道成家的好处？我早就说了……"

"停……打住！你一个大局长，别成天搞得和媒婆一样。"

顾红星微笑着摇了摇头。

冯凯不说话了，他的脑海里已经被顾雯雯的音容笑貌充满。在幸福和思念中，他慢慢闭上了双眼。

等到冯凯睁开双眼的时候，发现顾红星依旧在自己的座位上坐着，而对面的两把椅子上坐着马晴红和卢俊亮。

"哎哟，你怎么不叫我。"冯凯坐起身，擦了擦口角的口水，说。

"看你睡得香，没忍心。"顾红星说，"理化检验部门已经做出结果了，确定是有反应的。"

"啥叫有反应？就是有黑火药呗？"冯凯问。

"是的。"马晴红笑着回答。尽管眼下挂着黑眼圈，但她对熬夜做出的结果感到非常兴奋。

"另外，小卢在赵小三的课桌上提取了指纹，和现场塑料皮上还原出来的指纹基本是吻合的，也有一定的证明效力。"顾红星说。

"凯哥，你在这儿睡得香，我搞那几枚指纹，真是把我搞吐了。"卢俊亮忍不住说道，"都给破坏了，我真是一点点还原，一点点比对，总算比对上几个特征点。"

"如果单靠这几个特征点，是不能作为'孤证'的。"顾红星说，"但结合了鞋印、理化检验结果和调查情况，就可以定案了。"

"那我去抓人。"冯凯赶紧说。

"我已经让刑警大队去了。"顾红星说，"让他们秘密抓，毕竟是未成年人。"

"哦对了，才 14 岁。"冯凯拍了一下自己的脑袋，心想怎么忘了这个关键问题，"《刑法》现在是怎么规定刑事责任的法定年龄来着？"

第二章
校长的秘密

"我们是法律工作者,法律条款要熟记在心啊!"顾红星说,"已满14周岁,严重暴力犯罪的,是要追究刑事责任的。虽然他的动机并不是杀人,只是破坏,但爆炸罪是严重暴力犯罪啊。他肯定是会被送去少管所的。"

冯凯知道,所谓的少管所,实际上叫未成年犯管教所,是对已满14周岁未满18周岁的未成年犯执行刑罚的机构和场所。原来1990年实施的1979年旧《刑法》就已经是这样规定刑事责任的法定年龄了。

"那行吧,我去审讯室等着。"冯凯起身说。

"我和你一起去。"顾红星安排好眼前两人后续的证据固定工作,和冯凯一起下楼。

等了大约一个小时,两名侦查员扶着赵小三的肩膀走进了审讯室,后面还跟着那天被冯凯问询过的老师。对未成年人的审讯,需要其监护人在场,可赵庆楼不知道去哪里喝酒了,到现在也找不到,于是侦查员依法请了学校的老师到场见证。

赵小三一见穿着警服的冯凯和顾红星,顿时有点蒙,他下意识地看了一眼冯凯的手上有没有拎东西。

"梨子好吃吧?"冯凯依旧笑容可掬。他从口袋里掏出5块钱,递给一名侦查员,说:"你去公安局对面那铺子买几斤梨子。"

侦查员接过钱,点头离开。

进了审讯室,冯凯让赵小三坐在对面的椅子上,老师坐在赵小三的背后。他并不急于审讯,而是等侦查员买来了梨子,又亲手削了一个给赵小三,耐心地看着他狼吞虎咽地吃完。

"水果吃完了,现在可以说说炸药的事情了吧?"冯凯问道。

赵小三不吭声,只是低着头咀嚼着梨肉。过了好一会儿,他才开口说:"我不是故意的……我没想让他死。"

"你是哪一天偷炸药的?"冯凯问。

"就是他打完我之后的那个星期天。"赵小三说,"那天正好我去矿里找我爸,看见几个小孩在玩游戏,我就加入了。趁着管理员不在,我打开了炸药库门,躲进去,心想他们肯定找不到我。躲在里面的时候,我就看到好多炸药。那个时候,我就想,要是我拿一点炸药,炸坏他家的东西,他一定会被气死……我没想到,他真的会死……"

"听说是管理员把你抓出来的,炸药藏在哪里没有被他看出来?"

"裤裆里。"

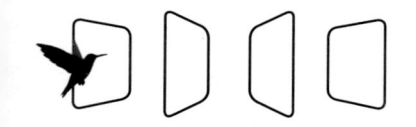

"那你为什么到 14 号才动手？"

"我没想好怎么炸。"赵小三说，"炸药我藏在家里，一直都没拿出来。"

冯凯相信他说的话。赵小三不可能把炸药一直藏在裤裆里，作为学生，最方便藏东西的地方，应该是书包里。但 9 月 13 日那天，赵小三偷弹珠被抓时，李进步搜过他的书包，如果炸药放在书包里，早就该被发现了。

"后来，13 号那一天，李校长突然来搜我书包，没收了我的弹珠。"赵小三断断续续地说，"他还跟我说，要我第二天中午休息的时候，去把学校操场周围的杂草给拔干净。他这么罚我，我很生气，那天中午，我没有去拔草，就直接回家了。我把炸药拿出来，藏在书包里，去了李校长家。但他家有人，我不敢进去，就在旁边找了个地方等着。等了一会儿，赵源叔从他家离开了，我看到李校长把窗户打开了。本来我还不知道要怎么把炸药放进去，这下正好有机会了。我又等了一会儿，才偷偷跑到他家窗户边，看到他睡着了，就把炸药放到了收录机旁边，在窗外点燃了引线就跑了。"

冯凯低头做着笔录。

"我以为他会被炸得吓一跳……我真的没想到能把校长炸死，他离得那么远……"赵小三惶然地说。

"你为什么要偷东西？"顾红星问。

"我爸没空管我，只给我饭钱，其他什么都不问。"赵小三说，"我很生我爸的气，别人都有玩具玩，我就只能捡别人不要的。如果我想要买东西，就只能饿肚子。我也不想饿肚子，所以就开始偷偷拿人家的。拿东西，比买东西快，我就每天都想拿一点。"

"那不叫拿，叫偷。"冯凯纠正。

赵小三撇了撇嘴。

"李校长发现你偷东西之后，是怎么跟你说的？"冯凯问。

"他打了我屁股。"赵小三低着头说，"他打得倒不重，但说话很凶。他说……我爸爸不管我，他是老师，他得管我，他……"

冯凯看了看顾红星，发现顾红星也是眉头紧锁地看向自己。冯凯叹了口气，慢慢站起身走到赵小三跟前，把手搭在他肩膀上，说道："知道李校长为啥叫你去拔草不？"

"不知道。"

第二章
校长的秘密

冯凯把装有弹珠的塑料袋放在赵小三面前,说道:"这是李校长从小卖部老板那儿买下来的,他一直带在身上。如果不出意外,他会将这几颗弹珠,作为你除草的报酬。"

赵小三愣住了,嘴里喃喃道:"啊?为什么……"

顾红星开口道:"李校长应该是希望你能明白,想要什么没有错,但要通过劳动来获得才对。"

冯凯转身拿起了一本书,放在赵小三面前,说道:"这是我们在李校长桌上找到的,他应该是下午就要用,所以没有把它放进书架。如果我们猜得没错,这本书应该也是校长要送给你的。"

赵小三懵懵懂懂地翻开了这本《钢铁是怎样炼成的》,盯着上面那行熟悉的字迹,默默念道:"走正路,走大路,走远路……"

冯凯问:"明白是什么意思不?"

赵小三想了想,摇了摇头。

冯凯看了看顾红星,说道:"这本书的主人公也是一个家境贫苦的小男孩。他没有被苦难击倒,而是越挫越勇,不断地为追寻自己的人生目标而努力奋斗。李校长想说的是,万事开头难,但你可以从小事做起,只要你走在正确的道路上,就会越走越远,越走越宽。总有一天,你可以大大方方地去拿属于你的东西。"

赵小三轻轻摩挲着书上那行字,眼眶中有泪水在打转。他把书抱在怀里,把头埋了下去,肩膀轻轻抖动起来。

走出审讯室,顾红星看看冯凯,说:"校长已经不在了,你替他传的话,希望赵小三真能听进去。不过,你真是让人刮目相看啊,《钢铁是怎样炼成的》你是啥时候看的?"

"别小看人好吧!"冯凯拍了一下顾红星,"行了,案件破了,你要不要请我去你家吃饭?"

"不行,吃饭等一段时间再说。"顾红星说,"我现在有更重要的事情,不能陪你了,你回去吧。"

"你这……"冯凯瞪大了眼睛,说,"你也太现实了吧?过河拆桥啊?兔死狗烹啊?鸟尽弓藏啊?卸磨杀驴啊?"

"你会的成语还真不少。"顾红星"扑哧"一声笑了出来,拍了拍冯凯的肩膀,上楼去了。

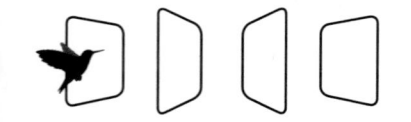

其实冯凯也有自己的事情。

回到刑警支队后,冯凯从内勤小叶那里拿来了几卷未破命案的卷宗,希望通过审阅卷宗来找到一些残留的记忆。

顾雯雯一直在侦办的命案积案究竟是哪一起?未破的原因是什么?有没有突破的线索?冯凯希望能在其中找到答案。

可惜,看了整整两天的卷宗,各种文件也都翻了好几遍,冯凯还是没有找到任何记忆。这几起未破命案,有一半是嫌疑人已经明确,只是未被抓住的,还有一半是现场已经提取到指纹,暂时还没有比对上嫌疑人的。几起案子的侦破工作还在推进着,看起来案件并不困难,都有在短时间内破获的希望。

难道顾雯雯办的那起案件现在还没有发生?

想到这里,冯凯突然想起自己这两天都没见到小卢,于是起身去技术大队,准备问问小卢这几起案件的指纹比对进展情况。

刚走到楼道里,他就看到两个民警拿着表格往政治处的方向走去,冯凯好奇地问道:"你们这行色匆匆的,干啥呢?"

"报名啊。"民警说,"报名去分局。"

"去干啥?"

"去清查炸药啊。"民警说,"青山区那爆炸案不是你破的吗?破案后,顾局长就找到了市局领导,要求组织专班①对青山区及周围几个区县的炸药库进行全面清查,建立详细的炸药档案。后天就要开亚运会了,开到10月7号呢,在这期间,这项工作要落实好。青山区人手不够,所以市局号召机关民警报名去支援。"

"去青山区?"冯凯想了想,说,"那我也报名,在哪里领表格?"

填完了表格,冯凯来到了技术大队,见卢俊亮正在伏案苦读。

"看啥呢?这么认真。"冯凯拍了一下卢俊亮的肩膀,跳上了他的桌角坐着。

"别提了,我真服了师父。"卢俊亮说,"发生了一起案件,他能弄出两个大事。"

"我说前天他怎么不请我吃饭呢。"冯凯说,"原来是在憋大招啊?"

"大招?对,这个词儿好,就是大招。"卢俊亮说,"你看看这两个大招吧!一是他要在市局调十个人去帮忙,这要求居然都能被局长同意。二是他真够厉害的,两天时间,就两天时间啊!他把《现场勘查规则》给改了,居然整整多出了一倍的

---

① 专班:指的是专门的班组。

第二章
校长的秘密

内容。这不,我在学习呢,不然不按新规则办事会被师父骂的。"

"这是老顾的风格。"冯凯哑然失笑,问,"那第一个大招,你咋不报名?去你师父那里和他相处一段时间,不是挺好的吗?"

"虽然分局都有法医,但市局法医室就我一棵独苗,你觉得我走得掉吗?"卢俊亮说,"你报名了?"

"嗯。"冯凯点了点头。

"政治处同意了?"

"嗯。"

"你是大案大队长,怎么就能同意你去的?"

"凭我的三寸不烂之舌啊。"冯凯说,"亚运会安保工作高于一切;我这种大案侦办思维有助于炸药的清查;我和老顾生死与共这么多年,配合度比任何人都要高。你说,这三条够不够?"

"那我也去试试。"卢俊亮站了起来。

冯凯一把又把他按回了座位上,说:"你就别试了。侦查工作,换个人照样干,我们大队有十几号人呢,谁都能替我。但你这棵法医室独苗,就别作他想了。你还是踏踏实实在这里坐着,和我说说你师父的第二个大招,是什么内容。"

"那可就多了。"小卢扬了扬手中的文件,说,"洋洋洒洒一万多字呢。"

"具体改动有哪些?我也得学习学习。"

"师父把文件呈交给局党委后,局长就决定在全市推行,并且上报了省厅,准备在全省推行。我总结了一下,主要有五个方面的内容添加。"卢俊亮清清嗓子,一本正经地说,"第一个内容,就是现场通道怎么打开的问题。他说如果是宽敞的现场,要先把地面足迹圈出来,或者用遮盖物把足迹盖住,技术员沿着没有足迹的地方进入现场。如果是狭窄的现场,就用你说的那个什么踏板。"

"他还真是活学活用,但这个东西没办法买到吧?"冯凯感慨道。

"师父自己做了一个,现在局长要求各分县公安局,还有我们技术大队都自己做。"卢俊亮苦着脸说,"你说我这动手能力,难啊。"

"你动手能力可以的,自信点。"冯凯笑着推了他一把,说,"第二个呢?"

"第二个,也是你给出的主意。"

"哦?"

"师父说,每个人穿的鞋子不一样,进入现场的足迹五花八门,所以如果每个

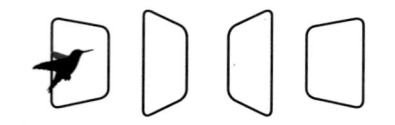

人都穿戴一双鞋套，鞋套的底面是没有花纹的，这样进入现场，一眼就能看出哪些是我们警察的足迹，哪些是案件当事人的了。"卢俊亮说，"这不就是看你往脚上套塑料袋，师父才有了灵感吗？唉，这种鞋套也要我们自己做，难啊，难啊！"

"你继续，你继续。第三个是什么？"冯凯点点头，嘴角不禁微微上扬，因为他终于理解自己为什么要往脚上套塑料袋了。

"第三个，还不是和你有关？"卢俊亮揶揄道，"师父说，现在的勘查员，眼光都在一些平面上，只知道到处刷指纹，没意识到现场是一个立体的空间。所以他要求勘查员勘查现场的时候要带梯子，所有柜顶、橱顶、吊扇什么的高处的空间，也都要勘查。"

"这个还真不一定和我有关。"冯凯解释道，"你知道吗？你师父办的第一起案件是起强奸案，他就是从灯泡上找到了凶手的指纹。这个意识，你们这一代勘查员应该早就具备才对。"

卢俊亮耸了耸肩，继续说道："好吧，那这第四个问题，就是殷俊这次没有清理现场，被通报批评了。以后的现场，说是要先静态勘查，再动态勘查。也就是先拍摄一遍，勘查完，再清理现场。不管多复杂的现场，都要清理干净。你说，这工作强度增加了多少？"

"挺好的，就是火灾现场会麻烦一点。"冯凯说，"当年，咱们办金苗案的时候，你不也一起筛灰来着？火灾现场都能清理，普通现场并不难。"

"也是。"卢俊亮说，"第五个问题就是警戒带了，这个争议比较大。师父说，要尽可能扩大警戒范围，但有些民警反对，认为警戒范围太大就会影响群众的生活。而且警戒范围越大，需要留下看守现场的民警就越多。所以最后得出的一致结论是，如果是平房内的现场，平房周围5米的位置围一圈。如果是楼房，整个楼道都要封，但可以允许这里的居民进出。如果是野外，就要以尸体为中心，尽可能大地扩大警戒范围。"

"这个确实应该专门提一下。"冯凯说，"你说这起爆炸案件，如果不是窗户周围没有拉警戒带，在窗户下面就能直接找到嫌疑人的足迹了，那也就不需要去找什么蹲守地点了。如果赵小三刚到李进步家附近，就恰好看到李进步家的窗户是开着的，这案子就破不了了。"

"说的也是。"卢俊亮点点头，他的情绪显然没有那么焦躁了。

"所以说，每一项看似无用的规定背后，都一定有深刻的教训。"冯凯从桌子上跳下来，拍拍他的肩膀，说，"好好学习，认真执行！"

| 第三章 |

树上的肉块

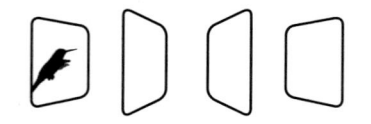

1

"中央电视台,中央电视台,各位观众你们好!举世瞩目的第 11 届亚洲运动会,今天下午 4 点将在北京工人体育场隆重开幕。"

9 月 22 日下午,亚运会开幕了。电视里播放着北京工人体育场的盛况,由长城和太阳组成的亚运会会徽与四处可见的吉祥物熊猫盼盼,再次激起了冯凯(准确说是陶亮)的童年记忆。

这一天是星期六,在这个年代是工作日。1994 年,我国开始实施大小礼拜制度,逢大礼拜一周休两日,小礼拜一周休一日。1995 年,改为双休日,一直延续至今。

不过,不管是工作日还是休息日,青山区亚运安保清查小组都是要上班的。只是在这个举国欢庆的日子,顾红星给大家放了半天假,几十个人一起坐在会议室里,围在一台 21 寸的彩色电视机前,观看亚运会开幕式。

"我们国家第一次承办大型国际运动会,开幕式就如此震撼,这就是大国力量。"殷俊全程都在赞叹。

"嗨,再过十几年,等我们办上奥运会的时候,开幕式一定更让你们惊掉下巴。"冯凯看着这一干人等没见过世面的样子,笑着说。

"我相信。"周满说,"不过,十几年后咱们就能申奥了吗?"

"先不说十几年后的事儿,现在啊,我只关心男足能不能夺冠。"殷俊说。

所有人都沉默了。

"你们都这么不看好男足吗?"殷俊不服气地说,"这次没进世界杯,下次肯定可以。"

还是沉默。

在《亚洲雄风》激昂的乐曲声中,亚运会的开幕式转播结束了。

顾红星关了电视,说:"开幕式看完了,现在开个会吧,把这两天的工作情况

第三章
树上的肉块

都汇报一下。"

9月21日，青山区及周边区县全面开展了炸药的清查工作。冯凯主动要求来青山区，和工作专班的29名同志一起开展炸药清查工作。顾红星将专班的30名民警分为15组，两人一组，对所有炸药库的台账进行清查，将炸药的使用情况、储存情况和每次用量的情况都造表对账，防止有丢失的炸药。

这个工作量不小，当然不可能一蹴而就。顾红星要求每日一报，随时掌握炸药的情况。毕竟炸药的数据，是随着每天开矿而发生变化的。

等到大家都分别汇报了自己的清查数据之后，冯凯说："顾局长，我有个意见。"

大家都看向冯凯。

冯凯说："这两天我查来查去，发现炸药库的内部管理还是不错的，根本就查不出什么问题。"

"那是当然。"治安大队长说，"炸药管理一直是我们区治安工作的重头戏，实际上我们之前就会定期检查、抽查。这一次大规模清查，实际上就是给矿上施加更大的压力，逼着他们更加谨慎、严格地管理炸药。"

"这个看出来了，前面的工作做得好，我们做后续工作确实简单了很多。"冯凯说，"不过，如果有矿工偷偷地攒一些炸药，这样从台账上是看不出的。"

"不会啊，赵小三这个案子，如果清查台账，就是能看出的。"顾红星说。

"他毕竟一次偷了1公斤。"冯凯说，"我在清查的时候，好几个管理员都和我说，如果一次只偷一点，根本发现不了。"

"偷这个干啥？"治安大队长问。

"炸鱼啊，打猎啊，有些人家里私藏了一些自制土铳①，都用得到。"冯凯说，"既然有人说到了，那么就说明这种现象曾发生过。"

冯凯记得他还是陶亮的时候，在刑警学院学过禁枪史。我国是禁枪的国家，新中国成立后就明确了这一点。但是因为时代所需，即便在1981年我国出台了《中华人民共和国枪支管理办法》后，依旧有很多合法的民用枪支，以及不计其数的私藏自制枪支。1996年，我国出台了《中华人民共和国枪支管理法》，取代了之前的管理办法，全国各地公安机关只用了几个月的时间，就收缴了数十万支枪支。这一次雷霆行动，让非法持有枪支的行为在我国几乎销声匿迹。也是这次行动，使我

---

① 土铳：一种旧式火器。

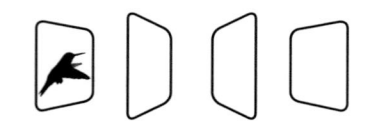

国成为名副其实的禁枪国家，枪案从此罕见。而回到1990年，很多人还私藏枪支，尤其是青山区这个山比较多的区域，很多人进山打猎都用自制的枪支，而这些自制的枪支有很大一部分都是使用黑火药的。

"老百姓偷一点点拿去自己炸鱼，这个不会有什么大问题吧？"治安大队长说，"而且，炸药库好查，老百姓家怎么查？挨家挨户搜啊？根本无法实施啊。"

"老凯，你是有什么办法，能把老百姓家里的炸药都'骗'出来吗？"顾红星问。

"嘻，老顾，我在你心里都是啥形象啊？为啥要'骗'啊？"冯凯说，"我们得相信老百姓的觉悟，挨家挨户去宣传、普法，绝大多数人都会把炸药交出来的，而且也会有人举报那些不愿意交炸药的。"

冯凯知道，1996年的那一次禁枪行动，就是因为普法宣传做得好，又鼓励群众检举揭发，最后枪支收缴的成果才会十分显著。所以，冯凯觉得，这次完全无须走什么捷径，宣传普法才是最好的办法。

"我们这个区，除了城镇人口，村落人也是不少的。"顾红星说，"地域面积广，人口众多，你挨家挨户去做宣传，要花不少时间和警力吧？"

"不需要，我们印一些传单，把私藏炸药的严重性说出来，顺便也把私藏枪支的严重性说出来，鼓励大家检举揭发。只需要让派出所的社区民警把传单递到每一个村民手里，任务就完成了。毕竟，李进步校长的这件事在群众中产生了强烈的反响，现在大家对收缴炸药和枪支的呼声很高。"冯凯说，"你让殷俊配合我，我们每天在几个派出所轮转，半个月的工夫就能完成了。"

"为什么是我？"本来昏昏欲睡的殷俊抬起头来，疑惑地问。

"因为你像以前的我。"冯凯哈哈一笑，说，"需要磨炼磨炼。"

"好的，其他人继续清查炸药库台账。"顾红星发号施令，"冯凯和殷俊去清查群众家里的炸药和枪支。"

接下来的十多天里，冯凯带着殷俊每天辗转于青山区的各个派出所，接收那些群众自己缴上来的炸药和枪支，同时，也处理与核实一些举报的情况。

殷俊完全没有想到，这种最朴实无华的办法，却取得了十分惊人的效果。短短十多天，他们收缴了上百公斤黑火药和二十多支土铳，用冯凯的话说，打游击战的时候，这些就足够装备一个排了。

10月5日，眼看这些天收缴上来的炸药和枪支越来越少，冯凯估计绝大多数都已

第三章
树上的肉块

经缴干净了,于是他来到城南镇派出所,坐在派出所的会议室里,和殷俊聊起了天。

"凯哥,你说我像你,是指哪方面?我觉得我这脑子和你没法比啊。"殷俊笑嘻嘻地说。

"这和脑子没啥关系。"冯凯说,"我说你像我,就是你喜欢走捷径,凡事儿差不多就得了。我工作了这些年,你们顾局长教会我的最重要的一点就是,不是所有的事都能走捷径。比如我们眼前这活儿,无论你走什么捷径,最后的结果肯定没有这么好。"

"老凯,有一对姓赵的老夫妇来举报。"所长推开会议室的门,打断了冯凯和殷俊的谈话。

"嚯,都这么些天了,还没弄干净啊?"冯凯站起身说,"来活儿了,去看看。"

冯凯和殷俊下楼来到了派出所的接谈室,这里一般是处理报警或者调解矛盾的地方。这些天,他们就是在各个派出所的接谈室里,接收群众交上来的炸药和枪支。对主动上缴和检举揭发的群众,冯凯也有一套很成熟的说法,既可以鼓励群众,又可以普法释法。

推开门,冯凯正准备按照常规来一套开场白,可没想到面前的这两位老人看起来十分眼熟。

两位老人一转过头,看见冯凯,脸上的表情也明显发生了变化。

"你们是……"冯凯一边敲着脑袋,一边坐到了两位老人的对面。

这对老夫妇相互看了一眼,低下头不说话。

"感谢你们对公安工作的支持,你们的举报很有可能会减少一起案件,很有可能会挽救一条人命。"殷俊照本宣科地开口道。

"我们不举报了。"老头儿猛地站起身来。

冯凯和殷俊一脸蒙地看向老头儿。

"别啊,我们举报是为了大家,又不是为了他。"老太太拽住了老头儿的胳膊。

那一刹,冯凯记起了眼前的两个人。这对老夫妇是5年前他和顾红星在城南镇侦办的"大仙儿"横死案[①]的犯罪嫌疑人赵林的父母。当时,为了密取已经逃到广州的赵林的指纹,冯凯冒充赵林的同学,去赵林家向老夫妇借了一本书。显然,老夫妇后来知道冯凯是警察,还骗了他们之后,自然对冯凯充满了敌意。

---

① 见蜂鸟系列第二部。

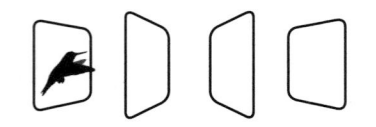

想到这里，冯凯顿时有些局促，他知道，赵林是为了给被辱的妻子报仇，才杀害了为祸一方的"大仙儿"，但他毕竟是杀了人，法外执法是绝对不能允许的。

"叔叔，我想解释一下。"冯凯心怀愧疚地说。

"我们不需要你的解释。"老太太把气鼓鼓的老头儿拉回板凳旁坐下，说，"我们没什么好说的。"

"赵林现在？"冯凯试着问。

"早枪毙了。"老头儿捶了一下桌面，老太太的眼泪涌了出来。

"那你俩现在的生活怎么样？"冯凯心头一紧，如果换到陶亮的年代，赵林还真的不一定会被判处极刑。

"儿媳妇有时候会来照顾我们。"老太太哽咽着说。

冯凯心里舒坦了点，说："叔叔、阿姨，虽然当时我骗了你们，但这都是破案所需。不管对方是什么十恶不赦的坏蛋，咱们也不应该自己去做这件事。如果赵林当时来报警，结局一定完全不一样……不过，当时确实是我骗了你们，我向你们道歉。"

老太太捂着自己颤抖的嘴唇，勉强点了点头，老头儿依旧扭过脸不看冯凯。

沉默了一会儿，老太太说："我们镇东头的曹剑，家里有好几杆枪，也有火药。大家都在上缴的时候，他不缴。昨天我家老头儿劝他响应国家号召，万一被警察搜出来就是犯罪了。可没想到，他说如果警察来，就和警察同归于尽，还威胁我们，要是我们告密，就要我们的命。希望你们能管管。"

"管，必须管。"冯凯说，"这样的人拥有这些东西，早晚会出大事。你们二老先回去，我随后就到。"

两位老人互相搀扶着蹒跚离开，冯凯的心里完全不是滋味。一想到老人的眼神，他的心口就像是被撒了辣椒面。

他闷闷不乐地起身，招手让殷俊跟上，又找派出所所长借了两位联防队员，向城南镇东边的曹剑家走去。

刚刚走到曹剑家门口，一行人正好撞见曹剑出门。曹剑一见穿着警服的殷俊，猛地把殷俊推开，向外逃窜。虽然此时的冯凯心事重重，但本能让他一个箭步就躲过了被推倒在地的殷俊，斜刺里冲了过去，然后一个过肩摔直接把曹剑撂倒了。

"凯哥这身手，真帅！"两名联防队员也扑了过来，把曹剑按在地上，说，"你跑什么跑？"

"你们凭什么抢老百姓家的东西？凭什么？"曹剑在地上挣扎着，不服气地嘶喊。

第三章
树上的肉块

"我哪里抢你东西了？我们只查炸药，你这算是不打自招吗？"冯凯把地上的殷俊拉了起来，拍了拍他警服上的灰尘，带着他一起走进了曹剑的院内。

院子不大，除了厨房和卫生间，就只有一间小小的砖砌的平房。冯凯推门进入室内，映入眼帘的就是一张小床和一个橱子。

"他家这么小，傻子也知道东西藏在橱子里，怪不得他不敢让人家搜呢，没地儿藏啊。"冯凯一边说着，一边走到了橱子边，拽了一下橱子的门。似乎是因为年久失修，橱子门不太灵光，这一下没有拽开。

冯凯两只手拽住橱子的把手，猛地一用力，拽开了橱门。虽然橱子里放着三支土铳，还有码好的不少黑火药的包装，但是此刻最吸引冯凯目光的，是一根已经被引燃的引线。原来曹剑提前在柜子里安装了一个拉发的装置，只要外人用蛮力拉开门，就会引燃引线。

冯凯拽开橱门的时候，感觉到了阻力，心里就隐隐觉得不对，此时看见迅速缩短的引线，他的瞳孔急剧缩小，赶紧转过身，一个鱼跃扑倒了身后的殷俊，把他紧紧压在自己的身体下面。

殷俊显然不知道发生了什么事，刚刚摔了一跤的他，此时又被冯凯重重地压倒，只来得及发出一声惊恐又疑惑的"啊"。

五秒，十秒，二十秒过去了，什么事也没有发生。

冯凯慢慢爬了起来，走到橱子边往里看。

"凯哥，咋啦？"殷俊问道。

"我俩今天走狗屎运了。"冯凯把烧了一半的引线从黑火药包装中拔了出来，说，"引线受潮，灭了。如果炸了，我死，你残疾。"

此时殷俊才意识到发生了什么事，刚刚重新站起的他，因为惊恐，连续后退了几步，又一屁股坐到了地上。

"看你那没出息的样儿，这可不像我了啊。"冯凯哈哈笑着，从身边捡起一个麻袋，把橱子里的黑火药包装小心翼翼地放到麻袋里，又把三支土铳都背在肩上，说，"人赃并获，搞得和专业猎人似的。"

冯凯背着枪，殷俊拎着黑火药包装，两名联防队员押着满脸戾气的曹剑，一行人走路回到了派出所。没想到，顾红星此时正坐在接谈室里。

"咦？老顾你怎么来了？"冯凯走过去给了顾红星一个拥抱，说，"难道你消息这么灵通，都听说我遇险了？"

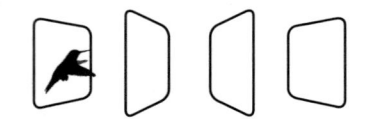

顾红星一惊,问:"遇险了?怎么了?"

"哦,你不知道啊。"冯凯哈哈一笑,说,"没事,没事,你不知道最好。"

顾红星又把严肃而疑惑的目光转到了殷俊身上。殷俊可受不了被局长这样盯着,连忙一五一十地把事情的来龙去脉都向顾红星汇报了。

顾红星连忙起身,把冯凯和殷俊拉着转过身,前身后背看了一圈,惊魂未定地说:"你们!你们是去搜查爆炸物!爆炸物多危险!"

"你别紧张,别紧张。"冯凯说,"这不是没事嘛。而且,我怎么也想不到一个普通村民会制作爆炸物的拉发装置啊。"

"赵老夫妇都提醒你了,曹剑说的是'同归于尽',既然这样,你还不注意一点吗?"顾红星十分后怕地说。

"这种狂言,百分之九十九都是假的,是吓唬人的,谁知道我们还真碰到亡命之徒了呢?"冯凯依旧满不在乎。

"哪怕只有万分之一的危险,也要有保护自己的意识啊!"顾红星说。

"哎呀,行了,这事儿过去了,过去了。"冯凯拍了拍顾红星的肩膀,说,"既然你不知道我遇险的事,那你为啥来城南镇派出所找我?"

顾红星低下头,做了几次深呼吸,让恐慌的情绪平息下来,才解释道:"发生碎尸案了。"

碎尸案一般都会造成广泛的社会影响,所以一旦发生碎尸案,除非案情很简单,否则一般都是由刑警支队大案大队来直接牵头侦办的。既然冯凯这个大队长正好在青山区,顾红星就直接来找他了。

"嘻,我是柯南体质。我报名到你们青山区来,是害了你喽。"冯凯拿起警帽挥了挥,心想是不是顾雯雯办的命案积案要找上门了,说,"走吧,我坐你的车去。"

"什么南?"顾红星也站起身,问道。

2

坐在赶往现场的车上,顾红星边开车,边忍不住道:"我说老凯,这一次你主动不怕麻烦,用宣传普法的方法来收缴炸药,我还以为你和以前完全不一样了。可我还没来得及夸你,你就又差点出了事,你说——"

"这不是没出事吗?"冯凯赶紧打断了他的话,说,"我有九条命,你放心。"

第三章
树上的肉块

"几条命也经不起你这样折腾啊！"顾红星说，"1977年那会儿，你非要去当鱼饵，差点被老特务勒死。1985年那会儿，你轻信一个小孩，被割颈。没过多久，你又轻信一个犯罪嫌疑人，被夺枪。我离开支队这3年，都不知道你是不是还那样冒冒失失，一点不把自己的性命放在心上。"

"反正啊，不管是1977年，还是1985年，还是现在的1990年，"冯凯说，"你都一模一样，没变。"

"啊？"

"一样啰唆。"冯凯说。

"我不是啰唆。我们警察，如果连保护自己都不会，怎么保护人民群众？"顾红星有些急了。

"得，顾局长你可别和我讲大道理，我不吃那一套。"冯凯挥了挥手，说，"我都说了，我运气好，死不了。这么多次遇险，我不都活得好好的吗？老天喜欢我，不会轻易让我死的，你就放心好了！"

"常在河边走，哪能不湿鞋？"

"就算哪天真的光荣牺牲了，我也无所谓，我无牵无挂！"冯凯嘿嘿一笑，却掩饰不了脸上掠过的一丝落寞，"只不过，干我们这行的，得罪的人可多了。我要是死了，说不定还能让人高兴高兴呢。"

顾红星沉默了，他知道赵林父母和冯凯见面的事情后，就猜到冯凯多少会受到影响。

他想了想，开口道："你说得对，干我们这行的，难免会有得罪人的时候。但不管别人给你什么脸色，绝大多数人心里都是有数的。哪怕是犯罪分子，心里都有一杆秤。只要我们不用卑劣的手段对付别人，只要我们办的每一起案件都干净、透明，别说犯罪分子的家属了，就算是犯罪分子本人也不会记恨我们的。当然，除非真遇到穷凶极恶的人，那也是极少数的情况了。"

冯凯点了点头。这番话，他也曾听年迈的顾红星对2020年的陶亮说过。那时候他问岳父，当了一辈子警察，怕不怕被坏人报复？岳父说，只要按规矩办案，犯罪分子被判刑，出狱后也不会来报复，因为他们也一样明白事理。除了极少数穷凶极恶的犯罪分子，大部分都是正常人。

被顾红星这么一说，冯凯的心情不觉好了许多。

转眼间，车辆驶离了村间的小道，开到了一条土路上，又开了二十多分钟，没

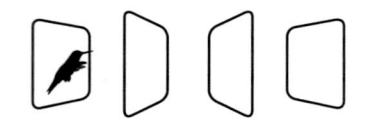

有路了。顾红星招呼着冯凯下车,沿着狭窄而崎岖的小路,在灌木丛中穿行。

过了好一会儿,冯凯看见前方有一片空旷的地,中央是一个池塘。

池塘的旁边都是灌木丛,灌木丛的周围站着很多穿着警服的民警,池塘里也有穿着橡胶衣的民警走来走去。而距离池塘不远的地方,一列火车正呼啸而过。

"这么偏僻啊?"冯凯说。

"是啊。"顾红星说,"一个人来这个野塘里采菱角,误打误撞捞到了尸块。要不然,肯定就没人发现了。"

冯凯和顾红星走到池塘边,小卢早一步先到了现场,此时正戴着手套翻动一块放在塑料布上的人体组织。

"确定是人的吧?"顾红星问。

"不用做种属实验,按照法医人类学的知识来看骨骼和软组织,都能确定它是人的左侧大腿。"卢俊亮说,"断端没有生活反应①,是死后分尸的。大腿上端是从股骨颈下端用锯子锯开的,大腿下端是用小刀从膝关节处分离的。"

"还能看出什么?"冯凯连忙问。

"男性的大腿类锥形,女性的类圆柱形。所以,这明显是一截女性的左大腿。"卢俊亮说,"皮肤鲜亮,死者应该年纪不大。身高嘛,要等我回去测量一下才能算出来。没办法,尸块太少了,要是多一些,找尸源就好办了。"

办过碎尸案的民警都知道,只要找到尸源,案子就相当于破了一半。

"只有这截大腿?其他的什么都没找到?"冯凯问。

"塘不深,捞了好几遍了。"顾红星说,"报案人发现的就是一截大腿,后来我们民警在淤泥里找出一个塑料袋,里面有人体组织,分析嫌疑人就是用这个透明塑料袋装的尸块,袋口没有扎,扔进来以后,塑料袋被淤泥粘住了,所以报案人只捞出来一截大腿。"

"这里很偏僻,公共交通工具也进不来。"冯凯说,"如果嫌疑人要抛尸,只能靠自己的交通工具,开私家车的人,现在也不多;如果是开摩托车,又很难驮着大量的尸块;剩下的可能就是三轮车了,会不会是开着三轮车,沿路寻找合适的抛尸点,分散抛尸呢?"

---

① 生活反应:指的是人活着的时候才可以出现的反应,如出血、充血、吞咽、栓塞等。法医根据损伤部位是否存在生活反应,判断机体在受伤时是否还存在生命体征。

第三章

树上的肉块

"如果是这样,三轮车走不远。"顾红星说,"那么抛弃其他尸块的地点,应该就在不远处。"

"对!"冯凯说。

"你安排你的人,分成几组,以池塘为中心点,向四周扩散搜索。"顾红星向分局刑警大队长下达命令。

大队长领命离开。

"这儿没人,是最好的尸检场所,你就在这儿干吧,干完再把尸块送去殡仪馆。"冯凯对卢俊亮说。

卢俊亮点点头,说:"其实也没什么好干的,就这一截大腿,我只能剖开,暴露出骨骼的特征点,测量一下,用数值估算身高。其他的没了,死因看不出,死亡时间看不出,致伤工具看不出,尸源更看不出——嗯,这是什么味儿啊?"

卢俊亮一边念叨着,一边用手术刀剖开了大腿。

而冯凯则戴好了手套,拎起那个透明的塑料袋左看右看。

"能看出啥不?"顾红星也凑过来看,"这塑料袋好像没啥特征。"

"能。"冯凯说,"一来,这是一个透明的塑料袋。如果嫌疑人拎着这个袋子在街上走,别人能看不出里面是一截人腿吗?他为什么毫不遮掩?至少也应该用个麻袋吧?"

"晚上抛尸,尸块放在三轮车车斗里。"顾红星猜测道。

这当然是一种可能,冯凯未做评价,继续说:"二来,这塑料袋里,居然有一、二、三、四……四只死苍蝇。难道是苍蝇爬到尸块上,一起被扔进水里后溺死的?"

"等会儿!"卢俊亮打断道,"你们闻闻,这尸块上有好大的味儿!就算在水里泡过了,还能闻到。"

冯凯和顾红星凑近大腿闻了闻。

"这是杀虫剂啊。"顾红星皱眉说。

"对!嫌疑人应该给尸块喷了杀虫剂。"卢俊亮看向冯凯说,"所以塑料袋里才有死苍蝇。苍蝇又不傻,袋口没封,没那么容易溺死。"

"给尸块喷杀虫剂,是为了防止苍蝇聚集。"冯凯说,"哎,这和他有恃无恐地用透明塑料袋的行为又有点自相矛盾了。"

"算完了,身高一米五八。"卢俊亮说,"当然,会有一点误差。"

"这个信息目前还没啥用。"冯凯说,"有人查过失踪人口了吗?"

"来的时候我就问了。"顾红星说,"附近几个派出所最近都没有接到失踪报警。"

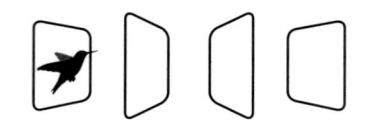

"那现在就指望对附近的搜索了。"卢俊亮说,"至少得把躯干、骨盆和头颅给找到吧?那样的话,很多信息就能出来了。"

"我觉得有道理。"冯凯说,"局长大人赶紧回分局去指挥坐镇,我和小卢加入搜索的行列,搜个一天一夜,总能把尸块找齐吧?"

冯凯的大话说早了。第二天上午,他和卢俊亮两人垂头丧气地回到分局专案组的时候,发现其他各组民警也都是同样的神情。

按照之前的推理,嫌疑人抛尸最有可能是用三轮车,而三轮车走不远。可没想到的是,现场周边的两个辖区派出所所有民警、联防队员加上从清查炸药工作组撤下来的十几名刑警大队民警,浩浩荡荡三十多人,对现场池塘方圆5公里进行了地毯式搜索,几乎把所有可能隐藏尸块的地方都找遍了,所有的垃圾桶、垃圾站都翻遍了,居然还是没有找到第二块尸块。

"如果说尸体找不全,倒是可以解释。"顾红星也是一夜没睡,瞪着通红的双眼说,"可连第二块尸块都找不到,就说不过去了。"

"说明我们的分析有误。"冯凯说,"之前我们认为是用三轮车抛尸,现在看,如果尸块之间距离超远,就必须是机动车了。"

"可是,现在有自己的汽车的,就那么几户人家,很好查。但绝大部分汽车都是单位的,"殷俊说,"难道我们要清查所有单位的公务用车吗?"

"也有可能是摩托车。"卢俊亮说,"之前排除了摩托车,是因为用摩托车无法驮太多尸块,而且容易暴露。但如果嫌疑人是夜间抛尸,每次只抛一块尸块,然后回去再抛第二块,这样不也可以实现嘛。"

"不嫌麻烦吗?"冯凯揉着自己的太阳穴,不赞同卢俊亮的意见。

"不管嫌疑人是用什么办法远距离抛尸的,查交通工具都是不太现实的。"顾红星说,"只要嫌疑人有办法远距离抛尸,那么这个距离就无法估量了。"

"所以有什么办法呢,师父?"卢俊亮有些沮丧。

顾红星一笑,对卢俊亮说:"你要记住,公安机关是一个整体,永远不是各自为战。我现在向市局党委报告,要求全市所辖各区县给予协查支持。嗯,我也会请市局向省厅汇报,在全省范围内给予协查支持。"

"是啊,如果找到了第二块尸块,案件就会往前推进一大步。"冯凯赞同道。

"现在所有人马上回去休息,等协查有了结果,还得继续干活儿。"顾红星说。

/// 第三章
树上的肉块

散会后,冯凯不愿意跑回市区的宿舍休息,他看上了顾红星办公室的沙发,觉得在那儿打盹倒是挺舒服。虽然顾红星劝他回去好好睡一觉,他还是死皮赖脸地在顾红星办公室里呼呼大睡了起来。

一直到傍晚时分,冯凯才被顾红星叫了起来。

"快吃点东西吧。"顾红星指了指茶几上已经泡好的三鲜伊面,说道。

"有消息了?"冯凯翻身起来,抱着面条吸溜了起来,说,"正好饿了。"

顾红星没说话,静静等冯凯吃完了面条,说:"第二块尸块找到了。"

冯凯连忙放下碗,跳了起来,说:"咋不早说?快走。"

"我就知道你是这么个急性子,才没急着告诉你。"顾红星说,"不急于这一时,小卢已经先去了。"

两人下了楼,坐上车,顾红星发动汽车的时候说:"只不过,这一次现场比较奇特。"

"奇特?"

"是啊。"顾红星说,"这一次,尸块是挂在树上的。"

"啊?"冯凯眉头一皱,说,"这么离谱?会不会是什么杀人仪式,或者是什么风俗习惯?上天下地,难不成我们每棵树上都得找一找?"

"没法找。"顾红星说,"这块尸块不在我们青山区,而是在龙东县。"

"龙东县?"冯凯又吓了一跳,说,"距离这里最起码 40 公里吧?"

"50 公里。"顾红星说。

"那肯定不是一起案件了。"冯凯说完,又嘀咕道,"你们这个年代,连 DNA 技术都没有,同一认定①都没法做。"

"说什么呢?"顾红星说,"我们龙番治安情况这么好,同时发生两起碎尸案的概率实在很小。"

"那没必要抛那么远啊。"冯凯说。

"不要着急,去看看就知道了。"顾红星专心致志地开车。

两道雪亮的灯光,照亮了逐渐被夜色笼罩的省道。

一个小时后,冯凯和顾红星来到了龙东县的现场。这个现场也处于偏僻之地,

---

① 同一认定是刑事技术鉴定中的核心理论,用于通过科学手段判断嫌疑人或物与案件中的客体是否同一。

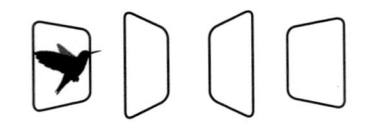

但好歹就在省道旁边，他们至少不用跋山涉水了。

省道边停着好几辆警车，还有几名警察在现场拍照，闪光灯时不时地照亮这一片几乎没有人步行经过的区域。省道的北侧，是一片小树林，小树林的北边则是一个看上去像是水坝的土坡。

尸块已经被人从树上取了下来，放在地面上的一块大塑料布上，卢俊亮正在其他民警打着的手电筒的微光下，检验尸块。

"怎么发现的？"顾红星下车和龙东县的民警寒暄了几句之后，问道。

"多亏你啊。"一名看似是领导的警察说。

"说什么呢？王局长。"顾红星莫名其妙，问道。

"都是因为你之前推行的《现场勘查规则》，要求所有民警在勘查现场的时候，必须对立体空间——尤其是高处进行勘查。"王局长说，"我们的交警同志，下午来这里处理一起两车剐蹭的交通事故。他们认真学习了《现场勘查规则》，工作态度也非常认真，所以看完了车辆，顺便看看路边的树木。没想到这么一看，居然发现树杈中央有很多苍蝇在绕着飞。这不，就发现了这一块尸块。"

"人家是前人栽树，后人乘凉；你这是自己栽树，自己乘凉。"冯凯打趣顾红星。说完，他穿过树林，向大坝上爬去。

"最重要的问题，"顾红星走到蹲在地上的卢俊亮身后，问，"这两块尸块是不是同一个人的？"

"应该是的。"卢俊亮回头说，"这块尸块是一个女性的腹部和骨盆。骨盆下端，也是从股骨颈的位置锯开的，和之前在池塘发现的左侧大腿的断端是吻合的。等会儿把尸体带回去拼接一下，如果软组织断端也能对上，那就可以肯定是一个人的了。不过，这一次尸块没有塑料袋那样的包装物，而是用一根铁丝穿着，嫌疑人是把铁丝圈挂在了树杈上。"

"挂着尸块的树干呢，勘查了没有？"顾红星又问殷俊。

殷俊摇摇头，用手电筒照亮了树干，说："局长你看，这树皮斑驳，根本不可能留下痕迹啊。"

"可是，嫌疑人为什么要把尸块挂在树上？是为了更好地藏匿吗？"王局长在一边插话道，"埋起来岂不是更方便、更保险？"

"没关系，我们是第一个发现尸块的，按道理这个案子算我们的。"顾红星拍了拍王局长的胳膊，说，"尸块我先带走，如果有需要你们配合的，我及时和你汇报。"

第三章
树上的肉块

"你客气了,随时吩咐。"王局长如释重负。

"等会儿,等会儿。"冯凯此时从小树林里又钻了回来,指着北边的大坝,说,"你们这就走啦?不问问那个大坝是啥吗?"

"那不是大坝,那是铁路啊。"王局长说。

顾红星瞪大了眼,张着嘴,陷入了沉思。

"老顾,你还记得第一个现场池塘边有什么吗?"冯凯一脸兴奋地问。

"你是说,铁路抛尸!"顾红星说。

"对啊!你想想,谁会闲着没事把尸块挂树上?"冯凯说,"而且这尸块也有几十斤吧?拎着它也不好爬树啊。"

"所以,是有人从行驶的火车上,随手扔下了尸块。铁路的地势高,树林的地势低,尸块坠落的过程中,正好挂在了树上?"顾红星一边推演,一边说,"对啊!这是最合理的一种解释了。"

"我感觉要破案了。"卢俊亮直起身,说道。

"这次多亏了老凯,我都犯了先入为主的毛病,总觉得尸块是被人挂上树的。"顾红星笑着说,"我一定要给你报功!"

3

青山区殡仪馆内,一间破旧的小房屋就是公安分局的法医学解剖室。

虽然这里灯光昏暗,但是比起现场的手电筒光,那是要好了不少。

"这是女性腹部软组织和整个骨盆。"卢俊亮说,"腹腔脏器都没了,但可以看到,尸块是从胸椎和腰椎的交界处截断的。下方,两条大腿都是从股骨颈处截断的。这样看,嫌疑人分尸的目的,还是为了方便包装、抛尸。"

"取走脏器,是为了好抛尸对吗?"冯凯在一边问。

"是啊,这里只有软组织和骨骼,而且被冲洗得十分干净。"卢俊亮身边的法医周满说,"这条铁丝是从骨盆下面的'闭孔'穿过来的,所以抡起来就能抛出去。"

"闭孔?"顾红星问。

"是啊,人的骨盆下方,左右各有一个骨质结构的大孔,叫作'闭孔'。"卢俊亮说,"如果铁丝穿在软组织上,因为铁丝很细,尸块重量很大,铁丝孔周围的软组织一被拉扯,就很容易被撕裂而分离。但如果铁丝穿在骨质的闭孔里,就不会脱离了。"

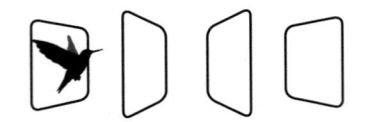

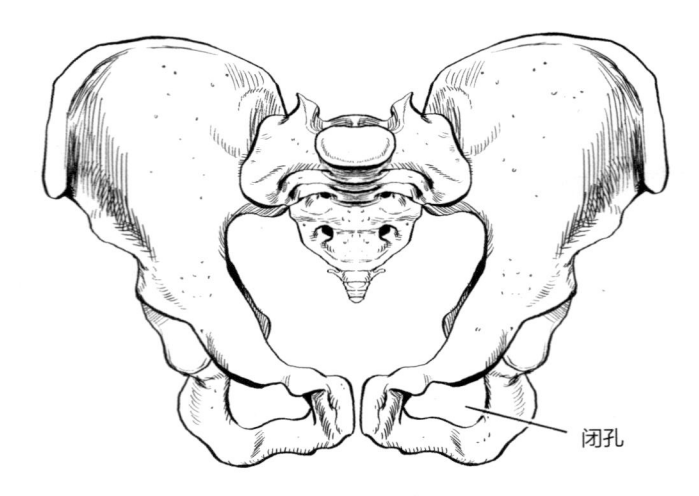

闭孔位置示意图

"嗨,你们闻见没有,这上面也有杀虫剂的味道。"冯凯凑近闻了闻,说。

"是啊,这块尸块,还是呈现出一种矛盾的状态。"顾红星说,"喷杀虫剂是为了不被苍蝇盯上,不引起其他人的怀疑。可是,这尸块甚至连包装物都没有,怎么看都能看出是人类的组织啊。"

"现在可以确定是同一个嫌疑人作案吗?"冯凯说,"咱们能不能对两块尸块进行同一认定啊?"

"谁说不能?"卢俊亮在砖砌的解剖台上,把大腿和骨盆拼接起来,说,"你看,骨质断端和软组织断端都是可以吻合的,绝对是一个人。"

"这样也行?"冯凯惊奇地说,"你们法医真是办法比困难多。"

"卢老师在现场就说了,只不过你那时候去爬大坝了。"周满笑着说。

"还能看出什么?"顾红星问。

"女性,没有生育史。"卢俊亮说,"处女膜陈旧性破裂。阴道里有明显的炎症,应该是正在犯阴道炎。不过,阴道内膜有新鲜的生前损伤,说明死亡前应该遭受过暴力性侵。"

"强奸、杀人、碎尸……"冯凯思索着。

"没了吗?"顾红星接着问。

"耻骨我锯了下来,正在煮着。"卢俊亮指了指解剖室门口的炭炉,说道,"等一下我来算算年龄。"

第三章
树上的肉块

"煮什么?"顾红星问。

"用耻骨联合面来推断年龄。"冯凯回答。

"这你都知道?"卢俊亮讶然,"去年才有法医前辈公布了这种方法,我也是刚刚学会,还准备给你们一个惊喜呢。"

说完,卢俊亮走到了门口的炭炉边。炭炉上有一口铝锅,此时锅内的水早已烧开,锅盖"噗噗"地跳动着。卢俊亮揭开锅盖,一股"肉香"扑面而来。

顾红星有些反胃,干呕了一下。

卢俊亮用筷子夹出锅内的骨骼,说:"煮熟,是为了软组织更好剥离,这样就能清楚地看到骨质上的纹路了。"

"喏,按照老前辈的方法,这个死者应该25岁左右。"卢俊亮说,"误差在正负两岁。"

"这么准?"顾红星怀疑道,"比用牙齿推断年龄还准?"

"不知道,我也是第一次用。"卢俊亮说,"要不,等破案了再验证一下?"

"托你吉言。"顾红星说,"那死因能看出吗?"

"看不出。"卢俊亮摇摇头,说,"反正腹部没有损伤,具体死因,还得找到更多的尸块才能下结论。"

尸检结束后,已经是深夜。顾红星想了想,还是让大家好好休息,而自己则连夜去办公室给局党委打起了报告。

第二天一早,专案会准时开始。

"考虑到两块尸块之间距离50公里,而且都是铁路沿线。"顾红星说,"目前推断,嫌疑人应该是从火车上抛尸。死者是一名25岁左右,身高158厘米的年轻女性,没有生育史。"

"铁路抛尸?"殷俊提出了一个问题,"那条铁路,好像既跑客车也跑货车,能判断嫌疑人是坐的客车还是爬的货车吗?"

"包装物都没有,都不避讳人,肯定是爬的货车。"卢俊亮说。

"那可就不好查了,据说这条线路上的货车还真不少。"殷俊说。

"这个我有不同意见。"冯凯举了举手,说,"你带着一具100多斤的尸体,能爬上货车?"

"嗯,从尸块的皮下脂肪厚度看,这女的至少不瘦。"周满帮腔道。

"那会不会是停车的时候上去的?"卢俊亮问。

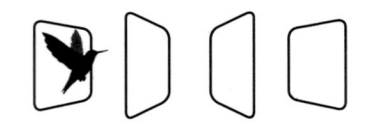

"货车出发前，司机都是要检查车厢的。"冯凯说，"而且，如果真的不避讳人，他为什么要给尸块喷那么多杀虫剂？如果爬货车，喷杀虫剂就真的是多余动作了。"

"这是个矛盾点。"顾红星说。

"我觉得不矛盾。"冯凯说，"假如我是嫌疑人，选定了火车抛尸。那么，最好的办法，就是用一个行李箱或者大袋子，把分解好的尸块装好，然后正常乘车。现在是10月初，还是有不少苍蝇的，为了防止招苍蝇，他只能给尸块喷上杀虫剂。也就是说，尸块有一个外包装物。而我们看见的塑料袋，实际上是嫌疑人为了方便抡起来抛尸的，并不是为了隐匿尸块的。"

"哦，有道理。"卢俊亮说。

"如果这样做，那么坐客车更方便。"冯凯说，"只要他每隔一段时间上趟厕所，在厕所里依次抛掉一块尸块就可以了，并不会引起其他乘客的注意。"

"你要这样说，确实可以解释一切。"卢俊亮说，"那是不是就好查了？"

"也不好查。"顾红星皱着眉头说，"铁路沿线这么长，嫌疑人是哪里人？从哪个站点上车的？坐的是哪一趟车？这些都不太好查。"

"实在不行，我们把所有途经这条线路的火车都查一遍。"殷俊说，"专门找厕所里的痕迹。"

"不可行。"顾红星说，"每趟车都有很多厕所，线路上又有很多趟车，还不能影响火车的正常运营。这要查起来，得派多少民警跟车搜查？"

"是啊，炸药清查行动还在收尾的关键时期呢。"冯凯说。

大家陷入了沉默。

"其他尸块呢，师父，有人去找吗？"卢俊亮问。

"有。"顾红星说，"昨晚我就连夜打了报告，要求市局通知这条铁路沿线所有辖区的派出所，派出人手沿着铁路两边寻找。这个工作今晨就开始行动起来了，我们区涉及的三个派出所都已经出动了。不出一天，就会有更多的尸块被收集到我们区殡仪馆的。"

"通过尸块，也许能找到其他的线索吧。"卢俊亮说。

"可是我们不能光等尸块啊。"顾红星说，"还得想想别的办法。"

"从杀虫剂入手呢？"冯凯说，"我们目前找到的两块尸块，不管是在水中泡了好久，还是在空气中晾了好久，都能闻到明显的杀虫剂味道。如果嫌疑人带着一大包尸块乘车，当时的杀虫剂味道应该更浓烈，一起乘车的人应该会有闻到的。"

第三章
树上的肉块

"这是一个好办法!"顾红星拍了一下桌子,说,"我现在马上电传铁路公安局,让他们协查曾经携带大包、大行李箱,且身上有杀虫剂气味的人。"

"是的,所有的铁路公安派出所的民警都派出去,挨个问,尤其是那些经常乘车的乘客,总有希望找到线索。"冯凯说。

一直到10月9日,尸块终于收集得差不多了。

沿着铁路沿线,各派出所民警经过搜寻,分别找到了面部被划烂的头颅、全套内脏器官、上半部分的躯干、两侧的胳膊和右侧大腿、右侧小腿及脚掌。

也就是说,除了左侧小腿和两侧手掌,其他部分都已经找齐了。

顾红星和冯凯再次来到了区殡仪馆,此时卢俊亮正在对全部尸块进行拼接。他见到顾红星,说:"全部尸块都一样,都被仔细冲洗过,完全不滴血了,也都被喷洒过杀虫剂。"

"有什么其他线索吗?"顾红星问。

"死因是机械性窒息。"卢俊亮说,"死者颈部有明显的表皮剥脱,颞骨岩部出血,心脏、肺脏都有出血点。可以确定她是被人掐死的。"

"这个对破案没多大用处啊。"冯凯挠了挠头,说道,"尸源有什么线索吗?"

"首先,包裹物是没有什么线索的。"卢俊亮说,"躯干被截成上、下两半,都是用铁丝穿的。下半部分穿过闭孔,上半部分是铁丝从右侧第六、第七肋骨的间隙穿入胸腔,又从第四、第五肋骨的间隙穿出来。除此之外,其他尸块都是用毫无标志的透明塑料袋装的。凯哥说得不错,无论是铁丝还是塑料袋,都不是为了包装,而是为了方便抛甩。躯干因为太大,塑料袋装不下,所以选择了穿铁丝。"

"我是问尸源。"冯凯说,"你越来越像你师父了。"

"你别急嘛。"卢俊亮笑着说,"死者的面容被毁,一双手掌又没找到,所以无论从面容还是从指纹,都无法确定身份。右脚倒是在,但是用脚趾纹是没法确定身份的呀。麻烦的是,死者没有衣服、没有文身、没有胎记、没有疤痕,任何特征性的东西都没有,现在唯一知道的死者个体特征就是血型,她是AB型,其他的没了。"

"你等等。"冯凯问,"为什么有关死者个体特征的东西都没了?是不是凶手有反侦查意识,所以故意把手掌藏匿,把面部毁容?"

"反侦查意识肯定有啊。"卢俊亮说,"不然怎么会想到坐火车抛尸?"

"那如果是这样,假如我们的民警都很细心,该搜的地方都搜了,那么为什么

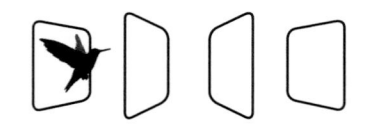

左侧小腿没有找到?"顾红星问。

"肯定是左小腿有特征呗。"冯凯说,"有文身,有疤痕,或者干脆就是残疾人。不过,即便知道这个,也还是很难找到尸源啊。"

"这至少是一个线索。"顾红星说,"我来安排查找失踪人口的同志多留意这个特征。"

"那你有没有对凶手是什么样的人进行推断?"冯凯说,"很多小说里设计碎尸案,凶手要么是屠夫,要么是医生……"

"你还别说。"卢俊亮打断了冯凯的话,说,"凯哥你这个提示太重要了!这个凶手一定是屠夫或者医生!"

"就因为分尸都是从关节处下手吗?"冯凯说,"以我以往的工作经验看,从关节处分尸还真不一定是屠夫或者医生,因为有生活经验的人都懂的。"

"除了两侧大腿是从股骨颈锯开的,其他部位的分尸手法还真的都是从关节或是椎间隙下刀的。"卢俊亮说,"不过这不是重点,重点是铁丝。"

"铁丝?"冯凯好奇道。

"是啊!"卢俊亮说,"上半部分躯干就不说了,是从肋骨穿的,没什么稀奇的。但是下半部分躯干有问题啊,凶手懂得从闭孔穿铁丝。闭孔这个位置,周围被软组织包裹,从外面是根本看不出来的。如果不熟悉人体结构,怎么懂得从这里穿铁丝?"

"你是学医的,你要是抛尸的话,会从这里穿铁丝吗?"冯凯问。

"不会。"卢俊亮说,"即便我熟悉人体结构,也想不到这样穿铁丝啊。"

"但是屠夫可以。"顾红星插话道,"如果你去过肉联厂就可以看到,屠夫要把猪挂起来,要么在蹄子上穿铁丝,要么就是在闭孔上穿铁丝。"

"所以说,这是一个习惯性动作?"冯凯兴奋地说,"这可是好的发现啊。既然找不到尸源,就从凶手的角度入手。只要我们知道凶手有可能在哪个车站上车,就能知道他是哪个区域的人,再排查这个区域的屠夫,不就可以破案了!"

"确实,这是破案的方向。"顾红星满意地点点头,随即又露出了一副焦虑的表情,说,"但铁路公安能不能找到凶手上车的站点,我有点不确定。"

"你们别着急啊,我还没说完呢。"卢俊亮说,"刚才凯哥提醒了我,破案的方向是直接找凶手,那么,这个算不算线索?"

卢俊亮从抽屉里拿出一个透明的物证袋,递给冯凯。

冯凯对着阳光看了看,说:"这里面是装了几根碎头发?"

第三章
树上的肉块

"是的。"卢俊亮说,"黑色碎短发。"

"这也没毛囊啊。"冯凯说。

"毛囊?要毛囊干啥?"卢俊亮问。

冯凯这才想起,此时还没有 DNA 技术,所以头发上有没有毛囊其实都一样,都是无法进行检验的。

"没啥,我问你是啥意思?"冯凯连忙岔开话题。

"死者的头颅在这里,你们看,发型是大波浪。"卢俊亮说,"既然死者的发型明确了,那么这些碎短发就很有可能是凶手的。因为这些头发是黏附在尸块断面的。"

"凶手是一个黑色寸头的屠夫。"顾红星说,"小卢就是这个意思。"

卢俊亮点了点头。

"对了,你看死者的牙齿了吗?"顾红星说,"再推断一下年龄看看,我总是觉得你那个什么耻骨,不一定准确。"

"老顾!你要相信新技术!"冯凯说,"当年你引进痕检技术的时候,也有很多反对的声音嘛。"

顾红星的脑海里出现了陈秋灵的面孔,他连忙解释道:"我和老陈可不一样,我不是反对,我是谨慎。我希望能互相印证,这样更准确。"

卢俊亮掰开了死者的口腔,看了看,说:"师父,幸亏你提醒我!"

"怎么了?"冯凯说,"耻骨联合面推算得不准吗?我觉得应该很准才对。"

"不是,是我错了!"卢俊亮说,"之前我只关注死者的口腔里有没有损伤和异物,没有对她的牙齿进行仔细观察。你们看,死者的这五颗牙齿完全没有磨损。"

"什么意思?"冯凯被说蒙了。

"这五颗牙齿,"卢俊亮用止血钳指了指,说,"不是她的牙齿,而是假牙。"

"假牙你都没看出来?"冯凯用戴着手套的手拽了拽那几颗牙齿。

"是固定假牙,不是活动的,你拽不下来。"卢俊亮说,"也正是因为是固定义齿,所以我忽略了。"

"所以,这是一个非常好的特征。"顾红星说,"这个年纪,不应该掉牙,所以,连续五颗牙齿脱落,只有可能是外伤。"

"太好了!我们可以双管齐下了!"冯凯说,"一边找寸头的屠夫,一边找受过伤的大波浪女人。"

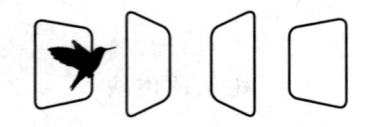

"胜利就在眼前!"顾红星也很兴奋,说,"走,我们回专案指挥部,看看有没有什么新消息。"

4

刚回到指挥部,就有好消息传了过来。

来传消息的,是青山站铁路派出所的所长王强。

"顾局长,你终于回来了。"王强见顾红星一行人走进会议室,连忙站起来说,"我在这儿等你一上午了。"

"发现什么了吗?"顾红星连忙问。

"我们的民警找到一个经常坐火车去江浙进货的乘客,他说他有印象,10月4号那一天,他在排队上车的时候,注意到前面一个人穿着很奇怪,捂得严严实实的,手上拎着一只大蛇皮袋,另一只手还推着一个大号行李箱。这人身上就有一股浓烈的杀虫剂气味。"

"这人有什么特征吗?"冯凯连忙问。

"没有,什么特征都没有。"王强说,"穿着普通的夹克衫,戴着鸭舌帽,帽檐压得很低,看不到脸。估计身高175厘米,体态中等。我们反复问了很多遍,有这种特征的人太多了,实在没法查啊。"

"这已经算有推进了。"顾红星略微有点失望,但又燃起信心,说,"至少体态我们知道了,而且凶手从哪里上车我们也知道了。"

"没想到凶手还真是青山区的人。"冯凯说。因为他知道,凶手从哪里上车,应该就是哪个区域的人。

"我也问了车次。"王强接着说,"X1323次列车,路线和我们发现尸块的路线是完全吻合的,可以确定凶手就是坐了这趟车。"

"绿皮车?现在列车购票不用实名吧?"冯凯问。

"什么叫绿皮车?还有别的颜色的车?"顾红星好奇道,"是啊,什么时候买火车票要用身份证就好了,那这案子就好查多了。"

"会的,早晚会的。"冯凯念叨着。

"这趟车人不多,但是也没法查啊。"王强说。

"不要紧,还有别的线索。"顾红星喊道,"周满呢,周满在哪里?"

第三章
树上的肉块

"在。"周满从隔壁办公室跑了过来。

"你给市局打电话,让市局问问各个分局的法医,查一下伤情鉴定的资料,看看有没有被打掉五颗牙齿的女性去做过鉴定。"顾红星吩咐道。

"是啊,今年4月开始执行《人体轻伤鉴定标准(试行)》和《人体重伤鉴定标准》了,如果有人被打掉了两颗牙齿,构成轻伤;被打掉了七颗牙齿,构成重伤。"卢俊亮在一边说,"这人伤得这么重,肯定会去做伤情鉴定的。"

陶亮以前在派出所工作,经常会带伤害案件中的伤者去法医室进行伤情鉴定,但他对小卢说的这两个鉴定标准很陌生。他只知道,从2014年开始,就实施新的《人体损伤程度鉴定标准》了,新的标准里,对轻伤和重伤都分了一级、二级。此时,轻伤、重伤不分级,只有轻伤偏轻、轻伤偏重之说。那么死者脱落了五颗牙齿,应该是轻伤偏重了。

"不过,有没有可能是交通事故?"卢俊亮嘀咕道。

"当然有可能。"顾红星说,"殷俊,你去交警队,查一下最近一年有人脱落五颗牙齿的交通事故记录。既然义齿没有磨损,事情发生的时间应该不会太久。"

"还有一种情况,死者是自己摔的,根本就没报警。"顾红星对冯凯和卢俊亮招招手,说,"所以,我们仨去各个大医院的口腔科,调查相关的病历资料。"

"对,义齿肯定是在医院做的,不可能是在小诊所弄的。"卢俊亮说。

"其他人,对我们区所有有过生猪屠宰经历的人进行秘密摸排。"顾红星说,"找那些身高175厘米左右、体态中等、黑色寸头的人。看看他们身边最近是不是有女人,有没有女人失踪。双管齐下,我相信很快就能破案。"

顾红星也没有想到寻找尸源的这条路走得这么顺。

他刚刚分配好去各个医院调查的工作,殷俊那边就传来了消息。青山区交警大队事故中队提供了一份记录,去年10月的一个深夜,他们接到过报警。报警人说自己是"摩的"司机,当天晚上,他开摩托车载一名客人,在行驶过程中滑倒,两人均不同程度受伤。可等民警赶到现场的时候,摩的司机又声称已经和伤者谈好了价格,私了了,所以交警队就没有进一步跟进。不过,好在这份记录上有双方当事人当时自己填写的姓名和身份证信息。

摩的司机叫胡天,伤者是一名年轻女性,叫祁春。

可是,根据他们留下的身份证信息进行户籍调查,才发现胡天给的是真实信

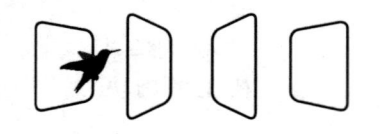

息，而祁春留下的，却是一串假的身份证号码。也就是说，"祁春"这个名字很有可能也是假的。

眼看着线索又要中断，冯凯倒是毫不沮丧。他让顾红星继续坐镇专案组指挥，自己驾车带着卢俊亮按照户籍资料上的地址，找到了这个胡天。

乍一看到警察，胡天有些惊讶，在问明来意之后，他更是担忧地说："这事儿去年就结束了，怎么今天又找我？我没有违反交通规则啊，就是路太滑了。"

"放轻松。"冯凯坐到胡天的对面，说，"我们就是找你了解一下那名伤者的情况，并没有其他意思。"

"你们，想了解什么？"胡天还是有些拘谨。

"这个女的，有什么特征吗？"冯凯说，"你是从哪个娱乐场所接到她的？"

"我是从醉天仙歌舞厅接到她的，我每天夜里就在那里等客人。"胡天说，"一般晚上没活儿的'三陪女'下班，都会搭我们的摩的。"

"三陪女？"卢俊亮嘀咕了一句。

"特征呢？"冯凯挥挥手，让卢俊亮别打断胡天的思路。

"特征，没啥特征吧？穿得很少，这算特征吗？她牙齿磕在我的车架上，当时就掉了好几颗，算吗？"胡天说，"不过我当时看了，她嘴唇没破，没毁容。我赔了一个月的工钱，现在她不会又要找我麻烦吧？"

"不是，不是。"冯凯继续引导，"你再回想一下，既然那天她穿得很少，那她的左小腿有没有露在外面？有没有看到什么特征？"

"左小腿……"胡天陷入了回忆，忽然拍了一下大腿，"啊对，是的，有文身！一大块文身！"

"文的是什么，你还有印象吗？"冯凯连忙追问。

"这，我记不起来了，好像是花？"胡天迟疑地说，"我当时都吓坏了，哪还有心思看她文的是什么啊。"

"行了，这就足够了。"冯凯拍了拍胡天的肩膀说，"别那么紧张，靠自己的力气合法吃饭，天不怕地不怕。"

刚走出胡天的家门，卢俊亮就伸出了大拇指，说："凯哥，我真佩服你，你怎么知道她在娱乐场所上班？"

"嗐，你想想，交通事故的受害者，不愿意填写自己的真实姓名和身份信息，这正常吗？"冯凯说，"按理说，伤者都是生怕自己的信息填错了，钱赔不到位啊。

第三章
树上的肉块

而且,你想想,她还是深夜坐摩的。这两个信息一碰,最大的可能就是卖淫女了。我想啊,他们去医院调查也是白搭,她一样不会留下真实信息。"

"哎呀,你说得好难听,人家那叫'三陪女'。"卢俊亮说,"陪吃、陪喝、陪聊而已。"

"哈哈。"冯凯不置可否,他知道,改革开放初期,很多娱乐场所为了拉生意,招揽了很多"三陪女"。但是为了追求利益最大化,很多"三陪女"偷偷摸摸地干起了违法的勾当,成了卖淫女。

"现在去哪儿啊?"卢俊亮问。

"天黑了,歌舞厅营业了,我们换套便装,去坐坐吧。"冯凯说。

醉天仙歌舞厅里,灯红酒绿。

舞池中,几名男女正在忘情地跳着迪斯科。

冯凯和卢俊亮坐在一个卡座里,陪着他们的是歌舞厅的"主持[①]"。

"你是说月月啊?她都好些天没来上班了,估计是被哪个场子挖走了吧,或是被哪个小老板包养了——你们不考虑考虑我们其他的小姐吗?"主持讪笑着说。

"她腿上那文身,是什么东西啊?"冯凯喝了口啤酒,漫不经心地问。

"罂粟花。"主持说,"估计是想让客人看见她就上瘾吧?哈哈哈。可惜她没这么大能耐,我也没发现有谁对她上瘾啊。"

"你说她除了'三陪',还陪别的吗?"冯凯问。

"哟,你这小哥长得挺帅,说话还挺直接。"主持一边说着,一边把赤条条的胳膊搭在卢俊亮的肩膀上,"这些都是小姐和客人之间的事情,我们可管不着。"

这就算是承认有这种现象了。

"那来你们这儿的人,有登记身份吗?"卢俊亮用一根手指把主持的手推下自己的肩膀,问道。

冯凯狠狠地瞪了卢俊亮一眼,心想,你这么大个人了,还这么幼稚?

主持果然很警惕地坐直了身子,问:"你看你说的,我们又不是派出所的公安。你们,不会是公安吧?"

"你别管我们是干什么的,反正不是来查你们的,放心好了。"冯凯跷起二郎

---

① 二十世纪九十年代,歌舞厅的"主持"是店内事务的负责人,相当于大堂经理。

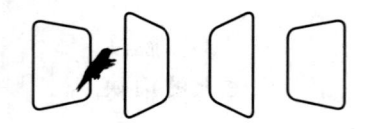

腿，又抿了一口啤酒。

"你看你说的，我们又不干违法的事，我们这是正经买卖。"主持说，"刚才我也说了，就算有违法的事，那也是小姐和客人之间的事，我们又不掺和。"

"我们就是想问两个问题：一、月月的真名是什么，你们有没有登记她的身份信息？二、月月失踪之前，最后接触的客人你可有印象？"冯凯也不绕弯子了，直接问道。

主持眼珠子一转，说："都说了，我们是正经买卖，身份信息当然是要登记的，你等会儿，我给你取来。"

不一会儿，主持拿来了一张纸，说："不过，你们得给我看看证件吧？小姐的信息，可不能随便给人家看的。"

冯凯从口袋里掏出了工作证，扔给了主持。

主持拿起来看了一眼，恭恭敬敬地双手捧着还给冯凯，说："你看，我们都有正经登记。"

冯凯看了一眼那张纸，是一代身份证的复印件。证件的主人叫祁月春，女，1965年出生，户籍地是青乡市。结合她当初给交警留下的假名字"祁春"来看，这应该就是她的真名了。纸的右上方还写着"月月"二字。

"准不准？你看我算得准不准？"卢俊亮指着出生日期，兴奋地说。

"第二个问题，你还没回答我呢。"冯凯没搭理卢俊亮，他折好身份证复印件，揣进口袋里，对主持说。

"公安同志，这个你就拿走了？"主持问。

冯凯没说话，用问询的眼光盯着主持。

主持也不纠缠，说："哎哟，你这是为难我啊。你看看，我们这么大一场子，卡座就有几十个，小姐多的时候有上百个，我哪知道她失踪前接的是什么样的客人啊？等等，你说，月月失踪了？"

"不该打听的别打听。"冯凯说，"你真的一点印象也没有？"

主持坚定地摇摇头。

"有没有黑色寸头、身高175厘米、体态中等的人来找月月？"冯凯不死心地问道。

"哎哟，你说的这种，太多了好吧。"主持说，"你们男的，大多数不都是这样的？"

"那月月有没有什么熟客？和她接触比较紧密的？"冯凯接着问。

第三章
树上的肉块

"没有,她话少,客人第一次来吧,见她长得还可以,算是有点新鲜感。但是交往多了吧,就会觉得她很无趣了。所以,她哪有什么熟客。"主持说,"这我刚才不是说了吗?"

"那有没有屠夫总来你们歌舞厅?"卢俊亮忍不住问。

冯凯又狠狠瞪了卢俊亮一眼。

"嗐,管他是屠夫还是收破烂的,只要能掏得起钱,我们这儿都欢迎。我管人家是做什么的干啥?"主持说。

"那这个月月,平时住在哪里?"冯凯问。

主持说:"她是外地的,在龙番无亲无故,自然就是住我们员工宿舍了。"

"带我们去看看。"冯凯说。

"你看,我这都忙成啥样了……"

冯凯的眼睛一瞪,主持连忙说:"行行行,走,我带你去。"

主持带着冯凯和卢俊亮出了歌舞厅大门,绕过了歌舞厅的主建筑,来到了后面的一条小巷。这条小巷的两边都是一排排的小平房,很破旧、很狭小,应该是附近的居民搬到新住宅后,闲置下来的老房子。歌舞厅把这些老房子租了下来,专门为歌舞厅的从业人员提供落脚的地方。

主持一边走,一边数着房门,数到其中一扇的时候,停下了脚步,然后用钥匙打开了房门。顿时,一股脂粉气息扑面而来。

冯凯和卢俊亮走进了房间,左右打量。这个房间很小,不到10平方米,是一整间平房被分隔出来的"单身宿舍"。房间里,除了一张床、一个衣橱,没有其他的摆设。

卢俊亮从随身带的包里拿出手套戴上,又想戴鞋套,被冯凯制止了。

"又不是勘查现场,别引起老鸨的疑心。"冯凯小声说道。

卢俊亮点点头,在房间里搜查起来。

祁月春日常的衣物、化妆品和洗漱用品都还在屋内,并没有带走。窗户边还晾晒着她的内衣、内裤。由此可见,祁月春是突然失踪的,并没有离开此地、另寻高就的打算。这就说明,凶手很有可能是在招嫖的时候杀的人,而不是包养她之后杀的人。

主持之前并没有意识到祁月春失踪了,直到冯凯问起,才想起多日未见月月,才猜测她是跳槽或者被包养了。这也是这么久都无人报失踪的原因。

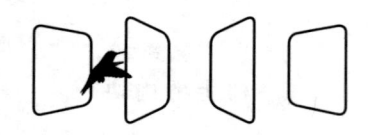

一个女子，在本地无亲无故、无人关心，即便是被人杀死后碎尸，都没有人发现。这确实很可悲，冯凯脑海里不禁浮现出了金苗和林倩倩①的身影。

搜查了一会儿，卢俊亮从枕头底下掏出了一个小本子。小本子上记录了十几个电话号码和几个BP机号码。不出意外，这些就是祁月春的熟客了。

相对于固定电话号码来说，此时刚刚流行起来的BP机号码更有价值。因为BP机是可以直接对应到人的，而固定电话不一定是熟客的家庭电话。

不管怎么说，卢俊亮的这个发现非常重要，他们至少有一个可以侦查的范围了。这果真印证了那句话——碎尸案件，找到了尸源，案子就相当于破了一半。

他们回到了局里，顾红星还坐在自己的办公桌前，研究着案件卷宗。冯凯把他们的发现告诉了顾红星，要求顾红星派人连夜到电信公司和寻呼台去查找这些电话号码的主人。

顾红星很高兴，毕竟尸源已经找到，等于把案件侦破工作往前推进了一大步。

"你们好好休息，我已经安排人对青山区所有可能有过屠宰经历的人进行罗列，逐一排查。"顾红星说，"等明天电话号码调查出来，看看有没有互相交叉的。"

"可我们没找到任何凶手的痕迹物证啊，到时候怎么甄别？"卢俊亮还是有些担忧，"尸体都冲洗得那么干净，说明凶手是一个很细心、很谨慎的人。"

"是啊。"顾红星也陷入了沉思。

"没事，虽然现场和尸体上找不到物证，但分尸现场肯定能找到啊。"冯凯说，"在嫌疑人有可能分尸的地方进行物证检验，万一找到了人血，不就是重要物证吗？"

"这是一个办法。"顾红星说，"不过，我还有别的办法，到时候也可以试试。不管怎么说，今晚你们赶紧回去休息，明天估计就有一场硬仗要打了。"

"我不回去，我还要睡你办公室的沙发。"冯凯嬉皮笑脸地说。

"那我打地铺。"卢俊亮也附和道。

---

① 见蜂鸟系列第二部。

| 第四章 |

剖腹取子

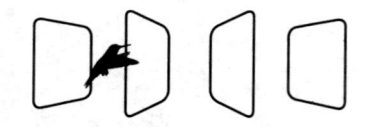

1

10月10日一早，等冯凯和卢俊亮分别从沙发和地铺上起床，两人才发现顾红星的折叠床已经收起，顾红星已经不知所终了。

冯凯面前的茶几上，放着两张表格。他拿起来看了看，发现其中一张是非常复杂的表格，里面有数百人的姓名和具体住址，应该都是青山区有过屠宰经历的人的资料。另一张是二十多人的姓名和具体住址，应该是祁月春的小本子上记录的电话号码、BP机号码的主人。

两张表格上，都有很多涂涂画画的痕迹，应该是顾红星昨夜熬夜的成果。这些人名当中，大部分都被划线删掉了，剩下的，旁边也注明了"有嫖娼前科""身材不符""发型不符""单身居住""有家室、准点回家"等字样。在表格的最下方，顾红星手写了一行字："手续已齐备。"

没有想到，冯凯只是睡了一觉，包括顾红星在内的其他刑警却做了这么多事情。

现在，顾红星把这两张纸摆在茶几上，应该是自己有别的任务要去忙，把接下来的排查工作留给冯凯了。

两张表格除了用蓝色的钢笔做的标识，还各有一个人名是被红色的圆珠笔圈出来的。而这两个红圈内的名字是一样的——储子明。

也就是说，祁月春的小本子上，还真的记录了一个屠夫的号码。

"这就是重点嫌疑人了。"冯凯说。

"还有这些被师父用蓝笔圈了名字的，估计也是师父怀疑的对象。"卢俊亮指着屠夫名册，说，"算是次重点嫌疑人吧。"

"不管是不是次重点嫌疑人，肯定是你师父需要我俩去排查的人。那我们就逐一进行勘查。"冯凯站起身，说，"在这些人有可能分尸的地方，尽可能提取到人类的血迹。"

第四章
剖腹取子

"放心吧。"卢俊亮拍了拍自己的勘查包,说,"试剂带足了。"

两个人出门,冯凯骑上卢俊亮的摩托车,载着卢俊亮向头号嫌疑人储子明的家驶去。可行驶到辖区派出所的时候,冯凯停下了车。

"怎么了?"卢俊亮问。

"我在想,我们这样贸然去搜查、勘查,恐怕不合适。"冯凯说。

"合适啊,凯哥,师父把搜查手续都办好了。"卢俊亮说。

"我不是那个意思。"冯凯说,"咱们都知道,这个凶手懂得利用火车抛尸,懂得处理可以识别身份的信息,反侦查意识很强啊。如果我们就这样去搜,搜到了,他有可能负隅顽抗,也有可能直接逃跑;搜不到,他就有可能进一步处理物证。我们就等于打草惊蛇了啊。"

"那你是准备秘密搜查?"卢俊亮问。

"对,我让派出所找个理由,把他请到派出所来,然后我俩潜入他家。"冯凯说。

过了一会儿,按照冯凯的要求,一名派出所民警不知道用什么理由,把储子明带回了派出所。冯凯和卢俊亮见这个储子明的身高、体态、发型都和目标人物很相似,顿时信心百倍。

两个人骑车来到了储子明家,翻墙进入了院内。

这个小院类似于一个小型的屠宰场,平时储子明会从村民手中收猪,然后暂时圈养在院内。院子里除了储子明居住的地方,还有一间小平房,便是屠宰室了。屠宰室里肮脏不堪,到处都是陈旧的血迹,散发着血腥夹杂着腐臭的恶心气味。

"都是血,怎么提?"卢俊亮有些蒙。

"找一些比较新鲜的、孤立的滴落状血迹。"冯凯说,"你是法医,死者应该是4号被抛尸的,距离今天有6天,血迹应该是什么颜色的,你应该知道。"

"这不就是靠运气吗?"卢俊亮说。

"我相信你的运气。"冯凯看了看表,说,"我和派出所说了,至少要拖住他一个小时,你抓紧。"

小卢从包里拿出一张圆形的滤纸,对折后再对折,折成一个扇形,用扇形的尖部在一滴有些发黑的滴落状血迹上蹭了一下,然后将滤纸展平,拿出联苯胺滴了一滴。

"阳性。"卢俊亮说。

"废话,这里当然都是血,关键是不是人血。"冯凯说。

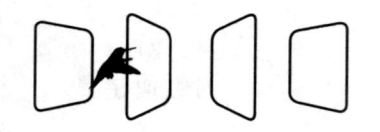

"种属实验是用 FOB 试纸①。"卢俊亮又从包里拿出一沓小纸片，再拿出一根试管，把提取的血迹混上生理盐水在试管里摇匀，然后把纸片插了进去。

"阴性。"卢俊亮说，"不是人的。"

"下一处。"冯凯说。

"不行，还得用猪血清来测一下是不是猪的。"说完，卢俊亮继续忙活了起来。

"有这个必要吗？"冯凯说，"这里是屠宰场，不是人的血，不就只可能是猪的血吗？"

"哎呀，你不知道，师父以前还在支队的时候，对血迹检验就很重视。"卢俊亮一边往试管里滴试剂，一边说，"严格要求我们必须按照教科书上的步骤来进行检验。教科书上写着，先用预实验看看是不是血，然后用种属实验看看是不是人血，如果不是人血，最后还要用常见动物的血清来检测是什么动物的血。"

冯凯没吱声，他不懂顾红星为什么要这么要求，但是他知道，所有看似做无用功的规定背后，都肯定有深刻的教训。

"你也别嫌烦，这个案子没有用，不代表所有的案子都没用。师父说了，要把规矩当习惯，不能把习惯当规矩。"卢俊亮念叨着，"哦，是猪血，找下一处。"

就这样，两个人忙活了一个小时，检验了十几处较为新鲜的血迹，最后的结果都是猪血。

"这……找不到啊。"卢俊亮皱着眉头说。

"要相信，破案的不止我们两个人。"冯凯说，"既然找不到，也不要勉强。储子明估计就要回来了，我们先撤，去下一家。你师父给我们圈了六个人，一个人一个小时的话，也得查到下午了，我们抓点紧吧。"

接下来的时间，冯凯带着卢俊亮偷偷潜入各个嫌疑人的家里，有屠宰场所的就在屠宰场所里搜寻，没有屠宰场所的，就在卫生间的瓷砖夹缝里碰运气。

每一份检材都经过了预实验、种属实验，最后全部排除了。

"什么都没找到。"卢俊亮累得腰酸背痛，有些垂头丧气。

冯凯倒是没有过于失望。因为在屠宰场所里找人血，几乎就是大海捞针。除非运气非常好，否则找不到人血也并不奇怪。

只是，通过对这六个嫌疑人的排查，冯凯发现黑色寸头、身高 175 厘米、体态

---

① FOB 试纸：是金标抗人血红蛋白检测试纸条的简称。

第四章
剖腹取子

中等实在不能算是什么特异性特征,这六个人几乎都是一样的体态和发型。

想要突破此案,除非找到更加有证明力和甄别力的证据。

回到分局,已经是下午时分了。

顾红星已经坐在会议室里,用马蹄镜在看什么指纹。

"找血迹这条路,还是不能作为排查的依据,太麻烦了。"冯凯一屁股坐在凳子上,"咕咚咕咚"喝掉一大茶缸水。

"我给你圈出来的人,都是有过嫖娼前科的。"顾红星说,"可惜现场没有指纹,否则在前科指纹库里比对,很快就能破案。"

"你别总想着物证啊,侦查方面呢?"冯凯说,"比如,这些人有没有作案时间?有没有作案的人格特征?有没有案后的反常行为?"

"前期在筛查这些屠夫的时候,都进行了细致的调查。"顾红星说,"从调查情况来看,他们都可以排除作案的可能性。所以,我才让你们碰碰运气去找血。"

"可惜我们运气不好。"卢俊亮垂头丧气地说。

"你别灰心,条条大路通罗马。"顾红星笑着说。

"那个储子明呢?毕竟他出现在死者的笔记本里,他的调查结果有问题吗?"冯凯问。

"就是因为他出现在笔记本里,我才让你们去搜一下。"顾红星说,"实际上,前期调查就排除他了,因为他没有作案时间。案发前后几天,他天天都在杀猪,有很多人可以作证。"

"那我这不是做无用功吗?"

"有的时候无用功也要做,因为说不定哪天无用功就变成有用功了。"顾红星说,"我刚才说了,你们没搜到,不代表我们也没搜到。"

"对了,你们去做啥了?"冯凯看了眼顾红星,还有站在他背后的殷俊和周满。

"我们上火车了。"顾红星说。

原来,在冯凯提出没有甄别的依据的时候,顾红星就动了上火车的心思。顾红星前期已经做过功课,这趟火车全程700公里,跨越三省,每天早晨出发,下午抵达终点,然后立即返回,夜间回到起点。

也就是说,这个车次,只有这么一列列车。但火车上人非常多,想在火车上找到嫌疑指纹,除非能发现血指纹,否则完全没有可能。而尸块被凶手清洗得非常干

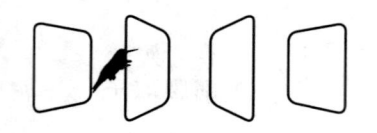

净，抛尸也不太可能留下血指纹。所以，无论怎么看，上火车找指纹都是天方夜谭。

可顾红星并不这样认为。

他认为，凶手抛尸的时候，是要把尸块从大包和行李箱里拿出来的，而这些尸块并没有包裹物。也就是说，他抛尸的时候，一定要在非常隐蔽的空间里进行。火车上，这样的隐蔽空间就只有驾驶室和厕所了。

凶手不可能是火车司机，因为如果是火车司机，他就可以从员工通道进入列车，而无须拎着大包小包挤在人群中排队，被人看见。那么，凶手就只可能在厕所里抛尸。

火车上的厕所，给人的印象是非常肮脏的。从肮脏现场里找到凶手的物证，看起来似乎非常困难，顾红星却另有想法。因为火车厕所很脏，所以平时大家坐火车都尽量不去厕所。当时的火车车厢接头处就是吸烟处，大部分火车甚至还在这个位置安置了烟灰缸，所以吸烟的人也不会去厕所吸烟。即便有人非要去厕所，那么也会尽可能不触碰到厕所里的东西。这是绝大多数人的正常思维。

也就是说，虽然肮脏，但火车厕所里不见得会有很多指纹。

再者，顾红星认为，基于上述推论，更不会有人进了厕所还趴在窗户上看风景。而凶手要把那么重的尸块从窗户抛出去，势必会调整窗户开合的幅度，或是倚靠窗框作为支撑点发力，那么，他就很有可能在窗户、窗框上留下指纹。

最后，顾红星还认为，根据尸块之间的距离推断，凶手至少进出了五次厕所。如果他总是拎着箱子去同一个厕所，很有可能会引起厕所附近的乘客的怀疑。所以，他有可能选择每次进入不同的厕所，以掩人耳目。那么，假如能在多节车厢的厕所里提取到相同的指纹，证明力就很强了。

综上，顾红星决定要上一次火车。

列车运行不可能因为警方要破一起案子而发生变化，所以顾红星和殷俊、周满算是体验了一次不一样的勘查工作——在运行的过程中勘查。

实际上，在行驶的火车上进行勘查和在静止的现场进行勘查没有什么两样，唯一的区别就是因为火车在不停晃动，使得照相的难度大幅增加。当时的相机都是使用胶卷的、手动调焦的相机，拍完了并不能确定照片是否满意。为了保证拍照的质量，顾红星大方了一次，他要求殷俊每个厕所都拍完一卷胶卷。

正如顾红星推测的那样，虽然火车上的厕所肮脏不堪，人体排泄物因为无法被完全清理干净，剩余的黄色秽物铺满了整个厕所的地面，而厕所里积蓄的尿素、氨

第四章
剖腹取子

气、硫化氢的气味刺激性极强，甚至让人睁不开眼睛，但是，整个厕所里可以发现的指纹却寥寥无几。

火车上的乘客都不愿意用手去接触这么肮脏的地方。

所以，顾红星只坐了两站的距离，就几乎检查了所有的厕所。而从窗户、窗框上提取的指纹，也就一百枚左右。

两站后火车停靠在龙东县火车站，顾红星他们下了车。他们甚至来不及赶回分局，就在县公安局里借来了马蹄镜，对指纹进行分析。

这么一分析，就有了惊人的发现。

顾红星在7号车厢厕所里的窗户上，找到了一个十分完整的右手全手印，比对条件良好。同时，这个全手印上的部分指头的指纹，分别和3号、11号车厢厕所里窗框上提取到的右手拇指、无名指的指印吻合。

如果在一个厕所里发现一个人的指纹，说明不了什么，但是在三个厕所里发现了同一个人的指纹，那就相当有意义了，尤其是厕所之间相隔得还这么远。

但顾红星指出，他们还必须排除一种可能性，才能把这个全手印列为重点嫌疑人的手印。那就是要对车厢里所有乘务人员、保洁人员、乘警的指纹进行提取和排除。

如果这个全手印不是列车工作人员的，那么这一切，就都被顾红星说中了。凶手是分不同的时间段，去不同车厢的厕所里进行抛尸的。为了避免引起某一节车厢里乘客的怀疑，他移动的距离还比较远。

顾红星早就做了如此假设，所以在车上的时候，已经提取了所有工作人员的手印，此时已经将他们排除了。不过，列车上的工作人员是换班制的，所以上过这列车的不止这些人。于是，顾红星电告铁路公安局，要求他们联系这趟车的歇班人员，也去铁路派出所采集指纹，并通过传真技术立即传送到青山区分局。

做完了这一切，顾红星一行人就乘坐龙东县公安局派出的警车，回到了分局。一到分局，顾红星就把嫌疑指纹卡交给了殷俊，让他去和前科劣迹人员的指纹进行比对，看有没有破案的捷径。

于是，焦急地等待就开始了。顾红星一方面要等待铁路公安局传送过来的列车工作人员的指纹信息，另一方面要等待殷俊在指纹库里查询的结果。

听完顾红星的讲述，卢俊亮倒是不垂头丧气了，冯凯也燃起了希望。

冯凯说："老顾，真的不愧是你啊！这事儿交给其他人，都会因为过于困难、过于复杂而放弃。只有你敢去试一试，没想到还真试出结果来了！"

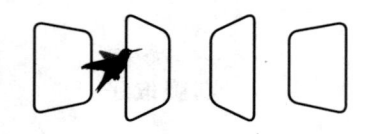

"还不一定,这只是一种猜测。"顾红星说,"希望能有好的结果吧。"

"有些时候还真的是这样,人们普遍认为不可能有收获的地方,却恰恰有收获。"冯凯说,"就比如这个肮脏的现场,大家都认为不可能找到物证,但是你另辟蹊径,真的找到了。我非常看好你这个物证,毕竟,列车工作人员也会嫌厕所脏,而保洁人员一般都会戴手套干活儿。"

顾红星点点头,不吱声了,眉宇之间尽是期待。

"这是我让民警密取的储子明的指纹,你闲着也是闲着,打发一下时间。"冯凯笑着从口袋里拿出了一张指纹卡。

顾红星连忙站起身来,接过指纹卡就看了起来。

五分钟后,他失望地摇了摇头。

"看到没,不是我们运气不好。"冯凯倒是一副在他意料之中的样子,对卢俊亮说,"真的不是他干的。"

2

一直到天黑,铁路公安局的民警终于收集齐了歇班的列车工作人员的指纹,传真了过来。顾红星和卢俊亮立刻拿着马蹄镜,趴在桌子上看了起来。

冯凯指着顾红星,对专案组里同样满怀期待的其他侦查员说:"看你们顾局长,这种事都亲力亲为,上哪儿找这么好的局长去。"

"别拍马屁。"顾红星嘴上说着,没有停下手上的活儿。

指纹这种东西,就是采集起来难,但比对起来容易。冯凯还记得自己和顾红星一起,曾经熬了几天几夜看了上千枚指纹。

果然,不出一个小时,顾红星就如释重负地靠在了椅背上,说:"妥了,全部排除。"

会议室里爆发出一阵欢呼声。

"现在就看殷俊那边了。"顾红星说。

"无所谓了。他那边能找到信息最好,找不到也不要紧,我们现在有了甄别犯罪分子的依据,还怕破不了案吗?"冯凯说。他的心思已经开始飘远了,他忍不住想,这起碎尸案看来肯定能破了,那让顾雯雯很纠结的悬案又会是哪一起呢?

又等了一个多小时,大家都已经在专案组里用餐完毕,就听见一阵急促的脚步

第四章
剖腹取子

声从楼上传了下来。

"有了。"冯凯有一种强烈的预感,指纹比对有戏了。

果不其然,不一会儿,殷俊就气喘吁吁地推开了会议室的大门,喊道:"顾局长!"

"慢慢说。"顾红星心口不一,他的表情已经因为急切而显得有些扭曲。

"比对上了!在库里比对上一个男的,27岁,丁集镇人,叫,叫,叫什么来着?"殷俊喘了几口气,说,"对,叫毛宇凡。"

"啊,我知道那人。"丁集镇派出所的所长此时也坐在专案组里,连忙应道。

"你说说。"顾红星坐回了椅子上,饶有兴趣地问。

"如果我没记错的话,他应该是前年还是去年,因为打架斗殴进去的。"所长说,"我亲自出的警,当时是打群架,我们拘了几个人,他是其中之一。"

"对对,打架斗殴,行政拘留15日。"殷俊说,"前年12月的事情。"

"这就破案了。"冯凯咂着嘴,说。

"不过……"所长拉长了音调,给了自己一些思考的时间,说,"和我们之前刻画的犯罪分子不太像啊。"

"体态不像?"冯凯又坐直了身子,问。

"体态就是中等体态,身高也差不多。"所长说,"不过,第一,他不是杀猪的,平时是修自行车的。第二,他是一头黄毛,中等长度的头发,不是黑色寸头啊。"

"一直是黄毛?"顾红星问。

"是啊,我在镇子上巡逻,总是要经过他的修车铺的。"所长说,"他一直是黄毛,没变过。"

"那他以前干过屠夫吗?"卢俊亮不甘心地问,"如果没干过屠夫,实在是不太可能懂得这样穿铁丝啊。"

"如果我没有记错,我当时拘留他的时候看了他的户籍。"所长说,"他是17岁的时候从外省迁过来的,好像是投奔一个叔叔。他那叔叔就是修车的,就把技术和铺子留给他了。17岁之前的情况我就不太清楚了。"

"这人平时为人怎么样?"顾红星问。

"就那样吧。他单身,他叔叔在几年前就死了。他和街上的小混混关系都很好,表现得很仗义。除此之外,没什么特别的了。不过,他之前没有嫖娼的前科,也没发现他有去歌舞厅的喜好,至少没被我们抓到过。"所长说。

"所以,需要把人逮回来审一下。"殷俊说。

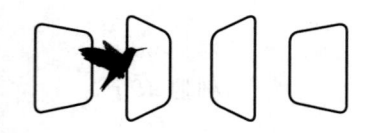

"不能逮。"冯凯举起手,说,"咱们别忘了,犯罪分子有很强的反侦查意识。虽然我们现在有证据,却是孤证,不能证明他杀人抛尸。如果他被捕后拒不交代,甚至摸清楚我们手上的牌,有针对性地狡辩,那我们就不好办了。"

"是啊,毕竟职业和发型对不上。"顾红星很犹豫。

"职业,有可能是 17 岁以前干过屠夫。"冯凯说,"但发型实在是存在问题。你们说,会不会是寻找尸块的时候把它污染了?"

冯凯这么一说,大家都开始沉默。

"我知道了!"卢俊亮跳了起来,说,"之前发现头发的时候,凯哥你说这头发没有毛囊!原来你是这个意思!"

冯凯心想,我当时是准备说 DNA 技术的,只是这个时代没有 DNA 技术啊。所以他一脸疑惑地问:"我是什么意思?"

"正常脱落的头发都会有毛囊,只有被利器割断的才没有毛囊。"卢俊亮说,"尸块上黏附的毛发没有毛囊,应该是刚刚理完发留下的碎头屑!假如刚刚理完发的是我们的民警呢?"

"你是在哪个尸块上发现头发的?"一名侦查员在人堆里问。

"在上半个躯干上。"

"哦,那不就是在龙东县东面发现的尸块吗?"那名侦查员说,"当时龙东县出警的民警,刚刚理完发就被叫到铁路沿线搜查去了。我去他们那儿领尸块的时候,他还在那儿挠头呢,说理完发没有洗头,刺挠得很。"

"真的是污染的啊。"冯凯第一次这么深刻地意识到"四套[①]齐全"的意义。

"凯哥你太厉害了!早就意料到了!"卢俊亮一如既往地崇拜冯凯。

冯凯歪打正着,有些尴尬地笑了笑。

"即便有了牵强的解释,还是不足以直接抓人。"顾红星谨慎地说,"正如老凯说的,这样有反侦查能力的犯罪嫌疑人,我们没有撒手锏,是不能贸然动手的。"

"那就让派出所的兄弟把他引出来,我和凯哥和今天一样,去他家里搜。"卢俊亮说,"修自行车的人家里只要能找到血,就有希望,比在屠宰场里找人血容易多了。"

"这个方法可以。"顾红星说,"不过,凶手反复冲洗了尸块,也会反复冲洗现场,提取到物证的可能性很小。"

---

① 四套:指的是头套、口罩、手套和鞋套。

第四章
剖腹取子

"等会儿！"冯凯灵光一闪，说，"那边的水表，是怎么抄的？"

顾红星立即意识到了冯凯想的方法，说："对啊！这个方法好！水表按月抄。凶手应该是本月三四号作的案，今天刚刚10号，我们去查一下他上个月的用水量，然后和现在的用水量做比较。"

"太厉害了！这可真是捷径啊！"卢俊亮崇拜地说，"凯哥，你是怎么想到的？"

"嘿嘿，趁着天黑，我俩去查水表！"冯凯说道。

"我安排人去自来水厂，调取他上个月的用水量。"顾红星说，"然后我们在辖区派出所碰头。"

丁集镇距离青山区中心有10公里的路程，为了不在夜间打草惊蛇，冯凯甚至连摩托车都不愿骑，而是和卢俊亮一人骑了一辆自行车往现场赶去。

骑在路上，冯凯的思绪顿时回到了1976年，那时候他和顾红星刚刚一人被奖励了一辆自行车，也是这样兴高采烈地骑着上街。

"凯哥，你这个好主意之前怎么没有想到啊？"卢俊亮一边蹬车一边说，"要是之前就用这个办法，那几个屠夫家我们半个小时就查完了。"

"这办法对屠夫可没用。"冯凯说，"屠夫这个工作，本身用水量就很大，如果每天他们都要用几吨水，那冲洗尸块用了一吨水，根本也看不出来啊。不像修自行车的，和我们正常用水差不多，节省一点的，每个月就用几吨水，如果多出来一吨，那就能说明问题了。"

"有道理。"卢俊亮若有所悟地说，"看来相同的办法，适合运用的场景可就不同了。"

骑了好一会儿，冯凯他们二人终于来到了丁集镇。其实不用按照地址细找，他们很快就看到了毛宇凡的家，因为镇子的街边，有个很显眼的门头上写着"毛记修车铺"。

冯凯拉着卢俊亮躲在修车铺对面的小巷子里，问："这家修车铺是一个门面，看起来门面后面是个院子，他平时应该就住在里面。现在的问题是，水表在什么地方呢？"

"这种门面，为了方便自来水厂的人抄表，都会把水表安在门口。"卢俊亮说，"你看，门口那里不是有两块石板吗？掀开应该就是了。"

冯凯一看还真是，心想这个年代连抄个水表都方便了许多。

两人趁着夜色，悄悄潜到门面的门口，小心翼翼地掀起了石板，果然露出了

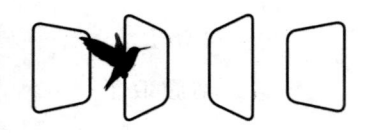

下方的水表和总阀。冯凯从口袋里掏出手电筒，掀开水表的盖子，看了看，说："1768，是不是？"

"是。"

"记下来。"

抄下水表之后，冯凯见四周无人，又小心翼翼地把石板复原，骑着车向派出所赶去。

负责去自来水厂调查的殷俊，因为开着车，所以比他们到得还早，见他们回来，连忙问："多少？"

"上个月多少？"冯凯卖了个关子。

"9月30号抄的表，1758；8月30号抄的是1749；7月30号抄的是1742……"殷俊对着手中的笔记本读了起来。

"那还说个啥？"冯凯高兴地拍了一下桌子，说，"每个月就七八吨水，这个月才十天就用了十吨。"

"嚯，我还担心数量差距小，看不出来呢。"卢俊亮说，"他还真舍得花水钱。"

"废话，水重要还是命重要？"冯凯笑着说。

"节约用水，人人有责。"卢俊亮打趣道。

"申请抓人吧！"冯凯说，"等拘留证批下来，殷俊你带着派出所的同志去抓，我和小卢留下来搜他家。"

毛宇凡是被四名民警一起按住的。

在民警破门进入他家的时候，他负隅顽抗，一边高呼着有强盗，一边和民警发生了扭打。但双拳难敌四手，他很快就被民警按在地上，戴上了手铐。

冯凯和卢俊亮推着自行车，很冷静地看着毛宇凡被押上了警车，然后停好自行车，戴好手套、穿上鞋套，进了他的家。

一进门，眼前的景象就把冯凯看愣了。这个家，太干净了。

虽说是修车铺，但这个铺子一点也不像冯凯脑海中那种到处是黑灰和油污的样子。相反，铺子里所有的摆设都非常整齐。

铺子里没有整辆的自行车，只有零件。墙边有一个类似书架的柜子，每一格里，都放着同类的自行车零件。也就是说，毛宇凡把所有自行车零件都分门别类，放得井井有条。

第四章
剖腹取子

"我去,这人有强迫症吧?"冯凯一边"参观"修车铺,一边说道。

"你还知道强迫症呢?"卢俊亮笑着说,"这里没啥好看的,没有水源,不可能是分尸地点。我去他院子里的卫生间看看。"

冯凯点点头,用手擦了一下柜子边,再看看手套,发现一点灰尘都没有。冯凯心想,这么细心的犯罪嫌疑人,怕是很难从家里找出没有被冲洗干净的血迹了。

冯凯一边想着,一边向铺子后面的小院走去。

修车铺的柜台后面就是毛宇凡的小院了。院子不大,地面是用小石子铺垫的,院子的一侧是卫生间,另一侧是间卧室。院子的中央,种着一棵桂花树。

卧室里同样很干净,除了床和衣橱,没有什么摆设。卫生间和卧室差不多大小,内有一个淋浴头和一个蹲便器。其余的空间里放着一个洗澡用的大澡盆,旁边还有个立式衣架,晾晒着几件衣服。

"这个空间,分尸足够了。"卢俊亮见冯凯站在门边打量,于是说道。他一边说,一边用滤纸擦了擦整洁、干净的地板砖的缝隙,然后按规定进行联苯胺实验。

"你说,他会不会把死者的手和小腿剁碎后扔下水道了?"冯凯看了看蹲便器里那个黑黑的大洞,说。

"不会。"卢俊亮说,"第一,小腿里的胫骨,是人体最硬的骨骼之一,可没那么容易剁碎。第二,这蹲便器连着镇子上的化粪池,如果想找,也是能找到的。犯罪分子这么聪明,不会想不到这一点。"

冯凯点点头,又转身去看小院子。

卢俊亮的声音在身后响起:"哎,联苯胺是弱阳性,说明有血,但不多,他冲得真是很干净。就是不知道我这样擦蹭一点检材回去,能不能做出血型来。"

"就算做出了血型,也只能排除不能认定啊,定不了他的罪。"冯凯说,"你啊,总局限于法医思维,你要记得,你现在可是技术大队的负责人,考虑问题得从多个专业的角度考虑。比如,痕检专业知识,在这个案子上能不能发挥什么作用?"

听冯凯这么一说,卢俊亮就像是弹射起来一样,几步就蹿到了前面的修车铺里。

"你吓我一跳,一惊一乍的。"冯凯说。

"我刚才就觉得这个有问题。"卢俊亮从修车铺柜台下面拿出了一卷铁丝,说,"但是脑子没通,硬是没想到。"

冯凯一边听卢俊亮往下说,一边用脚蹭了蹭桂花树树根边的围树砖。

卢俊亮举着铁丝,兴奋地道:"现在看来,这根铁丝的色泽、粗细,和穿尸块的

那根是一模一样啊！希望这家伙抛尸之后没再用过这卷铁丝，如果是这样，我们就可以用穿尸块的铁丝和这卷铁丝进行整体分离实验，断端一对上，就是铁证了！"

"好办法！痕检的办法！"冯凯想起当年顾红星就是用这个整体分离的办法，才找到了那条差点勒死他的绳子。他用力蹬了一脚围树砖，欣慰地说："你啊，现在已经是一个合格的技术大队长了。"

"那我们赶紧走吧！"卢俊亮一只手拎着铁丝，另一只手拎着装有滤纸的物证袋，迫不及待地说道。

"别着急啊。你看，这些围树砖一半埋在土里，另一半露在土外面，这样给树浇水的时候，就不会弄脏周围的地面，对吧。"冯凯指着刚刚自己蹬过的地方，问，"但为什么这么多围树砖，只有这两块是松动的，其他的却都很牢固？"

"牢固，是因为埋的时间长。松动……难道是因为最近起开过？"卢俊亮眼睛一亮。

"之前我们发现的所有尸块都是被抛弃的，所以我们形成了思维定势，觉得死者没被找到的一双手掌和小腿也应该是被抛弃的。"冯凯说，"但如果凶手反其道而行之，不抛反埋呢？"

卢俊亮的眼神从冯凯的脸上，转到了那一圈围树砖上，已经跃跃欲试了。

"一起验证下？"冯凯左看右看，见院墙边放着几把工具，从里面挑了一把铁锹出来。卢俊亮也放下物证，走到院墙边，找了一把锄头。

两个人用一锹一锄，很快把围树砖给扒拉了出来，然后对树根边的土壤进行了挖掘。越往下挖，冯凯越是信心百倍，因为虽然树根边的土被踩得很实，但是越往下，土就越松。很显然，这个区域的土壤曾经被人挖掘过。

大概挖到80厘米深的时候，冯凯的锹尖碰见了软物。

"快快快，拍照。"冯凯让卢俊亮先拍照固定，然后用戴手套的双手把浮土一点点捧出来。

慢慢地，土壤的下方出现了一个透明塑料袋。

和池塘抛尸现场发现的塑料袋一模一样。

"凯哥！又被你猜中了！你太牛了！"卢俊亮跳了起来，说，"他真的把手掌和有文身的小腿埋了！"

冯凯几乎是屏住了呼吸，小心翼翼地从土壤里拽出了那个袋口打了死结的透明塑料袋。袋子上没有血迹，可以清楚地看见里面的手掌和小腿。小腿的皮肤上，甚至还有烧灼的痕迹。

"拍照了没？"冯凯举着塑料袋问。

"拍了，拍了，证据确凿。"卢俊亮兴奋的心情溢于言表。

"这样，我们先去区殡仪馆，你把尸体拼一下，确保是同一个人的。"冯凯说，"然后咱们再回局里，一举拿下口供。"

3

回到区公安分局的时候，已经是晚上10点多了，此时冯凯和卢俊亮已经胜券在握。

他们刚刚走到分局一楼，就看见从楼道里走出来的殷俊。冯凯上前问道："你们顾局长呢？"

"他几天没睡觉了，我们强行要求他去休息了。"殷俊一脸疲惫。

"你也应该强制休息。"冯凯笑盈盈地对殷俊说，"审讯怎么样？"

"和冯大你猜测的一样，他拒不交代。而且这个人很狡猾，几个回合下来，他心里就大概知道我们有什么牌了。"殷俊说，"他说自己坐火车是去散心，去厕所一个人抽闷烟。"

"绿皮车的车厢间不就是吸烟室吗？"

"他说躲在没人的地方抽烟舒服，所以换了好几个厕所，趴在窗户上抽烟。"殷俊冷笑了一下，摇了摇头。

"抽烟还是闻臭？"卢俊亮说。

"那用水量呢？"冯凯问。

"说是他最近在家里大扫除，把家里打扫得很干净，所以用水也就多了。"

"他明明是平时就有强迫症。"卢俊亮挥舞着拳头说，"真会狡辩！"

"别审了，晾他一晚上。"冯凯说，"我和小卢去做一个整体分离实验，再洗几张照片，明天他就没法狡辩了。"

一夜过去，最先来找冯凯和卢俊亮的，是顾红星。

顾红星一觉醒来，就去询问审讯的情况。他刚觉得有些失望，殷俊便告诉了他冯凯他们二人信心满满的"预告"。所以顾红星就急吼吼地来痕检室找他们了。

而此时冯凯和卢俊亮正四仰八叉地躺在沙发和工作台上睡觉。

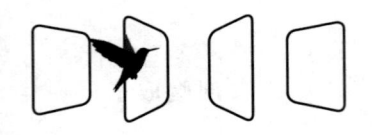

"你们有什么发现？"顾红星进门就问。

卢俊亮一惊，从工作台起身的时候还一头撞在了对比显微镜上。

卢俊亮揉着脑袋，指着对比显微镜说："师父来啦，你看，你看。"

顾红星连忙跑过去，往目镜里看去。

两边的载物台上，各有一根铁丝，而铁丝断端的细微痕迹，是完全可以吻合的。

"一根是从毛宇凡家搜来的铁丝，另一根是抛尸现场的铁丝？"顾红星问。

"嗯。"卢俊亮揉着惺忪的眼睛。

"这还不是王牌呢。"冯凯伸了个懒腰，从沙发上坐了起来，擦了擦嘴角的口水，说，"走，我们去审讯室。"

审讯室里，一头黄毛的毛宇凡还是一副轻蔑的表情，根本不拿眼前的人当回事。

"这是顾局长。"冯凯介绍道。

"别说局长了，就算是市长来，我也没杀人。"毛宇凡抖着腿，说。

"啪"的一声，冯凯把一沓洗出来的照片扔在了审讯椅前面的小桌板上。

顾红星也很好奇，踱步到毛宇凡的背后，看着照片。

毛宇凡一看照片，瞳孔剧烈收缩，全身也颤抖了起来，歇斯底里地喊道："你！你凭什么挖我院子？你凭什么破坏老百姓的家！"

"嚯，你可不是老百姓，你是犯罪分子。"这回轮到冯凯用轻蔑的口气说话了。他在办公桌上拿起一根侦查员的香烟，从中间掰断，双手捏着，放到了毛宇凡的面前。

冯凯说："你看，虽然香烟被我掰断了，但我还能把它拼起来，这就叫'分离'和'整体'。而你穿尸块的铁丝，和你家的铁丝，也可以做同样的事情，因为它们都是同一个'整体'上'分离'下来的。现在在你家发现了死者的尸块，也发现了和穿尸块的铁丝属于一个'整体'的铁丝，你要是还想狡辩，就只能说有人不仅把尸块埋到了你的家里，还偷了你家的铁丝来穿尸块，甚至还把剩下的铁丝还回了你家。这种解释，连法官都不会信，更不用说……"

冯凯指了指一边的录音机，说："你刚才看到照片时的反应，已经全部被录下来了，现在你连狡辩的机会都没有了。"

毛宇凡呆呆地看了一眼闪着红灯的录音机，懊悔自己不该露了马脚。

"说吧。"冯凯拖了把椅子，坐在离毛宇凡1米远的地方，直勾勾地看着他的眼睛，"争取宽大处理。"

"是她先要害我的，我是自卫！我真的是自卫！"毛宇凡说。

第四章
剖腹取子

"别急，别急，先从你小时候说起。"冯凯说，"为啥来龙番啊？以前是学什么的？"

被冯凯这么一打岔，毛宇凡想要狡辩的思路也给打断了，他低头想了会儿，说："我大概小学毕业的时候吧，父母离婚了。他们都有新家，都不愿意要我。于是，我就去跟着师父学手艺，毕竟他那里包吃包住。但是他太老古董了，天天絮絮叨叨，什么事也不让我做主，我觉得跟着他，没前途……"

"你师父是杀猪的？"冯凯问。

"外省的你们都能查到？"毛宇凡有点意外。

"你继续说。"

"我那个师父天天和我说，我们这行当，见血腥，所以要心平气和，凡事不能太冲动。"毛宇凡说，"什么叫心平气和？我是杀猪的，又不是写毛笔字的，心平气和有什么用？能当饭吃吗？师父年纪大了，也该退了，我想接班他的屠宰场，可他就是不同意，老说什么我心气太浮躁，还不到时候，要多磨炼才能接班。没错，那时候我才15岁，确实还不算多成熟，但我看他一点诚意都没有，二话没说就离家出走了。那两年，我真不知道是怎么过来的。打零工，捡破烂，我都干过，就是希望能有自己的生活。后来从老家亲戚那里听说，龙番有个远房叔叔，开了铺子，人还很好，无儿无女，我就来投奔他试试。要知道，挨饿的滋味太不好受了。"

"你叔叔对你好吗？"

"那是没话说，我爹都不把我当亲儿子，他把我当亲儿子。"毛宇凡说，"他教会我修自行车，然后就'退休'了，所以，我的修车铺这些年都是我说了算。"

"修车铺能挣钱吗？"冯凯问，"干了不少销赃的活儿吧？"

"公安同志，你说得也太难听了。有人来卖自行车，我还有不收的道理吗？"

"你和人家打群架，是为了抢地盘吗？"

"那倒不是，兄弟有难，两肋插刀。"毛宇凡的眼神很闪烁。

"那你把收来的自行车都拆了，一辆整车都不留，是怕丢自行车的人找上门来吗？"

"那也不是，那是我的习惯。你见过拉出来一头整猪卖的吗？"这一回毛宇凡的眼神不闪烁了。

"接着说，你和祁月春怎么认识的？"

"祁月春？谁？"

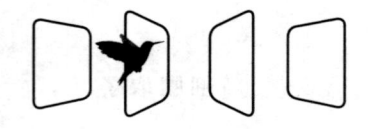

"就是被你碎尸的那位。"

"哦,那个'三陪女'啊。"毛宇凡说,"我哪里会认识她,是她自己心怀不轨的。那天我在回家的路上,见她醉醺醺地在歌舞厅门口吐,就好心问问她有没有事。这女人,真是不正经,直接上手就把我抱住了。都是男人嘛,她穿那么少,这谁受得了。"

"所以你带她回家了?"

"是啊,说好了30块钱的,结果完事儿后,说我把她弄疼了,要50块,这不是坐地起价吗?"毛宇凡说。

"所以是因为嫖资纠纷,你就杀人了?"冯凯说。

"不是,真不是!"毛宇凡昂着头说,"我真不差这点钱。我都说了,是这个女人想害我,所以我得自卫。"

"你都愿意给50块了,为什么她还想害你?"

"不知道,也许是因为她觉得我有钱,所以想弄晕我,然后抢劫我,或者是仙人跳什么的?反正她是真的想害我。"毛宇凡一边用手比画着,一边说,"我都准备给她钱了,忽然发现床上有个圆滚滚的像药丸一样的东西!是从她那里面掉出来的!这女人真毒啊!居然把药下在那种地方!你说,她这不是想害我还能是干吗?"

"那应该是她治疗妇科病的阴道栓。"在一边旁听的卢俊亮忍不住说道。

"啊?"毛宇凡没听懂,说,"反正她就是想害我,所以我就掐着她脖子问她为什么要害我。没想到,她那么不经掐,就死了。你说,我这是不是自卫?"

"是不是自卫得让法官来说。"冯凯眯着眼睛说,"既然是自卫,为什么不报警?还要碎尸?"

"这种事怎么报警啊?"毛宇凡说,"你们也看到了,我住在大街边,驮着尸体出门肯定不现实啊。行李箱、蛇皮袋都放不下,就只有给她砍开了。"

"那为什么把手掌和小腿埋在后院?"

"手掌有指纹,小腿有文身,我怕人认出来是她。我看过电视,我觉得如果没有人能认出她是谁,你们就应该破不了案了。"毛宇凡说,"文身我还烧了一下,烧不掉,我想到以前猪身上的烙号也是烧不掉的,所以只能弄下来埋了。"

"破不了案?你觉得这和你收赃物自行车一样吧?有特征性的部件,你都会藏起来,所以警察就不知道那些零件是赃物了?"冯凯说,"你现在再想想,你师父

第四章
剖腹取子

对你说的话,是不是挺有道理的?"

毛宇凡愣了一下,连忙说:"有什么道理啊?我那不是冲动,我是自卫!"

"坐火车抛尸,也是你自己想出来的主意?"冯凯问。

"不然呢?我又没有汽车。"毛宇凡说,"我就想丢远点,那只能坐火车了,这样也安全些吧。"

"行了,签字画押,等待判决吧。"冯凯甩了甩袖子,走出了审讯室。

回到了顾红星的办公室,顾红星对冯凯说:"你真是破案的一把好手,是我们公安局的宝贝。"

"哎呀,真肉麻!还不是大家的功劳。"冯凯坐到沙发上,挠着头说,"只是没想到,绕了一大圈找到了这个毛宇凡,他居然是为了这么个理由而杀人。本来以为他是那种老谋深算的人呢,结果他一惊一乍的,杀人碎尸居然是因为缺乏安全感。"

"那肯定。"卢俊亮说,"从小被亲生父母抛弃,任谁也没安全感啊。"

"我倒觉得不是安全感的问题,而是他在这种没有安全感的环境里,太想要证明自己,反倒滋生出了扭曲的掌控欲。"顾红星说,"他师父对他也算不错,可他得不到自己想要的东西,说走就走了。要不是他叔叔去世得早,以他着急冲动的性格,难免也会和他叔叔起争执。他希望可以掌控一切,掌控所有人。一旦出了计划外的情况,就会变得格外多疑。因为一枚阴道栓而杀人,听起来不可思议,放在他身上又挺合理的。"

"还真是,碎尸也是掌控欲的一种表现。"冯凯说,"还有他拆自行车的那个习惯,也算是一种表现吧。他就是希望一切可以在他认为安全的情况下进行。"

"嗯……拆自行车是习惯,拆人也是习惯。"卢俊亮跟着他们的思路说,"把有特征性的部件藏起来,都是习惯……"

"我们研究这个干什么?"冯凯笑着说。

"有用。"顾红星说,"正常情况下,只要是碎尸案件,一般都是熟人作案。这才有了'找到尸源,案子就相当于破了一半'的说法。可是,这起案件是完全陌生的人作案,违背了碎尸案件的一般规律,所以我们必须要搞清楚他的心理状态,也能为将来类似的情况提供参考。"

"不过,这也给我提了个醒。以后办碎尸案,可不能把所有的希望都放在找尸源上了。"卢俊亮说,"另辟蹊径也是有很多破案的途径的。"

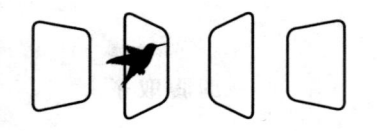

"嗯，这个案子对我也很有启发。"顾红星说，"刚刚理过发的民警，把自己的碎头发遗落在了现场，差点对案件侦查造成误导。这事儿不能就这样当成一段插曲结束了。"

"所以，你又要改《现场勘查规则》了？"冯凯说。

"你真是我肚子里的蛔虫。"顾红星笑着说，"现在要求民警穿戴鞋套和手套已经不够了，我得要求大家再戴一个头套。我给起个名字，就叫'三套齐全'吧。"

"能不能不要把我比喻成那么恶心的东西？"冯凯一边笑一边说，"你这个要求是对的，戴了头套以后还有别的作用。不过，你最好一步到位，改成'四套齐全'，加个口罩。不然文件总改来改去，你不嫌烦啊？"

"规则本来就是在不断完善的，"顾红星说，"怎么会烦？不过，为什么要戴口罩？怕大家在现场吐痰？还是说，怕现场有病毒？"

"随便吧，都可以吧，反正以后总是要戴的。"冯凯挥挥手，说道。

"你怎么总说'以后'？你怎么知道以后的事？"卢俊亮饶有兴趣地问。虽然他对戴口罩一事也不太理解。

"喀喀，这就叫合理预言。"冯凯说，"虽然我不知道细节，但也能推理出这是大势所趋嘛。就像老顾让你们检测血液，要一步一步慢慢来一样，也许绝大多数案件中，都没有什么作用，但也许某一起案件里，就会起到关键作用，道理是一样的。"

顾红星低头想了想，说："好，就按你说的办，口罩洗洗能反复使用，成本也没多少钱。"

冯凯知道，这个时候就连医生戴的都是多层纱布口罩，而非一次性口罩。

"这么一想，我也觉得凯哥说得有道理了。"卢俊亮说，"虽然大家多了清洗口罩的活儿，但是医用纱布口罩可以有效防止一些病毒的侵入，不管怎么说，至少保护了民警。"

顾红星拿出了一沓纸，奋笔疾书起来。冯凯知道，他开始撰写呈报市局党委要求再次修改《现场勘查规则》的报告了。冯凯百无聊赖，瘫坐在沙发上，他想在这种放空的状态下找出一些线索，想想顾雯雯侦办的命案积案究竟是哪一起。

在这段时间里，冯凯一直关注着支队对今年的命案积案进行侦破的情况。现在，未破的命案，只剩下两起了，但这两起命案嫌疑人都很明确，只是看什么时候能抓到人。而且，这两起命案的现场都非常简单，还有目击证人可以直接指证犯罪嫌疑人，不存在什么证据缺陷的问题。如果只是抓人的活儿，应该不会让顾雯雯有

第四章
剖腹取子

这么大的负担,因为顾雯雯是市局刑科所的所长,管的是刑事技术,也就是破案的线索和证据的完善,而这两起案子显然都无须这两方面的支撑。

1990年过得很快,只剩下最后不到两个月的时间了,如果不出意外,那起案件应该就发生在这两个月内。可是龙番市这么大,这案子究竟会在哪里发生,谁也不知道。而如果是区里发生了案子,破不掉了才上报市局刑警支队,那么等冯凯得知案件情况后,已经错过了最好的破案时机。如果是那样的话,他也不知道能不能帮上顾雯雯的忙了。

冯凯有些焦虑,但转念一想,自己又不是真的穿越,这只是一场梦,是因为自己看岳父顾红星的办案笔记而进入笔记世界的一场漫长的梦,准确地说,是第三段梦了。他相信,自己会做这个梦,肯定是有原因的,肯定是他在翻阅笔记的时候,潜意识里注意到了一些对顾雯雯可能会有用的内容。只不过,他身在梦境中,无法看穿这一切罢了。他只能认真去对待梦中的每一个案子,说不定,破案的契机就在他所经历的一切当中。

想到这里,冯凯信心倍增,嘱咐顾红星说:"我去把清查炸药的扫尾工作给做完,然后就回支队了。你们这儿要是有什么命案,可得第一时间告诉我。"

顾红星头也没抬,笑着说:"知道你喜欢办命案,但全市的案件有你办的,我这儿的,能不麻烦你就不麻烦你。"

"不行,你得答应我。"冯凯执着地说。

"行!有案子告诉你,回去吧。"顾红星说,"我写完这个报告,就给你写报功报告。"

4

忙了十几天的扫尾工作,冯凯他们工作组终于把青山区所有炸药库的台账全部清查、清点完毕了,时间也来到了10月下旬。

交接完手头所有的工作,冯凯准备过完周日(也就是10月21日)后,回到支队去工作。自己这一离开,就是一个月的时间,不知道支队有没有其他的命案积案,自己正好回去看看。

周六晚上,冯凯在分局给他的临时宿舍里打包好行李,去顾红星办公室向他辞行。走到公安局办公楼楼下的时候,冯凯一仰头,看见顾红星的窗户还亮着灯。不出

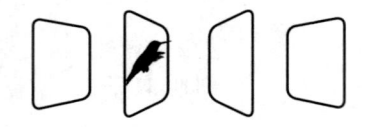

他所料，这个工作狂即便主要工作都做完了，也不回去陪女儿，还在这里加班。就算公安局局长确实很忙，但毕竟只是在一个分局，不至于一点业余时间也没有吧？

冯凯抱怨着，上了楼。

顾红星依旧保持着他那个习惯的姿势，坐在办公桌后面一动不动，盯着眼前的一份卷宗，目不转睛。

"周一我就回支队了。"冯凯开门见山地说，"这案子都破了，你就不能回去陪陪你家闺女？"

"她妈陪着她呢。"顾红星头也不抬地说。

"父爱是不能缺的，懂吗？"冯凯一屁股坐在沙发上，说，"你这忙什么呢？"

"哦。"顾红星合上卷宗，用拇指和食指揉着鼻梁，说，"毛宇凡这个案子吧，给了我很多启发。任何案子，都不能一条道走到黑。如果我们坚信碎尸案件就是熟人作案的话，这个案子就破不掉。所以，双管齐下、三管齐下，甚至是多管齐下，才是最保险的侦查方式。"

"你可以写书了。"冯凯笑着说。

"我们区这几年，发生的比较惨烈的案件，一起是毛宇凡这个案子，还有一起是两年前的案件，现在还没破。所以，我就把那个案件的卷宗调过来看看，想想是不是已经穷尽所有的侦查手段了。"顾红星说。

冯凯一听，立即来了精神。但他转念一想，顾雯雯办的那起案件，好像是1990打头的，那应该就是发生在1990年，而顾红星看的是两年前的案子，应该不是同一起。

他一边从沙发上起身，一边打趣道："所以你大半夜的不回家，就是在看这起命案积案啊。你作为一个公安局局长，格局要大一点好吧？公安工作这么庞杂，要是每起案子你都亲自上阵，那你干脆也别回家了，以后都住在办公室里得了。"

"这案子当年也提交到你们大队了。"顾红星没理会冯凯的打趣，说，"但不在你手上，所以你不一定知道。"

"什么案子啊？"冯凯好奇道。

顾红星把合起的卷宗扔给冯凯，一个残忍又诡谲的凶案现场便展开在他们的面前。

1988年8月21日，青山区公安分局马甸派出所里，冲进来一个双手沾满鲜血

/// 第四章

剖腹取子

的男人，他惊慌失措地报警说自己怀孕7个多月的妻子被人杀死在家中。

接到报警后，马甸派出所的所长李锋带着两名民警和两名联防队员，第一时间赶到了男人的家里，进行现场情况确认。

经过确认，这确实是一起"一尸两命"的案件。死者名叫朱丽丽，女，29岁，怀孕七八个月。朱丽丽在一家事业单位就职，工作比较清闲，所以她也暂时没有在孕期休假。单位领导对她比较照顾，当时她是上一天班、休息两天的状态。8月20日，星期六（当时还是每周休息一天的工作模式），她上了一天班，所以次日（也就是事发当天）是处于休息的状态。

死者的丈夫叫于飞，30岁，在一家企业里供职。此时已经是改革开放时期，多劳多得，所以于飞几乎是没有完整的休息日的。8月19日，于飞就随经理去外地出差，一直到事发当天，也就是8月21日下午4点多才乘火车返回。回来后，于飞就直接回家了，迎面看到的就是十分惨烈的一幕。

确认完现场及死者朱丽丽、报案人于飞的情况后，李锋所长知道事关重大，立即打电话要求青山区公安分局刑警大队派员支援。

刑警大队的重案中队和技术中队派出了五名民警赶赴现场，对现场进行了勘查。

现场位于马甸镇镇中心的一栋四层居民楼内。朱丽丽的家，是这栋居民楼二楼的一户。这种老式建筑，说起来是"两室一厅一厨一卫"的标准格局，但客厅很小，所以整套房屋也就五六十平方米。

现场房屋西南角是入户大门，从大门进入，最先看见的是房屋东南角的阳台门，门外就是阳台。这个阳台是这家人主要使用的阳台。两扇门之间，是一个狭窄的客厅，客厅里只放着一张餐桌。客厅的西边有一扇门，进去了就是厨房，厨房北侧墙壁有一扇门，里面是卫生间。这是老式的建筑物常见的一种户型：厨房和卫生间是连通的空间，想要进入卫生间必须穿过厨房。因为卫生间很隐蔽，所以实际上用起来也十分不方便。客厅的北面是次卧和主卧，两间卧室的门靠得很近。次卧基本是空置的状态，毕竟孩子还没有出生，这个房间还没来得及布置。次卧的东边墙壁上还有一扇小门，通往房屋的另一个阳台，这个阳台空间狭小，只有一个水池。次卧和小阳台平时是不用的。主卧比较大，处于整套房子的最北端，主卧里面有床、床头柜、衣橱、五斗橱等摆设。

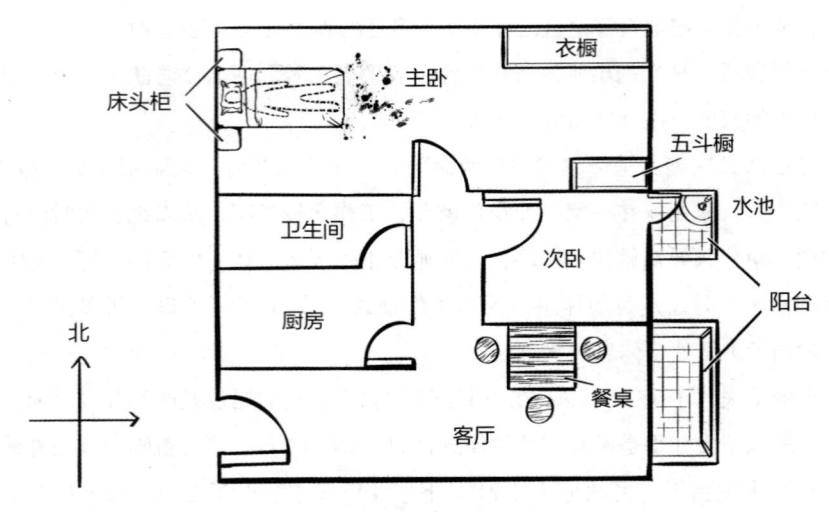

朱丽丽家现场示意图

中心现场就在主卧里。原本温馨的房间，一片狼藉。死者朱丽丽仰卧在床上，怀孕七八个月的她，远看就像是一座血色的小山。她的上衣被粗暴地掀起，胸部袒露在外，腹部膨隆着，双手无力地垂在两边。

床单、被子都沾满了血污，血浆混合着羊水，死亡和新生仿佛被硬生生地搅在了一起。浓重的血腥味弥漫在卧室中，让每个抵达现场的人，都立刻有种想要呕吐的冲动。

痕检员殷俊他们抵达现场后，先打开了现场勘查通道。

现场是水泥地面，没有多少灰尘沉积，所以一般的灰尘足迹也无法留下。但殷俊还是发现了一些擦蹭状的血迹、疑似血足迹的组成部分以及大量的滴落状血迹，于是将它们一一用粉笔圈了出来。

沿着勘查通道紧接着进入现场的，是法医周满。

周满刚靠近朱丽丽的床，就被眼前的景象震撼得差点没站稳。朱丽丽裸露的肚子被某种利器切开，里面露出一个皱巴巴的暗红色肉团——那正是她尚未出世的孩子。剖腹的凶器就遗留在现场，在那血液与羊水交融的床上。周满皱着眉，对朱丽丽的尸体做了初步检验，发现胎儿的脐带被人剪断了。这个可怜的胎儿并没有被完全取出腹外，而是被人掏出来一部分，然后就停在了那里，夹在子宫壁和腹壁之间。

而朱丽丽腹部的那一刀，生活反应不太明显，应该是濒死期造成的。凶手可能

第四章
剖腹取子

是以某种方式杀死孕妇后,剖腹,剪断了胎儿脐带,部分移动了胎儿。

很难想象,谁会做出如此残忍且意义不明的举动。

殷俊第一时间通知了顾红星,顾红星也连忙赶到了现场。连顾红星都觉得现场十分惨烈,更不用说死者家属了。这起案件是死者丈夫于飞最先发现的,对他的心理肯定也造成了极其强烈的刺激。而现场的惨状也不知被谁给传了出去,"剖腹取子的恶魔"的传言也迅速传遍了整个马甸镇乃至青山区,一时间人心惶惶。

也正是因为这起案件的前期保密工作没有做好,引起了轩然大波,甚至有可能影响后期的侦查,所以顾红星才再次强调,在案件侦查阶段,要严格保守案件现场的秘密。

话说回来,不管民间如何盛传,对顾红星来说,尽快破案才是第一要务。

他抵达现场后,对现场勘查工作进行了部署。

经过现场勘查,首先根据门锁完好,排除了凶手是撬门入室的。而现场位于居民楼的二楼,所有的窗户,包括封闭的阳台都是有安装铝合金防盗窗的。防盗窗也没有任何损坏的痕迹,因此可以确定凶手是敲门入室的。门上有猫眼,那么朱丽丽如果能给凶手开门,就说明两人应该是熟悉的人。

床上遗落的那把刀,是一把锋利的水果刀,经过死者丈夫于飞的辨认,就是家里的水果刀,原本放在客厅餐桌上。也就是说,凶手杀完人后,就地取材,用刀剖开了死者朱丽丽的腹部。同时,尸体身上没有其他工具性损伤,这也说明,凶手并不是携带工具预谋作案。

这把不大的水果刀,已经完全被血液浸染。如果这个年代已经有了DNA技术,那即便刀被血液浸染,也可能从刀上提取到凶手的DNA。但放在1988年,警方的技术还停留在指纹、血型检验上,是无法从刀上提取到任何痕迹物证的。

朱丽丽毕竟是一个孕妇,抵抗能力有限,所以现场没有发现明显的打斗痕迹,地面上有一些滴落状血迹,但基本都在主卧内,其他房间没有,这也在一定程度上说明凶手可能没有进入其他房间,活动范围仅限于主卧。

凶手杀人剖腹后,手上应该沾有大量血迹,但卫生间和厨房没有清洗的痕迹,其他家具上也没有擦拭状血迹,这说明现场没有明显的翻找痕迹,进一步验证凶手可能没有去其他房间,那么,杀人的动机应该不是谋财。

殷俊他们通过常规现场勘查,在朱丽丽家的地面上找到多枚残缺的血足迹,经

过拼接，组成了一个完整的血足迹，应该是 39 码的普通白球鞋，看不到明显的磨损，而这样的鞋子随处可见，无法通过足迹来找人。血足迹，是鞋子踩在有很多血迹的地面上才形成的，因此，血足迹是有证明价值的，需要拍照保存。

另外，殷俊他们还从各个家具上提取到数十枚汗液指纹，有的属于死者朱丽丽，有的属于死者丈夫于飞，还有的属于他们家的一些亲戚，剩下的一些，也不知道是谁的。但汗液指纹的证明力有限，所以价值不算太大，只能制作成指纹卡封存。

室内的勘查，除此之外没有其他的发现。倒是在对外围进行勘查的时候，殷俊他们在居民楼楼道外的 20 米处，发现了一滴孤立的滴落状血迹，经过血型检验，和死者朱丽丽一样，都是 A 型血。这一滴血迹是孤立的，那么就有三种可能：一是凶手离开的时候，手上沾了死者朱丽丽的血迹，但是量不大，走了这么远才滴下来一滴；二是凶手自己受伤了，而且凶手也是 A 型血，这滴血是凶手的；三是这滴血是其他人的，和本案无关。

在进行全面现场勘查的同时，周满法医对尸体进行了解剖检验。经过检验，确定死者朱丽丽的死因是扼颈导致的机械性窒息死亡。死者颈部皮肤的擦伤不严重，这提示了凶手扼杀死者的时候，是徒手操作，且没有戴手套。只可惜，在死者的颈部无法找指纹。如果是在有 DNA 检验技术的年代，提取颈部擦拭物，倒是有机会找到凶手的 DNA。

从前面的线索来看，凶手很有可能是和平入室、矛盾激化、临时起意杀死死者的。

死者朱丽丽的腹部创口，有轻微的生活反应，说明剖腹的时候，死者已经死亡，但死亡并不久，因为细胞还存在一定程度的超生反应。

此外，朱丽丽身上没有其他损伤，也没有遭受性侵的迹象。经过测量，她腹中的胎儿为孕七个半月，肺还没有扩张就随着母体的死亡而死亡了。胎儿的脐带是被锐器切断的，现场的水果刀就符合这个锐器的特征。胎儿的尸体上，也没有发现明显的损伤。

另外，周满对死者朱丽丽的死亡时间进行了推断。根据尸体温度下降的规律，推断死亡时间应该是 1988 年 8 月 21 日下午 1 点左右。根据死者的胃内容物情况，推断死者的死亡时间在末次进餐后 1 小时之内。而朱丽丽当天中午 12 点在楼下的一家面馆里进餐，有很多目击者可以证实。两种方法推断出的死亡时间高度一致，因此可以判断这个时间很可能是朱丽丽的准确死亡时间。

第四章
剖腹取子

最终，通过现场勘查和尸体检验，大家得出了三个推论：

可以确定的推论是，凶手和平入室，临时起意杀人，因此是熟人作案；

可能性比较大的推论是，凶手杀人的动机是矛盾关系，因仇杀人，而这个仇，很有可能和胎儿有关，不然剖腹的行为就无法解释；

有一定可能性的推论是，凶手在剖腹的时候手部受伤。

根据这三个推论，顾红星对下一步侦查工作进行了部署。

首先，最简单的，也是最重要的，就是排除死者丈夫于飞的嫌疑。这项工作很快就完成了，根据于飞的经理和火车乘务员的证词，于飞案发时正在火车上往龙番赶，他没有作案时间。

排除了杀妻的可能性之后，顾红星部署了四组侦查员，分别调查四个方向。

第一组侦查员，针对死者朱丽丽以及其丈夫于飞的社会矛盾关系进行全面调查，对所有可能产生矛盾的关系人进行列表摸排，尤其是那些和胎儿有关的关系人。比如朱丽丽和于飞各自有没有婚外情？有没有对朱丽丽家即将诞生新生命而心存芥蒂的人？这项工作的调查范围广、调查难度大，也是本案的重要突破口，因此这组也是投入警力最多的一组。

第二组侦查员，针对周边医院、诊所进行全面排查，看案发当天有没有去医院、诊所对手部进行包扎，而且符合水果刀造成伤口的人。

第三组侦查员，对朱丽丽当天的活动轨迹，进行全面排查，寻找可能存在的目击者。如果朱丽丽中午出来吃完饭，在回家前和什么人有过接触，或是在公用电话亭给什么人拨打过电话，那也可能会成为本案的突破口。

第四组侦查员，对周围居民进行调查访问，看案发当天有没有身上或者手上带血迹的人进出过这栋居民楼。

本案并没有值得托付的抓手①，顾红星告诉侦查员们，他们调查、甄别的依据，目前只有 A 型血、那数十枚汗液指纹和 39 码的血足迹。

当然，基于上面已述的理由，血型和汗液指纹都不能作为认定或者排除的依据，也就是说，并不能因为这两者而认定谁的嫌疑，也不能依据它们排除谁的嫌疑。但是，血型和指纹对侦查工作有提示的作用。比如现场有嫌疑人甲的汗液指纹，而嫌疑人甲坚决不承认自己去过死者家里，那么，甲的嫌疑就会大幅上升，警

---

① 抓手：警方的俗语，指破案的依据、线索或突破口。

方也有依据办理手续，对嫌疑人甲的家里进行搜查。

而39码球鞋是可以作为重要的甄别依据的，也就是说，如果嫌疑人不是39码的脚，那么他作案的嫌疑就会下降；如果是39码的脚，那么他作案的嫌疑就会大幅上升。

冯凯听完顾红星当时的这一套部署后，也是竖起了大拇指。虽然顾红星是技术员出身，但经过十几年的摸爬滚打，他俨然已经成为一名优秀的指挥官了。其实明眼人都能看出，只要这一套部署落实得当，就等于给犯罪分子撒下了恢恢法网，一张几乎没有漏洞的法网。

按理说，这样的恢恢法网，是万无一失的。然而，两年过去，这起案件始终没有告破，都变成了一起积案。问题到底出在哪里呢？

难道是侦查没有落实到位吗？

这是冯凯的第一反应。顾红星却坚定地认为，分局的侦查员们呕心沥血，已经完全把部署落实到位了。因为经过半年的侦查，他们调查的附近人员共计一千多人，调查的和死者及其家属有关的关系人共计三百多人。这份调查名单上的每一个人，都被仔细研究过，但就是没有找到凶手。

实际上，在案件侦破工作初期，顾红星也是信心满满的。因为第一轮侦查摸上来的犯罪嫌疑人就不止一个，而是四个。

1号嫌疑人是死者朱丽丽的同事丁鹏。丁鹏和朱丽丽一起在某事业单位工作，因为自己和妻子没有孩子，他心生嫉妒，每次看到朱丽丽抚摸肚子都觉得她是在炫耀。尤其是朱丽丽怀孕后，单位领导给她的照顾，更是让丁鹏觉得愤愤不平。有同事说，丁鹏曾经在一次同事聚会的时候喝醉了，酒后发了很多牢骚，还扬言说，朱丽丽如果再敢炫耀，就一定要让她付出代价。

矛盾明显，而且矛盾因素也指向朱丽丽腹中的胎儿。

2号嫌疑人是朱丽丽的嫂子孟春。这是侦查员在调查于飞老家的邻居时获得的线索。于飞有个哥哥叫于翔，兄弟俩际遇很不相同。父母向来偏爱在城里工作的于飞，冷落在农村种地的于翔。于飞的媳妇朱丽丽怀孕后，老两口总是对朱丽丽嘘寒问暖，家里有什么好吃的东西，都托人送到城里给朱丽丽。老两口还计划等朱丽丽生产后，到城里伺候月子。而于翔的媳妇孟春几年前就生了孩子，不管是生孩子前，还是坐月子时，都是娘家来人照顾，看到公婆厚此薄彼，孟春觉得不公平，也

第四章
剖腹取子

曾和别人说过自己的不满。

同上,矛盾明显,而且矛盾因素也指向朱丽丽腹中的胎儿。

3号嫌疑人是于飞的一个疑似婚外恋对象。虽然没有查实,但有传言说,于飞在朱丽丽怀孕期间出轨。出轨的对象,是于飞同一个部门的销售员江景。两人在这几个月打得火热,关系暧昧不清。不能排除江景为了得到于飞的爱,杀死朱丽丽和她腹中胎儿的可能性。

上述三名嫌疑人都是第一组侦查员围绕朱丽丽和于飞夫妇摸排出来的重点嫌疑人。而调查医院和诊所的第二组侦查员,也有所发现。

4号嫌疑人是案发当天下午在现场附近的诊所进行手部包扎的一个男人。根据医生的回忆,男子手部的损伤是新鲜的刀伤,符合水果刀切划造成的。因为这个人去诊所后一直行色猥琐,说话支支吾吾,医生认为他肯定是故意隐瞒了自己的身份,十分可疑。

另外两组侦查员,就没有特别有价值的收获了。他们查明,死者朱丽丽在案发当天上午应该都在家里休息,没有出门。她中午11点40分左右下楼,和楼下水果摊老板聊了两句,然后径直去了拉面馆,吃了一碗牛肉拉面,并且于12点左右回家。

在这个过程中,她有没有和别人说话、联系,没有人对此有印象。而同样,也没有人对是否有身上有血、形迹可疑的人出现在现场附近有印象。

| 第五章 |

废宅凶屋

1

"听起来,这四个人都像凶手啊。"冯凯笑着对顾红星说,"结果,全部排除了?"

"你翻到卷宗的后半部分,听我慢慢说。"顾红星指了指冯凯正在翻阅的卷宗,说,"1号嫌疑人丁鹏,虽说是在事业单位工作,也算是个公职人员。虽说为人小肚鸡肠,但要做出这么惨无人道的事情,也有些勉强。我们的侦查员之所以会怀疑他,是因为他还真就是穿39码的鞋子。而且,他从来不穿皮鞋,平时都是穿球鞋。而作案的时间,正好是他们事业单位的午休时间。你看这人,可疑不?"

"都知道答案了,听过程好像没啥意思。"冯凯说。

"你得帮我把把关,看排除的过程有没有问题。"顾红星说,"所以,我派人到他们单位,和他们领导说明了来意。他们的领导也很支持,答应拖住他两个小时。"

"哦,你们用了调虎离山的办法,原来我们这次排查屠夫,已经不是第一次用这个办法了。"冯凯说,"怪不得卢俊亮驾轻就熟呢。"

"上次是周满和殷俊去的。"顾红星说,"他们俩在丁鹏家里,找到了三双39码的球鞋,鞋底花纹和现场的都类似。可是,做了联苯胺实验,都是阴性的。"

"没有血?会不会是把沾血的鞋子扔掉了,或是把鞋子洗刷得很干净呢?"冯凯认真地复起盘来。

"我当时也是这样考虑的,但这个检验结果对侦查员的信心还是有打击的。"顾红星说,"为了确保能找到可靠的线索,对他的秘密侦查就延长了。不过,查了很久,最后也没有得出好的结果。侦查员调查发现,丁鹏买整只鸡的时候,都会在菜市场叫人帮忙杀鸡,而不是自己带回去杀。他本来是个节俭的人,却宁可多花一块钱请人宰鸡,很有可能就是不敢杀鸡。一个胆小不敢杀鸡的人,敢拿刀子剖腹取胎吗?做这么凶残的案件,人格上就不太吻合。"

"这也不一定准吧。"冯凯继续质疑道。

第五章
废宅凶屋

顾红星点点头,说:"但是经过进一步摸排,可以确定的是,丁鹏完全不知道朱丽丽的家住在哪里。而且两人话不投机,在单位都不说话,即便丁鹏跟踪朱丽丽到她家,朱丽丽也绝不会给他开门。"

"虽说这个也不一定可靠。"冯凯摸着下巴说,"但综合起来看,那确实就像是个胆小嘴不尿的人放的一句大话而已。"

"确实,朱丽丽死后,这个丁鹏还表现得有点幸灾乐祸,并没有反常迹象。"顾红星说。

"Next!"冯凯说。

"你还会英语呢?我自考大专的时候,学过。"顾红星笑了笑,说。

看来陶亮不在的这几年,顾红星还把自己的学历提升了一下。

顾红星接着说:"2号嫌疑人孟春,是朱丽丽的嫂子。她也是穿39码的鞋子,而且我们的侦查员密取到了她的指纹,在现场也有出现,所以我们也觉得她非常可疑。可是,在密取孟春指纹的时候,殷俊他们也在她家里进行了搜查,找出来的鞋子都是布鞋,一双球鞋都没有。这也能理解,在农村生活的妇女,很少会花钱给自己买鞋,都是自己纳鞋底、做布鞋。不过,和你说的一样,我们不能排除她把作案时穿着的鞋子给扔掉了的可能性,所以又进一步对她进行了调查。"

"她在农村,交通不便,来一趟城里挺费劲的吧?"冯凯说。

"你真聪明。"顾红星微微笑道,"我们主要是从作案时间来排查的。"

"这个能确定吗?"冯凯说,"你记得那个小女孩被奸杀的案件[①]吗?凶手就是中间出来一趟,杀完人又回去了。"

"可是8月21日,从上午11点到下午4点,她都在村道旁边支桌子打麻将,中间没有离开过。这个从她的三个牌友以及和她毫无关系的围观群众、路过村道的村民那里,都可以得到印证。所以,她没有作案时间。"

"所以她的嫌疑是排除得最彻底的。"

顾红星微微点头,说:"接下来就是3号嫌疑人。这个叫江景的女人,虽然和于飞是一个部门的,也有很多人猜测他们俩的关系,但是两人究竟有没有不正当男女关系,一直都无法查实。我们甚至调阅了他们单位周边的宾馆开房记录,也没有找到于飞或是江景的登记信息。"

---

① 见蜂鸟系列第一部。

"那她也没有作案时间？"

"不，他们企业也是有午休的。"顾红星说，"但是，这个江景身材非常娇小，150厘米的身高，体重不足80斤，穿的是38码的鞋子。"

"这个误差，可以接受。"冯凯说，"去她家搜了吗？"

"一样的办法，密取指纹的时候，搜查了她的家。"顾红星说，"她的指纹在现场没有出现。她单身，家里基本都是38码的鞋子，巧就巧在还真找到了一双39码的球鞋，但鞋底花纹不一样。我们也考虑了她还有一双39码的球鞋，作案后扔掉了的可能性。于是，殷俊从她家里拍照采集了一双鞋印样本，我把这个鞋印样本和现场的血足迹进行了比对。我个人觉得，凶手的足迹有明显的跟部压痕较重的特征，这应该体现了她跟部着力的行走习惯。但这个江景的鞋印，很明显是跖区压痕重。所以，我觉得应该不是一个人。"

"指纹有的时候都会出现失误，靠这个分析来排除嫌疑，可靠吗？"冯凯质疑道。

"其实这些年，我虽然不在痕迹检验的岗位上，但对行走步态的研究一直没有停止。"顾红星说，"在一些案件的实践中，也印证了'习惯性步态形成不同着力点的足迹'的理论是挺可靠的。"

"如果是因为鞋子不合适，所以走起来才改变了步态呢？"

"应该不会，我们分析过，这不是一起预谋作案，而是临时起意。"顾红星说，"哦对，还有一个分析点，就是这个江景柔柔弱弱的，力量十分有限。我们的侦查员跟踪她的时候，发现她挪动一辆自行车都很费力。你说，这样的人，想要掐死朱丽丽，是不是很难？虽然朱丽丽是一个孕妇，但身上没有任何抵抗伤，说明凶手还是有一定力量的。而且，这个江景在得知朱丽丽的事情后，也同样没有反常表现，甚至还帮助于飞准备了她的后事。"

"我觉得这个推断比你那个步态要靠谱。"冯凯说。

"4号嫌疑人就比较麻烦了，因为负责为他包扎的医生，完全描述不清楚他的体貌特征。"顾红星说，"抓不到这个人，就没有办法排除他的嫌疑，而我们完全没有抓手去抓这个人。"

"啊？到现在还没找到？"冯凯问。

顾红星故作神秘地说："你别急。当时啊，我就想，如果你在，你会用什么办法把这个手部受伤的人给找出来。"

"你也要当我肚子里的蛔虫？"冯凯说。

第五章
废宅凶屋

顾红星愣了一下,想到不久前他曾经说冯凯是他肚子里的蛔虫,于是哈哈笑着说:"你还真是睚眦必报啊,不过这么换角度一听,是蛮恶心的。总之,我是按照你的路子,设计了一个办法。当时我们的侦查员通过对医生的调查,明确了这个嫌疑人是右手虎口的位置有刀伤,因为刀伤并不深,所以可以缝针也可以不缝针,而当时的嫌疑人问完缝针的价格后,就果断要求不缝针,只是进行了加压包扎。嫌疑人在诊所登记的时候,写了一个名字和住址,经查,都是假的。但他写的住址是马甸镇一条胡同的地址,如果不是马甸镇本地人,应该不知道这条胡同,所以我们认为嫌疑人就是马甸镇本地人。"

"嗯,不管如何设计,都得有个范围,你这个范围很小了。"冯凯说。

"也不小,马甸镇有三千户,上万人。"顾红星说,"如果排查,范围还是太大了。所以,我就安排了几组民警,在镇子的几条要道上布控,清查手部受伤的人。"

"啊?这是我的思路吗?不怕麻烦一点点排查,那明明是你的思路。"

"你别急啊,听我说完。"顾红星神秘一笑,"其实,布控是假,十几个民警不可能清查上万人。我是让民警放出去一个消息,我们公安局要找一个右手受伤且没有缝针的人,缝针了就不要紧。我们不仅设卡盘查,还会按照户籍一个人一个人地查。"

"你这是赶蛇出洞啊。"冯凯意识到了顾红星的办法。

"消息很快传出去了,这个嫌疑人在家里越想越怕,就跑回去找医生,说自己的伤口好得太慢,希望医生可以再给他缝针。"顾红星笑着说,"其实,这个时候,马甸镇的诊所、医院都已经被我们的人布控了,因此我们也就轻轻松松把他给抓了。"

"好吧,这确实是我的风格。"冯凯也笑了。

"但是非常可惜,这个人也排除了。"顾红星说,"鞋码对不上,血型也对不上。关键的是,他的受伤经过也查清楚了。他是一个小偷,到一个卖菜的人家里去偷窃,没想到被发现了。于是这个卖菜的就持刀追赶小偷。小偷情急之下,为了自卫,用手握住了刀,因此受伤。不过最后,小偷逃跑了,卖菜的见自己也没损失什么东西,就没有报警。后来,侦查员通过调查,确定了卖菜的和这个小偷的打斗,就是在下午1点左右进行的,而且地点和现场一个在东、一个在西,差着好几公里,所以小偷也没有作案时间。"

"除了这四个人,其他人都没有嫌疑?"冯凯问。

"查了好几轮,上千号人,都没有任何线索。"顾红星说,"马甸镇上万人,而且朱丽丽熟悉的人也不一定就是马甸镇人,所以没法继续查下去。这案子,调查了

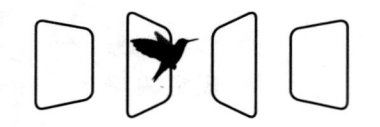

八个月，也没有眉目。我们上报了支队，支队也没有想出什么好招。"

"嗯，这么大范围的排查都破不了，说明案件有蹊跷啊。"

"当时，我还有点不放心，就像你刚才提出的不放心一样。"顾红星说，"排除丁鹏的依据不是很充分，孟春在现场有指纹，江景的嫌疑也不能完全排除，所以这三个人我一直不太放心，也专门安排了三个工作组对这三个人的案后行为进行跟踪。但是，都没有明显的疑点，不得已就只能暂时把案件放下了。"

"听起来，应该不是他们三个。"

"案件等于是陷入了僵局，所以当时我要求他们在调查所有人的时候，都捺印指纹，然后和现场刷到的新鲜指纹进行对应。现场刷出来的指纹有点多，有点杂，不过大部分指纹都找到了主人。只是，经过调查，所有人都有合理的去朱丽丽家的理由，并无疑点。不过，也有几枚指纹是找不到主人的。但是，那就等同于大海捞针，几乎没有希望找到了。而且，即便找到了，也没有什么证明效力，只能说明他进入过现场，并不能证明他杀了人。"

"所以你这时候把案件重新拿起来，是因为……"

"是因为这起碎尸案给了我一些启发。"顾红星说，"都说碎尸案是熟人作案，但我们办的这个案子就不是。那么，朱丽丽遇害的这起案件，是不是也有可能不是熟人作案呢？"

"和平进入现场，没有预谋、没有工具，而是临时起意作案，最关键的是，杀完人后还剖腹取胎。如果不是熟人的话，有点解释不过去吧？"冯凯想了想，说。

"我就在想，如果真的不是熟人作案，那么一开始的侦查方向就发生了偏差。"顾红星说，"而且，如果是完全陌生的人，那么在朱丽丽家发现这个人的指纹，就有一定证明效力了。"

"你是想把那几枚没有一一对应的指纹的主人都找出来？"冯凯瞪大了眼睛，问道，"你刚才自己不也说了这是大海捞针吗？"

"之前对应这些指纹，都是跟朱丽丽的熟人来比对的，但如果调查方向变了，就又不一样了。"

"左讲左对，右讲右对。"冯凯"扑哧"一笑，说，"我还是那句话，不是熟人有点解释不过去，尤其是剖腹取胎的动作。"

"假如，我是说假如。"顾红星顿了顿，说，"凶手是一个精神病患者，因为某件事来到了朱丽丽家，见她家门没有关好，就进去了。朱丽丽发现后，惊慌失措。

第五章
废宅凶屋

为了防止朱丽丽呼救，精神病患者就掐死了朱丽丽。杀完人后，他也许在朱丽丽家有触摸其他地方的动作，留下了指纹，然后取刀剖腹。不要问我为什么，我们不能用自己的思维去揣度一个精神病患者。"

"你的这个推论，我觉得可能性不大。"冯凯回忆了一下自己曾在刑警学院学的课程，然后说，"首先，朱丽丽是一个孕妇，一个母亲保护自己的孩子是本能，所以她应该有足够的警惕性，不可能背后跟着一个人还不知道，更不可能回家不关门。其次，精神病患者作案的特征是没有'社会功利性'，杀人没有动机，杀人后不会遮掩、藏匿。如果一个满身是血，且不故意躲避目击者的人出现在镇子上，我不相信没人注意到。"

"社会功利性。"顾红星默念着。

"不会是为了什么胎盘吧？"冯凯又瞎猜了一下。

这是陶亮的童年阴影。小时候，他听妈妈说，人的胎盘又叫"紫河车"，是《本草纲目》里记载的中药，很多人认为它能大补，因此就会花钱买来吃，甚至还有专门的交易。其实，胎盘里的营养成分在普通的食物里就能获得，所以这些传言是缺乏科学依据的。

陶亮当时认为，这不和吃人一样吗？所以觉得很恐怖、很恶心，留下了极其深刻的印象。后来，紫河车从《中国药典》中被剔除，陶亮看到这个新闻，还松了一口气，觉得是一种进步。

陶亮的妈妈是大学教授，能从营养成分的角度来分析问题，但不是所有人都这么理性地看问题，很多人还是相信紫河车是有很强药效的，尤其是在这个年代。

"不会，这个我们也想到了，周满看了，胎盘完好。"顾红星摇摇头，说，"再说了，紫河车是可以合法交易的，没道理杀人取胎盘。"

"哦，那就好。不过，你重查指纹这个思路，也很难。"冯凯说，"一个人的家里，有陌生人的指纹并不是什么奇怪的事情，所以我也不赞同你说的陌生人的指纹就有证明力的观点。你想啊，收水费的、收破烂的、抄水表的、维修工……只要有合理进入现场的理由，留下指纹就不奇怪。而就算这些人真的进过现场，你又怎么去找他们呢？怎么去甄别他们呢？"

"你说的问题，我也考虑过。"顾红星说，"你还记得5年前的金苗案吧？这个案子得以告破，最关键的依据是什么？"

"指纹。"

"不,是指纹的位置。"顾红星说,"我们一开始被误导,以为是林倩倩杀了金苗,就是因为没有关注捕兽夹上指纹的位置。等我们发现了这个问题后,很快就搞清楚其实是金苗杀了林倩倩。"

"哦。"

"所以,我觉得指纹的位置,有的时候比指纹本身更有作用。"顾红星说,"这个案子也是一样的,我们的勘查员在现场刷指纹的时候,只是记录了指纹,对指纹具体出现的位置并没有详细描述。如果我们当时仔细观察一下,这些不属于朱丽丽夫妇的指纹分别出现在哪里,是不是有疑点,就可以有针对性地研究哪些指纹是重要的,哪些是不重要的了。打个比方,假如在死者上了锁的床头柜里面发现了陌生人的指纹,那这个指纹就是重要的。"

"你说得好像有点道理,这一点我倒是没有想到。"冯凯说,"那这项工作应该不难吧?我看现场勘查卷宗里的照片不少,我们把那些指纹都对应一下,看看有没有疑点再说呗。"

冯凯心想,光靠指纹,还真是有局限性,现在就算顾红星找出有疑点的位置的指纹,想找到指纹的主人还是很难。哪像陶亮的年代,有了 DNA 技术完全就不一样了。就算凶器上做不出凶手的 DNA,还有死者的颈部擦拭物,就算这也做不出来,只要凶手进入了现场,总会留下 DNA 物证。有了 DNA,在这个镇子上找凶手,就容易多了。

看来,科技改变生活,是显而易见的。

"想法是好的,但现在想这样干,已经不行了。"顾红星摇着头,叹息着说。

"啊?为什么?"

"因为指纹已经没了。"

2

冯凯吓了一跳,说:"什么叫指纹已经没了?"

顾红星又叹了口气,说:"虽然这个案子的现场勘查可以说是有条不紊,指纹提取也是符合规范的。但有个很大的问题,就是因为照相机的取景范围有限,根本无法判断提取到的几十枚指纹具体来自哪里。从现场勘查笔录上,也无法把指纹卡和指纹提取位置一一对应。"

第五章
废宅凶屋

冯凯知道，现场勘查提取指纹的流程是：勘查员借助灯光，先在目标载体上寻找可疑的纹线，然后用粉末把指纹刷出来。刷出来后，用照相机拍照，确定指纹的具体位置，然后再用胶带提取指纹，制作指纹卡进行保存。最后，会以现场勘查笔录的形式，对提取的指纹的大概位置、数量进行记载。

但冯凯搞不懂的是，所有的指纹卡上，都会标识这个指纹是从什么位置提取的。根据指纹卡上记载的位置，对应现场照片和现场勘查笔录，就能明确指纹具体所在的位置了。如果翻阅卷宗还搞不清指纹的位置，难道是勘查员忘记在指纹卡上标识位置了？

冯凯翻了翻卷宗，说："光看卷宗肯定搞不清，你把指纹卡拿来对比一下，不就知道了？"

顾红星再次叹了一口气，说："问题就出在这里，指纹卡没了。"

"没了？"冯凯问，"物证遗失？"

"是的。"

"那也太不小心了吧？"冯凯急了，"这、这、这不是渎职吗？"

"这事儿，主要怪我。"顾红星说，"其实我一直记得，几年前我们就说过，一定要建立物证室。在支队的时候，我就专门找局党委要了一间屋子作为物证室。来到分局后，因为办公用房实在是太紧张了，总不能让民警到地下室去办公吧？所以，我就把物证室放到了地下室。可没想到的是，去年发大水，你还记得吧？我们龙番受灾严重，最严重的就是我们青山区了。"

"所以，地下室被冲了？"冯凯惋惜道，"那是意外事件了。"

顾红星点了点头。

"指纹卡没了？"

"全没了，完全被泡坏了。"顾红星说，"其实我一看发大水，就想到了物证室，连忙让殷俊他们来抢救物证。可惜，还是晚了一步，别说指纹卡上记录的文字信息了，就连指纹也全坏了。"

"还不错，卷宗没给泡坏。"冯凯挥了挥手上的卷宗。

"我们的档案室是在三楼，所以卷宗无恙。"顾红星说，"这件事，我负主要责任。"

"没有文字信息倒还是可以补救的。"冯凯说，"但是连指纹都坏了，那可就真没办法了。哦，对了，指纹卡制作好之后，不进行细目拍照吗？"

"一般情况下，指纹卡就可以完善保存指纹了，所以没有拍照，只是大体拍了一下指纹的位置。"顾红星说,"要拍出指纹的位置,就没办法同时拍出指纹的纹线和特征点了。"

冯凯翻开卷宗,拿起一张指纹照片看了看,确实,这不是细目照片,以当时相机的像素,当然不可能看清楚指纹的纹线。

"也就是说,破案的最后一点抓手也没了。"冯凯把卷宗扔到面前的茶几上,说,"那这案子岂不是完全没希望了?现在就算是去现场复勘,也找不到指纹了吧?"

"找不到了,指纹在最初勘查的时候,都已经被勘查员用胶带粘下来,制作指纹卡了。"顾红星说,"案发当时,每一枚指纹我都仔细看过,有些还蛮有特征的,但我毕竟不是电脑,记不住具体的特征点。"

"等电脑普及了,也用不上你的人脑了。"冯凯笑着说,"物证保管可不是简简单单的'保管'二字,这里面有大学问的。"

"通过这件事,我也意识到了这一点。"顾红星说,"物证室的环境非常重要,并不是简简单单找个房子就行。也不是简简单单做一些物证架,把物证分门别类放着就行。"

"是啊,温度、湿度、密封、防潮、防水、防火……哎哟,里面的学问大着呢。"冯凯说。

顾红星皱着眉头思考着冯凯的话。过了好一会儿,他才说:"你说的'三防'我倒是可以理解,但温度、湿度,和物证保管也有关系?"

"当然有关系啊!"冯凯想起了以前顾雯雯给他科普的内容,侃侃而谈,"你这个指纹卡还好,要是血卡呢?如果把一张血卡放在温度和湿度都很高的地方,那血红细胞很快就会腐败啊!腐败了之后,还怎么做 D……"

冯凯差点说漏嘴,连忙打住。

顾红星倒是没有听出冯凯后面要说什么,问道:"血卡?什么是血卡?"

"血卡,就是和指纹卡一样,把血滴在卡片上呗。"

"做血型?"

"嗯。"冯凯敷衍道,"反正温度和湿度就是很重要的。比如你在现场提取了一块床单,这块床单上是提取不到指纹的,但说不定床单上有一些人体的东西,在若干年后,会被新的技术检验出来。那么,你现在是不是要好好保存这块床单?如果温度、湿度都不适宜,床单上的人体的东西全都腐败了,那若干年后即便有了新技术,这床单也没用了啊。"

第五章
废宅凶屋

"用保存物证的方式,来等待新的技术。"顾红星默念着,思考着,一副醍醐灌顶的表情。

"大致就是这个意思,你慢慢品。"冯凯笑着说。

"可是,温度和湿度这些是由天气来决定的,如何掌控呢?"顾红星问。

冯凯抬头看了看房顶上的吊扇,说:"最好的办法,是用空调吧!"

"不行。我们会议室就有空调,"顾红星说,"可是,安装了空调,就等于把室内和室外都打通了,不会有昆虫什么的进来损坏物证吗?你刚才不也说了要密封吗?"

"你说的那个是窗式空调。难道你没听过分体挂壁式空调吗?"冯凯比画着说,"有个内机,有个外机,两个机器通过管子连接。管子穿墙,可以把穿墙的洞壁密封好。"

"我去了解一下,不管多贵都要买。"顾红星说,"24小时开机,电费估计也是一笔不小的开支。"

"这个钱,会花得很值。"冯凯笑着说。

"是啊,物证是最大的事儿,花多少钱都值得。"顾红星说,"比如你刚才说的,制作指纹卡以后,我们的民警就不愿意再拍摄细目照了,说是为了省买胶卷的钱。实际上,这个钱也不能省,以后所有的指纹卡,我都会要求他们再拍摄一个细目。"

"这叫'备份',很重要。"冯凯点评道,"你是不是又要制定什么制度了?"

"对,我会拟定一份《物证保管规则》,呈交市局党委。不过,别的分局舍不得花钱买空调、出电费,我就不知道了。"顾红星笑了笑,说。

"我现在已经能感觉到你这个局长的捉襟见肘了。"冯凯也笑了。

"是啊,要花的钱,不止这一块。"顾红星说,"我刚才已经想到了,既然照相机不能还原每一枚指纹的位置,不能呈现现场的全貌,那么是不是应该有其他更加详细、全面记录现场情况的设备呢?"

"摄像机!"两个人异口同声道。

"对!"顾红星昂起头说,"我决定购买一台摄像机,作为现场勘查必备的设备。"

冯凯看着顾红星一副义正辞严的模样就觉得很搞笑。买一台摄像机,要让一个大局长费这么大力气才能下决定。如果冯凯现在告诉顾红星,在二十几年后,每个人举起手机就能录像,不知道他会有何感想?

冯凯一边幻想着,一边笑嘻嘻地附和道:"顾局长英明神武!"

"别拍马屁。"顾红星白了冯凯一眼。

"不拍马屁,我也可以给你贡献一个想法。"冯凯说,"光有摄像机不行。"

"还得有录像机,我知道,得能播放录像带嘛。"顾红星说。

"不是说这个,我的想法是——"冯凯停顿了一下,说,"摄像和照相的时候,在每一个物证旁边放一个号码牌,这样不就可以轻松搞清楚哪个物证是从哪里提取的了吗?"

"好办法啊!"顾红星几乎跳了起来,说,"物证号码牌!我这就把它写进《现场勘查规则》,全市各地照规实施。"

"你又要改规则啊?你们市局领导不嫌你烦吗?"

"怎么会烦呢?任何一个规则、规定,都是慢慢摸索、慢慢补充、慢慢完善起来的。"顾红星说,"不仅是我们公安的工作,各行各业都是这样,所以我们才能摸着石头过河,从一穷二白到现在的迅速发展啊。"

兴奋过后,顾红星很快又冷静了下来,毕竟他还是得面对这起让人无计可施的命案积案。顾红星说:"你刚才说指纹卡'没有文字信息倒还是可以补救的',那是什么意思?是怎么个补救法?"

被顾红星突然拉回了话题,冯凯有点蒙,他仔细回忆了一下,说:"哦,我是说,假如你有指纹卡,你拿着指纹卡回到现场,再跟现场刷指纹的痕迹进行一一对应,补充上它的位置信息就可以了。在现场刷了指纹,应该会留下一些粉末痕迹,是可以辨别的,对吧?"

"对,可以辨别。"顾红星说,"但这是一起两年前的命案积案,现场已经还给死者家属了。"

如果命案发生在室内,经过多次勘查,并且认为没有再次勘查的必要的话,警方是需要把现场交还给死者家属的。比如在这起案件中,如果于飞就这一套住宅,总不能案件一直不破,他就一直住在酒店里吧。

"按照规定来说,是要交还。但交还之后,这个于飞还会在家里住吗?"冯凯指着卷宗说,"他的老婆、没出生的孩子就死在床上,而且现场那么血腥。一般人,怕是不敢回去住吧?"

"也是,作为商品房卖,也卖不掉。"顾红星补充道,"毕竟这案子被传出去了,大家都知道这是个凶宅。"

"所以,如果于飞没有对现场进行打扫,那么它可能还保持着原貌。"冯凯说。

"可是,即便现场保持着原貌,现场的指纹也已经被粘下来了。"顾红星说,"即

第五章
废宅凶屋

便搞清楚每一枚找不到主人的指纹的位置，没了指纹的纹线，还是没用啊。"

"也是。"冯凯也叹了口气，重新把茶几上的卷宗搬到膝上，继续翻着。

"没有了物证，就只能从侦查角度开展。"顾红星说，"我们回到最初的话题，如果凶手不是熟人，那么他会是什么人？为什么要作案？"

"可能性太多了。"冯凯盯着卷宗里的一张彩色照片，说道。

"不管可能性有多少，我的意见就是——排除。"顾红星说。

"你等会儿，你看看这是什么？"冯凯站起身，走到顾红星身边，指着卷宗里那张彩色照片。

"这张照片是现场全景照片的一部分。"顾红星说，"《现场勘查规则》里规定了，只要是室内现场，那么每个功能区都必须拍摄一张全景照片。这张照片是现场没人去的小阳台的照片。"

"你们认为，凶手没有进入次卧，也不可能进入小阳台，对吧？"冯凯说，"确实，这个小阳台上什么都没有，就只有一个水池。但你不觉得这个水池太干净了吗？"

"阳台都是封了的，干净也正常吧？"顾红星仔细盯着照片看。

"即便是封了，只要不用水，池子里就应该有灰吧？"冯凯说，"你之前不是说，他们家人都不用这个小阳台吗？"

"嗯，幸亏是彩色照片，如果是以前的黑白照片，还真的看不清楚。"顾红星说，"好像还真没灰。"

"那我们大胆猜测一下，凶手会不会是来这里用水的？"冯凯问。

顾红星摇摇头，说："他舍近求远，不去卫生间和厨房用水，而是跑到这个小阳台上，行为解释不通。而且，他为什么要用水？肯定是为了清洗手上的血污吧。如果他手上有血污，一路走到小阳台，不就有可能在次卧留下滴落状的血迹？但是，次卧没有滴落状血迹，卫生间和厨房的水池里也没有残留的血污，这些都是用联苯胺检验过的。再说了，如果他洗干净了手再逃离现场，那屋外的滴落状血迹不就不应该留下了？"

"那如果他去洗手的时候，双手插在口袋里呢？不就滴不下来了？"冯凯说，"而且你也说了，屋外的滴落状血迹，有可能是凶手受伤后自己流的血，也可能和本案无关啊！"

"我怎么感觉，你为了解释这个水池过于干净的原因，就强行进行了解释。"顾红星说的话有点绕。

"但这是不是一种猜测？"冯凯问。

顾红星不说话了，他用放大镜仔细看着小阳台全景照片一角的水池，看了好一会儿，说："你还别说，你看这里是不是有个红点？"

"我看像！"冯凯探头看去，然后点了点头。还真是幸亏公安部门已经都换成彩色照相机了。

"只可惜，这个红点究竟是什么，搞不清楚，而且它在水池里的具体位置也搞不清楚。"顾红星低声说，"太模糊了，而且一张全景照片也体现不出位置关系，看来购买摄像机是势在必行了。"

"但是不管怎么说，这张照片提示我们，现场的初步勘查可能存在遗漏，我们得复勘。即便经过了两年，也得试一试。"冯凯说。

顾红星欣慰地盯着冯凯说："你的变化真大啊。"

"我现在只希望现场变化不大。"

"这个事情，我有责任。"顾红星自责道，"不管是殷俊，还是我，都先入为主了，简单地认为凶手是不可能进入次卧和小阳台的，简单地认为凶手剖腹后没有洗手就离开了现场。所以，当年我们并没有对小阳台进行仔细勘查，甚至连水池为何过于干净也没有注意到。"

"现在恐怕不是自责的时候。"冯凯来了精神，说，"最要紧的是，咱们得知道现场目前还在不在了！"

3

不允许问题过夜，是顾红星这么多年来一直保持的行事风格。他当机立断，立即给辖区派出所打了电话，要求值班民警立即联系于飞，询问他现场的情况。

大约过了一个小时，民警回复了电话。于飞告诉民警，在案发后的半年时间里，他家都是被刑警队贴了封条封存的。这半年里，他住在公司宿舍。半年后，刑警队告知他案件还没有破，但现场没有封存的必要了，于是把家门钥匙还给了他。他拿到钥匙后，就回到家里，把自己的衣服、用品收拾了一下，然后在公司宿舍申请了一间房，独自住了下来。

和冯凯设想的一样，一个正常人，只要有别的出路，就根本不可能在自己亲人遇害的地方，尤其是这么惨烈的案发现场继续居住。

第五章
废宅凶屋

换句话说，虽然已经时隔两年，但是这个现场应该保存得还比较完好。尤其是顾红星在仔细询问后得知，于飞回家收拾东西，只去了主卧、主阳台、厨房和卫生间，其他区域都没有去。那么，假如凶手真的在次卧、小阳台留下了痕迹，这些痕迹就有一定的概率还在原地。

顾红星和冯凯决定，对这一起案件的现场进行复勘。当然，事情不能急于一时，这种现场如果是夜勘有诸多不便，顾红星让冯凯回去先好好休息，第二天一早再去。

很快就到了第二天一早。

由顾红星、冯凯、殷俊和周满组成的勘查小组回到了位于青山区马甸镇镇中心的现场——朱丽丽曾经生活的家。

从熙熙攘攘的街巷直接进入单元门，能感受到很浓烈的生活气息。有些居民把自行车、花草都放在楼道里，有些居民家的大门口贴着还没有褪色的对联。但是，二楼的现场大门却已经被灰尘堆满，门框上交织着横七竖八的蜘蛛网。1988年春节贴上去的对联已经斑驳不堪，门上贴着的封条虽然随着于飞的回家而被撕裂，但依旧耷拉在门框上。

顾红星用派出所民警从于飞那里取回来的钥匙打开了房门，不知道是不是心理作用，一进屋，依旧能感到一股血腥之气扑面而来。

四个人在门口戴好了"四套"，走进了尘封的现场。

和于飞说的一样，这两年来，并没有人再走入这套房子，整个现场都被灰尘覆盖了。冯凯走进了中心现场，也就是主卧，那被血染的床单并没有被于飞丢弃，而是依旧铺在床上，只是血迹已经变成了黑褐色。从这一大摊黑褐色痕迹的面积可以想象到，当时现场的血腥场面有多强的冲击力。

"我们还是先来看小阳台吧。"顾红星招呼冯凯，"我俩像这样并肩作战，已经是好几年前的事情了。"

被顾红星突然这么一感慨，冯凯有些不知所措。对他来说，和顾红星一起勘查现场似乎还是不久前发生的事情。他一边打着马虎眼，一边跟到了顾红星的后面。

两个人一起打开次卧的后门，进入了封闭的小阳台，这个小阳台小到站不下第三个人。和冯凯说的一样，虽然阳台是封闭的，但水池毕竟两年没用，此时也已经完全被灰尘覆盖。

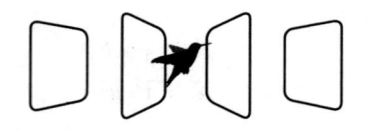

"这……完全看不到照片上那个红点了。"顾红星左看右看,说道。

"是不是这里?"冯凯指着池子里一个颜色略显不同的地方说。

顾红星用滤纸擦了擦池子里,又滴上了联苯胺,并没有发生变色。他失望地摇摇头。

"就算是血,也就那么一点,早就被时光研磨没了。"冯凯说,"唉,原来我一直觉得,岁月对任何人来说都是负能量,看来对物证也是这样啊。"

冯凯心想,如果有DNA技术,就不担心这些物证从肉眼中消失了,因为即便肉眼看不见,DNA技术也能发现端倪。

"我不赞同你的看法。"顾红星蹲在地面上,仔细盯着水池上方的水龙头,说道,"即便现在发现不了血迹,但照片上显示水池里干干净净,这是事实。我们现在看到了,一个没人使用的水池,会积累多少灰尘。"

"你说得也有道理。"冯凯站在顾红星的背后,看着他的后脑勺说。

顾红星正在观察的,是二十世纪九十年代最常用的家用水龙头,水龙头是铸铁质地的,表面还没有破旧,只是覆盖了一些灰尘。水龙头的上方,是"一"字形的旋钮开关,表面依旧光滑。

冯凯凑了过来,说:"你在看旋钮吗?这个东西倒是挺平整的,但是,两年了,还有希望找到指纹吗?"

冯凯知道,以顾红星的技术经验,看水池里是否有血液,只是为了确认凶手有没有可能来这里洗手而已。最终的目的,还是要在水池的附近,找到疑似属于凶手的指纹。

"能不能找到指纹,得回去做实验。"顾红星回头对冯凯笑了一下,然后又对次卧里站着的殷俊说,"你去楼下的水表箱里,把水阀关掉。"

为了不让水管里的积水破坏水龙头,顾红星先是用塑料布把整个水龙头层层包裹,然后在殷俊关闭总水阀之后,小心翼翼地把水龙头给拧了下来。整个过程,因为顾红星手脚很轻,溢出的自来水没有飞溅,自然也就没有浸湿水龙头周围的塑料布。

顾红星对自己很满意,小心翼翼地把水龙头连同紧紧包裹着的塑料布一起放到了勘查包里。

"我看着都紧张,如果殷俊关错了总阀,你这一拧,就全完了。"冯凯打趣道。

"殷俊有的时候有点偷懒,但工作能力是很强的。战友之间,重在信任。"顾红星放好了水龙头,又转眼看周围的水池。

第五章
废宅凶屋

"你不会要把水池也拆下来吧?"冯凯说。

"凶手如果洗手,必须要接触水龙头,但不一定接触水池。而且,这个水池是用水泥和墙体浇筑在一起,然后用水磨石材质制造的池壁,不容易取下来。"顾红星说。

"你们以前提取指纹不都是直接刷吗?"冯凯不解道。

"新鲜指纹是可以刷出来的,陈旧的就不行了。"顾红星说,"现在的新办法,就是得把物证拆下来带回去。"

"真的有新办法了?"冯凯好奇道。

"回去带你长长眼。"顾红星神秘地说。

看完了小阳台,冯凯又趴在地上,想确认下这间次卧里有没有滴落状血迹,因为血滴大的话,又在室内,不受日晒雨淋,即便过了两年也一样可以发现。只不过,这种错误当年殷俊也不会犯,所以冯凯并没有找到任何痕迹。

"要是不来现场,还真是不能理解凶手为什么会来小阳台洗手。"冯凯站在次卧的门口,说,"从主卧出来,如果想要去厨房或者卫生间用水,就必须穿过整个客厅,走到大门口的厨房门才可以。但如果去小阳台用水,出了主卧门,就可以通过次卧的门看到东边的小阳台上的水池了。对于不熟悉户主用水习惯的人来说,去小阳台的水池,才是捷径。"

顾红星非常认同冯凯的观点,虽然距离差不多,但凶手肯定选择先进入其视线的水源。顾红星来到了主卧,对现场墙壁、开关、家具上曾经刷显指纹的粉末痕迹重新进行了审视。他的目的就是根据这些曾经刷显指纹的痕迹,和现场勘查笔录上的记载进行一一对应,搞清楚每一枚指纹所在的具体位置是哪里。虽然指纹卡没有了,不能直接甄别、比对,但是通过可疑指纹的位置,有时候可以推断凶手的作案动机。这个动作,冯凯曾经告诉他一个新鲜词儿,叫"现场重建",通过分析出凶手的出入口、行走路径、行为过程,来分析凶手的心理。在过去的几年里,虽然没有冯凯的陪同,但顾红星经常会用"现场重建"的思路来为破案提供新的出路。

因为有当时的照片、现场勘查笔录,加上现在实地勘查时的痕迹,顾红星很快把当年提取的数十枚指纹的位置全部固定了下来,并且对指纹进行了编号。经过核对可以确定,直到现在,还有七枚指纹没有找到主人。这些指纹的位置分布在开关、衣橱、床边,看起来似乎又没有什么可以提示的信息。

但是顾红星并不灰心,毕竟勘查包里的这个"宝贝疙瘩"很有可能会给他提供

破案的新方向。冯凯也不灰心，他东找找、西翻翻，甚至把现场遗留的物品分别在什么位置都给记住了。

四个人又花了一个多小时，把现场情况再次确认了一遍，也回顾了两年前发生的、现在都已经忘了细节的案情，最后确认没有其他可以勘查的内容了，才下楼回局。

回到局里，已经是中午吃饭的点了，但顾红星似乎因为迫不及待而毫无胃口。他没有带着冯凯去食堂，而是直接去了位于分局一楼的刑警大队的物证实验室。

这一间实验室，冯凯来过。里面摆放着好几个不同大小的现场勘查包，冯凯见殷俊拎过，包里有的是常规痕检工具，有的是静电吸附设备，有的是足迹灯，等等。除了这些勘查包，还放着一台比对显微镜，这个冯凯和小卢也刚刚用过。只是冯凯一直没有注意到，实验室的一角还放着一个看上去像是保险柜的铁箱子。铁箱子很新，后面拖着一条电线，连着墙壁上的插座。

"我还以为是保险柜、消毒柜什么的呢，"冯凯见顾红星径直走到铁箱子旁边，说道，"原来这也是设备啊？这是什么？"

"这个叫502熏显柜。"顾红星说，"这是我刚刚到分局时，为局里买的第一台设备。"

"你是痕检专业出身，就买痕检设备，别的专业没意见吗？"冯凯打趣道。

"大家也都觉得这个新设备以后会有用，怎么会有意见？"顾红星认真地说道，"不过，买了3年多，还从来没有用武之地。没想到，终于等到这一天了。"

顾红星说完，戴上手套，把水龙头周围的塑料布慢慢卸下，然后把水龙头小心翼翼地放到了柜子里。他在柜子一边的小盒子里加了一些什么试剂，关上柜门，打开了柜门外的开关。

"所以，这个设备又有什么新鲜的地方呢？"冯凯虽然知道502熏显法，但并没见过具体是如何操作的。

"这种方法，主要运用于陈旧指纹的发现和提取。"顾红星解说道，"我们知道，在光滑、非渗透客体上的新鲜指纹可以用刷粉末的方式来显现，原理就是汗液有黏附性，可以把粉末给黏住。但如果指纹陈旧了，黏附性不足，这时候再刷，就刷不出来了。所以有科学家想了一个办法。"

"难道是用502胶水？"冯凯当然听顾雯雯说过所谓的"502熏显法"就是用502胶水，他明知故问道。

"对！"顾红星兴奋地说，"同样是在光滑、非渗透性客体上，指纹没有了黏附

第五章
废宅凶屋

性,但它里面的物质还都在。我们把502胶水通过机器的作用变成502胶气体,那么气体里的一种化学物质在微量水分和弱碱性的催化作用下,能够迅速发生阴离子型聚合反应而固化,然后这些物质再和指纹遗留物质中的某些有机物质发生聚合,最后就可以在这些载体上显现出白色的指纹纹线了。"

"直接抹502胶水是没用的,是吧?"冯凯问。

顾红星被逗乐了,说:"你看,这都是我自学大专的时候学的知识,我让你也多念书,你就是不干。这种实验是需要严格的环境控制的,比如湿度、502胶气体的浓度等。最关键的是,得有一个有限并且密闭的反应环境。喏,这个柜子就可以提供这样的反应环境。"

冯凯白了顾红星一眼,心想,你这就开始嘲讽我没文化了?

"所以,因为柜子的大小是有限的,即便你把现场的池子拆回来也塞不进去。"冯凯说。

"是的,这个办法可以有效显现陈旧指纹,但对大型的物证还暂时起不了作用。"

听顾红星这么一说,冯凯突然有了一些印象。好像之前顾雯雯曾经说过,为了熏显某一辆作案车辆上的陈旧指纹,他们甚至搭了一个大棚子,把整辆车都停进去进行熏显。时代不同,条件就不同,那么有了足够的条件,很多事情就敢想敢做了。只不过当年顾雯雯说这些的时候,陶亮正在打游戏,并没有往心里去。

好在顾红星一直以来没有停止学习,没有停止更新自己的知识,提前就买好了这个设备。

"走吧。我们吃饭去,吃完饭,说不定就能看到指纹了。"顾红星说。

从食堂归来,熏显柜已经自动停止了工作,静静地等候着他们。

顾红星迫不及待地戴好手套,拉开柜门,取出了"宝贝疙瘩"。和顾红星想的一样,"宝贝疙瘩"上果然有白色的纹线组成的椭圆形的形状。

"果然有指纹!右手拇指和食指的指纹!"顾红星高兴地说,"老凯,这次又是你立功!"

"这也算立功,那我胸前这点位置都挂不下功勋章了。"冯凯不以为然,"你快看看这些纹线有没有鉴定价值吧。"

"先让殷俊拍照固定,然后冲洗照片。"顾红星说,"这一次可不能把指纹给弄没了。"

磨刀不误砍柴工,如果直接在水龙头上看指纹,一来有可能破坏指纹,二来也看不清楚。所以，顾红星坚持让殷俊把水龙头上的指纹拍摄下来，再看照片。

照片冲洗出来后，殷俊第一时间把它交到了顾红星手上。顾红星用马蹄镜看指纹的时候，殷俊还在一边默念："别是死者的，别是死者的。"

同样在一旁等待结果的冯凯拍着殷俊的肩膀说："你这还搞封建迷信呢？"

不一会儿，顾红星抬起了头，凝重地说："不是死者和她丈夫的。"

"哇！"殷俊几乎跳了起来。

"不过，为什么这枚指纹我看着这么眼熟？"顾红星说，"形状介于弓形纹和箕形纹之间，很奇特，很少见。"

"是死者其他亲属的？"冯凯有些失望。

"不是。"顾红星对殷俊说，"你去把冲坏了的指纹卡拿来，我想想。"

顾红星确实对指纹有一种过目不忘的天赋，虽然指纹卡冲坏了，无法进行比对，他却能找出其中一张，说："我记得好像就是这一枚指纹，当时我看的时候有印象，而且后来还专门问了，没有比对上任何人。"

"这也行？"冯凯瞪大了眼睛，问，"你是怎么识别的？"

"指纹卡的形状，还有卡上面粉末的浓度，以及标识的字体。这个不重要。"顾红星又对殷俊说："你通过指纹卡上残存的字，和我今天对现场指纹的编号，核对一下，看看这个指纹是在哪里出现的。"

殷俊点了点头，核对了一会儿，说："顾局长，这是你编的11号指纹，确实没有找到主人，是在中心现场五斗橱第二个抽屉上发现的。"

"五斗橱？"顾红星皱起了眉头。

"五斗橱第二个抽屉里放的全是婴儿用品。"冯凯说，"我当时看了，应该是死者朱丽丽为了迎接小生命，提前买了小衣服、小裤子、小鞋子，还有奶瓶、围兜什么的。所有的婴儿用品都是放在这个抽屉里的。"

"如果这个指纹的主人是凶手，那他为什么哪里都不翻动，只翻动这个抽屉？"顾红星问。

冯凯思考了一会儿，说："我有一种大胆的猜测，凶手会不会是个女人？因为自己怀不了孩子，或者孩子夭折了，所以杀人剖腹偷孩子？只不过孩子死了，所以没有带走？"

冯凯说完，整个办公室的空气几乎都凝固了。所有人都觉得后背有一阵凉气，让人不由得想打寒战。

第五章
废宅凶屋

"这是不是太离奇了？"顾红星说，但他也不敢排除这种可能性。毕竟，直到今天也没人能解释为什么凶手会剖腹，为什么凶手割断了脐带却没有把孩子完全取出来。

"如果是女人，确实可能让朱丽丽放下警惕。"顾红星说，"那么，即便不是熟人，也有可能和平进入现场。"

空气再次变得凝重。

好一会儿，大家才从不寒而栗中缓了过来。顾红星说："如果凶手是路遇、临时起意，那么，凶手很有可能就是马甸镇的人，而且很有可能是马甸镇的女人。虽然无法从社会关系排查，但我们现在有指纹。不管这个指纹的主人是不是凶手，找到指纹的主人就是我们现在的第一要务。"

4

"这么多人，也不可能一个个密取指纹。"冯凯说，"殷俊也让人在库里比对了，但现在库里的数据量应该很有限，比对上的概率不大。所以，我想到一个办法。"

"说说看。"顾红星饶有兴趣地说道。

"如果凶手真的是因为求子不得而杀人取胎的话，那么她肯定有一种对孩子的执念。"冯凯说，"有这种执念的人，就会'病急乱投医'。我们放出话去，搞一场庙会，说什么送子菩萨特别灵验，吸引这样的人来拜佛求子。然后，在蒲团的前面放塑料布，他们磕头的时候必然会把指纹留在蒲团前的塑料布上，这样每隔几个人就换一张塑料布，很快就可以明确犯罪嫌疑人了。"

顾红星"扑哧"一声笑了出来，说："这果然是你的风格。不过，我们不能这样做，也无须这么做。你想想，毕竟这是一起命案积案，案发已经时隔两年。你怎么能肯定凶手在这两年中仍然没有生育呢？如果她已经生育或是放下执念了，那么我们这么兴师动众，也都是在做无用功啊。"

"你说的也是。"

"而且，宗教信仰是需要尊重的，可不能用这个骗人。"

"那你有什么办法？"

"你保持你的风格，我也保持我的风格。"顾红星说，"既然怀疑是生育有问题的人作案，那么我们就从这个线索慢慢查。刚才说了，凶手可能就是马甸镇的人，而马甸镇只有一家综合性医院——青山区二院。如果她曾经去医院就诊，那么最可能去的就是这一家医院。所以，我们去调查这家医院的妇产科，把1986年8月到1988年8月之间所有曾因不孕、流产而就诊的病人进行一个梳理。"

"初步甄别的依据是鞋印，进一步甄别的依据是指纹。"冯凯补充道。

"这个工作，就交给你了！"顾红星向冯凯投去信任的目光。

这个时代虽然还没有数字化档案的概念，但是综合性医院的病历资料保管，却已经相当规范了。每家医院都会有病案室，所有病人的住院病历都会分门别类、编号保存。公安人员只需要拿着介绍信，就可以进入病案室，查阅档案。但是，因为当时复印机还是个稀罕物件，所以想单独留存一份医院的病案资料，就需要靠公安人员手抄。

这项工作，冯凯之前看卢俊亮做过。为了对伤者的伤情进行鉴定，卢俊亮经常会带着介绍信去某医院，调出伤者的病案资料，然后誊抄在自己的笔记本上。而誊抄在笔记本上的这些信息，就是进行伤情鉴定的重要依据。

为了不打草惊蛇，冯凯决定用"法医抄病历"的借口来进行一次清查。为了保证专业性，冯凯思虑再三，还是要求顾红星呈报市局支队，调卢俊亮前来帮忙。

这一举动实在是很英明，因为让冯凯没有想到的是，区区一家二级医院，每年来诊治不孕症或者流产的患者就有数百人。除去主动来医院做人流、药流的患者，这两年里，诊治不孕症或者先兆流产、难免流产[①]的也有上百人。

很显然，这是一项比较庞杂的工作。

但有了学医的卢俊亮帮忙，工作效率就大大提升了。因为他不仅能从这么多病例中很快找出哪些是符合他们排查要求的，还能从患者的首次病程录[②]中发现哪些人是之前没有生育过的，哪些人是反复流产的。

有了卢俊亮的甄别，排查范围迅速缩小。经过两天的工作后，最后符合"想要孩子却一直没有孩子"的，只剩下几个人了。

而在这几个人中，卢俊亮挑出了一份病历，认为这应该就是嫌疑最大的人。

---

① 妊娠28周前，先出现少量的阴道流血，继而出现阵发性下腹痛或腰痛，盆腔检查宫口未开，胎膜完整，无妊娠物排出，子宫大小与孕周相符，这种情况一般就是先兆流产。如保胎过程中症状加重，流血更多，阵发性腹痛更加剧烈，或出现胎膜破裂，则不可避免流产，这种情况一般就是难免流产。

② 首次病程录，是指患者入院后由经治医师或值班医师书写的第一次病程记录。

第五章
废宅凶屋

"为什么会是她？"冯凯翻着病历，大量看不懂的医学术语和认不清的医生笔迹让他一阵头晕。

"你看看医生首次病程录里关于患者体格检查的描述。"卢俊亮指着这摞手写病历中第一张开头的部分，说，"'患者神清、精神萎靡，焦虑面容，营养中等，发育正常。'这一句话，就透露出了患者身体其实还好，但存在心理问题。而其他几个人，都是'神清、精神可'。"

"幸亏你来了，否则我都不知道医生写的是什么。"

"第二方面，这个人的户籍是马甸镇周围的农村的，而她以前也看过病，但都是在诊所里看的。"卢俊亮翻到第二页，说，"你看，'既往史：自述因多次流产到乡卫生院就诊，诊断为生化妊娠'。"

"什么意思？"冯凯问。

"生化妊娠就是指精卵结合成功，但没有成功到子宫着床，随着月经一起流产。"卢俊亮说，"有可能在当地卫生院检验完 HCG，认为自己有可能是怀孕了，但因为受精卵质量等问题，最终流产了。"

"哦，如果每次以为自己怀上孕了，却又很快流产了，那么对那些特别想要孩子的人来说，确实是一种精神折磨。这种情况下，很容易出现心理问题。"冯凯说，"这种生化什么的，是不是因为女人体内激素的问题啊？"

"也有可能是男人精子质量的问题。"卢俊亮说，"不能孕育不一定是女人的问题。"

"但在农村，很多人都会归结为是女人的问题。"冯凯说，"为什么她以前都在诊所、卫生院看，这一次却来医院住院了？"

"因为这一次不是生化妊娠。"卢俊亮说，"从病历来看，这一次应该是成功着床了，可惜怀孕3个多月就自然流产了。她也去卫生院看了，但当地的医生认为她反复流血、腹痛，是难免流产，需要清宫，而当地卫生院没有妇产科，就让她来区二院了。"

"她这是……"冯凯把病历翻回第一页，看了看，说，"1988年3月27日入院。这是案发前五个月。"

"从病程录看，其实清宫手术做得很成功，术后也就没有流血、腹痛的情况了。"卢俊亮翻到了病历的后半部分，说，"但查房医生的描述里说，她在住院期间有多次说'呓语'的现象，经常'失眠''多梦'，怀疑是'癔症'，建议家属带其到精神卫生中心就诊。"

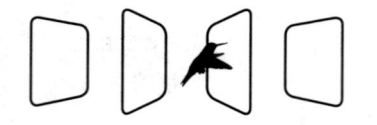

"哦。"冯凯若有所悟。

卢俊亮说:"我们清查了这两百份病历,有和她病情差不多的,但病历记录的患者精神状况都很好。只有这个人,是精神和心理方面有问题。我记得你们也分析过,能做出这样的事情的人,很有可能是精神和心理存在问题的人,那么,这个人就是最重点的嫌疑人。"

"看病历就能破案,你真行。"冯凯拍了拍卢俊亮的肩膀,说,"从病历里,能看出这个人脚多大吗?"

"医生给人家清宫,管她脚多大干啥?"卢俊亮笑着说。

"不要紧,这样,记下她的名字和住址,我们去探一下就知道了。"冯凯说。

这名患者叫石霞,今年27岁,是马甸镇马王乡人。马王乡就在马甸镇镇中心的旁边,距离镇子非常近,所以乡里的人来镇子上购物、就医也是很正常的事情。

冯凯和卢俊亮先来到了派出所,了解这个石霞的情况。从户籍资料上看,她就是一名普普通通的农村妇女,并没有什么异常之处。她1984年从隔壁乡嫁给了马王乡的一名青年马青,随即就把户籍迁到了马王乡,至今没有孩子。但石霞是个什么样的人,派出所民警是完全没有印象的。

于是,派出所就叫来了乡镇干部,找他了解石霞的情况。

经过了解,这个石霞还真是疑点重重。虽然乡镇干部反映这两口子的感情还不错,没有因为什么吵过嘴、打过架,但石霞本人还是有一些问题的。她经常会一个人自言自语,不喜欢和其他人交流,尤其是看到有人怀抱婴儿的时候,她就会目不转睛地盯着人家的孩子。最关键的是,她经常会把枕头塞在自己的衣服里,让自己看上去像是一个孕妇的模样。

但这些,都是她偶尔会出现的反常迹象,大多数情况下,她看上去和一个正常人并没两样。

在冯凯询问乡镇干部这个石霞的脚有多大的时候,乡镇干部有些为难,表示自己也不知道准确鞋码,但印象中,她的脚确实比一般姑娘要大些。

嫌疑已经确认了,现在就看指纹能不能对上了。要密取一个人的指纹,其实非常简单。冯凯让乡镇干部找石霞来村委会谈话,并且用洗刷干净的玻璃杯给她泡一杯茶。等她右手拿起杯子,确定拇指和食指都接触杯壁之后,取回这个玻璃杯就可以了。

第五章
废宅凶屋

所以这个密取的工作，只用了十分钟就完成了。然后冯凯就带着玻璃杯，充满希望地回到了分局。

分局办公楼里，顾红星已经拉开架势等着冯凯了。杯子一拿来，顾红星立即亲自刷粉、贴胶带、制作指纹卡、拍照，然后用马蹄镜看了起来。

虽然顾红星是伏在桌子上看指纹，但冯凯可以清楚地看见他的脸颊由白转红，然后涨得通红。

"在一起这么多年了，我看你脸就知道，比对上了。"冯凯笑着说道。

"没想到这就要破案了。"顾红星靠到了椅背上，如释重负。

"是啊，我还专门问了乡镇干部，这个石霞在镇子上并没有亲戚和熟人。"冯凯补充说。

"我接到你刚才打的电话后，就安排派出所民警去找了于飞。于飞确定自己和妻子朱丽丽绝对不认识石霞这个人。"顾红星说。

"是啊，两个毫无交集的人，一个人的指纹却出现在另一个人的家里，这本身就是有证明力的。"冯凯说，"至少她解释不了为什么会去朱丽丽家。"

"作案时间是不是不好确定？"顾红星问，"毕竟两年前的事情，没人记得清楚。"

"这个我也了解了。"冯凯说，"乡镇干部可以确定，从1987年开始，石霞的丈夫马青每年5月至11月在外打工，是不回来的。而石霞、马青夫妇平时是自己居住的。也就是说，案发的8月，石霞应该是一个人在家，她有足够的作案时间。"

"那就办手续抓人？"顾红星问道。

"我还有个担心的事。"冯凯说，"无论从病历还是从乡镇干部的描述来看，这个石霞可能存在间歇性精神障碍，如果抓回来她语无伦次，无法正常交流，会打击审讯侦查员的信心。而且，我们只有这一枚汗液指纹，也不能完全证明她杀人的行为。这个案子证据链最关键的一环就是她的口供了，所以得想办法一鼓作气拿下口供。"

"有什么办法吗？"顾红星问道。

"不知道，投石问路吧。"冯凯看了一眼窗外明亮的天，说道，"等天黑了再说。"

连顾红星都觉得冯凯的"投石问路"有些缺德，但仔细一想，如果对方不是犯罪分子，那这个行为便是无害的。

冯凯利用下午的时间，去商场买了一个洋娃娃。天黑后，冯凯回到了石霞家附近。按照乡镇干部的所述，现在是10月底，马青应该在外打工，石霞是一个人

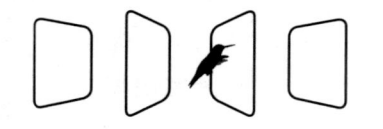

居住的。冯凯见天已经黑了，而石霞家的大门还是锁着的，知道她应该又出去溜达了。于是冯凯把洋娃娃放在了石霞家大门口，然后在暗处等着她出现。

很快，石霞一个人溜达回来了。看到门口洋娃娃的那一刻，她的肢体行为表现出来的并不是惊讶，而是激动。她全身发抖，蹲在门边，把脸藏在自己的臂弯里。过了好一会儿，她才重新站了起来，把洋娃娃拿了起来，但没有开门回家，而是向屋后的小山走去。

石霞带着洋娃娃来到了小山坡的脚下，用树枝开始挖土。过了好一会儿，石霞挖了一个小坑，把洋娃娃放了进去，又埋了起来。

至此，冯凯对石霞就是犯罪分子已经确信无疑。

不过，在石霞离开后，冯凯并没有离开。他走到了石霞埋娃娃的地方，发现她为了埋这个娃娃，还专门堆了一个像是坟墓一样的小土堆。不仅如此，这个刚刚堆起来的小土堆旁边，居然还有一个看起来有些年月的小土堆。

冯凯很是兴奋，他强行抑制住自己想挖的冲动，骑着车跑回了派出所，借来一台相机，对土堆先进行了拍照，然后才开始挖掘。

这个土堆里埋着的，是一套婴儿的衣物，上面还有斑斑血迹。无论从样式、花色还是质地来看，都和朱丽丽家五斗橱第二个抽屉里剩下的那些婴儿衣服没两样。

"真没想到，试探了一下，居然还找出了证据链的另一个环节。"冯凯小心翼翼地把婴儿衣服提取出来，装在了物证袋里。后期，只要通过对衣物进行鉴定、调查，并对上面的血迹进行血型检验，就能明确这些衣服是从朱丽丽家里偷拿出来的。结合五斗橱上的指纹和阳台的指纹，证据链比以前要完整多了。

在派出所里，冯凯一边嘱咐民警把胶卷冲洗出来，一边通过电话向顾红星汇报了自己的意外发现。而顾红星也在电话里告诉冯凯，拘留的手续马上就办好，让冯凯在派出所民警的配合下，马上拘留石霞，并带回分局审讯。

不知道是因为洋娃娃的刺激，还是石霞对这一天的到来早有预料。她打开大门，见敲门的是警察之后，似乎没有任何慌张，而是乖乖地跟着警察走了。

回到分局后，还没等民警询问，石霞就供述了全部的作案过程。

"嫁到马家，就是我噩梦的开始。"石霞说，"不过，我说的不是马青。平心而论，马青对我是很不错的，没有可以挑剔的地方。马青是家里的独子，要承担传宗接代的责任。但是很可惜，我不能生。我们试了很多次，都流了。所以，他们都在我们背后嚼舌根子。'不孝有三，无后为大'，这句话我听得耳朵都麻了。公公婆婆

第五章
废宅凶屋

每次见到马青都会念叨，他们家的亲戚也在背后指指点点，这些我都知道。马青能不告诉我就不告诉我，但我知道他也是左右为难。我提出过离婚，让他去找一个能给他生孩子的女人，但是他不同意。我们看过很多中医，吃过很多药，但是每次怀上不到两个月就流产了。所以，我又期待怀孕，又害怕怀孕。每次医院说我怀上了，我就开始做噩梦，梦见孩子从我的肚子里爬出去，我抓都抓不住……公公婆婆还专门陪我去上海的医院做检查，可也没检查出什么毛病。"

"那你老公检查过吗？"卢俊亮问。

石霞摇了摇头，说："生不出孩子，就是女人的问题。"

"谁说的？"卢俊亮说。

冯凯示意卢俊亮先不要打断石霞。

石霞神色麻木地接着说："那年元旦前，我又怀孕了，和之前一样，我充满了惊恐。他们说，过了三个月就安全了，所以当我提心吊胆挨到三月之后，我觉得已经安全了。我欣喜若狂，甚至都迫不及待地为孩子准备小衣服、小鞋子了。可是没想到，一件衣服还没做好，就又流血了，还是流产了，而且还要住院刮宫。这件事之后，我睡不着觉，噩梦做得更多了，也没有食欲，一个月里瘦了 10 斤。我把医生刮下来的宝宝带回了家，找了个地方埋了。虽然他没降生到这个世界上，但那毕竟是我的宝宝，我想让他下次投胎的时候能找到家。可能真的有用吧，后来，我经常听见耳边有小孩子的声音，就算流产了，我还会经常恶心呕吐，就好像宝宝还在我的肚子里一样。我就知道，我的宝宝一直在等着我把他生出来呢。"

"所以，你平时就一直把枕头塞在自己的衣服底下，让自己看起来好像是怀孕的样子？"卢俊亮问。

"什么枕头……那就是我的宝宝……"石霞两眼茫茫地说。

"说说你和你杀死的那个孕妇，是怎么认识的吧。"冯凯拉回了话题。

"我不知道她叫什么名字。"石霞恍惚地说，"那天，我在街上溜达，摸着肚子里的宝宝，觉得很不舒服，就靠在电线杆旁边呕吐起来，吐到胆汁都出来了。那个女人也挺着一个大肚子，她看我吐得难受，就过来安抚我，让我喝点热水什么的。可是，大街上也没有热水，她就很热情地说她家就在附近不远处，我要是不舒服也可以去她家歇一下。当时我确实很难受，也想找个地方坐着休息休息，就跟着她去了。她到家后，给我倒了杯水，然后就和我聊起天来，交流怀孕的心得。她说她还有两个月就要生了，所以孩子的用品都准备好了。说着，她还拉开橱子给我看她准备好的小衣服、小鞋子。就在这个时候,她突然靠到了床上,一脸喜悦地说孩子在踢她,甚至还撩起衣服给我看她的肚皮。"

"所以你嫉妒了?"冯凯问。

"不是,没有。"石霞情绪忽然有些焦躁,说,"当时我看到她的肚皮上一块凸起来、一块凹下去,然后那一块又凹下去,另一块又凸了起来。太可怕了!你们见过吗?"

冯凯茫然地看着顾红星,顾红星说:"胎动啊,很正常,怎么了?"

"不,不正常!"石霞眼中露出一丝怪异的神采,说,"那一刻,我就知道了,是因为她肚子里的孩子想出来!他为什么想出来?只有一种可能!那不是她的孩子,而是我的宝宝!我的孩子天天在我耳边念叨,原来是投胎到她肚子里了!宝宝看见了妈妈,当然要出来找我!这不是天意吗?"

这一番话,把冯凯和顾红星说得面面相觑。

石霞越说越兴奋,接着道:"我当时就喊'宝宝别怕!妈妈来救你!',然后去抠她的肚皮。没想到她一下子就被吓到了,一边呵斥我,一边把我推开。我好不容易找到我的宝宝,我怎么都不能错过这个机会,为了救我的宝宝,我把她压在了床上,掐到她不会动了。然后,我就去客厅找了一把刀,我要划开她的肚皮,把宝宝抱出来!"

卢俊亮在一边也惊得合不上嘴巴。

石霞回味着当时的场景,说:"我很快就剖开了她的肚子,切断了脐带,我的宝宝在朝我笑呢。可他皱皱巴巴的,像只小老鼠,身上都是血污,很腥很臭。于是,我就顺手从开着的橱子抽屉里拿出一件衣服,把他裹起来,带他去找水清洗。出了卧室,我就看见那边的阳台上有水池,可洗了一会儿,宝宝不动了。无论我怎么弄,他都不动。我忽然觉得好难过,我的宝宝又不理我了。他的魂都跑了,那这个身体也没用了,于是我又给他揣回那个肚子里了。"

顾红星平复了一下情绪,说:"那你包裹孩子的衣服呢?"

"衣服?哦,我当时洗完孩子回来,用它擦了手还擦干了孩子,顺手就揣到口袋里了。"石霞一副惋惜落寞的样子,说,"回家后,我才发现那衣服。宝宝活过来的那几分钟里,他短暂地穿过这件衣服,我想,那就留下做个纪念吧。于是,我把它埋到了宝宝的坟墓里。"

"你说她带你回家,给你倒了水喝,杯子呢?"顾红星问。

第五章
废宅凶屋

石霞想了想，漠然地说："当时我喝完水，杯子就还给她了，她好像放其他杯子中间了。"

"那个装有婴儿用品的抽屉，一直是开着的吗？"

"我洗完宝宝回来后，好像顺手就给关上了。"

可以说，整个审讯的过程中，冯凯都是汗毛倒立的。他根本无法判断这个女的究竟是不是一个精神正常的人。

"算不算精神病患者作案，还得有关部门来进行鉴定。"顾红星说，"你之前说过，精神病患者作案应该没有社会功利性。她这个，算有社会功利性吗？"

"我也不敢确定。"冯凯说，"虽然她的思维逻辑是清楚的，但行为模式和杀人起因实在不像是一个精神正常的人。"

"这案子因为凶手的精神不太正常，也着实是走了弯路。"顾红星说。

"走弯路不仅仅是这个原因。"冯凯说，"有很多巧合在其中干扰了破案。比如，她确实去了小阳台洗婴儿，但因为用衣服包裹了，就没有在次卧留下滴落状的血迹。又如，她作案后手上沾了大量的血，却没有接触任何地方，清洗完孩子后回来关上了抽屉，所以留下的不是血指纹；而她把孩子重新塞回母体，手上再次黏附了血液，她离开现场之后才会遗留下一滴滴落状血迹。还有，如果石霞到朱丽丽家喝水，杯子没有被重新放回去，那破案也就很简单了。"

"不管怎么说，她的供述和现场的情况一致。有些判断是我们之前都没有做出过的，所以更加有证明力。"顾红星说，"证据链完整、可靠。"

"在科技还没有质的飞跃的情况下，就能侦破命案积案，你还是很牛的。"冯凯朝顾红星竖了竖大拇指。

顾红星想了想，招手让冯凯靠近自己，然后在笔记本上画了一条直线，又在直线下方画了一条向上扬起的曲线，说："你看，这条直线就是物证，它一直存在着，所以是直线。而这条曲线是科技的水平，随着时间的推移，科技必然会发展，所以它是曲线。有些案子现在可能破不了，是因为科技水平不足，但当曲线和直线相交的时候，就是破案的时候。科技发展得越快，它上扬的角度就越大，就会越快和直线相交。"

顾红星画的示意图

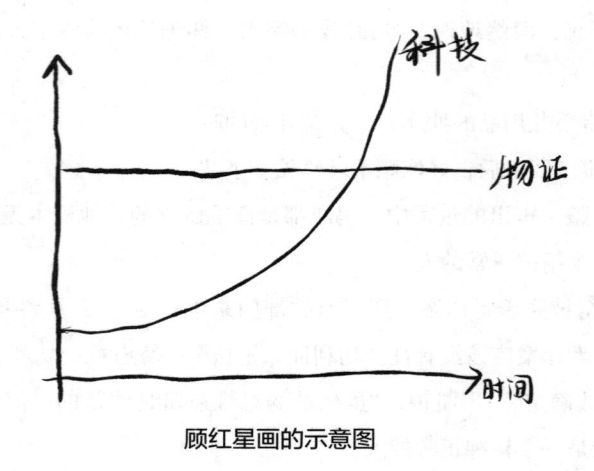

（图中纵轴未标注，曲线"科技"呈上升趋势，水平线标注"物证"，横轴标注"时间"）

"嚯！你这是把侦破命案积案的经验都总结成数学题了？"冯凯笑着说。

"不。"顾红星说，"靠耐心守护好物证，有信心等待科技的发展，用勇气推动科技的运用，便是我们的信念啊！"

冯凯被顾红星说得愣住了，低下头思考着。

"这就是时间的意义啊！"顾红星笑着对冯凯说，"你还会认为，时间对任何人来说都是负能量吗？"

"只要事物发生变化，时间就有意义。"冯凯喃喃道。

"对呀！不急功近利，不故步自封，就是我们应该有的做事情的态度。"顾红星说，"这一起案件的侦破，就是对这句话最好的体现！"

冯凯听着这番话，深有感悟。此时，无数有关顾红星的过往也涌进了冯凯的脑海：在学校学习的画面、趴在地上找足迹的画面、一张张比对指纹的画面、中枪的画面……眼前的顾红星，仿佛化作了一只黑夜中的蜂鸟，笔直地冲着未知的天际飞去。

"嗯，不畏黑暗，不惧远方。"冯凯道。

| 第六章 |

母女双尸

1

在冯凯的印象中,他从没一整个月都这么用功过。

在剖腹取子案成功侦破后,他也没有理由继续留在青山区了。回到支队后,他每天要去各个区里办案,业余时间也都用来研究这两年的命案积案了。

作为省会城市龙番市公安局刑警支队的大案大队,一共只有冯凯他们几个民警,却承担了全市"八大类"严重暴力犯罪的侦破工作。"八大类"指的是故意杀人、故意伤害致人重伤或死亡、强奸、抢劫、贩卖毒品、放火、爆炸和投放危险物质。虽然在陶亮的年代,这些犯罪已经呈现出断崖式下降的趋势,但在冯凯现在所处的年代,这些案件还是比较多的。

而命案积案也是这样。这个月里,冯凯除了睡觉,所有的业余时间几乎都是在内勤室里度过的,他翻阅了近几年的命案积案,希望可以找到困扰顾雯雯的那一起案件的线索。

陶亮那个年代的命案侦破率基本已经达到了100%,而这个年代的命案侦破率大约是八成。龙番市毕竟是省会城市,科技运用的水平和警方重视程度都算不错,所以能达到九成多,却也很难达到100%的水平。冯凯不禁默默感慨,未来的30年里,幸亏有高科技的逐步运用,破案率逐步上升,社会才会越来越安定。

不过,冯凯依然没有找到困扰顾雯雯的那起案件的影子。

1990年只剩下一个多月的时间了,他有一种焦急又无可奈何的心情。在这最后的几十天时间里,那起案件随时都可能发生,有人随时可能死去,而他无法阻止,只能被动等待。

冯凯不是一个习惯被动的人,他拼命审核命案积案的卷宗,对日常工作也尽心尽力。不管龙番市哪里发生了命案,他总是亲力亲为。每次破案之后,他的心里都极其矛盾,又高兴又失落。

/// 第六章
母女双尸

为了让市局刑警支队也可以有更加完善的证据保存措施，冯凯还专门找了局长，希望他可以效仿顾红星的做法，为市局刑警支队也配备现场摄像装备。但在这个年代，摄像机的价格可以说是一个天文数字，和当年顾红星心心念念的"翻拍架"的价格一样都让领导望而却步。冯凯知道，一次两次去局长那里磨洋工是达不到目的的，他决定要把局长磨到无路可退，在剩下的这一个多月里买上摄像机，确保后续的案件有更好的现场记录。

所以，11月底的这一天，冯凯又拉着卢俊亮一大早就等在了局长办公室的门口。而市公安局局长任胜看到他们的表情，就和当年尚局长看到顾红星和冯凯来要翻拍架、自行车的表情一模一样。

好在这一次，任局长终于松口了。因为有顾红星这个分局局长在前面做了示范，他这个市局局长也不好落后，所以当冯凯把顾红星搬出来之后，任局长的口气立即软了下来，并且表示会和被装科商量一下，看如何挤出这么一笔钱来。

在冯凯正准备和任局长进行下一步沟通的时候，局长办公室的电话响起来了。

任局长接完了电话，对冯凯说："摄像机的事情我知道了，你也不至于要这样磨我吧？现在东城区发生了一起死亡两人的命案，你还不赶紧去现场？"

一听有死亡两人的命案，冯凯立即精神了。这一个多月，虽然有几起命案发生，但基本都是斗殴伤害致死，或是因仇杀人后自首、自杀。一次性死亡两人，案发之后还没有头绪、需要侦查的案件，一起也没有发生过。这也是分局向市局求援的原因。

但是，摄像机的事情也很重要，不得到一句准确的回话，冯凯也不甘心。于是冯凯让小卢骑着摩托车先行赶往东城区进行现场勘查，而自己则盯着任局长给被装科科长打完了电话，又去被装科确定了一下，才去和小卢会合。

等到冯凯随后骑着摩托车赶到现场的时候，发现小卢戴好了"四套"，正站在警戒带边，看起来已经对现场进行了一番大概的勘查。

"现在你们勘查的工作果然很规范啊，虽然这'四套'各式各样，但至少都戴上了。那么，怎么样了？"冯凯把摩托车的支撑架踢下来，跨下了摩托车问卢俊亮。

"惨。"卢俊亮一个字总结现场。

"我问你有没有什么头绪？"冯凯说。

"暂时还没有，我让痕检的同事先仔细看看地面，然后我再仔细看尸体。"卢俊亮说，"这也是师父制定的《现场勘查规则》上要求的。"

冯凯点了点头，观察了一下周围的环境。

方塘镇是龙番市东边的东城区拐角处的一个小镇子，和东城区的区中心相邻。小镇子因为距离市区近，房屋便宜，所以在这里落户居住的人也不少。

方塘镇里有一条东西走向的马路，马路北边是一排四层的居民楼。居民楼的进楼楼道是邻着大路的，而楼后则是一片荒地。有些居民为了节省买菜的钱，会在这一片荒地里开垦出一小块，种植新鲜蔬菜。所以那一大片荒地之中，有一块一块像是沙漠绿洲似的绿色。

从居民楼的楼道进去，每层是相邻的两户人家，算是"一梯两户"的户型，只不过是楼梯而不是电梯。

案发现场就在这排居民楼中的一栋，是二楼西边挂着"203 室"门牌的那一户。从外面看起来，这一家和邻居们并没有任何区别，就是普普通通的一户罢了。

"怎么发现的？"冯凯在警戒带外一边穿戴勘查装备，一边问小卢。

"喏，死者家属报的案。"小卢指了指蹲在警戒带外、双手抱着头发呆的男人说，"他叫魏前进，今年 40 岁，死者就是他 38 岁的老婆常诗和 14 岁的女儿魏鑫鑫。据魏前进说，他昨晚不在家，今天回到家以后，发现自己家大门是虚掩着的，从外面就闻见了一股血腥味。他推开门一看，发现自己的老婆、女儿都已经被杀害了，于是报了警。"

冯凯点了点头，使了个眼色，低声问："那对这个魏前进调查了没有？能不能排除杀亲？"

"目前就是背景资料交上来了，后续的信息还在侦查。"卢俊亮也小声说，"这个魏前进是高中毕业后从城南镇农村来市里打工的。"

"城南镇，不是青山区的吗？"冯凯问道。

"是啊，我们龙番东向发展，所以他就来到东城区了。"卢俊亮说，"他在打工的过程中，认识了常诗，于是两人恋爱、结婚。这个常诗家里条件很好，常诗的父母以前是国企的高管，收入不菲，改革开放后下海经营了一家牙刷厂，经营了十几年，效益很好。因为常诗的两个哥哥都在北京工作，所以，常诗的父母就逐渐把厂子的经营权交到了魏前进两口子的手里，而老两口明面上就算是退休享福了。不过，据说一些大事还得让常诗的父母拍板。"

"嚯，这种'吃软饭'的家庭，还真是要格外注意有没有杀亲的可能。"冯凯说。

"这你可就戴有色眼镜了，背景调查显示，魏前进这个人很踏实，凡事都听老

第六章
母女双尸

婆的，而且夫妻关系非常好。"卢俊亮说。

"这不叫有色眼镜，警察就要对一切充满怀疑。"冯凯说，"不过，他既然没有决策权，岳父岳母也都健在，确实没有杀害妻子夺财产的必要性。走吧，我们进现场看看。"

可能是案件发生还没多久的原因，所以在冯凯进入现场室内的时候，虽然还没有看见尸体，但果然闻见了一股浓烈的血腥味。

"出入口确定了吗？"冯凯皱了皱眉头，问。

"大门虚掩，凶手应该是从大门离开后没有关上门，所以是出口。"卢俊亮说，"但大门的门锁都是完好的，就是普通的暗锁，没有任何撬压的痕迹，所以应该不是入口。目前看，家里一共有五扇窗户，三扇朝北，两扇朝南。卫生间的窗户太狭小，进不来人，其他四扇窗户虽然没有防盗窗，但有三扇都是从里面闩起来的，打不开。只有主卧的半扇窗户是推开的，那么入口就只有这一个了。"

"这里是二楼，凶手攀爬上来是有可能的。"冯凯说。

"是啊，窗户边就是下水管，我估计我这体格都能爬上来。"卢俊亮说。

冯凯站在客厅中央没有用粉笔画圈的地方，左右环顾现场的结构。这是一种当时很流行的户型结构，大约100平方米的房子，三室一厅一厨一卫。大门在房屋的正南边，从大门进来后就是客厅，三个房间和厨房、卫生间围绕了整个客厅一圈。北边分别是主卧、次卧，中间夹了一个卫生间，南边则是厨房和一间敞开着的客房。

客厅里放着一张沙发、一个电视机柜和一个五斗橱，家里看起来挺整洁。

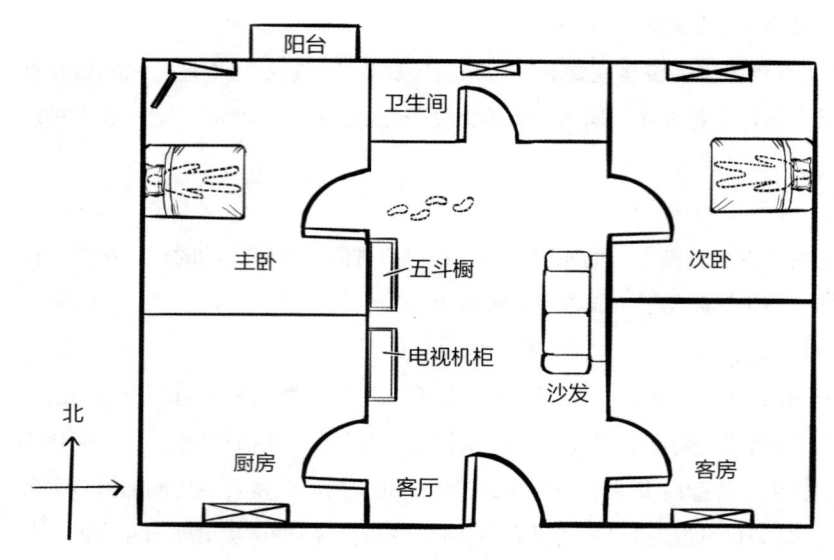

常诗、魏鑫鑫被害现场

"尸体分别在主卧和次卧，都是睡眠状态。"卢俊亮说，"我刚才看了一下尸斑、尸僵的情况，死亡时间应该是今天凌晨。"

"我现在比较关心痕迹物证的提取情况。"冯凯说，"你们都确定了出入口，那有发现什么痕迹物证吗？"

"唉，就这一点最讨厌了，昨晚下了一场大雨。"卢俊亮说，"房屋外面的墙壁载体也不好，被这么一冲，什么都没有了。"

"这么背吗？"冯凯心里打鼓，心想这两条人命的案子，还碰上了大雨冲刷，难道他一直在找的未破的悬案就是这一起？无奈经过这么长时间的回忆，他还是一点头绪都没有。

"没办法，所以现在不可能从凶手攀爬的地方找物证了。"

"但这毕竟是室内现场啊。"冯凯指了指地面上的粉笔圈，说，"这不是有足迹吗？"

"嗐，水泥地面，灰尘足迹看不出来。即便发现了可疑的血足迹，也没有比对价值啊。"卢俊亮蹲下来，指着其中一个粉笔圈说，"其实这些都是血足迹，但凶手踩到的血迹少，所以根本体现不出鞋底花纹的形态，只能看出这个鞋尖的方向，是从主卧走向次卧的。说明凶手是先杀了母亲常诗，再去杀女儿魏鑫鑫的。"

"你们都说了凶手是从主卧窗户进来的，那么肯定得先杀常诗啊。"冯凯说，"看

第六章
母女双尸

来还是铺瓷砖地板比较好，是吧。"

"那肯定啊。"卢俊亮说，"我之前勘查的几起案件是瓷砖地板，哪怕是水磨石地板，都发现了灰尘足迹。"

"以后还会有很多实木地板。"冯凯说。

"是吗？"

"那就只能靠指纹喽？"冯凯说。

"指纹还得慢慢刷，也许有机会能刷出来。"卢俊亮说，"要不，我们先看看尸体？"

冯凯跟着卢俊亮，走进了主卧。

主卧应该是整个现场中最惨烈的地方，因为一进入主卧就能看见床头和墙壁上的大量喷溅状血迹。

"常诗穿着睡眠的衣着，目前初步检验我只看到了她左侧颈部的一处创口，结合现场这么多喷溅状血迹，应该是颈动脉破了。"卢俊亮说。

冯凯下意识地摸了摸自己的侧颈部，不由得想起自己曾经遇袭的事情。如果当时的刀口深一点，也如此猛烈地喷溅出血迹，确实连神仙也救不了他。

"这些喷溅状血迹的喷溅起始点和常诗睡眠的姿态是吻合的。"卢俊亮说，"所以我分析，这个常诗没有起床，就是在睡眠中被刺了这么一刀，然后就死了。"

"凶手的目的很明确啊。"冯凯说，"不翻不找，进来就杀人。"

卢俊亮点了点头，又带冯凯来到了次卧。

次卧相比于主卧就平静多了，没有什么血迹。小女孩仰卧在床上，就像是睡着了一样。不过以老侦查员的经验，一眼就能看出小女孩死亡了，因为她的脸颊和口唇都是青紫色的，应该是机械性窒息致死。

"小女孩身上的损伤主要是左手腕有一处切割伤，不深，没有伤到大血管，所以流的血也不多。而且你看，床头柜上有几张卫生纸，卫生纸上有血。"卢俊亮指了指床头柜，接着说，"她的颈部有一条尼龙绳，没有打结，缠绕在颈部。颈部皮肤有索沟，有生活反应，加上她窒息征象这么明显，基本可以断定是勒颈致死。"

"对了，卢队，上次还听你说，有些人可以自勒死亡。"一名正在刷指纹的痕检员说，"你说这个小女孩会不会是先去杀死了自己的母亲，然后回来自己割腕，结果割不深，最后用绳子把自己勒死了？"

"你怎么会想得这么阴暗。"卢俊亮皱起了眉头，说。

"我刚才说了，警察要对一切都充满怀疑，所以有这种怀疑没错。"冯凯说，"不

过,杀死常诗的刀具,在现场有遗留吗?"

"没有,他们家里只有菜刀和水果刀,我看了刀的形状,和创口都不符合,凶手是用匕首刺杀常诗的。"卢俊亮说。

"是啊,如果是'自产自销①',那凶器去哪儿了?"冯凯笑着说道。

"是啊,而且从小女孩颈部的绳索和勒痕来看,是做不到自己勒死自己的。"卢俊亮对痕检员说,"以后你们听课要听全,自勒确实可以,但是要有条件。比如在绳索上打结,或者绳索有足够的弹力和摩擦力,交叉缠绕后就会缠死、不会回缩。否则,当自杀者因为窒息而丧失意识后,对绳索施加的力量就卸除了,绳索回缩就可以让自杀者重新呼吸获氧。只有打结,或者绳索弹力、摩擦力大而不能回缩的情况下,才能完成自勒致死。"

"这个是什么?"冯凯抬起小女孩的手腕,指着手腕皮肤上的痕迹问道。

"这个应该就是捆绑的痕迹。"卢俊亮说,"小女孩应该是先被捆绑了。"

"捆绑?那,有性侵吗?"冯凯问。

"这个不确定,在现场我不敢太仔细地检查。"卢俊亮说,"但可以肯定的是,现在天气冷了,女孩子穿着棉毛衫、棉毛裤,是睡眠衣着。我简单看了一下,里面的内裤也是完好的。从衣着上看,似乎没有发现性侵的迹象。不过,还需要把尸体运到解剖室后,再进一步检验确定。"

"从衣着来看不准,还得尽快通过尸检来确认。"冯凯说,"现在凶手的作案动机,要么就是因仇,要么就是性侵。割小女孩的手腕,还给她用卫生纸止血,这怎么看也不像是因仇杀人的案件,所以只剩下性侵了。"

"可是,就算是性侵,割手腕这个动作也让人不能理解啊。"卢俊亮说,"难道是威逼、恐吓?可是从来没见过凶手用这种方式来威逼、恐吓被害人的啊。"

"更不会给她用卫生纸止血。"冯凯补充道,"现在案件还是一团乱麻,核心问题就是尸检能不能找到作案动机,以及现场勘查能不能找到可疑指纹了。"

"那我们就按这个思路去办。"卢俊亮说,"尸体现在就运去殡仪馆,我马上进行检验。"

"把卫生纸和绳索也带着,我和你一起去殡仪馆。"冯凯说道。

---

① 警方的俗语,指犯罪分子杀死他人后自杀的案件。

2

殡仪馆的法医学尸体解剖室内，两具尸体平躺在移动运尸床上。

"师父说过，先易后难，我们先看常诗的尸体吧。"卢俊亮说。

"你是法医，随便你，你先做，我思考一下。"冯凯觉得常诗的尸体上发现不了太多的线索，所以自己跑到解剖室门外，找了把椅子坐下来，在脑海中回忆着现场的情况。

这个凶手在现场的行为，出现了矛盾。杀死常诗的过程，简单利索，在魏鑫鑫的房间却有多余动作：捆绑、割腕、止血、勒死。冯凯觉得，这起案件的动机除了性侵，没法用其他理由来解释。

过了大约一个小时，卢俊亮对常诗的尸检结束了。常诗的死亡原因，果然是颈动脉断裂，导致急性大失血而死亡。除了颈部的创口，常诗的身上找不到第二处损伤了。根据尸体温度下降以及胃内容物的情况，卢俊亮认为死者是凌晨两点钟左右死亡的。

在检验魏鑫鑫尸体的时候，冯凯回到了解剖室，在一旁观摩。

除去魏鑫鑫的衣服的时候，卢俊亮发现她的内裤裆部有一丝血迹，于是抬头看了一眼冯凯。

冯凯显然也注意到了这个细节，说："别急，看看是不是来例假。"

卢俊亮检查了一番，说："不是，凯哥你又猜对了，这孩子处女膜新鲜破裂，黏膜有淤血，她就是在死前遭受了性侵！"

"这就合理了。"冯凯说了一句，走到解剖室的一角，戴上手套，拿出了物证袋里的卫生纸和绳索仔细看着。

卢俊亮用棉签擦拭了魏鑫鑫的会阴部，看了看，说："这颜色，应该是精液啊。"

"那岂不是……"冯凯转过身，突然意识到这个时代还没有DNA技术，连忙说，"岂不是可以做血型？"

"是啊。"卢俊亮说，"就是只能排除，不能认定。"

"擦拭物你多取几份，做完了血型还得留存一些。"冯凯想到了顾雯雯办的命案积案，说，"你师父说的，要保存好物证，等科技的发展。"

"为啥要等？"卢俊亮迷惑不解道，"难道这案子破不掉吗？"

冯凯也意识到自己失言了,说:"我的意思是,以防万一。你看啊,现在基本可以断定,这案子的作案动机是性侵杀人,那就不能排除流窜作案的可能,如果真是这样,破案难度很大。"

"说的也是。"卢俊亮拿出物证袋,取了好几份阴道擦拭物分别保存。

冯凯把从魏鑫鑫脖子上取下来的绳索捋顺、铺平,放在操作台上看着。据魏前进说,这条绳索肯定不是他们家里的,那么就是凶手自己带过来的。凶手带着绳索和匕首进入了现场,预谋犯罪的迹象非常明显。而凶手对常诗是一刀致命,那么他带着绳索的目的很显然就是捆绑魏鑫鑫了。而魏鑫鑫的手腕受伤了,裤子边缘却没有血,说明她的裤子应该是凶手给她穿好的。

"老马给我留下的最宝贵的财富就是这个'酒精大法'了。"卢俊亮说,"用酒精涂抹尸体皮肤,果然能让不明显的损伤变得明显,这和《洗冤集录》里的红伞法和白梅饼敷法①有异曲同工之效啊。"

"你看到什么了?"

"魏鑫鑫双侧手腕都有捆绑约束的痕迹,索沟的花纹和尼龙绳的花纹是一致的。"卢俊亮说,"她被性侵的时候,应该是被捆绑着双手的。"

"手腕那创口是怎么回事?"冯凯拿起绳索,看着绳索的断端,问。

"是切割创,似乎还有试切创,说明割了不止一下。"卢俊亮说,"但是非常表浅,最重的创口也就到皮下,肌肉都没有损伤。"

"我大概知道是怎么回事了。"冯凯说,"你看这个绳索的断端,很显然也是被锐器切断的,而且断口非常新鲜。"

"然后呢?"

"带绳子来绑人、勒人都不需要切断,而你说魏鑫鑫手腕的切割伤也毫无意义。"冯凯说,"只有一种情况能解释,那就是凶手先捆绑魏鑫鑫,实施性侵。性侵后,他给魏鑫鑫穿好了衣裤,然后用刀把绳索割断,给她松绑。但因为没有开灯,他看不清,所以刀刃朝向了皮肤,而没朝向绳子,所以一开始没有把绳子割断,倒是把魏鑫鑫的手腕割破了。后来凶手意识到这一点,调整了刀刃朝向,割断了绳

---

① 《洗冤集录》里记载的古代仵作验尸方法。红伞法,是用红伞折射阳光后照射尸体,会显现出尸体上轻微的损伤痕迹;白梅饼敷法,是用白梅饼敷尸体,会让原本不清楚的损伤从尸体皮肤上显现出来。这些方法有科学道理,在不能解剖尸体的古代能发挥出重要作用。

/// 第六章
母女双尸

索,又拿了卫生纸给魏鑫鑫止血。"

"啊,有道理。这样就把现场状况给解释清楚了。"卢俊亮指了指魏鑫鑫的尸体,接着说,"但是,凶手为什么要给她松绑,松绑后又勒杀了她?难道凶手只带了一根绳子,要勒人就必须先松绑?"

"不会。"冯凯说,"要是他想杀人,用刀不就行了?"

"那是怎么回事呢?"

"我觉得,凶手既然还给魏鑫鑫穿好了衣裤,应该是趁着黑暗想给女孩松绑,放她一条生路的。"冯凯说,"但可能因为女孩想跑或者呼救,他又改变主意杀死了她。"

"嗯,可能是这样的。"卢俊亮说,"但是这对破案毫无意义。"

"不,有意义。"冯凯说,"即便是在黑暗环境里,如果是熟人,魏鑫鑫也一定认得出身形或者声音。既然凶手准备放了她,那就说明凶手知道魏鑫鑫不认识他。"

"既然不是熟人作案,凶手杀死常诗又这么心狠手辣,那流窜作案的可能性就很大了啊。"卢俊亮说,"你这么一说,把我的心说凉了一截。流窜作案真的很难侦破啊。"

"是啊。"冯凯说,"对付流窜作案最好的办法,只有路边的摄像头。"

"摄像头?"卢俊亮好奇道,"怎么摄像?"

"这个咱们没有,你先甭管。"冯凯说,"现在的问题是,凶手知不知道魏前进不在家?是魏前进碰巧没有回家,还是凶手专门挑了魏前进不在家的时候作案?如果是后者,而且凶手还是流窜犯,那么凶手就必须得踩点、蹲守。"

"你是说和那个爆炸案一样?"卢俊亮说,"可是,现场房屋前面是一排商铺,有很多商铺晚上都住了人,没有蹲守的条件。虽然房屋后面是荒地,但一马平川,也没有蹲守的条件,更何况从房屋后面也看不到魏前进有没有从单元门回家啊。"

"没有蹲守,可以踩点。"冯凯说,"他可以在夜间徘徊,假装在商铺前流连,其实是在观察现场的情况。"

"所以,要去调查访问周围的居民和商户。"卢俊亮说。

冯凯点点头,说:"目前这是最靠谱的破案方法了。你一会儿先回去把精斑的血型给做出来,哦,对了,两名死者和魏前进的血型都要做。"

"没问题,这个很快。"

"我去先调查一圈看看,说不定会有什么发现。"冯凯说,"你做完血型后,去东城区公安分局,问清楚痕检员们到底有没有在现场提取到不属于这一家三口的指

纹。然后，我们就在分局会面吧。"

"行。哦，对了。"卢俊亮叫住正准备离开的冯凯，说，"师父在《现场勘查规则》里强调了，案件现场的有关情况一定要保密。尤其是魏鑫鑫被性侵了，这一点除了我们没有人知道。"

"我明白，你放心。"冯凯说，"保守这个秘密，对甄别嫌疑人大有用处。"

一整个下午加晚上，冯凯都在方塘镇的马路边逢人就问。但是这种大海捞针似的调查访问工作，难度是非常大的。镇子不小，人口也不少，并不像在某个小村落里，一旦有生人进入就能被发现。镇子上的人，每天看见的都是形形色色的自己不认识的人，自然也不可能为冯凯提供什么有用的线索。

现场对面的商铺调查也是一样的，这些商人白天开店，晚上看店，专注于自己的生意，完全没注意到有什么行迹可疑的人在附近徘徊。所以调查了很久，冯凯也没有摸上来一条像样的线索。

冯凯在调查访问的同时，也在寻找有可能蹲守的地点。可是现场对面和两侧，要么就是商铺，要么就是居民楼，根本找不到一个既可以藏身，又可以观察到现场单元门的合适地点。

查完了这么一圈，连冯凯都对自己产生了怀疑：难道凶手只是看上了魏鑫鑫，所以不顾一切闯入了现场？即便魏前进在家里，也会被一刀毙命？

如果真的是这样，那么查蹲守点和查踩点人的方式都是无效的。那么，冯凯也只有再看看出入口的状态了。

冯凯来到了房屋后面的荒地，此时看守警戒带的民警正在和两名老妇发生争执。冯凯上前一问才知道，按照顾红星制定的《现场勘查规则》，入口附近应该尽可能地扩大警戒范围，所以警戒带几乎把后面的荒地全部圈了进来。但是，荒地里有一些菜田，这两名老妇就是要去给菜地浇水的。

是啊，既然《现场勘查规则》里这样要求，足见命案现场入口的重要性。虽然案发后下了一场大雨，把楼房墙壁、水管的痕迹都冲刷没了，那么其他地方会不会还有痕迹呢？

冯凯亮明了身份，不理会老妇和民警的争执，独自走进了警戒带，来到了案发现场的楼下。

此时，墙壁和水管还是湿漉漉的，确实不可能提取到指纹、足迹。但是，楼房

第六章
母女双尸

的墙根处却是一大片荒草。想要走到墙边，必须要踩踏荒草。

"对啊！如果这里是入口，那么凶手必须要踩踏荒草，荒草就会折断啊。"冯凯这样想着，走到了荒草边进行观察。

确实有一些荒草被折断了，是很新鲜的折断痕迹。但是，冯凯也产生了怀疑，这些荒草究竟是凶手踩折的，还是来屋后勘查的民警踩折的？

不要紧，按照顾红星的《现场勘查规则》，民警在走到墙边之前，必然会对整片楼后空地进行拍摄，从原始的照片上就能看出在民警进入前，究竟有没有荒草折断的迹象。这就是《现场勘查规则》的威力所在了！

想好了计划，冯凯骑着摩托赶到了东城区公安分局。

卢俊亮和几名痕检员早已等候在专案组会议室。一见冯凯回来，卢俊亮焦急地说："凯哥，现场家具载体不好，什么有价值的指纹都没找到。"

"意料之中。"冯凯坐下来喝了口水，说，"现场勘查的照片洗出来没？拿给我看看。"

一名痕检员从包里掏出了一沓照片，递给冯凯。

当时的照片虽然已经是彩色的了，但是冲洗出来的五寸照片像素有限，看起来还是挺费劲的。冯凯拿出放大镜，一边看着照片，一边心里暗暗感叹陶亮那个年代数码照片可以随意放大、缩小、调整亮度和对比度，实在是太方便了。他还是陶亮的时候，真是有点身在福中不知福了。

"哦，凯哥，血型也验出来了。"卢俊亮说，"魏前进是 A 型血，常诗是 B 型，魏鑫鑫是 O 型。"

"不是亲生的啊？"一名痕检员用惊讶的口气问道。

"怎么就不是亲生的了？"卢俊亮说，"我给你科普一下纯合子和杂合子[①]的知识。"

"现在不是科普的时间。"冯凯说，"请你们保持安静。"

"那是不是亲生的，从血型上看不出来吧？"痕检员还是好奇地低声问道。

"血型还是有用的，如果血型不符合遗传的规律，可以判断出不是亲生的。不过，如果血型符合遗传的规律，却没办法证明就是亲生的。比如 AB 型和任何一型都生不出 O 型。"卢俊亮也低声说，"是不是亲生的，就只能看长得像不像。"

[①] 遗传学名词。纯合子又称纯合体、同型结合体，指二倍体中同源染色体上相同位点等位基因相同的基因型个体。相反，同源染色体上相同位点等位基因不相同的基因型个体，称为杂合子。

"以后会有技术能确定是不是亲生的。"冯凯抬起头,扬着手中的照片,说,"你们贯彻落实《现场勘查规则》很严格,所以给这一起案件的侦破提供了第一手资料。"

"凯哥,你是在做报告吗?"卢俊亮笑着问。

"这个必须夸一下。"冯凯长舒了一口气,说,"是你们的照片告诉我,凶手进入现场的入口不是二楼主卧的窗户。"

"什么?"几乎所有人都瞪大了眼睛。

"你们在对屋后进行勘查的时候,注意力都被墙壁和水管吸引了,却忽略了地面的荒草。"冯凯说,"刚才我在现场的时候,发现凶手要是攀墙,就必须踩折荒草,而荒草确实有折断迹象。但是结合现场原始的照片,我发现你们拍照的时候,荒草并没有折断,这说明荒草其实是你们在勘查墙壁和水管的时候踩折的。"

几名痕检员接过冯凯手中的照片,仔细观察。

"不是攀墙,那是怎么进去的?"卢俊亮的脑子被各种疑问占满,连珠炮似的问道,"其他窗户都是从里面锁死的,根本进不去啊!难道是敲门入室?一个陌生人半夜敲门,家里还没男人,死者会给他开门吗?而且,而且现场情况也不符合啊,常诗是躺着没动就被刺死了……"

"不管怎么猜测,现场照片可以清楚地证明,凶手不是从窗户进去的。"冯凯一句话堵死了卢俊亮的连环追问。

"我也觉得不可能是敲门入室,但也不会是撬门入室。"一名痕检员拿出其中一张照片递给冯凯,说,"按照《现场勘查规则》,门锁我们都仔细看了,还拍摄了全方位、多角度的照片,可以肯定是没有撬压痕迹的。"

"如果是溜门入室,不可能等到凌晨两点才动手。"冯凯道。

"所以,凶手是怎么进入现场的,根本就无法解释啊。"卢俊亮说。

冯凯没吱声,他又拿回了那一沓照片,一张张看着,还时不时用放大镜观察。过了好一会儿,冯凯终于开口了,打断了大家的思考,说:"那就只剩下唯一的可能性了,用钥匙。"

"他们家钥匙只有一家三口有,连魏前进的岳父岳母都没有!"一名侦查员说,"两名死者的钥匙在现场都找到了,正常放置。难道凯哥是在怀疑魏前进?"

"刚才没说完就被你打断了。"卢俊亮拍了一下痕检员,接着说,"凶手精斑的血型,也是O型血。而魏前进是A型血,不符合。"

"想什么呢?"冯凯说,"我也知道不会是魏前进,但是能有钥匙的,并非只有他们三个人，你们再仔细看看这张照片。"

冯凯手中的照片，是痕检员拍摄的客厅概貌。客厅的五斗橱上放着一串钥匙，是常诗平时携带的钥匙，但不管是钥匙还是钥匙扣，看起来都是崭新的。

"魏前进说，这就是常诗的钥匙啊。她平时回家，就会把钥匙放这里，没疑点啊。"痕检员看了看照片，说道。

"难道你没有觉得，这钥匙太新了吗？"冯凯笑着问。

"哦，凯哥你是说……"卢俊亮若有所悟。

3

第二天一早，冯凯和卢俊亮骑着一辆摩托车，来到了魏前进的牙刷厂。自从案发后，魏前进就不敢回自己家居住，一直住在这里。

魏前进还和之前一样，精神萎靡，见到冯凯他们也是不理不睬的。

"我们就想问问你家钥匙的情况。"冯凯开门见山。

"其他人不可能有我家钥匙，我之前已经和你们公安说过了。"魏前进低头玩着自己的手指，说。

"之前的情况我们也了解，但据我们判断，你爱人的钥匙是新配的吧？"冯凯问。

魏前进抬起了头，说："好像是有这么一回事。但是，不可能有人弄到我们的钥匙，就算弄到了，也不可能知道我们家在哪里啊。"

"你说的'这么一回事'，是怎么一回事？"冯凯连忙问道。

"一个月前吧，我老婆带着鑫鑫去游玩，中间坐轮渡的时候，钥匙不小心掉进河里了。"魏前进有些哽咽，说，"可以肯定的是，钥匙掉河里了。那可是龙番河啊，那么大的河，不可能捞出来，所以我们重新配了钥匙。"

"是在哪里配的钥匙？"冯凯说，"用谁的钥匙配的？"

"用鑫鑫的啊。"魏前进说，"我听她们说，是在镇子西头那家配钥匙的商铺配的。我们镇子上，就那一家配钥匙的。"

"行了，需要问你的就这些，后面可能还需要你的配合，你别嫌烦，都是为了让逝者沉冤得雪。"冯凯说。

听到"沉冤得雪"四个字，魏前进的眼眶红了，他感激地朝冯凯点了点头，送他们出门。

出门后，卢俊亮就迫不及待地问道："凯哥，你是在怀疑配钥匙的人吗？常诗带着女儿去配钥匙，所以配钥匙的人看见了魏鑫鑫，产生了色心，趁她们不注意就多配了一把？"

"你说呢？"冯凯笑着说，"还有别的人可能获得钥匙吗？"

"没了。"卢俊亮笃定地说。

"不，有倒是有，但是配钥匙的肯定是最大的嫌疑人。"

"那现在我们怎么办？"

"没事，直接去问问就行了。"冯凯说，"做贼的人总会是心虚的。"

魏前进的牙刷厂距离他居住的地方不算太远，冯凯骑着摩托带着卢俊亮，十几分钟就回到了现场附近。在距离现场不足3公里的地方，也是在路边，就是魏前进提到的那家配钥匙的商铺了。

商铺是两层楼的结构，一楼是门面，二楼是商家居住的地方。前一天冯凯在对附近进行调查访问的时候，其实也问过这家商铺，知道这家商铺的老板是一个独居的男人，附近的人都喊他"老三"。冯凯询问他的时候，就觉得这个老三的眼神有些闪烁，这才让他想到了要去确定入口在哪里。

再次回到这家商铺，冯凯就信心十足了。他走到柜台前，对老三说："老三啊，你还记得我吧？我是市公安局的。"

可能这次冯凯展现出来的气势和之前不同，上一次明明还能正常谈话的老三，此时直接从柜台后面钻出来，撒丫子就跑。

"怎么样，我说对了吧？"老三这一跑，倒是让冯凯坚定了信心，他对卢俊亮说，"你封锁他家，叫人来对他家进行搜查，说不定哪双鞋底下面就能找出潜血痕迹！"

"知道了！"卢俊亮也同样兴奋。

冯凯说完，跟着老三奔走的背影也蹿了出去，用冲刺的速度追了过去。

"还别说，你这家伙跑得还真快！"冯凯一边追逐，一边自言自语道。

做梦做了这么久，一直都在考验他的脑力，真正考验他体力的机会还真不多。此时的冯凯虽然已经三十几岁了，和陶亮的岁数差不多，但是身上没有过多的赘肉，估计也是个锻炼不辍的人，所以奔跑起来的速度着实惊人。

不一会儿，冯凯离老三就只剩下5米的距离了。老三此时体力已经耗尽，速度明显慢了下来，边跑边剧烈喘息着。冯凯微微一笑，又加速跑了几步，一个饿虎扑食，就把老三扑倒在了地上。

第六章
母女双尸

老三没有乖乖束手就擒,他一转身滚出了1米远,从地上捡起一块砖头,狠狠向冯凯的头上砸去。不管是陶亮还是冯凯,那可都是经过刑警学院散打课的魔鬼训练的,这两招三脚猫的功夫根本就威胁不到他。冯凯一个格挡,重重击打在老三的臂弯上,老三手一软,砖头飞了出去。

冯凯扭住老三的手腕一使劲,老三"哎哟哟"地叫唤起来,同时顺着冯凯的力量转了个身,俯卧在了地上。冯凯就势坐到了老三的腰间,将他的双手都扭转到背后,掏出手铐把他铐了起来。

"跑?跑什么跑?能跑掉吗?"冯凯喘息着说道。

"我没犯法,哎哟哟,你抓我干吗?"

"没犯法?没犯法你跑什么?"冯凯不顾老三的辩解,抓住手铐的连接处,拎小鸡一样把老三拎了起来,说,"走,到分局再说。"

两个人就这样一前一后向分局走去。一路上,老三还想着辩解,被冯凯厉声止住了。冯凯知道,如果他真的是凶手,这两天早就想好了说辞,所以根本不用听他辩解。在审讯的时候,自己掌握主动权,才能问个所以然来。

回到分局后,卢俊亮已经等候在了分局大楼的大厅。见冯凯回来,他安心了些,然后朝冯凯摇了摇头。冯凯知道,卢俊亮没有在老三家里搜出带血的鞋子。这也很正常,说不定老三现在穿的鞋子就是作案时穿的,或者他已经把血衣、血鞋都处理掉了。

进了审讯室,冯凯喝令老三把外衣和鞋子脱掉,交给卢俊亮,又找了一件警用的棉大衣给老三披上。毕竟这个季节已经很冷了,而审讯室还没有空调。

"公安同志,你们这是干啥啊?脱我衣服、鞋子干啥啊?"老三一脸茫然,"以前进来也没这样啊。"

"不仅脱你衣服,还要抽你血。"冯凯把老三的手按在审讯椅前面的小桌子上,让卢俊亮消毒、针刺他的手指,然后用吸管吸了一滴血。

"这是干啥啊?"老三有点慌张。

"你说你以前进来过?"冯凯接着老三的话头,问道。

"进来过啊。"老三说,"以前没抽血啊。"

"因为什么事情进来过?"冯凯追问道。

"还能是啥事儿,盗窃呗。"

"你是惯犯了?"

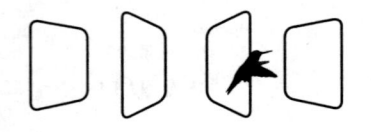

"这都是10年前的事情了,真的,公安同志,我现在已经不干这事了。"老三辩解道,"我也就是前不久手气不好,所以才去偷了一家,还没偷到钱。"

"你跑,是因为你偷窃?"冯凯心里开始打鼓了。

"是啊,不然呢?"老三说,"我上次看那人戴着大金链子,所以偷偷配了钥匙,跟着他,趁他不在家去偷了,结果家里什么都没有啊。我就偷了只手表,后来卖的时候才发现是假货。是不是这人报警了?"

"你说你偷的是哪一家?"

"就是西边那个琥珀小区。"老三说。

冯凯心里一沉,知道他说的位置和现场完全不是一个方位。

"今天抓你来,你也看到了,和以前不一样。"冯凯神神秘秘地说,"这次不是找你问偷窃的事情的,是问杀人的事情的。"

"杀人?"老三一脸茫然地说,"谁杀人了?"

在老三接话的时候,冯凯一直盯着他的双眼。此时冯凯的直觉告诉自己,除非这个人的心理素质非常好,不然他这样子不像是在说谎。

"你不会是说我们镇子上那母女俩被杀的案件吧?"老三说,"那天我告诉你了,我真的什么都没看到啊!镇子上每天有那么多人,我哪里知道哪些是外地人啊?我是真不知道啊!"

"凯哥。"卢俊亮的声音打断了冯凯的审讯。

冯凯走出了审讯室,卢俊亮说:"应该不是他。身上的可疑斑迹都用联苯胺试了,不是血。鞋底夹缝里也都试了,没有血。而且最关键的是,他是AB型。"

冯凯的心情一落千丈,自己大费周折,最后还是抓错了人。他回到审讯室,对老三敷衍了几句,说:"你偷了假表也是入室盗窃,也是犯罪,所以不要狡辩了。"说完后,冯凯来到了分局的一个会议室里,靠在椅子上闭目养神。

案件陷入了僵局,几乎所有的侦查思路都走进了死胡同。难道这起案件过了30年都没有破,最后落在了顾雯雯手上?如果真的是这样,倒也不可怕,毕竟卢俊亮提取到了嫌疑人的精液,在DNA技术飞跃的2020年,绝对不怕破不了案。只不过,不知道他们有没有妥善保存物证,到了2020年还有没有检验的价值。

当然,现在的冯凯也不能指望着30年后的人来帮忙。现在,他至少要全面掌握这起案件的情况,才能帮助未来的顾雯雯破案。可是,眼下又该如何往下推进案件的侦办工作呢?

第六章
母女双尸

冯凯慢慢地陷入了一种蒙眬的状态，他想，这次顾红星不在……如果他在的话，他会说什么呢？不用猜，一定是复勘现场，这就是他的风格。

对啊，他并没有仔细勘查过现场，现在就应该去复勘现场！

想到这里，冯凯顿时清醒了过来。已是下午，阳光正好，于是他拉上卢俊亮，重新跨上了摩托车。

回到了现场，冯凯甚至不知道该从何勘查起。

"这地面全部做过了处理，家具上该刷的也都刷了，估计很难再找出什么了。我听他们说，按照师父的要求，家具顶上都已经看过了。"卢俊亮在现场里一边东看看、西看看，一边说道。

"顾局长所谓的立体空间勘查，并不是只有'上天'啊，也得'入地'。"冯凯一边开着玩笑，一边窥视着家具和墙壁之间的缝隙。

不过，这些缝隙显然也都被勘查员看过，似乎并没有夹在家具和墙壁之间的东西。

在看的过程中，冯凯突然发现，客厅五斗橱上方的墙壁上，有一枚孤零零的钉子。

"来来来，小卢，你拿灯照一下这面墙。"冯凯指着钉子所在的那面墙壁说道。

卢俊亮拿着手电筒，对着墙壁打了一个侧光。

"你看，墙上是不是有个方框的痕迹？"冯凯说，"你说，这儿以前是不是挂着一幅画？"

"哦，好像还真的是。"

"来，挪开五斗橱。"冯凯一边说着，一边和卢俊亮合力把五斗橱挪开了几厘米。他们在挪的时候，就听见"啪"的一声，有东西落了地。

冯凯连忙侧身，把手伸到夹缝中，居然拿出来一个 A3 纸大小的相框。

里面是一张全家福。

它从墙壁掉落的过程中，正好卡在了五斗橱和墙壁之间，没有落地，所以如果从五斗橱和墙壁的夹缝往里看，会以为这只是五斗橱的背板。即便现场勘查员按照《现场勘查规则》办事，依旧没有发现这个隐藏的线索。

"看见没，周围连灰尘都没有，而五斗橱后面全是灰。"冯凯说，"这说明是刚刚掉下去的。"

"是啊，全家福掉下去，要是他们家人发现，肯定会拿出来的呀。"卢俊亮兴奋

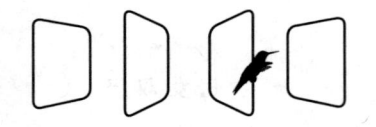

地说，"难道是凶手干的？凶手为啥要干这个？"

冯凯用戴着手套的手，在一家三口的笑颜上摸了摸，说："这张全家福是印刷出来的，先印在布上，然后装裱在背板上。你摸摸，魏前进的脸上是不是有点凹凸不平？"

卢俊亮没有摸，而是给照片打了个侧光，说："不用摸，你看，就是鼻子那里被砍了一刀，这不，还有血迹呢。"

果然，这张全家福中，魏前进的脸上有一点红斑，很显然是新沾染上去的血迹。而红斑的下方，是一个浅浅的凹坑，仔细看，是一个窄条，符合匕首砍击的特征。如果用一把沾染了鲜血的匕首去砍击这张全家福，那么不仅会造成这样的痕迹，还会因为砍击导致全家福反复撞上墙面，由于惯性的作用，墙上的钉子就会和全家福的背孔脱离，造成全家福掉落。好巧不巧，就掉落在了五斗橱后面的夹缝中。

"信息量有点大啊！"卢俊亮挠了挠头，说道。

"简单的问题不要复杂化。"冯凯说，"道理很简单，凶手要砍照片上的魏前进，那就说明他恨魏前进，这一次来没有遇见魏前进，所以只能拿照片泄愤。"

"因仇杀人，"卢俊亮说，"下刀也会这么利索吗？"

"我们颠覆了凶手不是熟人的推断，一切的走向就完全不同了。"冯凯说，"之前我们认为入口是窗户，凶手进入现场后，又有准备放生魏鑫鑫的动作，所以认为凶手不会是熟人。但我们遗漏了一种可能，那就是魏鑫鑫不认识凶手，凶手却认识魏前进和常诗。当时我们认为凶手挑魏前进不在家的时候动手，所以是谋性，但现在看起来，很有可能只是个巧合。"

"熟人因仇杀人，强奸只是临时起意。"卢俊亮自言自语道。

"而且对于钥匙这一块，我曾经说过，不只配钥匙这一种可能。"冯凯说，"还有一种可能就是熟人在魏前进不注意的时候，复制了他的钥匙。"

冯凯的脑海里飘过了一幅公共澡堂里的景象。

想当年，冯凯和顾红星刚刚入警，接到的第一个任务就是去公共澡堂洗澡。实际上，是公安机关安排民警占据公共澡堂的休息间，密取一名嫌疑人的钥匙，继而对嫌疑人家进行秘密搜查。

那一次，民警就是用"造模"的方式对嫌疑人的钥匙进行了复制，整个过程其实也就一分钟的时间，可见复制钥匙并不是一件难事。

"醉酒，或是出差和别人同居一室，又或是趁着午休时间什么的。"卢俊亮说，

"这些都有可能成为复制钥匙的机会。"

冯凯点了点头，说："之前分析不是熟人作案，所以凶手接触魏前进和获取他钥匙的可能性都很小。但现在看起来，是熟人作案，那么这种可能性就非常大了。"

"可是，该怎么查呢？魏前进的钥匙有没有被复制过，能看出来吗？"

冯凯摇了摇头，说："看不出来，但我们可以让魏前进仔细回忆一下。现在唯一的线头，就看魏前进能不能回忆起有用的线索了。"

"但如果凶手是复制常诗或者魏鑫鑫的钥匙，我们岂不是无从查起了？"

"凶手既然会砍击照片上的魏前进，就说明了他的仇恨是针对魏前进的。"冯凯说，"那么，接触魏前进并复制他的钥匙，可能性是最大的。不管怎么说，先找魏前进问问去。"

"又要去找魏前进了。"卢俊亮说，"那我们出发吧！"

4

魏前进还是坐在牙刷厂的办公室里，依旧是一副有气无力的表情。

"不好意思，这么快又见面了。"冯凯说，"现在，我们的侦查思路有转变，所以需要找你了解一些其他的情况。"

卢俊亮朝冯凯使了个眼色，意思是让他要严格遵守保密规定，不能给魏前进透露太多的侦查内容。

冯凯朝卢俊亮点点头，看向魏前进，问："你有什么仇人吗？"

魏前进低着头，摇了摇头。

"你再想想。有没有那种你熟悉的人，可能和你有一些摩擦呢？"冯凯接着问。

魏前进的眼神闪烁了一下，说："我一个小老板，天天接触的都是员工，能有什么摩擦？就算他们对我有意见，我也不知道啊。"

"是啊，也许当老板天天都会得罪人。"冯凯笑着说，"不过，有没有那种有机会拿到你的钥匙、复制你的钥匙的人，同时和你又存在矛盾呢？"

"你是说，凶手复制了我的钥匙？"魏前进有些难以置信。

"我只是在假设。"冯凯说。

"我想想，我想想。"魏前进眼神有些呆滞，说道。

"比如你喝多了，或是午休的时候，有没有人刻意接近你？"冯凯问。

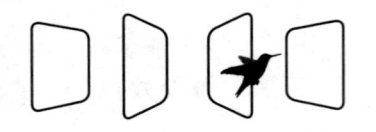

"不会。"魏前进站起身来,指了指腰间,说,"我的钥匙都是挂在裤腰带上的,从来不取下来。即便我睡觉的时候,也会带着。而且我睡眠很浅,尤其是午睡,有人接近我都会醒。所以,不可能。"

"那会不会是出差的时候,和别人住标准间,别人趁你洗澡的时候取走你的钥匙?或者是你去公共澡堂洗澡,衣服放在柜子里……"

"不会,我的钥匙串里有保险柜钥匙,我很注意的。"魏前进笃定地说,"我从来不在公共澡堂洗澡,出差的时候也都一个人住。"

"那你可以肯定,你的钥匙不会被人拿去复制?"

"那倒也不是。"魏前进一边回忆一边说,"一个月前,我确实和一个人发生了点摩擦,而且那天我喝醉了。"

"说来听听。"冯凯跷起二郎腿,饶有兴趣地问道。

"那人是我们车间主任,黄华。"魏前进说,"他就是个刺儿头,仗着自己是我岳父岳母一手栽培起来的技术工,每次我说什么,他都喜欢跟我对着来。我们本来关系就不好,那一天在饭店里聚餐,我俩坐在一起,因为赖酒的事情,我俩就吵了起来。后来我喝醉了,趴桌上迷糊了一会儿。"

"没了?"冯凯见魏前进停了下来,问道。

"你不是问复制钥匙的时机吗?这就是我能想起来的唯一的时机了。"魏前进说。

"可是,你和他就吵了一架而已,有没有什么化解不开的矛盾?"

"那没有,都是同事。"魏前进说,"但我也不知道他是不是记仇,因为他一直没结婚,我就骂他老光棍,可能伤他自尊了。"

冯凯点点头,说:"除此之外,抛开钥匙不谈,你有没有其他可能存在矛盾的仇家呢?"

"没有。"魏前进倒是没有犹豫。

"真的没有?"冯凯盯着魏前进。

"……没有吧。"魏前进盯着地板说道。

"如果你想起什么来,告诉我一声。"冯凯说,"我们告辞了。"

走出了厂长办公室,冯凯拉着卢俊亮说:"我们直接去车间找这个黄华吧,探一下。"

"是不是还要取一滴血,做个血型?"卢俊亮问。

"那是最好的。不过,你第一次见一个人,就找他要一滴血,是不是不太礼貌？"冯凯说。

"凯哥你有什么好办法吗？"卢俊亮问。

"走，先找到他再说。"

车间主任黄华正在车间里巡视，冯凯说明来意之后，黄华就带他们来到车间的角落，坐下来聊天。两句话一说，冯凯觉得这个黄华是一个豁达坦荡之人，和魏前进描述的不太一样。

"你们来，我就猜到是为常老女儿和孙女的事情了。"黄华说，"最近厂子里议论最多的也是这事。不过，大家也都想不出来谁会干这种事。魏前进这个人吧，除了小心眼，神神道道，其他的也没什么不好，性格不强硬，也不太会得罪人。"

"你呢，他得罪过你吗？"冯凯试探道。

"没有，我们就是业务交流，可能有争执，但不至于翻脸。"黄华哈哈一笑。

"从来没有翻过脸吗？比如喝过酒之后？"冯凯继续试探。

"哦，这事儿他都和你们说了？"黄华继续笑着说，"不至于，不过就是酒喝高了，吵了几句。"

"他说他内疚，说是伤了你的自尊。"冯凯化身成了和事佬。

"伤自尊？哦，他说我老光棍这件事是吧？"黄华说，"那有什么啊，我年轻的时候出过事故，那方面不行，当然不会娶人家姑娘，那不是害人吗？这事全厂都知道，有什么伤自尊的？就算那方面残疾，我不还是可以通过劳动养活自己吗？"

这件事连魏前进都没提，却被黄华自己说了出来，冯凯和卢俊亮都十分惊讶。他们对视了一眼，心想如果真的如黄华所言，他性功能障碍，就不可能是凶手了。而且，既然他说全厂皆知，这种事也不可能撒谎。

卢俊亮给冯凯使了个询问的眼色，意思是既然这样，还需要取血吗？冯凯读懂了卢俊亮的眼神，微微点了点头。

卢俊亮说："黄主任，例行程序，我取你一滴血行吗？"

冯凯顿时大觉尴尬，刚刚说了这样不太礼貌，自己还在考虑怎么偷取黄华的血液，没想到小卢这家伙被黄华的坦荡感染了，竟然直接找人家要血。

"没问题啊。"黄华伸出了手，说，"你们有凶手的血型是吧？那太好了，真的希望你们能尽快破案。我昨天去看了常老夫妇，他们憔悴得很啊，我都不知道怎么安慰他们。"

在黄华洪亮的声音中，卢俊亮麻利地取了黄华的一滴指尖血，放进了包里。

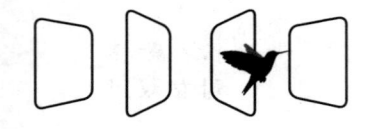

"对了，黄主任。"冯凯说，"你说魏前进小心眼我能理解，但你说他神神道道，这是什么意思？"

"神神道道就是心思太重，有事不喜欢说出来，和我不一样。"黄华说，"这几年来吧，他经常上班时间出去，也没人知道他去干啥，问他他就很躲闪。打个比方，大约两个月前吧，我那天感冒，到厂子外面去买药，结果在厂子旁边的巷道里撞见了魏前进和一个20岁左右的男孩子在吵架。后来我就问他，那是谁，他就很烦躁地说我多管闲事。你说这不是神神道道是什么？"

"他应该就是内向，不喜欢别人关注他的私事罢了。"冯凯说。

"我知道，但我就是不喜欢他那种畏畏缩缩的样子，哈哈哈。"黄华说道。

走出了牙刷厂，卢俊亮迫不及待地骑车载着冯凯回到了分局，一头就钻进了分局技术室，对黄华的血型进行检测。

"别那么急，就算比对上了，我看也不是他。"冯凯说，"这人的性格一目了然啊。而且，如果他说的那方面不行是假话，很容易就调查出来了。"

"那我也得通过血型来排除，才最踏实。"卢俊亮说。

"线索又断了，我看出来了，这案子最大的问题，就是没有物证。"冯凯心想，在陶亮的年代，发现了精斑就是最好的物证。只可惜，现在没有DNA技术，居然连精斑也不能成为甄别犯罪分子的依据。

"我就是把自己想象成你师父，才去复勘现场，才发现了相片，才转变了侦查思路。"冯凯接着说，"但没想到，即便转变了侦查思路，依旧一无所获。这都是因为没有物证才闹成这样的。"

"黄华是A型血。"卢俊亮的眼睛从显微镜的目镜上移开，疲惫地靠在椅子上说道。

"肯定不是他。"冯凯说，"偏偏魏前进又提供不出有用的线索。"

"对了凯哥，你说你把自己想象成我师父。"卢俊亮说，"那为何不直接去找我师父求助呢？"

冯凯看了看外面擦黑的天，说："那还不是因为他太忙了嘛。不过现在也没别的办法了，要不，我俩去青山区分局一趟？"

青山区公安分局局长办公室。

顾红星坐在自己的办公桌后面，桌面上摊着几十张彩色现场照片，他正拿着放大镜一张一张地看着。

第六章
母女双尸

冯凯已经把自己前期所有的工作情况都和顾红星讲述了一遍,希望他能找出自己前期工作中的漏洞和不足。

"案子办得怎么样咱们先不说,但老凯啊,你能不能先保护好自己?"顾红星一边看着照片一边说,"一个人去追捕命案犯罪嫌疑人,是违反我们的规定的,太危险了。"

"这算什么危险?一个三脚猫而已!"冯凯不以为然。

"可你追他的时候,并不知道他只是个小偷,如果他真是亡命之徒,难道不危险吗?"

"我们刑警本来就是刀尖上舔血的职业,哪有不危险的时候嘛!"

"一些可以避免的不测,就要完完全全地避免。"顾红星说,"我们有明文规定,在遇到犯罪嫌疑人的时候怎么控制,在嫌疑人逃脱的时候如何追捕。可是你完全不按照规定来啊。"

"事急从权嘛。"冯凯说,"我们前不久不才讨论过这个问题吗?我无牵无挂,而且我命大!这么多次了,有哪次能要我的小命?就算是打仗的时候,我也是那种子弹绕着走的主儿。"

"你不要总这样说……"

"行了,行了。"冯凯打断了顾红星,说,"知道你关心我,我会注意的,行了吧?你现在告诉我,你看完这案子,是什么感受?"

"我觉得你们的推断都没有问题。凶手对魏前进有仇恨,而且魏鑫鑫不认识凶手,这个没问题。凶手是从大门非撬锁进入,这个也没问题。"顾红星说,"现在魏前进想不起来自己和谁有矛盾,这是最大的问题。"

"我觉得没有物证才是最大的问题,无法甄别啊。"冯凯说。

"就算有物证,也得有排查的范围啊。"顾红星反驳道,"现在两者都没有。"

"那咋办?"冯凯问。

"这是什么?"顾红星指着其中一张照片问道。

"门锁啊,门锁的概貌照。"卢俊亮说。

"你再仔细看看。"顾红星对卢俊亮说。

"再怎么看,也就是门锁的概貌照啊。"卢俊亮说,"门锁这一块,我可以肯定没有撬压痕迹。我们不仅仔细观察了锁舌,痕检部门甚至把整个门锁都拆下来,进行了分解,确实没有撬压的痕迹。"

"所以，你们的关注点都被锁体吸引了，忽略了门框上的锁扣是不是？"顾红星问。

卢俊亮一惊，拿过照片一边仔细看，一边说："可是撬锁一般只会损伤锁舌，以及门框锁扣上的铁片。铁片我们都看了，没有什么新鲜划痕啊。"

"现场环境要立体勘查，对于某一个特殊的部位更要立体观察啊。"顾红星说，"你们看锁扣只看了铁片，却没有观察锁扣凹槽里面的情况，先入为主地认为撬压锁的动作伤不到锁扣凹槽。"

"真的是撬锁？"冯凯也凑过头来，说，"可撬锁就会伤到锁舌啊。"

"我也不知道，但从照片里这一处反光点来看，锁扣的凹槽里应该有个异物。"顾红星说。

"确实有反光点。"冯凯说，"但也未必和本案有关吧？"

"不管有没有关系，至少得搞清楚这是个什么东西吧。"顾红星说，"虽然我们的《现场勘查规则》中要求对出入口进行勘查分析，但规定得还不够细，下次再修改《现场勘查规则》，一定要写明白出入口必须一寸一寸勘查，无论是指纹、斑迹，还是微量物证等，都要搞清楚来源。"

"你就别想着你的《现场勘查规则》了，先把眼前的事情解决吧。"冯凯说，"你是不是今晚不加班？晚上是不是也不回家了？那好，你和我们跑一趟东城区吧。"

说完，冯凯架起顾红星就往外走。

"喂，有你这样的吗？你这是在征求我的意见吗？"顾红星无奈地笑道。

"我们的摩托坐不下三个人，开你的车，钥匙在哪儿？"冯凯问。

顾红星从口袋里掏出车钥匙，说："我来开吧。"

青山区和东城区距离不近，幸好此时已经是晚上，而且这个年代汽车着实不多，所以他们开着车很快就回到了案发现场附近。

现场的单元门口和楼房后面还拉着警戒带，二楼的中心现场大门口也拉着警戒带。分局派了一名联防队员值守，除了这栋楼的居民，其他人不能进入楼内。

冯凯出示了身份证件之后，和顾红星、卢俊亮一起穿戴好了"四套"，来到了中心现场的大门，让联防队员用钥匙打开门后，用手电筒照着门框，仔细观察起门锁扣。

"师父你说得真对，有的现场是晚上勘查更容易发现线索。"卢俊亮的手电筒光一照到门锁扣凹槽内部，立即就在黑暗中看到一点反光，"确实，凹槽里有个异物。"

第六章
母女双尸

卢俊亮说完，从勘查包里拿出一把镊子，小心翼翼地伸进了锁扣。

三个人几乎都在那一刻屏住了呼吸。

很快，卢俊亮从凹槽里夹了一个东西出来，放在自己的手掌心上。这是一个不规则的透明塑料片，边缘还有一些扭曲，大约只有1平方毫米的大小，根本看不出是个什么东西。

"这玩意儿，有啥用？"冯凯说，"塑料片？哦，我知道了！"

陶亮所处的年代，门锁都已经有了防撬闩，门缝也都会经过处理，就是为了防止有人用较薄的软物沿着门缝插进门内，通过碰撞锁舌的方式让锁舌和锁扣分开，然后开门。然而在1990年，大部分门的暗锁都没有防撬闩，有的门缝也很大，比如现场这扇门便是如此。在这样的情况下，只需要从门缝里插进一片可以弯曲的塑料片，碰开锁舌就能开门，而且不会在锁舌和锁扣铁片上留下任何痕迹。

陶亮以前在刑警支队工作的时候，因为是老办公楼，办公室大门就是这种暗锁，门缝也很大，他若是没有带钥匙，就会找隔壁办公室借一个塑料文件夹，一插进门缝就可以轻而易举地打开大门了。

"你想得不错，这就是用塑料片技术开锁。"顾红星说。

"这也算'技术开锁'啊？我都会！"冯凯笑着说，"凶手是用塑料片开门的，不过因为这条门缝没有他预想的大，所以塑料片上下碰撞锁舌的时候，被锁扣凹槽的铁片卡住了，他用力一拽，就扯下来一小片留在了凹槽里。"

"原来是这个手段！我们之前找钥匙的方向就是错的。"卢俊亮说。

"看来还是你师父眼尖啊！"冯凯说，"不过，这也没用啊，这么小的东西上面留不下指纹。而且，只要和魏前进有仇的人都可以用这种方式开门，那案件就更不好查了。关键这个魏前进给我们提供不了任何线索啊。"

"这个小碎片确实留不下指纹，但开门用的塑料片呢？"顾红星问。

"现场搜索没有找到塑料片啊，不然我肯定也能想到凶手是用了这种手段。"冯凯说完，又默默地转头看向楼下。

顾红星笑了，说："是啊，凶手开完门，这个塑料片就没用了，万一他丢在附近了呢？好在你们警戒带范围拉得很大，我觉得找到它还是很有希望的。"

| 第七章 |

全是垃圾

1

鉴于此时已经是夜里，在草丛中寻找物证的难度很大，加上冯凯也不能真的让另一个区的公安局局长来帮忙找物证，所以冯凯决定还是先把顾红星给送回去，让现场的辖区派出所加派人手看守现场警戒带内空间，等天亮之后再进行地毯式搜索。

案发后，下过一场大雨，即便他们能找到塑料片，它也经过了大雨的洗礼，能不能找到指纹还真的不好说。好在天气预报说今晚无雨，所以他们也就不急于一时了。

第二天一早，冯凯和卢俊亮领衔，带着东城区分局的十几名技术和侦查人员，对现场周围的隐蔽位置进行了地毯式搜索，目标就是透明塑料制品，尤其是被削成长条形的塑料制品。

一直找到了中午时分，当大家饥肠辘辘快要丧失信心的时候，一直在楼边清理垃圾的卢俊亮叫了起来："凯哥！快来！"

这个时代，有一种特殊的处理垃圾的建筑构造。每个单元的楼道里，都有一个垂直的垃圾井，每层开一扇小门。居民们需要丢垃圾的时候，无须走到楼下，只要推开自己这层垃圾井的小门，就可以直接把垃圾倒进去。垃圾顺着垃圾井就直接坠落到一楼单元门旁的垃圾房里。

这种设计虽然极大地方便了居民，但因为垃圾井壁无法清理，时间长了，垃圾的污秽就会熏染整个垃圾井，整个楼道里都会弥漫腐臭的味道，反而会影响居民们的生活。因此，到了陶亮的时代，这种垃圾井的设计已经基本销声匿迹了。

而现场的这栋房屋，就有这样的垃圾井。垃圾井的下方，是一楼楼外的垃圾房，而垃圾房的容积较大，不可能每天清理。按照当地的常规，垃圾站一般会派人每周来清理一次垃圾。虽然这样很不卫生，却给警方提供了获取物证的机会。

卢俊亮自告奋勇清理垃圾站的垃圾，虽然这活儿很脏很累，但和法医工作相比，实在是小儿科了。

第七章
全是垃圾

果不其然，卢俊亮还真的从垃圾房里找到了线索。

"发现什么了？"冯凯快要熄灭的希望被卢俊亮这么一喊，"死灰复燃"了，他狂奔到卢俊亮的身边，问。

"你看这个。"卢俊亮用戴着白纱手套的手拿起一个透明的塑料瓶，递给了冯凯。

这是一个装食用油的大号塑料瓶，瓶体被人用利器裁掉了如手机大小的一条。

"和锁扣里找到的塑料片，材质一样吗？"冯凯问。

"我觉得是一样的。"卢俊亮说，"而且，一般人也不会把油瓶裁掉这么一块啊。"

因为一周才清理一次垃圾，所以垃圾房里的垃圾都堆成了小山。成堆的垃圾，因为重力的作用，顶开了垃圾房的大门，很多垃圾都是散落在垃圾房外的。而这个塑料瓶，就是在垃圾房的门口找到的。

看着湿漉漉的瓶体，冯凯的心里又是一沉，看来这个瓶子也同样遭受了大雨的洗礼。那么，想在瓶体上找到指纹几乎是不可能了。

卢俊亮像是看出了冯凯的心思，笑着说："凯哥，高兴点，你看。"

说完，卢俊亮把瓶子举起，透过阳光可以看见瓶子被裁掉的位置的旁边，似乎有几枚椭圆形的指纹。

"真的有指纹？"冯凯惊喜道。

"凯哥你别忘了，这可是油瓶，而油是保存指纹的很好的载体，水都不一定能冲掉。"卢俊亮说。

冯凯立即想起了曾经和顾红星一起经历的"女工案"。当时顾红星对这起惨案念念不忘，事隔大半年，他终于在事发机器上找到了用于破案的指纹，当时找到的就是油脂指纹。

"你说谁闲得没事会把手伸到油瓶里面去留下指纹啊？而且手指从瓶口伸的话，也伸不到这个位置啊！"卢俊亮接着说，"唯一的可能，就是在裁剪塑料片的时候留下的指纹，所以指纹的主人肯定是裁剪塑料片的人，而裁剪塑料片的人应该就是技术开锁的人。"

"这绝对是决定性的发现！"冯凯兴奋道，"你和老顾，真的是绝代师徒啊！"

"别夸我了，赶紧分析分析案情吧。"卢俊亮一边给塑料瓶拍照，一边高兴地说道。

"很简单，凶手来到现场之后，发现不容易进入现场，于是想到了塑料片开锁的方法。"冯凯说，"然后他随便在垃圾堆里找到一个油瓶，用随身携带的匕首裁下来一块，顺手把剩下的油瓶扔回垃圾堆。案情很清晰，一目了然。"

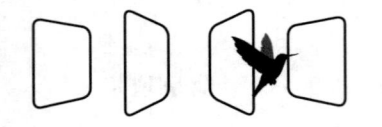

"所以，我现在回去，一是用显微镜把锁扣里发现的小塑料片和这个油瓶的塑料材质进行比对。"卢俊亮说，"二是把指纹的特征点都固定下来。"

搜查工作取得圆满成功，冯凯宣布收队，和大家一起回到了分局。

到了分局后，卢俊亮就一头钻进了痕检实验室，和几名痕检员一起研究塑料片的事情。而冯凯则坐在实验室的门口苦思冥想。

对于卢俊亮能否得出结果，冯凯并不担心，他担心的是，有了嫌疑人指纹之后，又该如何划定范围把嫌疑人给找出来。

"海选"是必须要做的，冯凯会让卢俊亮安排痕检员在全市所有有前科劣迹，尤其是有强奸、猥亵前科的男性人员中逐一对比指纹卡。但这是一项很繁杂的工作，算是大海捞针，取得突破的可能性不大，迅速取得突破的可能性更小。

要想找到案件侦破的捷径，就只能从魏前进的矛盾关系人中发现问题了。只可惜魏前进提供不出一点有价值的线索，反倒是他的同事黄华曾经说过，魏前进和一个年轻人在隐蔽的巷道中发生过争执。但这个线索并没有得到魏前进的证实。

冯凯细细回想着，突然记起自己在第二次询问魏前进的时候，说到"有摩擦的熟人"这一关键词时，魏前进的眼神似乎有一些闪烁。而说到熟人有钥匙的时候，他的眼神又恢复了正常。如果有一个和魏前进存在矛盾的熟人，他拿不到魏前进家的钥匙，而魏前进也不想和任何人提起这个人，那么魏前进的一切表现似乎都合理了。

什么样的熟人，会满足以上的条件呢？

魏前进甚至宁可不为妻女报仇，也不愿意把他说出来，他们该是什么样的关系呢？

之前，他们已经调查过魏前进工作和结婚后的所有社会关系，对他在此之前的生活经历和交往圈子并没有足够的信息，问题会不会就出在这里呢？

辖区派出所提供的信息，只能查到魏前进是十几年前从城南镇迁户口来方塘镇的，对魏前进迁户口之前的情况并不了解。现在常诗和魏鑫鑫都已经死了，常诗的父母对魏前进以前的经历也不知晓。也没有其他什么亲属可以说清楚魏前进在来东城区之前究竟是做什么的，是个什么样的人。

冯凯想起了火车抛尸案的那个凶手毛宇凡，警方也是因为未掌握其过去的身世，在排查屠夫的时候就把他给漏掉了。所以，冯凯决定补上这一块缺失的拼图，对魏前进的身世进行调查。

他这边刚打定主意，卢俊亮也完成了工作，从实验室里出来了。

第七章
全是垃圾

"凯哥，不出所料，整体分离实验可以断定，锁扣里的那一小块塑料就是油瓶缺损部位的一角。"卢俊亮说，"而且，油瓶内侧发现左手三枚联指指纹，都有鉴定价值！"

"太好了！有了指纹，我心里就有底了。"冯凯说，"你带上勘查箱和指纹卡，我们去城南镇一趟！"

"为啥要带勘查箱？凯哥你有目标了？城南镇是魏前进的老家吗？"

一路上，卢俊亮的问题不断，但冯凯一个字也没回答他。一切都是冯凯的推测，在没有获得线索前，他也不知道自己走的这条路对不对。

这一天风大，骑着摩托车的冯凯几乎睁不开眼睛。他心想还是陶亮的年代好，查一个人的背景资料，直接通过系统就能查了，哪像现在，查个户籍都要到辖区派出所去翻柜子，实在是有诸多不便。

好在之前冯凯在城南镇清查炸药，工作了很长一段时间，所以他对城南镇的环境还是很熟悉的。在卢俊亮的疑惑中，他们跨越了几乎整个龙番市区，来到了龙番市西南角的青山区城南镇派出所。

没想到的是，派出所居然没人。

"他们人呢？"冯凯给派出所门卫大爷出示了自己的证件，问道。

"是市局领导啊，欢迎。他们都忙去了，不在所里。"

"忙到一个人都不留？"冯凯说，"今天是12月3日，周一啊，不是休息日啊。"

"说是在青南村丢了个大学生。"门卫大爷揉了揉惺忪的双眼，说，"大学生多金贵啊，这莫名其妙就丢了，得是多大的事儿啊。"

这个年头，大学生确实不多，整个公安局的大学生都是屈指可数的。无论是龙番市市局的卢俊亮，还是青山区分局的那位理化检验师马晴红，在局长乃至全局民警的眼中，都是宝贝一样的存在。所以，一个小村子里面能培养出一个大学生，可以说是非常不容易的一件事，整个村子都会以此为傲。

"听说啊，顾局长都亲自过去了，所长、指导员带着大家都赶过去了，只留下两组民警，不过这时候都出警去了，所以没人。"老大爷继续跟他们介绍道。

"青南村？我在这儿工作了不少时间，咋没听过这个村子？"冯凯问。

"市局领导啊，这村子在我们镇最南边，也是整个龙番市的最南边，非常远。"老大爷说，"你们要办事，得等他们回来。"

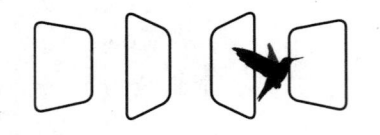

龙番市的西南边是山区和丘陵，也没有石矿场，所以冯凯排查炸药的工作并没有涉及这个南部偏远的小村落。

"那要等到什么时候啊？"卢俊亮问。

"哟，等所长他们回来，那可就没准了。"老大爷说，"不过刚刚出警的那两组民警，最多半个小时也就回来了。"

"哦，那还行。"卢俊亮跨下了摩托车。

"上来。"冯凯对卢俊亮说。

"你要去哪儿？不是到派出所找户籍吗？"卢俊亮又重新坐回摩托车后座上。

"你问题真多，问了一路了。"冯凯说，"你师父帮我们找到了指纹，我们不应该去谢谢他吗？"

"你要去青南村啊？那儿好远的！"卢俊亮说。

"远才能体现我们的诚意。"冯凯发动了摩托车。

"市局领导，你们不等了吗？"老大爷问。

"我们过一会儿再回来。"冯凯说完，一骑绝尘。

青南村确实很偏远，它和市区之间还隔着几座山。虽然通往青南村的小路早就修通了，但路况实在令人不敢恭维。冯凯他们行驶了一个小时，终于抵达青南村的时候，卢俊亮都被颠吐了。

不过这个村子可真的犹如世外桃源，实在是一个风景秀丽的风水宝地。

整个村子三面环山、一面临水。美丽的青南河从村子的西北角向南流淌，在流经村子最南边的时候转而向东流淌。整个村子就像是倚靠在青南河边，被群山簇拥。

山中这块盆地，中央是村民聚集的居住地，四周则被村民耕种的农田所环绕。此时虽然是初冬，但翠绿的村子并没有褪色，因为在群山之中，反而没有市区气温低。乡间炊烟袅袅，更有一番不一样的人间烟火气。

冯凯把摩托车开到了村子里，简单询问后得知，村委会的人和警察们，此时都在村子最南边的河边。河边有几座山，他们应该是在山脚下找了个地方开会。

村民描述的位置不难找，因为站在村子的中央，就能看见南边的小山头了。冯凯按照村民们指的路，骑车带着卢俊亮沿着青南河边的石子路，很快就来到了小山的脚下。果然，这里聚集着数十人，村委会成员、顾红星和他带来的十几名警察都在。

"你们怎么来了？"顾红星听见摩托车的轰鸣，又看见冯凯和卢俊亮，着实很

第七章
全是垃圾

惊讶，"你们是怎么知道这案子的？不对，目前还只是失踪，没有立案呢。"

"巧了，碰上的。"冯凯笑着停好了摩托车，走上前去拥抱了一下顾红星。

"能在这个地方碰上，那还真是太巧了。"顾红星显然不相信冯凯的敷衍。

"嗨，就是我之前找你的那个案子，幸亏你的提醒，我们后来真的找到指纹了。"冯凯低声在顾红星耳边说，"现在我准备查一下死者丈夫的背景资料，他以前就是城南镇的人，所以，这就碰上了。"

"我就说吧，派出所不能不留人。"顾红星对远处的所长说，"你派个人和冯大队回去查资料。"

"是。"所长立正道。

"不急，不急。"冯凯说，"来都来了，屁股颠得生疼，我休息会儿。"

"看你这架势，这是想介入？"顾红星问。

"不至于，不至于，但八卦一下案情还是可以的。"冯凯说。

顾红星和冯凯在一起工作这么长时间，对"八卦"这个网络用语已经很熟了，于是说道："村里的一个大学生，在外地上学，两三年没回来了，最近因为要办事，所以从学校请假回来了。前两天很多村民都见过他拿着相机到处拍照，但紧接着就失踪了。"

"回学校了吧？"

"关键就是学校报的警。"顾红星说，"他借了学校的照相机回来的，结果过了请假期限，他还没有回去，学校找相机的时候发现他不在，于是到学校当地派出所报了警，学校当地派出所联系了我们城南镇派出所，说了这件事。"

冯凯想到，此时买火车票还没有实名制，无法从购票情况来推测他是不是离开了龙番，于是问："总不会是携照相机潜逃吧？"

"怎么可能？照相机也不至于那么值钱。"顾红星白了冯凯一眼。

冯凯笑着说："我就是开个玩笑，别那么较真。"

"我们民警配合村委会找了一上午了，所有的线索都断了。"顾红星说，"这孩子是个好孩子，在学校也是严格遵守各项规章制度的。他在约定的时间没有正常返校，我感觉事态严重，就赶过来了。"

"这个村子就这么巴掌点大的地方。"冯凯看了看身边流淌的碧绿色的河水，说，"要是没找到人，会不会是掉进河里面，漂到下游去了？"

"我要批评你，年纪轻轻的，怎么能诅咒我们的大学生呢？"一名老者背着手

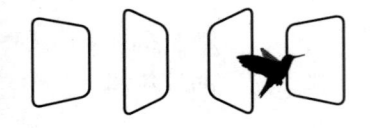

走了过来,对冯凯说。

"这位是曹永明村长。"顾红星对冯凯说,"是村民都很敬仰的老人家。"

冯凯朝村长点头示意,伸出手去,说:"我是市局刑警支队的,虽然我的话说得不好听,但不能排除这种不好的推测啊。不管是杀人抛尸,还是得了抑郁症自杀,河里都应该要搜一下的。"

"什么症?"村长问,"你说乔乔有那个什么症?"

乔乔应该就是失踪大学生的乳名了。

"我也不知道,我就是瞎猜的。"冯凯说,"这条河,无论是抛尸还是投河,恐怕都是最好的选择。"

"他说的不无道理。"村长转头对顾红星说。

"不管怎么说,先要查清楚这摊血迹是怎么回事。"顾红星说。

2

原来,这么多人之所以都集合在这座小山的脚下,就是因为有人在山脚下发现了一大摊颜色有些发暗的血迹。

地面都是石子和土壤,血迹的周围没有可以辨别的血足迹。更重要的是,十几名警察对血迹周围几百米简单搜索了一下,并没有发现任何人或是动物的尸体。

"在山里,野兽互相攻击导致出血,也很正常。"冯凯说,"说不定动物的尸体被别的肉食动物叼走了,或者动物受伤了,不知道钻哪个犄角旮旯里死了。"

"所以对血液进行检验,是第一要务。"顾红星说。

"这不,我跟你多有默契,把你的宝贝勘查箱给带来了。"冯凯笑着指了指卢俊亮。

"太好了,我本来还准备带回分局去做呢,可那么老远,沟通也不便。"顾红星说。

卢俊亮一边打开勘查箱、戴手套,一边往血迹附近走去,说:"没想到,咱们为了常诗母女双尸案而带来的勘查箱,居然在这里派上了用场。"

"纯属巧合。"冯凯说,"我让你带勘查箱是为了以防万一需要验证指纹。"

卢俊亮蹲在地上,对血液进行了检验。这一套流程,在排查屠夫的时候冯凯已经耳熟能详了。卢俊亮先是用滤纸沾了血迹,滴上联苯胺,说:"师父,是血。"

第七章
全是垃圾

说完，他又取了一些血迹放进试管里，用生理盐水稀释后，插入了 FOB 试纸，说："师父，不是人血。"

听到这句话，大家几乎是一起"哦"了一声，每个人似乎都如释重负。

但卢俊亮并没有停下手中的动作，而是按照顾红星制定的《现场勘查规则》，在确定了不是人血之后，继续确定是不是几种常见动物的血。

冯凯正准备和顾红星说，他规定的这一步实在是有些多此一举，可没想到卢俊亮又用平静的口吻说道："师父，是鸡血。"

大家又"哦"了一声。

冯凯倒没有如释重负的感觉，他把准备和顾红星说的话咽进了肚子。他在严肃地思考着，和其他人的状态截然不同。

"你在想什么？"顾红星看出了冯凯有心事，问道。

"鸡流了这么多血，还能跑吗？"冯凯问，"鸡要是被别的动物咬了，附近能没有鸡毛吗？"

"对啊。"顾红星恍然大悟。

"正常情况下，杀鸡都应该在自己家的厨房或者院子里杀吧？"冯凯转头问村长，"你们村的人会跑到离村子这么远的荒郊野外来杀鸡？"

村长低头沉思。

"杀鸡，除了吃，还能干啥？"冯凯问村长。

"除了吃，不就是祭祀先人了嘛。"一名村民抢答道。

"这里又没有你们村的祖坟，放眼看去，一个坟头都没有。"冯凯说，"那不是为了吃，也不是为了祭祀，在这里杀鸡干什么？"

"你直接说结果。"顾红星说。

"我觉得，乔乔凶多吉少，他可能就被埋在这座山里。做了亏心事的人，心里内疚，所以来这里杀鸡祭祀。"冯凯靠在自己的摩托车上，说，"所以，搜查河里的时候，也搜一下这座山，说不定就能找到埋尸的地点。"

"埋尸？"村长说，"搜山可不简单哪，这座山虽然不大，但是座野山，平时没啥人来，搜起来可不是容易事。"

"毕竟扔河里会漂起来啊，埋了可能就一了百了了。"冯凯说。

"老凯说的这种可能性是存在的，不管是不是容易事，我们警方都要去搜山。"顾红星立即做了决定，对所长说："你安排一名了解户籍的民警和冯大队回所里查

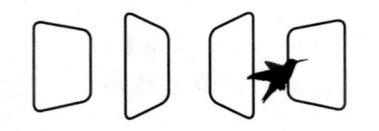

资料，然后把所里的联防队员都调来，我从分局再给你派些人手，立即搜山。"

"是。"所长又一个立正。

"虽然小山没开发，但大家只要重点去寻找植物被压断的痕迹和新鲜翻土的痕迹，就能找到埋尸的地点了。如果真的有埋尸地点的话。"冯凯想到自己在魏前进家屋后观察荒草折断的经验，心想这个办法又能用一次了。

顾红星出来了好几个小时，分局里已经有好几个人找他了，于是他先回了青山区公安分局。而被所长派出来的管户籍的小民警曹天，则骑着一辆自行车，跟冯凯的摩托车一起，向城南镇派出所驶去。

"年轻人就是年轻人，骑辆自行车和我开摩托车差不多快。"冯凯和与自己并排的曹天说。

"不是年轻的问题，因为我就是从青南村出来的人嘛。"曹天说，"虽然我的车子慢，但我对路况熟啊。"

"哦？你就是这个村子的？那乔乔你认识？"冯凯问。

"必须认识啊，我们村子就那么百十来户人家。"曹天说，"他比我小6岁，人家说'三年一代沟'，所以我们跨了代了，在一起玩得不多。不过，我们村子的孩子都是同一个老师教出来的，我和他也算是师兄弟吧。"

"那你觉得，假如他真的遭遇不幸了，那他杀可能性大，还是自杀可能性大？"卢俊亮好奇地问。

"如果真的是埋尸，还有人来祭祀，那就是他杀可能性大了。"冯凯打断了卢俊亮，说。

"是啊，乔乔是很阳光开朗的一个孩子，我觉得他不太可能自杀。"曹天说，"大家现在都指望着他只是没打招呼就出去玩，忘了时间。"

"愿望是好的，但你们不是说乔乔是个严格遵守制度的乖孩子嘛，这么反常的情况，"冯凯说，"还是要考虑不好的结果。"

"唉，谁知道呢？"曹天说，"他上的可是名牌大学，学化工，村子里的人还指望他毕业回来带着大家奔小康呢。"

"是啊，小山村里培养出一个大学生可真不容易。"冯凯说。

"是啊，都不容易。"卢俊亮感同身受，对这个素未谋面的乔乔有了一种说不出的同理心，"他能考上名牌大学，肯定下了不少苦功。"

几个人说着话，不一会儿就来到了城南镇派出所。曹天停好车，和门卫大爷打

第七章
全是垃圾

了招呼,带着冯凯、卢俊亮径直走进了派出所的户籍档案室。

"对了,冯大队,你们来城南镇,本来是要查什么的来着?"曹天问道。

"哦,是查一个叫魏前进的人的原始户籍。这个人,是十几年前迁出的,迁到东城区了。"冯凯说。

曹天点点头,拖过来一把梯子,放在户籍柜前,然后飞快地浏览那一排排户籍资料的背脊。不一会儿,曹天就找出了一本发黄的户籍资料,翻到了其中一页。

"业务很熟啊。"冯凯赞叹曹天的办事效率。

"那是必须的,就是干这个的。"曹天拍掉手掌上的灰尘,说道。

魏前进,男,1950年1月27日出生于龙番市青山区城南镇魏家村,曾经的住址为城南镇魏家村一组第13户。1969年,他高中毕业后,受到时势的影响,回家务农。1975年,他通过城里的招工,到城里找工作,于是把户口迁到了东城区。无任何前科劣迹。

简简单单一张户籍资料,似乎看不出魏前进以前的生活是怎么样的。但是,冯凯顺手往下一翻,就看到了一页让他惊讶的户籍资料。

魏兰花,女,1948年12月13日出生于龙番市青山区城南镇魏家村,曾经的住址为城南镇魏家村三组第7户,现住址为城南镇魏家村一组第13户。备注:1990年10月3日,死亡销户。

冯凯连忙又翻了一页。

魏壮壮,男,1971年6月5日出生于龙番市青山区城南镇魏家村,现住址为城南镇魏家村一组第13户。

"这三个人是住在同一户的?"冯凯指着户籍资料问曹天。

"是啊,这不是一家三口吗?"曹天说,"不过户籍上没有结婚标识,说明这两口子没有打结婚证,就生活在一起了。不过,这在农村也很普遍啦。哟,这女的42岁就死了呀?是不是非正常死亡,得去分局刑警大队查一下。"

"冯大队,支队来电话找你。"一名刚出完警的派出所民警在户籍室外面喊道。

"支队找我?"冯凯连忙跑到了派出所的传达室,那里的桌子上搁着一个电话听筒。

"喂,我是冯凯。"冯凯拿起了话筒,说道。

"冯大队,我是内勤小叶啊,刚才东城区分局来电话,说是魏前进自首了,让你赶紧回个电话给他们。"

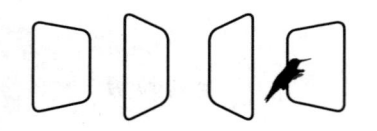

城南镇派出所的传达室里,冯凯靠在一张椅子里,跷着二郎腿,听着电话听筒里传来的声音。

东城区分局刑警大队的侦查员转述道:"魏前进是自己来我们分局的,说这一切都是他做的。他说,自己等于是入赘到常家的,很可怜。"

"啥叫入赘?魏鑫鑫那孩子不还是跟他姓魏吗?"冯凯冷笑着说。

"我也不知道,他就是这样说的。"侦查员说,"他说,自己入赘到常家之后,各种被瞧不起、被冷落、被嘲讽,总之就是一天好日子都没有过上。因此,十几年来,他心里的积怨可以说是越来越深。"

"他岳父岳母不都把经营权给他了吗?"卢俊亮在冯凯身边趴着,也在旁听。冯凯干脆按下了免提键。

"经营权都给他了,但大事小事都过问,所以他说自己就是个傀儡,做不了什么事情。"侦查员继续说,"这又让他感受到了不被信任的滋味,所以积怨就更深了。"

"那他是怎么作案的?"

"他说,事发当天,他喝了酒回家……"

"之前的调查不是说,他当天晚上没有回家吗?"

"是啊,但不在场证据查不实。因为之前他说的是,自己因为加班,所以晚上就在厂里的宿舍睡了。他经常会在厂里的宿舍过夜,住的又是单人宿舍,所以没有其他人能给予佐证。"

"你接着说。"

"魏前进说,事发当天晚上,他喝多了酒,回到了家。没想到,他的妻子常诗又对他冷嘲热讽,说的话很难听。他本来积怨就已经很深了,一直在忍着,这一天因为喝了酒,就失去了理智,忍不了了,于是对常诗进行了殴打。常诗性格泼辣,不可能被动挨打,于是就和他对打。魏前进一气之下,就从家里拿了一把刀,说是原本准备吓唬吓唬常诗的,可没想到常诗丝毫不怕他,继续跟他撕打,于是他顺手一刀,正好就插常诗脖子上了。"

"那魏鑫鑫呢?"

"说是父母在打架,魏鑫鑫上来拉架,结果他一不小心把魏鑫鑫撞倒了,没想到就这么死了。"侦查员说,"事情发生后,魏前进就清醒了,他把魏鑫鑫的尸体从主卧拖到了次卧,然后离开了家,回到厂里的宿舍睡了一觉,想做一个不在场证

第七章
全是垃圾

明。第二天上午,他回到家里,假装发现了命案现场,然后报案。"

"哼。"冯凯冷笑了一声。

"哎,你们说,他这是一心想把故意杀人说成误杀啊。一般这样的人,就会拿酒来说事儿。"侦查员在电话里感慨道。

"不管什么事儿,酒才不背锅,酒精只是揭开画皮的一个工具。"冯凯说,"不过,他编的这个故事,你们也信?你们没掌握现场情况?"

"你说魏鑫鑫被强奸的事吗?"侦查员问,"魏前进倒是没提这件事,但禽兽父亲我们偶尔也会见到啊。"

"我先问你一个问题。"冯凯说,"我和卢俊亮来城南镇派出所查魏前进以前的户籍,这件事你们是不是告诉魏前进了?"

"没有告诉。"侦查员说,"但你让我们调查魏前进户籍的时候,我们发现他没有迁入东城区之前的资料,就打电话问了他以前的户籍情况。"

"所以,你们的一个电话,就让他知道我们要调查他来东城区之前的资料了。"冯凯说。

"啊?这也违反侦查保密要求吗?"侦查员有点担忧。

"你先别急,来,我先让卢俊亮告诉你为什么他这自首纯属瞎扯,是替人顶罪的。"冯凯示意卢俊亮靠近电话机。

卢俊亮轻咳了一声,说:"魏前进之所以没有提强奸的事情,不是他怕丑,而是因为我们坚决执行顾局长制定的《现场勘查规则》,严格遵守保密规定,没有把这件事透露出去,所以魏前进不知道自己的女儿被强奸。"

"你简短点,别搞得和做报告似的。"冯凯说。

卢俊亮点点头,说:"首先,现场提取的犯罪分子的精斑是O型血,而魏前进是A型血,所以血型不符。其次,魏鑫鑫是被人勒死的,从法医学角度,这种杀人手段一定是蓄意杀人,而绝对不可能是失手杀死的。再次,从现场勘查的角度看,根据现场喷溅血迹的形态,常诗是处于睡眠状态被人一刀致命,并没有起床或者搏斗的过程。最后,现场的门是被塑料片开锁的,而不是钥匙。"

说完,卢俊亮又看了看冯凯,说:"够了吗?"

"听到没有?"冯凯对着电话那边说,"侦查不能和技术脱节,技术获取的现场情况,侦查部门一定要及时了解,这样就可以轻易分辨出供词的真伪了。哪怕是来自首的,也有很多是冒名顶替的。"

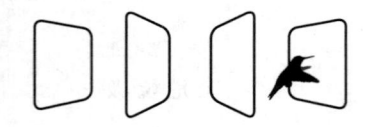

说了这一番话，冯凯自己都想笑。当他自己还是陶亮的时候，听到最多的话就是这一句了，所以他说起来就会朗朗上口。不过，之所以他会听到这么多遍，就是因为他作为一个侦查员，经常会和技术脱节，不搞清楚现场的状况，就贸然去破案。所以无论是顾红星还是顾雯雯，都对他这个缺点十分担忧。看来经历了这场梦境，还真是让他的思想观念发生了极大的转变。

"对啊，我听我师父说，你俩曾经办过一个父亲杀死儿子的案件，儿媳妇出来顶罪呢。"卢俊亮说，"怎么会有人替别人顶罪呢，听起来就挺匪夷所思的。"

"那个案子不匪夷所思。"冯凯想到了曾被家暴的护士袁婉心，对卢俊亮小声说，"当年是我们侦办方向错了才会错抓了她，而她心灰意冷才会把罪责担了下来。后来也幸亏你师父技术精湛，才搞清楚了真相。"

"你们说了半天，说的是魏前进替别人顶罪？"侦查员说，"我就不懂了，他为什么要替人家顶罪？他家人都死光了，他替谁顶罪？有人杀了他妻女，他还替凶手顶罪？"

"是啊，从现在的情况看，魏前进替人顶罪才是真的匪夷所思。"冯凯说，"不过，你不要着急，这案子就要破了。"

"哦？"侦查员仍有些不放心，问，"那我们联系魏前进，让他知道我们在调查他的背景资料，违反保密规定了吗？"

"原本我还只是有一种推测和怀疑，但既然魏前进来顶罪了，那么这案子就很明朗了。"冯凯说，"也就是说，魏前进的自首，算是帮我做了一个心理确认。即便你们违反了保密规定，也算是做了一件好事。你们现在把魏前进关好，别放了，防止他出来后通风报信。"

"知道了。"侦查员挂断了电话。

"凯哥，你是怀疑那个曾经和魏前进住在同一个地方的魏壮壮，对不对？"卢俊亮兴奋地说。

"那还用说吗？那个魏壮壮很显然就是魏前进的儿子啊。"冯凯说，"一个父亲为儿子顶罪，就不匪夷所思了吧？"

"可是为什么魏前进之前没有顶罪？"

"因为魏前进之前并不确定这事儿是不是他儿子干的。"冯凯说，"我当时问他有没有熟人对他有恨，他虽然故作镇定，但下意识地眼神闪烁就有点露馅了。当我问到谁有他家钥匙的时候，他显然又轻松了下来。说明从一开始，他内心就怀疑过这个儿子，但他可以确定，他儿子没有他家里的钥匙。"

"有道理啊。"卢俊亮恍然大悟。

"这些天，魏前进的心里估计一直在打鼓。"冯凯说，"当他知道我们要来调查他以前的户籍资料时，他知道事情捂不住了，必须要有个交代。而最好的办法，就是出去顶罪。因为他的顶罪有可能终止我们的侦查，这样他的儿子就被保护住了，而且说不定他有个儿子这件事，连他岳父岳母都不知道，这样他的秘密也就保护住了。"

"所以他还强调是失手杀人，这样他说不定服完刑出来还有可能分到常诗的家产。"卢俊亮说，"真是做他的春秋大梦啊。"

"是啊。"冯凯接着说，"他描述的，都是他看到的现场情况，比如常诗是被刀捅死的。但因为我们之前保密了，所以他不知道魏鑫鑫是怎么死的，还以为只是摔死的。而且魏鑫鑫的衣着完整，他根本想不到魏鑫鑫被强奸的事情，否则，他也绝对不可能出来顶罪。不然，这种禽兽罪名比要他的命还难受。"

"所以说任何一项看似无用的制度，都有现实的意义。"卢俊亮说。

"这句话怎么好像是我说的？"冯凯笑着说道。

"不过，这个魏壮壮应该是魏鑫鑫同父异母的哥哥吧？这种禽兽事情也做得出来？魏鑫鑫虽然可能没见过魏壮壮，但魏壮壮潜入了人家家里，应该知道这个女孩是自己的妹妹吧？"卢俊亮想到这里，打了个冷战。

"是啊，哥哥性侵妹妹，是这案子中唯一难以解释的情况了，不过不能否认有这种禽兽不如的人存在。"冯凯说，"至于魏鑫鑫为什么不认识魏壮壮，很有可能是这个魏前进对常诗母女俩隐瞒了很多啊。"

3

案情已经很明了了，现在的任务就是抓捕犯罪嫌疑人魏壮壮。

其实一个不到20岁的小伙子，对冯凯这种"老谋深算"的刑警来说，抓来并不难。但冯凯想到，顾红星多次嘱咐他，抓捕一定要按"两人以上才能进行"的制度，所以他没有打扰派出所的民警，而是让卢俊亮配合他的行动。

想当年，配合他抓捕的，不就顾红星一个人吗？而且那时候的顾红星比卢俊亮瘦弱多了。

果然，整个抓捕行动并没有任何惊心动魄的事情出现，和抓捕大部分犯罪嫌疑

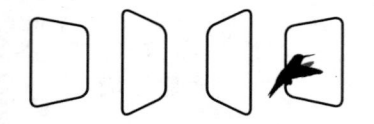

人一样，进行得十分顺利。毕竟，"警察"两个字本身就具有威慑力。

当冯凯和卢俊亮来到户籍上记录的魏家村的地址的时候，他们发现这就是一座简陋、破旧的民宅，甚至连院子都没有。

已是傍晚时分，房子的大门敞开着，里面传来阵阵打麻将的声音，还有几个人嬉笑的声音。

冯凯也没有带枪，他扶住藏在衣襟下面的手铐，假模假样地冲到了屋内，大喊了一声："都不许动，蹲在地上，双手抱头！"

一见来人穿着绿色的警服，四个人几乎是步调一致地蹲在了地上。其中一个壮汉说："公安同志，我们不是赌博，我们就是朋友在一起小玩一下，一块钱一局的。"

冯凯没理会他的狡辩，问："谁是魏壮壮？"

另外三个人同时看向了牌桌最里面的一个年轻人，而这个年轻人蹲在地上，双手抱头，头都没有抬。

魏壮壮并没有人如其名，反而长得十分瘦小，身高大概只有165厘米，体重看上去也只有100斤左右。

"除了魏壮壮，其他人离开。"冯凯发号施令。

其他三个人如蒙大赦，连忙跑走了，牌桌上的零钱都来不及拿。而魏壮壮可能认为冯凯一手扶住的是腰间的手枪，所以也没敢做任何动作，乖乖地让卢俊亮给他戴上了手铐。

"先取指纹和血。"冯凯把魏壮壮压在麻将桌上，让卢俊亮取证据。

"好咧！"卢俊亮说，"回去就能比对了。"

冯凯和卢俊亮两个人押着魏壮壮，回到了城南镇派出所。此时天已经黑了下来，他们刚把魏壮壮带到审讯室里坐好，外面就传来汽车的声音，原来是顾红星来了。

冯凯来到派出所门口，对刚刚从车上下来的顾红星说："老顾，这案子得亏有你，果然破了！你咋这么快就知道我们破案了呢？是来祝贺我们的吗？"

顾红星先是一愣，很快意识到冯凯说的是他正在办的常诗母女双尸案，摆手说："那倒不是，我是来送这个的。"

说完，顾红星往身后一指。

吉普车上又跳下来一个人，是殷俊。殷俊的肩膀上扛着一台大号的摄像机，若不是他穿着制服，看上去就像是电视台的记者一样。

"嚯！你真买来了！"冯凯说。

第七章
全是垃圾

更激动的是卢俊亮，他赶紧跑了几步到殷俊的身边，伸手抚摸着摄像机，一脸羡慕的神色。

"说买就买，这东西有大用处。"顾红星说。

"不过，你买的这也太大了吧？这么大一个家伙。"冯凯说。

"摄像机不都是长这样的吗？"顾红星一脸不解。

"你没听过有种东西叫 DV 吗？"冯凯笑着说。

"什么味？"顾红星问。

"就是小型摄像机，一只手拿着就行了。"冯凯说，"你没听过也没事，反正你买了这个大家伙，至少肯定拍得清楚。"

"应该还行吧。"顾红星说，"我听说他们搜索那座小山发现了线索，找到了新鲜的翻土痕迹。但是现在天色已经暗下去了，现场那种情况不适合挖掘。为了能看清楚尸体的原始状况，我让他们守好现场，准备明天天亮了再挖掘。正好我买的这台摄像机也到货了，我就送过来了，从明天开始，从挖掘尸体开始，全程录像。"

"那你的录像带够不够用？"冯凯说。

"什么意思？"顾红星问，"我们都保证了购买摄像机的经费，还能不保证录像带的经费吗？"

"那就行，就当是试验机器了，从今天的审讯就开始录吧，你还能给东城区分局做一个大大的人情。"冯凯说。

"也行，要是效果好，东城区也会学我们去买摄像机的。"顾红星笑着说，"我也来旁听审讯。"

当殷俊把摄像机在审讯室里架好的时候，魏壮壮的脸色都吓得发白了。他时不时地看向那闪着红灯的摄像机，嘴唇都有些哆嗦。

冯凯笑着看了一眼身后的顾红星，给他使了个眼色，意思是说这个大家伙，不仅能记录审讯的全过程，提供非常好的法庭证据，还可以起到威慑效果，击破犯罪嫌疑人的心理防线，实在是有大用处的宝贝。

"知道这是啥吧？知道录像带有多贵吧？能用在你身上，你也知道是为什么吧？"冯凯厉声问道。

魏壮壮咽了一口唾沫。

"你也知道，我抓到你之后，最先做的是什么？"冯凯说，"我取了你的血，取了你的指纹。"

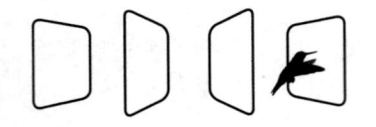

此时卢俊亮正好敲了审讯室的门。

"进来。"冯凯说。

卢俊亮推门进来，朝冯凯微微点了点头。

"你就直接说，大声说，说给他听。"冯凯胸有成竹地说道。

"经过血型检验，魏壮壮的血型和现场精斑的血型吻合。"卢俊亮会意，大声宣布道。

"血型就不说了，指纹的事儿，你也和他说说。"冯凯说。

卢俊亮继续大声宣布道："经过指纹比对，魏壮壮的左手食指、中指和环指的指纹，和现场提取到的用于开锁的塑料片母体上的左手三枚联指指纹吻合。"

"我再给你解释一下。"冯凯把凳子拖到魏壮壮坐的审讯椅的旁边，凑近他说，"你用于开锁的塑料片，是从油瓶上裁下来的吧？油瓶被我们找到了。"

魏壮壮开始全身发抖。

冯凯指了指摄像机，说："你现在的表现，可全都录下来了。如果你早一点认罪，说不定还有宽大处理的机会，要是你拒不交代，那就是你自己在放弃机会。"

"我说，我说，我什么都说。"魏壮壮抖着嘴唇说，"我恨的是魏前进，我要杀的是他。"

冯凯看了看顾红星，会意一笑，又把凳子拖回写字台的后面，对身边的侦查员说："记录。"

魏壮壮偷偷抬眼看了看冯凯，又看了看摄像机，清了一下嗓子，说："魏、魏前进，他在我心里就是个垃圾。他贪图富贵，我四五岁的时候，他就抛弃了我和我妈，他是陈世美，我妈就是秦香莲。"

这几句话，他大概跟人说过很多遍，所以说着说着，魏壮壮就不那么紧张了。他滔滔不绝地往下道："我妈是个很傻的女人，她的心脏不太好，魏前进就说，他要出远门赚钱，给我妈治病，让我们在家等他回来。我妈就真的信了，我呢，才那么点大，我妈都相信了，我还有不信的道理吗？这么多年了，没有哪一句话像这一句'等我回来'让我印象深刻。所以，我小时候最喜欢干的事情，就是拿个小板凳，坐在家门口，等他回来。从小学等到中学，我都不记得魏前进长啥样了，只知道家门口没有别人，只有我自己。我上了初中后，我妈的心脏病好像加重了，她经常捶自己的胸口，经常浑身是汗，看起来就很虚。我劝她去医院看看，但她心疼钱，不愿意去。你们想想，一个女人独自带着孩子，又要种地，又要管家，能不操

第七章
全是垃圾

劳吗。所以，我初中就辍学了，一边种地，一边照顾妈妈的身体。"

"你没问过你妈，你爸去哪儿了？"冯凯问。

"问了不知道多少遍。"魏壮壮神色哀伤，"不过，小时候我妈不和我说，一直到我辍学了，扛起家里的责任了，我妈才告诉我，说魏前进有了新的家庭。她说她不怪他，让我也别怪他，就是以后不要等他、不要找他了。那时候，我好恨啊……可我连我要恨的这个人长什么样都不知道。所以，渐渐地，我就真的把他忘记了。"

"那后来怎么又想起来了？"

"哼，是魏前进自己来找我的。"魏壮壮说，"不当家不知柴米贵，我辍学之后，才知道母子二人要吃饱都是个问题，所以我天天都在为柴米油盐发愁。忽然有一天，应该是两年前吧，魏前进找到了我。"

"他找你干什么？是忏悔吗？"冯凯问。

"忏悔？他这种垃圾会忏悔？"魏壮壮恨恨地说，"他拉着我看了又看，说我长得像他，不愧是他的种。他说，他后来的家庭很不如意，最郁闷的就是生了一个女儿，而且他老婆因为生女儿遭了不少罪，坚决拒绝再生了。所以，他就想起我来了，这辈子，他就只有我这么一个儿子。他满脑子都是'传宗接代'的事，所以才来和我相认了，嘱咐我千万不能改姓，得认他这个爹。"

"这些话，你也听得进去？"冯凯问。

"说真的，一开始我就不想和他聊。当他说他是我爹的时候，我就想反问他，他什么时候尽过当爹的责任？"魏壮壮轻蔑地说，"可是，我终究是没有把话说出口。因为他见我的时候，在开口说话之前，就在桌上放了500元。我知道，只要我愿意认他，他就会把这500元给我。如果我有了这500元，我就能有好长一段时间不用为钱操心了。"

卢俊亮在冯凯的身后叹了口气，冯凯知道他开始有些同情这个魏壮壮了，于是回头狠狠瞪了卢俊亮一眼。

"我能怎么样呢？我做这一切都是为了我妈，我是为了我妈才忍气吞声，才屈服于他的。"魏壮壮感受到卢俊亮的眼神，更是伤感地说道。

"拿到这500元后，你带你妈妈去医院看病了吗？"冯凯直接地问道。

魏壮壮被突然这么一问，有些语塞，说："呃……那，那家里饭都快吃不上了，哪有钱去看病啊，人活着，那，那总得先吃饭吧。"

"你接着说。"冯凯头也不抬地记录着。

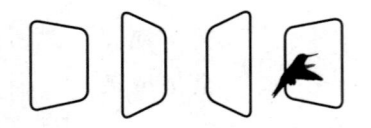

"从那时候起,他偶尔会来村里,给我三五百块。有时候我进城,也会去他的厂子找他,让他给点钱。"魏壮壮闷闷地说。

"你是怎么知道他的地址的?"冯凯问。

"是他自己说的,他说他现在在一个牙刷厂当老板,说再过几年,牙刷厂就是他的了。"魏壮壮说,"他还说了,只要我好好孝顺他,这个厂子迟早也是给我的。"

"画饼充饥。"

"龙番市只有这么一家牙刷厂,所以我一问就找到了。"魏壮壮说,"我记得我第一次去他厂子的时候,他非常紧张,把我拽到厂子后面去说话。他告诉我,以后找他,不要直接进门问,就跟门卫说一声,然后去厂子旁边的巷道里等他。他说,必须要低调,这样他才能顺利接手牙刷厂,让牙刷厂变成我们父子俩的产业。"

冯凯又对卢俊亮使了个眼色。看来之前他们推断得不错,魏前进确实把自己曾经结婚并有一个儿子的事情对常诗隐瞒了。他这么怕别人知道魏壮壮,就是为了继续隐瞒这件事,直到自己拿到牙刷厂的真正掌控权。

"既然你爹承诺了你这么多好处,你为什么又和他翻脸了?"冯凯问。

"我没有,我才没有贪心什么牙刷厂。"魏壮壮说,"不过,就算他真的给我牙刷厂,我也没什么好推辞的。魏前进这些年欠我们母子俩的,不就应该补偿给我们吗?"

冯凯抬眼看了一下魏壮壮,示意他正面回答问题。

"翻脸是因为我妈病重了。"魏壮壮只好继续说,"两三个月前,我妈病重了,我就跑到他厂子里找他要钱,准确地说,是跑到他厂子旁边的巷子里找他要钱。魏前进本来打算拿点零钱来打发我,但那哪里够啊。我再逼他,他就说他的钱都是他老婆在管着,他本来就只有很少的私房钱,再多,他就拿不出来了。于是,我们就发生了争执。我说在这种时候,他就应该不顾一切弄一些钱出来,哪怕是找个借口借一些钱出来,先救了我妈的命再说。而他说,我妈那病是治不好的,现在砸这些钱进去没有意义,如果留下来,以后都会是我的。你们见过这么绝情的男人吗?"

冯凯冷笑了一声,没答话。

魏壮壮接着说:"所以当时我就很生气,和他吵。而他很紧张,生怕别人看见,为了稳住我,最后妥协说给他几天的时间。只可惜,我等了9天,等了9天他也没把钱给我,我妈就这样走了。"

"你妈是10月3日去世的。"冯凯说。

"是的。"魏壮壮停顿了一下,忽然抬头看向摄像机,说,"从那一天起,我就

第七章
全是垃圾

决心要为我妈报仇。"

"是因为你妈？还是因为你发现魏前进连几千块钱都拿不出来，更不用说拿到整个牙刷厂了？或是因为你发觉他一直以来都在给你'画大饼'，觉得自己白白被他欺骗了这么多年？"冯凯毫不留情地打断了魏壮壮。

魏壮壮想要辩解，但冯凯挥手打断了他，说："你说你是怎么作案的。"

"那一天，不，是前一天，我在牙刷厂门口蹲着，等魏前进出来后，就一直尾随着他，知道了他家的住址。"魏壮壮说，"我在他家单元门外来回晃荡，等一个进屋的机会，比如趁他下楼倒垃圾，溜门进去之类的。可没想到，他家倒垃圾就在门口，根本不用下楼，所以我一直也没等到机会。这一天晚上，就这么过去了。第二天晚上，我做了一点准备，我带着绳子和匕首，又来到了他家单元门口继续等。一直等到深夜，我实在是不耐烦了，他要是一直不出来怎么办？于是，趁着夜深人静，我就走到他家门口，想看看他家的锁是什么样子的。没想到，他家的锁和我家一样，都是暗锁，这种锁很好开，只需要一块塑料片就行。后来，我在楼下垃圾房找到一个油瓶，就是你们发现的那个。我裁了一块，拿去开门，可没想到他家的门缝很小，开起来非常费劲，甚至都弄出了动静。好在当时已经是凌晨，所有人都熟睡了，最终还是让我把门给弄开了。"

4

"接着说。"冯凯见魏壮壮停了下来，催促道。

"进去之后，我适应了一下，才看清了他家的布局。他家有好几个房间，有的门敞开着，有的门关着。我看了看，锁着门的就只有两个房间，应该就是他们的卧室。一间看起来大一些，应该是夫妻俩的房间，我就先往那个房间去了。卧室门没有反锁，我一下子就推进去了，我看床上有个人影，上去就扎了一刀。也是扎得准，那个人一动不动，好像死了。可床上只有一个人，我仔细一看，居然不是魏前进，而是他后来的那个老婆。"魏壮壮的表情变得有些狰狞，说，"魏前进居然不在家里！虽然说杀掉这个抢走别人老公的女人，也是替我妈报仇，但没把狗男人杀了就太可惜了，他怎么就恰好不在家呢？我心里越想越气，走出那个房间的时候，听见另一个卧室有动静，我猜可能是我那个妹妹被惊醒了，二话不说就推门进去了。"

"你也知道那是你妹妹？"冯凯咬着牙说。

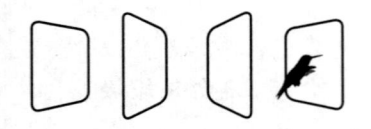

"其实我真的不准备杀她的，真的不准备的。"魏壮壮说，"她又不认识我，我们无冤无仇，为什么我要杀她？"

"对啊，你为什么要杀她？"卢俊亮生气地问。

"她那个屋的窗帘很厚，屋子里很黑。她确实惊醒了，但没来得及开灯，所以没看见我的脸。"魏壮壮说，"我怕她报警，所以决定先把她捆起来，再逃出去。可是她很不听话，我捆她的时候，一直在挣扎。我本来没想怎么样她，但她这样挣扎，我心里一股邪火就起来了。我就想着，魏前进如果知道我糟蹋了他的女儿，他会怎么想？他是怎么伤害我们母子俩的，我就要怎么伤害他的家人。"

"你到现在，还在为自己的禽兽行为狡辩？"冯凯说，"你说强奸也是为了复仇？那可是你的亲妹妹！"

"什么亲妹妹？都不认识我，怎么就是亲妹妹了？"魏壮壮说，"我真的是为了复仇，不然我才没那么多时间做那事呢。"

"接着说。"冯凯强压着怒火，说道。

"完事之后，她就哀求着让我放了她。"魏壮壮接着说，"我也知道，她是无辜的，所以我准备把她放了。我割断了她手上的绳索，结果不小心把她手腕割破了，她就又开始哭。女孩子一哭我就慌，连忙找来了手纸给她止血。后来她不哭了，我心想和她聊聊天吧，安抚安抚她。"

"安抚她？"冯凯对魏壮壮的用词感觉十分诧异。

"是啊，她毕竟是帮她爸承担了罪责，自然要安抚一下。"魏壮壮说，"安抚的时候，我突然想到，既然我知道她的存在，她会不会也知道我的存在呢？于是我就故意试探，问她有没有兄弟姐妹什么的。她想了想，说自己不知道。我就问这有啥不知道的？她说她曾经偷听到她爸厂里的两个人聊天，说她爸以前好像有家。我这么一听，惊出了一身冷汗。她居然知道这么多，那么她就不能留了。因为我杀了她妈，警察肯定要找她问话，那样，警察就能找到我。所以，我趁她不注意，用割断了的绳索勒死了她。没办法，我真的不想杀她，是她自己找死。"

冯凯已经气得说不出话了。

"勒死她之后，我就拽亮了灯，想从她家找点什么值钱的东西带走。"魏壮壮说，"可是我一拽亮灯，就看见了客厅的那一张全家福。嚯，他们这一家三口，笑得可真甜啊！留下我和我妈吃了这么多年的苦。所以我就气不打一处来，用刀去砍全家福上魏前进的脸。可没想到这一砍上去，那照片就掉下来了，发出了'轰

第七章
全是垃圾

隆'一声，吓了我一大跳，我怕夜里有邻居听见然后过来查看，就不敢再在她家里找钱了。所以，我赶紧拽灭了灯，就从大门跑了。"

"刀呢？绳子呢？还有开门的塑料片呢？"冯凯问。

魏壮壮答道："回家之后，我见身上有血，就把衣服和开门用的塑料片，还有那根绳子都给烧了。"

卢俊亮一脸失望的神情。冯凯站起身，拍了拍卢俊亮的肩膀，又指了指正在闪着红灯的摄像机，意思是告诉他虽然丢失了很多证据，但从现有的证据来看，已经算是证据确凿了。更何况有了摄像机的加持，犯罪嫌疑人第一时间的完整供述，对现场细节的描述，都是有非常强的证明力的。

"那你后来还去找过魏前进吗？"冯凯问。

"我不会放过他的。"魏壮壮说，"最近风声紧，我没动手，如果你们没抓到我，过几天我还是要去寻他晦气的。这次，要是我还能出去，我还是要去寻他晦气的。"

冯凯又冷笑了一声，心想，你如此罪大恶极，居然还妄想能出去？

至此，审讯结束。

分局的侦查员让魏壮壮在讯问笔录上签字画押，而冯凯和顾红星、卢俊亮走出了审讯室。三个人都觉得心里很复杂。

"不管怎么说，还是祝贺你再破一案。"顾红星走到走廊外，看着星空说道。

"要不是你，我们找不到指纹，这案子也不好破。"冯凯也抬头看着星空，说。

"指纹只是起印证的作用，之前你都已经摸到他的尾巴了。"

"不，指纹很重要。虽然我们查出了魏壮壮这个人，但如果没有你的点拨，我们没找到指纹，那审讯的效果就会差很多。"冯凯说，"没有心理确认，就不会这么理直气壮地给他施压。而且，魏壮壮把关键证据都烧毁了，如果没有这枚指纹，他拒不交代，这个案子就破不了了。"

"你说这种话，我很意外。"顾红星说，"想当年，你总嫌我们刑事技术是浪费时间。如果不是因为我俩关系好，你就不会一直帮助我在刑事技术之路上走下去。说不定，还会像陈秋灵一样反对我。"

"嘻，你还真记仇，老陈都退休多少年了。"冯凯笑着说。其实他心里想的是，老顾你看得真准，陶亮以前还真就是这个德行。

"科技发展，刑事技术也会更加成熟；而刑事技术更加成熟，就会促进破案率的提升；破案率提升了，法律就不仅能起到'惩'的作用，还能起到'戒'的作

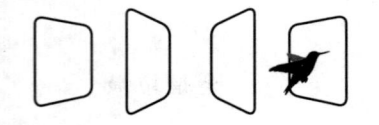

用；法律充分发挥出'戒'的作用了，就会降低发案率；而只有发案率降低了，人民群众才能安居乐业。"顾红星感慨道。

"国家安危，公安系于一半。"冯凯也感慨。

"不过这个魏壮壮太可恶了，亏我开始还有点同情他。"卢俊亮在一旁愤愤地说。

"要我看啊，这对父子，还真是有遗传。"顾红星说。

"遗传什么？"冯凯问。

"伪善啊。"顾红星说，"你说，这父子俩是不是一模一样？父亲为了自己活得开心，抛妻弃子，到后来想要'传宗接代'了，又跟他儿子许诺这许诺那的，让他儿子都相信了。而儿子呢，口口声声说是为了母亲，结果有了钱，也没有给母亲看病。"

"我们抓他的时候，他还在打麻将。"冯凯说，"实在是太离谱了。"

"就是！禽兽，明知是自己的妹妹都能下手，还说什么是为了报仇。"卢俊亮说，"他难道还觉得自己的行为有多正义？"

"他还不是想让别人觉得他才是有苦衷、有委屈的那一个，打着复仇的幌子，干着禽兽不如的事。"冯凯说，"所以老顾的这个'伪善'还真的是形容得很恰当。"

"行了，破案了，你们也别急着回去了。"顾红星说，"明天还有一场硬仗呢！还记得青南村那个失踪的大学生吗？事情有新的变化了，目前我们高度怀疑这是一起杀人埋尸案，青南村也在你们的管辖范围，明天一起把把脉吧！"

第二天一早，城南镇青南村南边的小山坡下，又一次聚集了十几个人。这些人有城南镇派出所的民警和联防队员，有村委会的干部，每个人都肩扛着铁锹和锄头。

冯凯、顾红星、卢俊亮和殷俊四人没有扛铁锹和锄头，而是分别拿着照相机、摄像机和勘查箱。

这样的阵势，在陶亮的年代并不少见，但在此时算是大场面了。顾红星一声令下，大家排着队向位于半山腰的疑似埋尸点走去。

这处疑似埋尸点是一名民警发现的。其实，这块地方乍看上去和其他地方并没有两样，都被枯枝和树叶覆盖着。如果不细看，根本看不出任何新挖掘的痕迹。

民警之所以能发现异常，还是因为冯凯之前的提醒，他让大家注意看折断的植物。这名细心的民警一直记着冯凯嘱咐的话，他搜寻到这块区域时，发现枯枝有不少都是折断的。于是，他蹲下来仔细观察，发现有一些枯枝的断面很整齐，就像是被铁锹铲断的一样。

第七章
全是垃圾

这一处异常引起了他的注意，他用手拨开浮土，发现这块地方的土壤确实有问题，不像正常那样有从浅到深的层次，而是混杂的。这就说明，有人先把浮土铲到一边，在下面挖了个坑。掩埋的时候，先用深部的土埋，再将浮土撒在面上，最后盖上枯枝和树叶。

人为的迹象那么明显，基本可以断定，这里就是埋尸地点了。

顾红星由衷地夸赞了这名民警的细致和睿智，嘱咐殷俊开机录制，然后下令开挖。

挖尸，如果没有目标，就是一件很难的事情。但如果有了目标，众人拾柴火焰高，挖起来就非常容易了。

所以即便尸体被埋得比较深，但没到半个小时，一名联防队员的锹尖就触碰到了软物。

发现了尸体，大刀阔斧的挖掘工作就变成精工细活了。冯凯和卢俊亮拿着两把勘查铲，跳进了坑里，把尸体上的浮土一层层铲出来，让尸体慢慢暴露了出来。

慢慢地，尸体的全貌展现在了众人的面前。

"乔乔啊！真的是你啊！你怎么就死了啊！谁这么狠心害死你啊！村里培养你二十多年，眼看你就要成材了，结果人就这么没了啊！"村长在一旁捶胸顿足，号啕大哭，引得几名村委会的成员都低声抽泣起来。

顾红星知道，死者应该就是那名他们寻找多时的大学生了。

冯凯和卢俊亮没有受到众人的影响，而是小心翼翼地把尸体周围的土都拨开，然后把尸体抬到了坑外。

按照《现场勘查规则》，卢俊亮要对尸体进行现场初步检验。于是，顾红星让联防队员将村委会的人都送下了山，只留下参与现场勘查的几个人。

尸体的穿着很正常，就是普通的冬天衣着。死者上身穿着一件蓝色的棉袄，从扣缝中可以看到里面穿的是棕色的毛线衣。现在是12月初，气温还在零摄氏度以上，不算太冷，死者下身穿的是普通的布裤子，里面穿了秋裤。脚上是一双自制的布鞋，里面的毛线袜子也都穿得整齐。

卢俊亮看了看死者的眼睑和口鼻，说："口鼻无损伤，眼睑没有出血点，口唇无紫绀，应该是没有机械性窒息征象。"

说完，他摸了摸尸体的头部，看到乳胶手套上沾了一点血迹，于是说道："死者头部有一处开放性创口，但是创口很小，这个要剃除头发之后才能看清楚。"

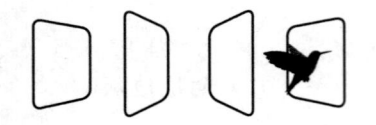

"颅脑损伤？"冯凯问。

"这么小的创口，感觉出血量很小，而且头皮下血肿也不明显，颅骨更没有骨折，不至于造成重度颅脑损伤，所以这应该不是死因。"卢俊亮说完，又拿起尸体的双手，看了一会儿，说，"双手没有看到抵抗伤，但手腕有约束伤。"

"被捆过啊？"冯凯问。

卢俊亮点点头，把死者的棉袄前襟解开，又掀起里面的毛线衣和秋衣，顿时有些惊讶："我的天，他的胸腹部皮肤有这么多损伤！"

卢俊亮这么一说，大家都凑过来看。只见死者的前胸和后背，交叉层叠着数不清的条状皮下出血的损伤痕迹。这些损伤夹杂在暗红色的尸斑之间，有的很重，呈现暗紫红色；有的较轻，呈现鲜红色；有的周围还发青、发黄。

一个人的躯体看上去如此色彩斑斓，真是令人触目惊心。

"这，这是被打得很惨啊！"卢俊亮说。

"来，仔细录。"顾红星对殷俊说。

陶亮曾经是大案队的，所以虽然他不是法医，但也能靠肉眼区分出尸斑和损伤。而卢俊亮这么一说，更是确认了他内心的判断——这名大学生在死亡之前，遭受过非人的虐待。

"哪一处损伤能致死？"冯凯问。

"从尸表上，看不出来。"卢俊亮把尸体的上衣复原，又把尸体的裤子一层层褪到膝盖，说，"我按压了，没发现肋骨骨折，但也不能排除有某处损伤比较严重导致内脏破裂的可能性。或者，毕竟他身上有这么多处皮下出血，还有可能导致挤压综合征死亡。"

"挤压综合征？"冯凯好奇道，毕竟这个法医学名词对他来说很陌生。

"解释起来很复杂，简单来说，就是因为损伤和皮下出血面积太大，导致肾脏损伤，造成急性肾衰而死亡。"卢俊亮一边解释，一边褪下了死者的秋裤，看到了内裤。

"这条内裤前面有个口袋，你们看，这个口袋是不是被人翻过？"顾红星蹲了下来，边示意殷俊录制细节，边说，"外面的衣服总体来说都是整齐的，但内裤的口袋是不整齐的。"

"好在是个男孩，不然看到内裤被翻动就要先怀疑性侵了。"冯凯说。

第七章
全是垃圾

"不管男孩女孩,口袋被翻动,也得怀疑抢劫啊。"顾红星说,"他外衣口袋里有什么东西吗?有翻动迹象吗?"

"什么都没有,也看不出翻动迹象。"卢俊亮答道。

"但也不能排除抢劫杀人的情况。"顾红星说。

"我觉得不太可能,抢劫杀人通常不会费那么大力气埋尸,更不会把尸体搬到这种荒郊野岭没有路的地方埋尸。如果真的想延长案发时间,把尸体扔河里就是了。"冯凯说,"而且,为什么要抢这么一个穿着朴素的大学生?"

"因为他有相机啊。"卢俊亮说,"值不少钱呢。"

"为了一个并不方便销赃的照相机去杀人埋尸?"冯凯依旧不相信,他看了看殷俊,开玩笑地说,"那殷俊扛着摄像机岂不是更危险了?"

"我是警察。"殷俊一本正经地说。

"无论是拷打逼问,还是翻动口袋,都不能排除侵财的可能性。"顾红星说,"当然,也不能排除熟人虐待的可能性。只可惜,这种布的内裤,是渗透性客体,提取不到指纹。"

冯凯叹了口气,心想要是有 DNA 技术就好了。

"虐待?"冯凯突然想起了什么,说,"找人的时候,怎么没看到他的家人呢?虐待一般都是家人干的吧?"

"他没什么家人,就只有一个继父。"顾红星说,"蹊跷的是,他的继父也失踪了。"

| 第八章 |

公鸡与死神

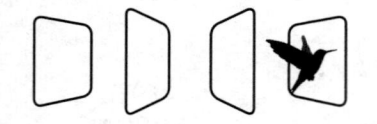

1

死者的身上有虐待伤，而他唯一的亲属又莫名其妙失踪了，那么以一个老侦查员的直觉，这名失踪的亲属自然就是最大的犯罪嫌疑人了。

冯凯这样想着。

可是，如果这个案子的侦破方向这么明确，那还会破不掉吗？它到底是不是那个积压了30年，最后落到顾雯雯手里的悬案呢？

冯凯又开始犹豫了。

"老凯，我从分局刑警大队重案中队调拨三个人，派出所再派两名同志，由你带领，对死者的背景情况和他继父的行动轨迹进行调查。"顾红星开始发号施令，"小卢、殷俊，你们现在就携带摄像机去殡仪馆，我让周满在那里等你们，配合进行尸体检验。剩下的人，和我一起对现场进行外围搜索，然后去死者居住的地方进行勘查，看能不能找到什么蛛丝马迹。等工作初步完成后，傍晚我们在分局碰头。"

顾红星给冯凯安排了五个帮手，他们算是人手最多的一组了，可见这起案件中侦查工作的重要性。六个人到齐后，冯凯也很快做了一个简单的分工。他自己带着一名侦查员去村委会了解死者的背景情况，两名派出所的同志去广泛走访村民，了解一切和死者有关的信息，而另外两名重案中队的侦查员则围绕死者继父的行动轨迹进行调查。

走进村委会的大门，冯凯发现村长曹永明正在召集村委会成员开会，看来村里唯一的大学生的横死，对村里来说是天大的事情。

见冯凯他们两人走到了会议室门口，一名知识分子模样的中年人连忙起身，引导冯凯坐到了会议桌旁。其他人则是一脸茫然地看向冯凯他们。

"我要批评你们，看到公安同志都不知道打招呼。"村长曹永明很不客气地对那几个人说道。

第八章
公鸡与死神

大家听村长这么一说，连忙纷纷起身，向冯凯他们致意。

"不用客气，不用客气。"冯凯挥手让大家坐下，说，"你们继续，我们就旁听一下。我们过来，就是想了解一下死者的基本情况。"

"公安同志，我来给你介绍一下吧。我是青南村的村长，你们都已经知道了。"村长指着最先站起身的那个知识分子，说，"这位是曹文化，是我们村办学校的老师，村里的孩子都是他的学生，曹老师在我们这儿是德高望重啊。"

"哪里哪里，村长您才是德高望重，鄙人尸位素餐，担不起这个称号。"曹文化谦让着，不自觉跷起了二郎腿，脚上的回力球鞋和他身上的旧西装十分不搭。

"尸位素餐？"冯凯心想，这人对自己的评价可真够不客气的。

"这位是我们村办企业的厂长，曹广志。"村长又指着身旁一个不到30岁的年轻人，说，"年轻有为，在外闯荡多年，现在回来造福乡亲，在我们村也是个致富带头人啊。"

曹广志抱着胳膊，点头示意，并没有客气的意思。

"这位是村里的副书记，曹强。这位是书记员，董晓莉。这两位是村委会的干事，曹佳佳、曹峰。"村长按照座位的排序一溜儿介绍下来，每个被点到的人都会站起来，跟冯凯握手。冯凯边握手，边记忆着每个人的脸，这是他作为侦查员的本能习惯。村委会成员并不是公务员，是村里自行录用的，一般都是对村里情况比较熟悉的人。最后，村长指着末座上一个20岁出头的小伙子说："这位是村委会的新干事董子岩，他是曹松乔的发小，两个人住隔壁。"

"曹松乔，就是你们说的死者乔乔？"冯凯边和董子岩握手，边问。

"是的。"董子岩手上一紧，神情黯淡地点了点头。

"你是乔乔的发小，最熟悉乔乔，那乔乔是个什么样的人啊？"冯凯直接问道。

董子岩抬眼看了一眼村长，村长说："看我干什么，有什么说什么。"

"是啊，出了这么大的事，我们肯定要好好配合政府的调查，要知无不言、言无不尽。"曹文化也晃着脑袋说道。

董子岩这才安下心来，往椅子深处挪了挪，斟酌着说："乔乔，怎么说呢，他从小就是我们当中最聪明的一个，成绩好，考的大学也好，是村里最有出息的孩子。我爸妈以前老说，同人不同命，人家乔乔聪明，就能上名牌大学，而我们这种不会读书的，就只能在家种地。谁能想到……唉，不过就算没出事，他从小也是蛮可怜的。"

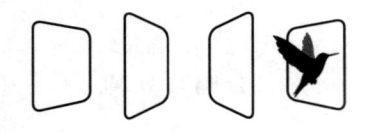

"哦？说来听听。"冯凯坐直了身子，示意身边的侦查员做记录。

"乔乔他和我们不一样，他从小就没爹。"董子岩说。

"等会儿，先把曹松乔的基本情况和我们说一下，他多大岁数？"侦查员问。

"哦，好的。他和我同岁，是1970年生的，今年20岁。"董子岩说，"我们两家住隔壁，所以是从小玩到大的。他3岁的时候，他爹就生病死了。"

"什么病？"冯凯问。

"说是心脏方面的问题。"曹文化插话道，"在地里干活儿的时候，突然就走了。很年轻，真是造孽啊。"

冯凯点点头。

董子岩接着说："后来，我们五六岁的时候，乔乔他妈又嫁人了，嫁了一个游手好闲的二流子。因为乔乔爸爸留下了几亩地，所以那个二流子就来我们村子里生活了。算是……入赘吧？"

又听到"入赘"这个词，冯凯陡然一个激灵。

"我要批评你，没大没小，什么二流子？"村长曹永明拿手指了指董子岩，说，"乔乔的继父叫蒋劲峰，比乔乔他爹要小一岁，今年应该44岁了。他是我们城南镇镇北村的人，也就是乔乔他妈妈那个村子的人。"

"子岩说得也不错，这个人确实游手好闲。"曹文化插话道，"乔乔他妈去世后，蒋劲峰不愿意种地，把家里的地都租出去了，靠租金生活。"

"是啊，二流子对他不好，小时候乔乔连饭都吃不饱。"董子岩说，"我们大概上小学六年级的时候，乔乔他妈就死了，我觉得就是被那个二流子给打死的。"

"家暴？"冯凯问。

这个词儿在这个年代还很新鲜，大家都好奇地看向冯凯，冯凯连忙解释说："就是'家庭暴力'的意思，乔乔的继父打老婆？"

"打啊！打得很凶！"董子岩说，"我经常听见他们家闹得一塌糊涂。这个二流子不仅打老婆，也打孩子。我总是看到乔乔的眼角一块青、一块紫的，但乔乔要强，都说是自己摔的。"

"他们家的这些事儿，你们村子里都知道吗？为什么不报警？"冯凯问道。

"家务事，报警有啥用？"曹永明摆摆手，说，"不过，乔乔他妈的死，可不是子岩说的那样是被蒋劲峰打死的，而是病死的，这个村医可以证明。虽然蒋劲峰不是个东西，但我们也不能随便冤枉人。"

第八章
公鸡与死神

"是的,身上没有伤,而且是在众目睽睽之下倒下的,村医也说是心脏疾病。"曹文化也说,"那段时间,村里面还互相传,说心脏病也传染呢,我还辟谣了好久。哦,对了,你们公安的法医也来了,跟大家解释了不是谋杀,这事儿应该是没有问题的。"

"那乔乔的母亲去世之后,"冯凯接着问,"接下来这么多年,乔乔都是怎么过的?他是跟着他继父一起生活吗?"

董子岩愤愤然地说道:"那是他家的房子,他不和二流子住在一起,还能去哪儿呢?二流子租地的钱,基本都被他自己拿来吃喝玩乐,他哪里会管乔乔的死活。从初中开始,乔乔的吃的、用的,完全是靠大家的接济。"

"你们村里也有初中?"冯凯好奇道。

"小学、初中都是曹老师教我们。"董子岩看了看曹文化,说。

曹文化笑了笑,说:"见笑了,鄙人从师范学校毕业后,就一直在村里执教,小学、初中的文化课我都可以教。虽说我也是鞠躬尽瘁,但教书的成果实在是差强人意,差强人意啊!能上高中的孩子不多。他们要是能考上普通高中,就去镇子里上学;要是考不上,要么就是回家种地,要么就是去上技校了。"

曹文化每次用成语,都让冯凯一愣一愣的。"差强人意"不是大致上让人满意的意思吗?

"这孩子聪明伶俐,村里的人都喜欢他。"村长曹永明说,"难得这孩子学习能力比一般人都强,后来也是我们村里第一个考上重点高中的。可以说,他就是我们全村的骄傲,也是全村的希望。他妈去世之后,蒋劲峰根本不管他吃饭,他就是吃我们村的百家饭长大的。到了饭点,只要他到了谁家门口,就会被谁家叫进去吃饭。等他去上高中住校的时候,他的生活费都是我找村民们募集的。我们整个村子,对他都是有恩的。"

"乔乔考上大学的时候也是,学费、生活费都是村委会出的。我们村子对他确实是有恩,算是再造之恩了。"曹文化补充道。

"我们辛辛苦苦培养了一个大学生,还指望他以后能回来报效村子,给父老乡亲争口气呢,可是没想到,就出了这事儿!"曹永明的神情变得怨愤起来,双手微微发抖,恨恨地说,"要是知道是谁干的,我当村长的第一个不放过他!"

冯凯看着他义愤填膺的样子,忍不住插嘴问了一句:"当年蒋劲峰打老婆的时

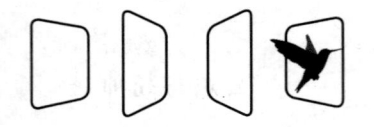

候，你们村委会有管过吗？"

"好多人都打老婆呢，也有打丈夫的，这种家务事要是都归我们管，我们还不得累死？"曹永明顿了一下，解释说。

冯凯摇了摇头。家暴是违法的，甚至是犯罪，到了他嘴里，却成了没人管的家务事。这是时代的局限性，更何况村落里的宗族观念很强，青南村一共有两个大姓，曹姓和董姓，对这里的村民来说，乔乔是姓曹的，是自己人，而乔乔的母亲和继父都是外姓人，他们只要照顾好自己人就行了，其他人怎么样，不关他们的事。

"乔乔孜孜不倦，上的是名牌大学，化工专业，可谓不负众望。"曹文化说道，"不过他读的大学离我们这儿很远，回来一趟要好几天的时间，所以他为了节省路费，上学后就没有再回来过，这是唯一一次。"

"他既然是吃百家饭长大的，村子里的人对他都有恩，他怎么能不回来探望大家呢？连过年都没回来吗？"冯凯问。

"你这说的是什么话。"曹永明说，"乔乔是个好孩子，他人没回来，但经常会打电话给我们啊。他不回来，是为了利用寒暑假和各种假期，什么工什么学来着？"

"勤工俭学。"曹文化补充道，"他一上大学，就自力更生了。"

"对，就是利用一切时间赚钱。"曹永明说，"我是有数的，他大学毕业后，肯定能带领我们村子发家致富。这次他回来，给以前带过他的各位叔叔伯伯都带了吃的、喝的、用的，多孝顺的孩子啊。"

"他今年上大几？"

"大三了。"曹文化说，"过了年就是大三下学期了。"

"那他和蒋劲峰现在关系怎么样？"冯凯接着问。

董子岩说："他和那个二流子，几乎没话说。就算回来，除了睡觉，他都不在家里待着。"

"这一次回来，他和他继父说什么话了吗？"冯凯追问。

"这我还真没注意，你住得近，你说。"曹永明看向董子岩。

董子岩连忙说："这次他回来，是我骑车去镇子里接他的，然后他去干啥了，我还真不知道。"

"说起来，乔乔这次回来到底是做什么的？现在距离过年还有两个月呢。"冯凯说，"他回来的目的和行为轨迹，你们知道吗？"

"他是回来找我的。"曹永明用颤抖的手指了指身后的党旗，说，"他要入党，

第八章
公鸡与死神

回来找我办政审材料。"

"具体的日期和行程呢?你们清不清楚?"冯凯问。

"我刚才就让他们梳理了一下。"曹永明指着书记员董晓莉,说,"你问她,她搞得清楚。"

董晓莉是个三十来岁的女性,打扮得挺得体。她咳嗽了一声,说:"我找村民们确认过了,时间应该是准确的。"

说完,董晓莉像是读报纸一样,用不一样的语调朗读起笔记本上的记录来:"曹松乔于11月26日坐火车抵达龙番市,然后坐汽车来到镇子里。他在回来之前就给他儿时的玩伴董子岩写了信,所以当天是董子岩骑着自行车去镇子上把他给接回来的。"

董子岩点了点头。

"曹松乔回到村子后,先是来村委会找村长开具了政审材料。"董晓莉接着说,"并送给村长一盒饼干和一个瓷缸,给我们村委会的每个人一盒饼干。之后,曹松乔去了几个他最熟络的村民家里,分别送了一些他上大学那地方的土特产。"

曹永明抚摸着一个写有"为人民服务"的白色搪瓷水杯,神情有些苦涩,嘴角低垂。

董晓莉说:"当天晚上,他应该是回家睡觉了。11月27日,他一整天都在村子里拍照,还找了一些村民合影,说等他把照片冲洗出来,要送给大家。我们这里处于偏僻之地,照过相的村民不多,大学生是全村的宝贝,所以大家都特别开心,乐意和他合照。"

冯凯心想,死者的照相机和胶卷都没有被找到,现在想通过照片来调查也没有线索,实在是可惜。

"经过我们村委会的调查,最后一个和他合影的,是村西头的曹老三。"董晓莉说,"下午两三点钟的时候,曹松乔到了村西头,遇到了正扛着锄头从地里回来的曹老三,于是两人合影了。至此,就再也没有任何人知道曹松乔的下落了。我们问了所有的村民,11月27日下午3点钟之后,就没有人再见过他了。"

"11月27日的早上,最早是几点钟有人看到他的?"冯凯问。

"6点半,出工的几个村民都看见他了,他挎着相机,说要去拍朝霞。"董晓莉说。

"那也就是说,他在村子里怀旧游玩加拍照,一共用了将近九个小时,也该回家休息了。"冯凯道。

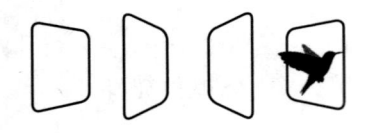

"乔乔有没有回家，这事儿有人知道吗？"曹永明又看向了董子岩。

"这个我也不知道。"董子岩说，"当天我正在准备申请加入村委会的材料，所以我就没有陪他。"

"确实，子岩一直在我们村委会。"曹文化说。

"那这个曹老三，有没有什么疑点？"冯凯问。

曹永明摇了摇头，说："不可能，他就是一个单身汉，憨得要死，胆小如鼠，鸡都不敢杀，更不用说杀人了。而且，曹老三这个人，虽然不富裕，却很仗义。他哪怕只有一块馒头，也会分给乔乔半块。"

冯凯点了点头，又看向董子岩，说："26日你接完他回村后，没和他多说说话什么的？"

"是啊，我正好有正事儿要处理，就想着先把事情办完。"董子岩说，"我和乔乔约好了28号一起去钓鱼的，那时候可以好好聊聊。可28号一早我去敲他家门的时候，发现他家院门从外面锁上了。我喊了几声，也没人应，屋内应该没人，我还抱怨乔乔这家伙讲话不算话呢。"

"门锁住了，你进不去屋，所以屋内到底有没有人，你并不能确认。"冯凯道。

"啊……你要这么说，也有道理。"董子岩若有所思，继续说道，"后来，我又经过他家门口两三次，发现门一直是从外面锁着的。我当时猜乔乔是去镇子上冲洗照片了，因为村子里没地方洗照片嘛。"

"你住他隔壁，这两天有没有听见什么异常动静？"冯凯问。

"没有，应该是没有。"董子岩不太确定地说。

"那，蒋劲峰你们有看到过吗？"冯凯问。

"那二流子……哦，蒋劲峰好像是26号晚上不在家，回老家喝喜酒了。"董子岩说，"我也是那天接到乔乔的时候，听乔乔提了一嘴，说是晚上蒋劲峰不在，他可以睡个好觉什么的。"

"之后呢？"冯凯转头问董晓莉。

"我们了解的情况是，27、28号这两天，都有人看到过蒋劲峰。"董晓莉说，"但他具体干了什么，我们还没有详细调查。你知道的，从报失踪到现在，还不到二十四个小时，所以我们工作的范围有限。"

冯凯点头，对这一名村委会女干部的工作能力表示认可。

"11月27日下午3点钟之后，就没有人再见过乔乔了。"冯凯低头看了一眼自

/// 第八章
公鸡与死神

己抄录的重点，抬头问董子岩和村长，"我们接到失踪的报案是 12 月 3 日，中间这几天，就没有人发现异样吗？"

"话不能这么说，村子里这么多人，我这一天天一大堆事。"曹永明说，"谁能想到一个大活人就这么失踪了呢？"

"是啊，我这几天也是在办理入职村委会的手续，很多事务我都不熟悉，晓莉姐他们还在带我，所以也没抽出空来去找乔乔玩。"董子岩说，"我几天没见到他，想着他说不定已经回学校了。当时觉得他肯定是没找到我，所以才没有和我打招呼。"

确实，在这个没有手机、呼机的年代，想找一个人完全靠两条腿。所以董子岩认为曹松乔是没找到他而直接回学校了，完全情有可原。毕竟不能拿一个处于通信发达时代的人的思维，来衡量这个时代的人的想法。

冯凯收起了自己的小本子，认为这次调查的效率还是很高的，这个老村长果真还是有两把刷子，在他行动之前，就依靠群众的力量，先安排了调查工作。所以，听完这几个村委会的人的汇报，死者曹松乔生前的行动轨迹基本就理清楚了。

2

当然，冯凯也不能偏听偏信。从村委会出来，他和派出所的民警又走访了几十名村民，从他们口中得到的说法，和董晓莉之前汇报的信息十分吻合。这说明这些村委会的干部并没有把这件事当成一项任务来应付，而是真的花了心思对村民进行了调查了解，才得出了曹松乔完整的生前行动轨迹。只可惜，从这些生前行动轨迹来分析，并没有找到什么好的突破口。

曹松乔的继父蒋劲峰，在大家的评价里，都是一个不务正业、游手好闲的懒汉。对蒋劲峰打老婆、打孩子的事情，大多数村民都有所耳闻。有个村民还提供了一条线索，他说蒋劲峰本身是"龅牙[①]"，他的右侧切牙后来脱落了，就是当年在打老婆孩子的时候，因为曹松乔的激烈反抗而撞掉的，为此，蒋劲峰还狠狠教训了曹松乔一顿。

到了下午，负责调查蒋劲峰的两名侦查员也回到了村里。六个人坐在村口的小

---

① 龅牙：指前面的切牙和侧切牙等 4～6 枚牙齿都外突畸形。

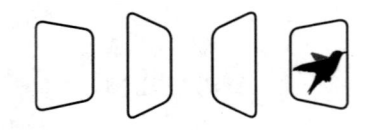

亭子里，把调查情况进行了一个汇总。

1990年11月26日，蒋劲峰应老家镇北村一个亲戚的邀请，回到镇北村去喝喜酒。通过刑警大队的协调，城南镇派出所也派员到镇北村去了解了情况，确定蒋劲峰于26日中午时分就抵达了镇北村，给亲戚随了20元份子，中午饭和晚饭都是在喜主家里吃的。晚饭吃到26日晚9点左右，喜主在城南镇上的一家小旅馆为留宿的人开了房。蒋劲峰当天晚上是和另一名从外地来的村民同住，一直睡到27日中午时分。蒋劲峰还让同住的村民在镇子上请他下了馆子，才打道回府。

11月27日下午2点左右，蒋劲峰在城南镇遇见一名骑自行车来镇子里买药的青南村村民，于是坐村民的"顺风车"回到了青南村。他回到村子大约是在下午3点，好几名村民都看见了。

当天晚上，蒋劲峰去了一个村民家，和几个村民在一起打牌，打到晚上11点左右，然后回了家。

11月28日一大早，蒋劲峰又去那个村民家里打牌，中饭、晚饭都是在那个村民家里吃的。他们一直打到晚上8点，蒋劲峰说自己的身体不适，就回家了。在打牌的过程中，蒋劲峰提到了曹松乔回村的事儿，埋怨这孩子都不和他说一声，还嘀咕了一句，说他明明给好多人都带了礼物，就是什么也没给他老子带。除了这两句话，蒋劲峰就再也没有提到曹松乔了。

11月29日一整天，全村人都没有看到蒋劲峰的人影。

这天晚上11点左右，蒋劲峰的一个牌友打牌归来，经过蒋劲峰家的时候，见蒋劲峰家的院门挂锁没有锁，猜测蒋劲峰应该在家。于是，牌友就在院外喊蒋劲峰，问他身体怎么样，明天要不要一起打牌。但院子里静悄悄的，并没有任何声音传出来。牌友认为蒋劲峰是睡着了，于是就走了。

此后，直到派出所来调查曹松乔失踪事件，村长带着派出所民警去了蒋劲峰家，才发现他家院门挂锁依旧没锁，家里一个人都没有。

把蒋劲峰的轨迹调查情况和曹松乔的轨迹调查情况一碰，蒋劲峰的嫌疑立即就上升了。

第八章

公鸡与死神

日期	时段	曹松乔	蒋劲峰
11月26日		坐火车抵达龙番市，转汽车到城南镇，董子岩骑自行车将其带回青南村	中午：镇北村喝喜酒
	21:00		晚饭后，和某村民入住城南镇小旅馆
11月27日	6:30	带相机拍朝霞	
	14:00	在青南村西头与曹老三合影	在城南镇与村民吃饭后搭车回家
	15:00		坐村民自行车回青南村
	15:00后	无人见过曹松乔	
	晚上		去牌友家打牌
	23:00		打完牌回家
11月28日	一大早	董子岩与曹松乔约定钓鱼，但到其家门口发现锁门且敲门无人应答	整天都在牌友家打牌，中途提到曹松乔没带礼物的事
	20:00		打完牌回家
11月29日	23:00		牌友经过其家，发现门没锁，喊话无人应
11月30日			
12月1日			
12月2日			
12月3日		学校报警，调查失踪	门没锁，发现其家中无人
12月4日		发现其尸体	

一来曹松乔身上有虐待伤，而蒋劲峰此前就有家暴史；二来蒋劲峰对曹松乔突然回来，还不给他带礼物是有怨言的；三来蒋劲峰27日从镇北村回到青南村的时间点，正好是曹松乔失踪的时间点；四来是蒋劲峰28日晚上就提前回家了，29日又莫名其妙消失了。尤其是29日晚上，蒋劲峰明明在家，却不搭理牌友，这些都是反常现象。

由此，冯凯推理出了一条时间线：

11月27日，蒋劲峰回村后，和晚归的曹松乔发生了纠纷。蒋劲峰对曹松乔进行了约束、殴打，并且可能通过封嘴等方式让他无法呼救。经过一晚上的殴打，让曹松乔丧失了抵抗、挣脱或呼救的能力。

11月28日，蒋劲峰一早就锁了院门去打牌了，导致董子岩以为曹松乔自己离开了。当天晚上，蒋劲峰不放心饿了一天的曹松乔，于是借故提前离开了牌桌。回到家里，他有可能又对曹松乔进行了殴打。

11月29日，蒋劲峰一直在家，他有可能一直在殴打、虐待曹松乔，直到曹松乔死亡。随后，蒋劲峰把尸体拖去山上进行掩埋，因为内疚和害怕，他还杀了只鸡进行祭奠，最后逃离了青南村。

冯凯捋出来的时间线，是可以解释目前所有调查到的情况的，很有可能就是事

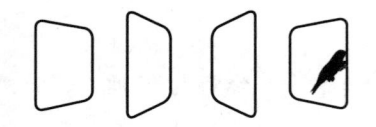

情的真相。但冯凯现在已经成熟了很多，他没有直接对此案下一个确定性的结论，因为他知道，一切的推断，必须建立在现场勘查和尸体检验结论的基础上，否则一切都是空谈。

好在此时，距离顾红星约定的时间点已经不远了，于是冯凯招呼大家一起骑车返回分局，和法医、痕检部门核对一下信息，看看上述的推断是不是事实的真相。

来到分局会议室，冯凯发现顾红星、卢俊亮等技术部门的同志都已经落座了。见冯凯一行人归来，顾红星朝卢俊亮招招手，意思是让他最先发言。

卢俊亮点点头，开始汇报他和周满解剖尸体后得出的结论："死者曹松乔全身未见致命性损伤，未见机械性窒息的征象，也未见中毒或者疾病猝死的征象，由此可以判断，死者曹松乔应该是全身的大量非致命性损伤导致挤压综合征，因急性肾衰而死亡。死者的胃肠完全空虚，应该是处于脱水且虚弱的状态，这样的状态会加速其病发死亡。不过因为胃肠的空虚，我们也无法推断其餐后几小时死亡。"

"那死亡时间就没有办法推断了？"顾红星问。

"我觉得应该是 29 号左右吧？"冯凯插了一句。

"对，从尸体的征象、腐败的程度，结合我们的经验来看，我也觉得曹松乔大概是在 29 号晚间死亡的。"卢俊亮说，"尸体头部有一处创口，其他地方没有开放性创口，都是钝器击打造成的挫伤。头上的创口边缘不整齐，创腔内有组织间桥，说明也是钝器所致，所以我们认为行凶者只用了一种钝器。换句话说，他身上的损伤，一个人就可以造成。"

"头上的创口，流血多吗？"顾红星若有所思地问道。

"创口长 2.2 厘米，我们认为会有不少流血。我们发现尸体的时候，曹松乔已经在土里躺了好几天了，头部依旧有血液渗出，这说明创口刚形成的时候应该有流血。"卢俊亮说，"我们也分析了凶器，这是一个很有特征性的棍棒类的凶器。"

"特征性？"冯凯好奇道。

"因为尸体的皮肤上是可以保留钝器作用的痕迹，保留钝器表面的形状的。"卢俊亮说，"所以我们仔细研究了曹松乔皮肤上的挫伤痕迹，认为凶器应该是麻花样的木质钝器。"

"听起来像是藤条。"冯凯说。

"对。"卢俊亮说，"我们也认为是类似藤条的东西。"

第八章
公鸡与死神

"藤条一般是不是用来执行家法什么的？我看电视剧上都是这样演的。"冯凯说。

"不能排除。"顾红星说。

"所以蒋劲峰的嫌疑进一步加重了。"冯凯说完，示意卢俊亮接着说。

"虽然我们在现场没有找到藤条，但是我们法医的检验可以为寻找凶器提供一条线索。"卢俊亮说，"死者的胸前有一条长条形的挫伤，这条挫伤的中央，有一块圆形的位置明显比周围的伤势要重。这块圆形的挫伤和死者衣服上的纽扣完全吻合，也就是说，藤条打在了死者衣服上，通过力量的传导，把纽扣的形状印在了尸体的皮肤上。这也从某种角度上说明，凶手下手的力度是非常大的。"

"这怎么判断凶器呢？"冯凯好奇道。

"我们仔细观察了死者衣服对应位置的纽扣。"卢俊亮说，"发现这个纽扣是金属质地的，表面有明显的凸起，凸起处还可以看见褐色的木屑。也就是说，凶器是褐色的，而且上面肯定有和纽扣撞击造成的新鲜凹坑。"

"这个推断真是精妙。"顾红星说。

冯凯心想，等将来有了微量物证仪器，就可以通过纽扣上的微量物证找到凶器的所在了，可惜这会儿的技术和设备都还不能支持。

"这些损伤，应该是分几天造成的。"卢俊亮说。

"是因为颜色黄黄绿绿的？"冯凯问。

"是啊，新鲜的损伤一般都是紫色的，因为有大量红细胞从破裂的血管内涌入了皮下组织。随着时间延长，死去的红细胞被巨噬细胞吞噬，其中的血红素也被分解，随后逐步产生胆绿素、胆红素和含铁血黄素，颜色也就慢慢变成绿色、黄色。"卢俊亮说。

"你先别急着展开说原理，直接说结果吧。"冯凯说，"这些损伤，大概要几天才能造成？"

"根据经验，再结合曹松乔失踪和死亡的时间，我们认为，他27日失踪后就遭受了暴力击打，28、29日也一直在遭受暴力击打。"卢俊亮说，"从损伤的颜色看，他遭受虐打的时间确实应该在三天左右。"

"那就和我推断的差不多了。"冯凯满意地说。

"还有什么其他的线索吗？"顾红星问。

"还有就是捆绑痕迹了。"卢俊亮说，"死者的双手腕和双足踝都有捆绑约束的痕迹，可以看出捆得很紧。从约束损伤的形态来看，捆绑死者双手和双足的，应该

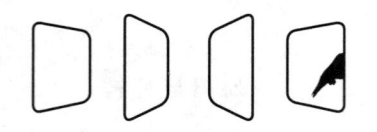

就是农村常用的麻绳，大约小拇指粗细，在一端打了一个比较大的结。"

"这也是很好的发现，等找到绳索的时候，也可以印证口供。"顾红星说，"我也说一下我们现场勘查的情况。"

顾红星顿了顿，说："山上的野外现场，是埋尸好几天后才被发现的，所以完全找不到任何物证线索，可以说，我们花了大量时间在勘查这个野外现场，却一无所获。我们分析，如果是死者的继父蒋劲峰作案，那么他虐待、杀人的场所肯定是在自己家里，所以，我们又对他家进行了全面的勘查。现场的院门是没有锁的，处于自然关闭状态，推门就可以进入。院内的屋舍大门是虚掩的，也是推门就可以进入。屋内没有明显的打斗痕迹，但有各种各样的足迹。除了足迹，我们还发现堂屋的地面上，有疑似拖擦的痕迹。"

"拖尸体的痕迹？"冯凯问。

顾红星点点头，说："应该是的。我们拍照提取了地面上的拖擦痕迹，带回来放大冲洗，大家观察和讨论后，认为那种网格状的拖擦痕迹，应该是农村常见的麻袋留下的。"

"也就是说，蒋劲峰杀死曹松乔后，用麻袋装了尸体，趁着夜色把尸体拖到小山上掩埋？"冯凯说，"可是，他家里有交通工具吗？"

"自行车、摩托车他是没有的。"顾红星说，"但院子里有一辆板车，板车非常适合用来运尸，尸体装在麻袋里，外面盖上一点柴火、稻草什么的，就看不出来异样了。所以，我们也对板车进行了仔细的勘查，可是除了发现两根鸡毛，其他的什么都没有。"

"发现鸡毛也有用啊。"冯凯说，"说不定他运尸的时候，板车上就放着只鸡，准备去祭奠呢。"

"可是，板车上粘着鸡毛，这事儿在农村太常见了，证明不了什么吧。"殷俊说。

冯凯心想，之前听顾雯雯说已经可以对动物的DNA进行检验，他还没往心里去，如果1990年的科技也能发展到这种程度，只要对现场的鸡血和板车上的鸡毛做个DNA检测，那不就能搞清楚事实了吗？

"虽然在板车上没有发现物证，但至少说明蒋劲峰杀人、运尸是具备条件的。"顾红星说，"现场客厅两边是两间房间，应该一间是蒋劲峰住的，另一间是曹松乔住的。蒋劲峰的屋子里，什么痕迹都没有，地面上只有零星的足迹，我们分析是蒋劲峰的足迹。曹松乔的房间里，家具上的灰很重，说明很久没有人打扫过。床上的

/// 第八章

公鸡与死神

被子是干净的,床板四周的灰很重,被褥应该是平时放在柜子里,他这次回来,才从柜子里拿出来铺上的。他的房间里除了被褥和家具,就只有他的行李箱和书包了。行李箱和书包载体都不好,我们仔细刷了,都没能刷出指纹。不过,行李箱和书包内,除了书本和日常用品,我们没有发现其他的东西,比如现场的钥匙,又如照相机和胶卷,再如钱。"

"这些东西会不会都被蒋劲峰带走了?"冯凯问,"蒋劲峰带走值钱的东西,之后能拿去换成钱,也方便他跑路吧?"

"我们也是这样猜测的。"顾红星说,"所以我们现场勘查的重点,就只能从足迹入手了。我们通过死者邻居董光明的供述,找到了所有进过现场的人。村长曹永明、副书记曹强、干事曹峰都进过屋,主要就是为了找曹松乔。他们还叫上了曹松乔的发小董子岩,还有经常与蒋劲峰一起打牌的董良。"

"这个邻居董光明应该就是董子岩的父亲吧?"冯凯问。

"是的。"顾红星接着说,"我们到村委会的时候,你们已经问询完离开了。好在大部分人都还留在村委会开会,所以我们就取了这些人的足迹。在你们回来之前,我们已经比对完成,除了一双鞋印还没找到人,其他的鞋印都对上了。"

"蒋劲峰的足迹,在曹松乔的房间里出现了吗?"冯凯问。

"不仅出现了,还很多。"顾红星说,"也就是说,假如我们找到最后剩下来的那枚足迹的主人,排除嫌疑之后,就只有蒋劲峰可以作案了。"

"那我觉得这个案子就很明朗了。"冯凯靠在椅子上,喜眉笑眼地说道,"我来把我们调查的情况和你们说一下。"

说完了案件的调查情况之后,现场几乎所有人都如释重负,因为大家的想法和冯凯一样,这案子除了蒋劲峰,就没有其他人作案的可能性了。无论从动机、时间、条件,还是从案后的反常行为来看,蒋劲峰无疑就是凶手。

只有顾红星依旧不放心地说:"虽然从各个组的工作情况来看,我们现在怀疑的对象都是蒋劲峰。但一个很大的问题,那就是蒋劲峰应该是在自己家里作案,而他家里并没有找到藤条,也没有找到麻绳,甚至连个麻袋也没有。蒋劲峰平时游手好闲,好吃懒做,虽然板车、锄头、铁锹这些可以用于运尸、埋尸的工具,他家里是有的,但是总感觉不像是刚刚使用过的模样。而且,既然用麻袋装尸体、拖尸体,为什么埋尸体的时候要把麻袋去掉?把尸体放在麻袋里埋,岂不是更保险吗?"

"这个也很好解释。"冯凯说,"很多凶手作案后,都会把凶器给处理掉。我刚

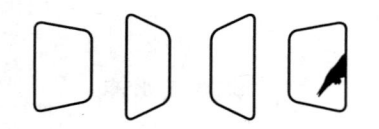

刚办的这个母女双尸案，凶手就烧毁了血衣和绳索。你想，蒋劲峰甚至都掏了曹松乔的内裤口袋，所以他肯定把可能使他暴露的东西都拿走了。而曹松乔毕竟是蒋劲峰的继子，虐打致死的事情应该并不在他的预料之中，他杀人后，有杀鸡祭祀这样的愧疚行为，那么他自然不会把尸体随便装在麻袋里埋掉，他应该也是想让曹松乔躺得舒服点，死了也是'体体面面'的。"

"这个确实可以解释。"顾红星说，"小卢，我记得你提到死者的头上创口流血很多，如果流血多，那么为什么现场一点血迹都找不到呢？"

卢俊亮说："这个倒也可以解释。如果损伤之后，立即进行包扎，血就只会浸染在布上，而不会留在现场了。"

"是啊，你们还记得剖腹取子案吧？凶手只是用一件小孩的衣服来裹着，就让血一滴也没有落下。"冯凯非常赞同卢俊亮的解释。

顾红星似乎也被说服了，说："好吧，虽然没有实质的证据，但从目前掌握的情况来看，蒋劲峰确实是第一犯罪嫌疑人。我马上向市局报告，要求周边地区协查，寻找蒋劲峰。你们一会儿把蒋劲峰的照片多冲洗一些出来，亲自送到周边的辖区派出所、刑警队以及巡警队、交警队。毕竟事情已经过去好几天了，如果蒋劲峰跑了，估计也跑得很远了，但他不可能一直跑。这大冬天的，他不可能露天睡觉，肯定要睡宾馆。现在要求各个方向道路周边的派出所，都拿着照片去清查旅馆，他是个龅牙，很容易被人记住长相，只要他住店，就一定有线索。只要我们知道他往什么方向跑，就一定可以把他抓回来。"

"对，还有销赃途径也要查。"冯凯想到了几年前办的那起绑架小男孩的市民广场失踪案[①]，说，"既然他带走了照相机，就很有可能会把它变现。"

顾红星赞许地点点头，说："今天不早了，大家抓紧时间吧。"

3

冯凯原来在城南镇进行炸药清查的时候，派出所给他弄了一间没人住的临时宿舍。两个月后，冯凯又回到了这里，躺到了同一张床上。

宿舍里没有电视机，也没有书籍，所以冯凯打发时间的唯一办法就是冥想。这

---

① 见蜂鸟系列第二部。

第八章
公鸡与死神

一想不要紧,他刚刚在会议室里放松下来的情绪又紧张了起来。

如果这起案件真的是积压了30年都没有侦破,最终才到了顾雯雯的手上,那么它没有告破的原因是什么呢?虽然现在还没有遍地的监控,没有人像识别系统,但发动整个公安系统去抓一个人,也并没有想象中那么难。那他们到底抓没抓到人呢?假设就是出于种种原因没有抓到他,那倒还好办,但如果问题就出在没有任何物证支持冯凯他们的推断……即便30年后他们找到了蒋劲峰,又怎么给他定罪呢?

"不能先入为主,不能先入为主。"冯凯用力揉着自己的脑袋,不断提醒自己。

冯凯自然而然地想起了之前的女工案、金苗案,这些案件都是因为开始的推测错误,导致案件拖了很久才侦破。那么,有没有一种可能,这起案件也是出现了类似的错误,才拖了30年没有侦破?如果是这样,他在这个梦境中,又能做些什么呢?他知道整个梦境都和自己看到的笔记有关,那么,他能找出笔记的重点吗?

不过,这起案件究竟是不是顾雯雯心心念念的那起案件——冯凯突然发现,就连这最基本的一点,他都完全无法确认。或许他的一切推理,都是反应过度了。

不管怎么说,警察就要对一切充满怀疑。

为了让自己安心,他必须要抱着怀疑一切的态度,明天再一次探访青南村。

想着想着,疲惫不堪的冯凯就睡着了。

也许是因为心中有事,天还没亮冯凯就醒了,他知道,这已经是村民们起床干活儿的时间了。所以,冯凯叫醒了隔壁的卢俊亮,骑上他的摩托车,再次赶往青南村。

"凯哥,昨晚我回去把师父给我的足迹照片又看了一遍。"卢俊亮坐在摩托车后座上说,"那个没找到主人的足迹,和其他足迹不太一样。其他村民大多是穿布鞋和解放鞋,就这双应该是球鞋,而且是市面上常见的那种回力球鞋。"

"哎,你说你提供的这个线索,算是好事呢,还是坏事?"冯凯一边驾驶着摩托车,一边说道。

"什么意思?"

"难道你没注意到,他们村子里那个还没到40岁,老爱乱用成语,还装得像个老学究的曹文化,在我们询问的时候就是'西装球履'的样子?"冯凯笑着说。

"我还真没注意,他穿的是回力鞋?"

"是啊。"冯凯说,"我估计是他的足迹的可能性比较大。但是,在寻找曹松乔的时候,董子岩的父亲董光明一直都站在自己家门口看热闹,什么人进去过他都知道,但他没有提到过曹文化啊。"

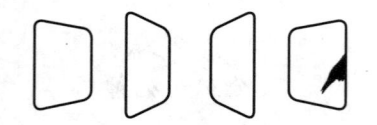

"所以你觉得董光明说了那么多人,唯独没有说曹文化,说明曹文化不一定是寻找曹松乔的时候进入的现场,这说不定对破案来说是好事。"卢俊亮思忖着说,"但曹文化是曹松乔的老师,一直以曹松乔为豪,他没有杀死曹松乔的动机。而且他去现场找曹松乔是一个很正常的行为,所以很有可能会排除掉这最后一枚鞋印,那么破案就毫无证据了,这是坏事。"

"长进不小啊。"冯凯赞叹道。

"都快30岁了,还能不长进啊?"卢俊亮笑着说。

既然有了这条线索,冯凯便驾驶着摩托车直接向村落中驶去,向去种地的农民问了路之后,又向曹文化的家驶去。

曹文化是村里的老师,虽然有时也种地,但大部分的农活都由村里人代劳。此时曹文化站在家中的院子里,正在鸡圈边喂鸡,他身后站着一个年轻人,是董子岩。

"哟,你俩都在啊?"冯凯停好了摩托车,说。

"公安同志,你们怎么来了?"董子岩听见冯凯的声音,吓了一跳。

"这一大早的,就来向老师请教问题了?"冯凯笑着问。

"是,是啊。"董子岩有点不知所措地点着头。

"这都7点多了,只是对你们城里人来说算早。"曹文化笑容可掬地说,"公安同志来这里有何贵干啊?鄙人一定竭尽全力配合你们破案。"

"这次来,是想看看你的鞋子。"冯凯指了指曹文化脚上的白球鞋。

"没问题,悉听尊便。"曹文化坐到一个小马扎上,脱下来一只鞋子递给了冯凯。

"鄙人推测,你们是不是在乔乔家里找到了鄙人的鞋印啊?"曹文化不慌不忙地笑着说,"我确实去过他家,为了找他,此事千真万确。"

董子岩在一旁使劲点头,说:"是的,老师去过,我可以作证。"

"你父亲可不是这样说的。"冯凯忽然用鹰隼一样的眼睛盯向董子岩。

董子岩可能是被冯凯的眼神震慑,有些慌张,说:"啊,这……我爸他记性不好,他可能记漏了吧……我真没说假话,我和老师是一起进去的。"

"是的,现场的就是曹老师的鞋印。"卢俊亮在一边比对完足迹,有些沮丧地说道。

"好吧。"冯凯叹了一口气,走到了鸡圈旁边,说,"养了多少鸡啊?"

"嘀,公安同志,你不会真怀疑鄙人吧?"曹文化说,"你问鄙人养了多少鸡,怕是别有用心吧?鄙人发誓,山下的那鸡可不是鄙人杀的。"

"曹老师你多心了。"冯凯知道他用词没有轻重,也不以为意,笑着说,"就是随便

第八章
公鸡与死神

一问。不过,你既然提到这事儿了,我也就顺便问一句,村里家家户户都养鸡吗?"

"那当然。"曹文化说。

"那最近有没有看到哪个村民拎着鸡,往事发那座小山的方向走啊?"冯凯追问。

"此言差矣。要想去小山,得先从村子里往西边走,走到青南河边,顺着河边小路向南再向东。"曹文化跷着二郎腿,说,"鄙人毕竟是有文化的,与凡夫俗子不可同日而语,所以有觉悟提示一下公安同志,你们要查,就要调查有谁拿着鸡往青南河边走。不过,我是没有看到的。"

"那就谢谢曹老师了。"冯凯带着卢俊亮从曹文化家退了出来。

重新跨上了摩托车,冯凯沿着村中小路慢慢行驶,遇到一个村民就询问一下。因为他俩穿着警服,村民们也都很配合。

"不要沮丧。"冯凯安慰卢俊亮说,"虽然这案子目前没有证据,但也并不是没有物证就破不了案。你看,前面又有个人。"

冯凯叫住了一个扛着锄头的妇女,用脚支住摩托车,问:"大姐,请问前几天你有看见什么人拎着鸡往河边走吗?"

除了村委会的那几个人,其他村民并不知道有人在山脚下杀鸡祭祀的事情,所以对冯凯的询问,这些村民毫无戒心,冯凯之前问的那几个村民都是这样的。

"有啊,村长上个礼拜六就拎着只公鸡从家里往西边走啊。"妇女说道。

"他有说是去干什么吗?"冯凯想了想,上个礼拜六是12月1日,时间很符合,于是问道。

妇女摇了摇头,说:"不知道,以前这种事他是不会亲自干的,他那手抖得越来越厉害了,拎着那么老大一只公鸡走不了远路。"

"手抖是什么原因?"冯凯想起自己在村委会的时候就注意到村长手抖的细节,当时还以为他是情绪激动,或是因为和警察交流有些紧张。

"得病了,什么森?"

"帕金森。"卢俊亮说。

"对对,就是那个森。"

"哦,好的,谢谢你啊。"冯凯转动把手,继续往前行驶。

"凯哥,既然大家都已经意见一致了,肯定是蒋劲峰干的,你还问这个干啥呀?"卢俊亮有些不解。

"我说过,警察就要对一切充满怀疑。"冯凯一边说,一边被北边的一座牌楼吸

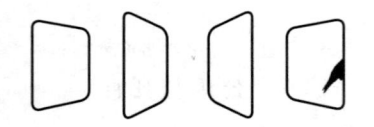

引，问，"你看，那边应该是这个村子的祠堂吧？"

"是啊，祠堂，好多村子都有。这有啥好奇怪的？"

"看到祠堂，我就想到家法；说到家法，我就想到藤条。那你想想，谁能在祠堂里执行家法？肯定就是家族的族长喽，一般情况下，也就是村长。"冯凯说。

"哦，你是在怀疑村长！"卢俊亮说，"可是，他有帕金森的话，还能用那么大的力量把曹松乔打死吗？"

"这确实是个问题。"冯凯说，"但是他拎着鸡往西走，这一点我们就要特别关注。更何况，他在这个村子里，有用家法来处置人的'权力'。所以，我们现在去村长家里走一趟。"

不一会儿，冯凯和卢俊亮就来到了村长家院门口。此时村长曹永明正躺在院子里的躺椅上晒太阳，见他们二人走进来，甚至都没有起身。

"有线索了吗？公安同志。"曹永明问道。

冯凯刚走进院子，就看到了一根挂在屋檐下的藤条，顿时眼睛一亮。

"你说缉拿蒋劲峰的线索？"冯凯说，"那工作在做，不过我现在怀疑不一定就是蒋劲峰干的。"

说这句话的时候，冯凯一直盯着村长，发现村长的手抖了一下，也不知道是因为惊讶，还是因为帕金森。但村长毕竟是村长，冯凯没主动往下说，他也就没着急往下问。

"这是啥啊？家法杖？"冯凯把藤条拿了下来，细细看着。

曹永明"嗯"了一声，说："我是族长，家法杖当然挂在我家里。"

眼前的这根家法杖，真的就是麻花形的藤条，冯凯不动声色地把它递给了卢俊亮，接着问："这个东西，没人能从你这儿借出去吧？"

"借什么借？除了我，谁有资格拿这个？"曹永明说。

"那你拎着鸡往西边走干什么？"冯凯突然转变了谈话方向。

曹永明愣了一下，顿时怒不可遏："难不成你是在怀疑我？我要批评你！我可是村长，我能带头干违法乱纪的事情吗？我会杀死一个我精心培养的大学生吗？我们村委会尽心尽力配合你们公安办案，你们抓不到人就算了，居然还怀疑起我们来了，你们就不能干点正事？"

冯凯瞥了一眼卢俊亮，卢俊亮摇了摇头，把条杖又挂回了屋檐下。

"村长，别这么激动，我们只是例行调查嘛。"冯凯露出笑容说。

第八章
公鸡与死神

"你们懂什么？我那天拎着鸡，是因为村委会进新人了，就是你们上次见到的那个董子岩。按我们村的惯例，都要吃公鸡。"曹永明的火气没那么容易消退，手边抖边比画，说，"我为这个村干了一辈子，我没有孩子，村里的孩子就是我的孩子，我的财产就是村里的财产，我拿自己家的鸡，给村委会的同志们加餐，这怎么了？不信你去问村委会食堂！"

"哦，原来是这样。"冯凯边安抚他边说，"您不是有帕金森嘛，拿鸡这种事能做得了吗？以前不都是别人代劳的吗？"

"谁说的？谁在嚼舌根？看我怎么收拾他！"曹永明胡乱挥着手，说，"录用仪式的所有环节都是我亲力亲为的！捉鸡、杀鸡都是我干的！我是有病，但拎一只鸡去村西头村委会，就两百米的距离，还不至于不行吧？你要是说拎到小山那边，确实远，我也拎不过去。所以你明知道我有病，你还怀疑我？你这是故意看我笑话吗？"

"您批评得对，批评得对。"冯凯赔着笑脸道，"我不是来怀疑您的，刚才只是例行调查，实际上我只是想麻烦您一件事。为了抓蒋劲峰，我们想在村委会里找一找，看有没有关于蒋劲峰的资料。可是这些资料，没您点头我们也看不到啊。"

"这还像句人话！"曹永明怒气稍消，起身来到堂屋，拿了一沓信纸，用微微颤抖的手在上面写了几句话，撕下来递给冯凯，说，"我今天不去村委会，给你们写张条子，去找曹强书记，看到我的条子他就会配合你的。"

冯凯谢过了村长，和卢俊亮一起退了出来。

"真会装，我们是公安，查资料还需要他写条子？"卢俊亮有些不忿地说。

"你还别说，一般来说，一个村子都会被族长掌控，如果族长不配合，调查工作还真的不好开展。"冯凯说，"对了，你看完那根条杖，为什么摇头？"

"因为那肯定不是凶器啊。"卢俊亮说，"首先，这根藤条虽然是麻花状的，但它比死者身上的损伤要宽。其次，我之前说过，凶手用藤条击打在曹松乔胸前的金属纽扣上，纽扣上留下了藤条的木屑，那么相应的藤条上应该也有新鲜的磕碰痕迹，但这根藤条的表面很完整，所以肯定不是凶器。"

"哦，看来我还真的是怀疑错了人。"

"不过凯哥你反应真快，说是要去村委会查资料，不仅可以调查曹永明说的是不是实话，还不会尴尬。"卢俊亮说。

"不，我可不是为了不尴尬才这么说，我真的是为了找一些有关蒋劲峰的资料。"冯凯说，"昨天晚上睡觉的时候，我就在想，如果只是通过一张照片去抓人，

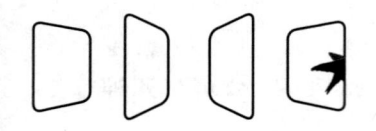

会受到很多因素的影响。但如果有蒋劲峰的指纹和D……地契之类的依据，找人、抓人就多了一条渠道。"

"地契？现在有什么地契？"卢俊亮好奇道。

"就是签订的租地条款什么的啊，他不是把地给租出去了吗？"冯凯掩饰着。

"你说得有道理啊！"卢俊亮说，"而且我们在他家里的家具上找到了好多指纹，有几枚是曹松乔的。但根据发现指纹的位置进行分析，大部分都应该是蒋劲峰的指纹。只不过蒋劲峰没有到案，所以无法比对。假如你在地契什么的上面发现了蒋劲峰的指纹，我们不仅可以确定现场指纹的归属，还能通过指纹来找人。"

"所以，村委会走起！"冯凯发动了摩托车。

4

来到了村委会，按照之前的分工，冯凯出示了曹永明的字条后，跟着曹强来到了文秘室，在整整一面墙的档案里寻找和蒋劲峰有关的内容。

而卢俊亮则是径直去了食堂，和食堂大妈聊了几句之后，也来到了文秘室。

"怎么样？"冯凯翻着档案，头也不抬地问道。

"曹永明说的是真话，这也是他们的传统，村委会进新人了，村长都会拿来一只公鸡炖着吃。"卢俊亮也从书架上拿下一本档案，翻阅着，说，"12月1日，村长确实拿了一只大公鸡来，是食堂大妈在厨房里杀的，村委会的人都吃到了。"

"喏，这是蒋劲峰和同村村民签订的土地租赁协议，上面有蒋劲峰的指印。"冯凯说，"这是复印件还是原件？"

"一个村委会，哪里会有复印机？那么老贵的东西。"卢俊亮说，"应该是一式三份，两个人各一份，村委会留档一份，万一以后发生了纠纷，村委会也有依据。"

"原件好啊，原件不仅可以更清晰地看清楚按上去的这个指纹，还可以通过茚三酮来显现蒋劲峰留下的其他指纹。"冯凯说，"他签字、按手印，手肯定也会接触到纸张其他的地方。"

"凯哥，你现在专业得和技术员一样。"卢俊亮笑着说。

"不过，这么多文件，我们哪怕是走马观花，也得花好几天的时间才能看完。"冯凯说，"而且，我们要求拿走这些和蒋劲峰有关的文件，你说曹强会同意吗？"

"今天先看，看完回去办理扣押手续。"卢俊亮说，"管他同意不同意，他都得

/// 第八章
公鸡与死神

同意。"

村委会的资料很繁杂，但确实也能找到和蒋劲峰有关，或是蒋劲峰有可能经手的材料。如果按照陶亮以前的性格，他是不可能窝在这个档案室里工作好几个钟头的。但现在的冯凯知道，想要获取更多的证据和线索，就必须从这些资料下手。这样他们不仅可以提取蒋劲峰完整的十指指纹，还可以通过这些资料了解蒋劲峰和哪些人关系密切，从而分析出他有可能往什么方向逃离。

工作到傍晚，冯凯和卢俊亮一共找到了七份和蒋劲峰有关的资料，还有青南村的平面示意图。但因为手续还没办好，他们没有把资料带走，而是放在了书架的一侧。

两人伸着懒腰，发动了摩托车，往分局赶去。

这一整天，顾红星这边也没闲着。他首先向市局和省厅申请了对蒋劲峰的通缉令，并且悬赏500块钱征集有关蒋劲峰的线索。同时，他派出五组侦查员，对蒋劲峰的老家，以及蒋劲峰平时接触比较多的人进行了调查，对蒋劲峰喜欢去的打牌的场所进行了清查。另外，以青南村为中心，警方对周围50公里所有的公办宾馆和私营小旅社进行了全面清查，以蒋劲峰的照片为依据，寻找他的下落。

冯凯骑车带着卢俊亮一进城，就看见了贴在电线杆上的通缉令，心想顾红星的工作效率还真的是很高。

回到了分局，冯凯把自己早晨的调查情况，以及这一天的工作情况，向顾红星进行了汇报。顾红星非常赞赏冯凯的思路，清查村委会的有关资料，很有可能为破案另辟蹊径。所以，顾红星立即签署了命令，让冯凯他们可以合理扣押所有和蒋劲峰有关的资料。同时，他也让殷俊等人随时待命，只要冯凯他们拿回了资料，就立即对纸张上的指纹进行显现和甄别。

冯凯踌躇满志，认为按照这样大规模地撒网侦查，不出五天，蒋劲峰必然落网。

可是，事与愿违，在接下来的五天中，虽然几路民警都在兢兢业业地工作，可是无论是哪一路都没有取得突破。

悬赏通缉令贴出去以后，分局和派出所都接到了不少电话，但有价值的线索寥寥无几。几个听起来似乎有些可能性的线索，经过民警的排查，也都被排除掉了。对蒋劲峰亲朋好友的调查也没有获得任何线索，他们要么是在蒋劲峰回老家喝喜酒那天最后一次见他，要么是在蒋劲峰28日打牌提前回家那天最后一次见他。

销赃途径的调查也没有查获任何线索，倒是带破了几起盗窃销赃的案件。

对周边旅馆的调查也丝毫没有获得线索。原本他们认为蒋劲峰无论往什么方向

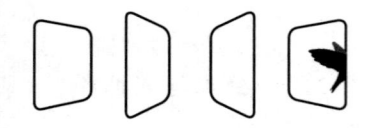

逃离，因为此时已经入冬，他都必然会住宾馆。可是，对所有的宾馆进行了全面清查，都没有发现任何关于蒋劲峰的线索。冯凯认为，最危险的地方就是最安全的地方，蒋劲峰很有可能没有离开龙番市，而是躲在龙番市的某个角落，说不定就在他的某个狐朋狗友的家里。这样看，从村委会资料里发现一些蛛丝马迹，查出蒋劲峰的一些隐性关系人，就十分有必要了。

唯一称得上有收获的，是这几日通过对村委会资料的收集，蒋劲峰的指纹除了左手拇指，其他的都收集全了。和现场家具上的指纹对比，可以确定，蒋劲峰的家里，除了他和曹松乔的指纹，再也没有其他人的指纹了。这也从某种意义上证明了蒋劲峰就是犯罪嫌疑人。

顾红星是一个说做就做的人，之前他因为孕妇被杀案的原始物证材料被毁而懊悔不已，所以这段时间他一直都在研讨物证室的建立应该按照什么样的标准，并且根据研讨的结果来设计、装修一间标准化物证室。不管是方便查找档案、物证的文档储存系统，还是能控制温度和湿度的空调系统，都被顾红星买了回来。如今，一间标准化物证室刚刚建成，而"入住"这间标准化物证室的第一批物证，就是冯凯找来的这些资料，以及从这些资料里提取下来的指纹卡。

看到顾红星兴高采烈地向他介绍着这间标准化物证室，冯凯也觉得很安心。假如这个案件的侦破真出现了什么问题，至少他知道本案的物证都已经在这里得到完善的保存，那么顾雯雯也就有接过父亲手中的枪，继续完成案件侦破工作的可能性了。

12月10日一早，冯凯和卢俊亮再次来到了青南村村委会的文秘室。经过之前五天的翻阅，文秘室里海量的文档资料被他俩翻得差不多了，今天来，是对最后一个书柜里的资料进行清理。这样，他们也算是把这一项繁重的工作彻底结束了。

虽然蒋劲峰依旧音信全无，但冯凯认为，尽人事，听天命，即便不能破案，也不能让30年后的顾雯雯挑出冯凯的毛病。

最后这个书柜，存放的都是村办企业的相关资料。

1990年，改革开放的春风吹遍了全国，在著名的"华西村"的示范效应下，很多村子都筹办了自己的合作经营企业。青南村虽然处于偏僻之地，但毕竟村子里还是有能人的。之前冯凯在村委会有过一面之缘的曹广志，就是村子里的能人。曹广志初中刚毕业，还不满18岁就去了上海、广州等大城市打工。虽然不知道他做的是什么买卖，但他最终带了一笔钱和一些人脉资源回到了老家。

两年前，曹广志和村里合作，在村西头的青南河边建造了一座工厂，生产一些

第八章
公鸡与死神

日用化工品。据说他们村办企业生产的产品,销售情况相当不错。因此,这座工厂也给整个村子带来了福利。

根据建厂初期村长曹永明的要求,因为厂子建在村民的田地上,所以曹广志需要给村民们每年分红。那些被征用土地建厂的村民,分红会多一些,其他村民则会少一些。根据资料记载,这两年,厂子每年能给普通村民分红 100 元,而那些被征用土地的村民能分到 300 至 400 元。要知道,在这个年代,这相当于一个公务员半年的工资,可以说是相当可观的一笔收入了。也难怪村长在介绍曹广志的时候,说他是在造福村民。

不过,吸引冯凯的并不是这个企业能给村民带来多少好处,而是中午时分他翻到的一份土地征用的协议书。协议书上,有 23 户村民的签字和手印,其中就有蒋劲峰。

协议书上写明,蒋劲峰这一户一共有 7 亩田地,要征用他 3 亩田地建厂。所以他可以在普通村民分红的基础上,多获得一些分红比例。这份协议书的下方,是蒋劲峰的签字,上面还有一个又大又圆又清楚的指印。从这个指印的浓重程度上,就可以看出蒋劲峰当年按下这个手印时的欢愉心情了。

"从指腹大小来看,这很显然是一枚拇指指纹。"冯凯指着协议书上的指印,说,"指尖纹线左高右低,说明这是一枚左手拇指指纹!"

"可以啊,凯哥,你真成一个技术员了!"卢俊亮也凑过头来看。

"什么啊,我和你师父在一起连夜看指纹的时候,你还在满地摸泥巴玩儿呢。"冯凯笑着说,"不错!之前一直没有蒋劲峰的左手拇指指纹,现在终于收集了十指指纹卡,可以召唤神龙喽!"

"召唤什么?"

"不重要。"冯凯笑嘻嘻地说,"你以后就懂了。不过,这份宝贝资料,我还是得好好保存的。"

说完,冯凯把这份协议叠好,甚至还用一个塑料袋仔细地把它包裹好,然后放到了自己的警服口袋里。

又工作了几个小时,天色已经黑了下来,该是冯凯和卢俊亮打道回府的时间了。

冯凯骑着摩托车,琢磨着等顾红星看到他找到了蒋劲峰的最后一枚指纹,也一样会十分高兴吧。虽然蒋劲峰还没有找到,但他的工作基本已经做完了。今天晚上不管那位顾局长有多忙,都必须请自己好好吃一顿。

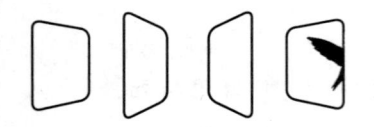

"晚上吃什么？你师父请客。"冯凯揉了揉饥肠辘辘的肚子，说。

"板面？牛肉面？"卢俊亮问。

"你能不能有点出息？"冯凯说，"没必要给你师父省钱吧。"

"那就铁锅炖！"卢俊亮说，"猪肉、牛肉、羊肉都点上，好好宰师父一顿。"

"这就对了，他天天说要给我报功，我看不如请我吃顿饭。"冯凯和卢俊亮一边笑谈着，一边驶入了城南镇的镇中心街市。

一直在城南镇工作，冯凯轻车熟路，穿过镇子的主干道，路过城南镇派出所的门口，就上了去青山区中心区的大路，再骑个二十分钟，就能抵达分局了。想到这里，冯凯的肚子应景地咕噜了两声。

"救命啊！救人啊！"一声尖叫忽然从某个地方传来。

冯凯猛地一捏刹车，本能地辨认着声音的来源。顺着镇子上居民的目光，冯凯注意到大路旁的一个巷口，有个老妇正在捶胸顿足。

冯凯二话不说，右腿支撑地面，一加油门，摩托车转了90度，向事发巷口驶去。

当他们驶近了，冯凯这才发现，那个正在哭喊的老妇，居然就是赵林的母亲。之前老两口来城南镇派出所报案，冯凯和他们重逢时，场面多少还有些尴尬，但也多亏了他们的举报，他们才能抓到那个藏有很多炸药的男人。

听到赵母的哭喊，冯凯心中一惊，连忙停下车，询问情况。

"冯，冯公安，是小偷，小偷啊。"赵母说道。

冯凯的心放下了一半，说："阿姨你别急，我们警察就是抓小偷的，你别急，先说说是怎么回事？"

冯凯的安抚并没有让赵母冷静下来，她结结巴巴地说："家里进了小偷，被老头子看到了，老头子想要抓他，结果心脏病犯了，人不行了，哎呀，救人啊。"

"别急，别急！"冯凯说，"赵叔叔人在哪里？"

"在家里的院子里，嘴唇都是紫的，我抓小偷跑不过他，他往河边的方向跑了。"赵母喘息着，指着一条漆黑的小巷，说，"就是那边，往那边。"

"交给我了，赵阿姨，我保准给他逮回来。赵叔叔也没事，我们这儿有医生。"冯凯转头又对卢俊亮说，"你赶紧骑车带赵阿姨回家，看看赵叔叔怎么样，急救措施你是懂的。再不行，就骑车去卫生院求援。"

"你呢？"卢俊亮连忙跨上了摩托车，又转身扶赵母上车。

"我抓小偷去，那边是河，没路，他跑不掉。"冯凯说完，用百米冲刺的速度拔

第八章
公鸡与死神

腿就向那条小巷狂奔了过去。

小巷的尽头是一片旷野,接着就是一条低矮的堤坝。堤坝那边就是青南河,因为河岸不远处就有住户,所以为了防止汛期涨水淹到住户,镇子沿着青南河建了一条一人高的堤坝。

跑出了小巷,冯凯就看见正在往堤坝上攀登的小偷了。冯凯心里暗喜,如果这次能把小偷给抓回去,把失物给追回来,老两口应该就能和自己完全和解了。他说不清自己的心里是什么样的感受,毕竟当年他是用欺骗的手段获取了赵氏夫妇的信任,单凭这一点,哪怕他抓赵林的事情是正确的,他的心里也过不了那道坎。

这一次,不正是最好的机会嘛。

想到这里,冯凯又加紧追了几步,小偷的身影更加清晰了。冯凯对着小偷喊道:"老头儿晕倒不追究你的责任,盗窃也没多严重,你有必要这么拼命地跑吗?关键你也跑不过我啊!五分钟之内,我就能抓到你,你信不信?"

这是冯凯的策略,他想从根源上摧毁小偷想侥幸逃脱的念头。

冯凯很快就登上了堤坝,沿着宽不足 1 米的堤坝,向 50 米远处的小偷发起了冲刺。而小偷显然已经跑不动了,脚步蹒跚,速度也明显慢了下来。

50 米,40 米,30 米。

只剩下一个鱼跃就能扑翻小偷的距离时,小偷突然一闪身,脚下一歪,翻滚着掉下了堤坝。紧接着,水声响起,小偷落进了水里。

"哎,没必要……"冯凯徒劳地向前伸着手,堤坝离水面还有很远的距离,"大冬天的,你往水里跳?不要命啦?"

"救命啊,救,救救我,救命,我,我,我不会,不会游泳。"小偷在青南河里扑腾着,越扑腾,越往河中间漂去。

冯凯观察了一下,这才发现,在水里乱扑腾的小偷是真的不会游泳。他不是走投无路主动跳入水里的,而是被堤坝上的一块大石头绊了脚,失足落入水中的。

"跑,跑什么跑,害我又得洗冷水澡。"冯凯埋怨着,很快从堤坝上跑到了河边。

河边有很多草,土也很软。冯凯试了试水温,很刺骨。还好陶亮是从中国刑警学院毕业的,无论是游泳、泅渡,还是水中救生,那可都是经过专业训练的。

"你别动,放轻松!我来救你!"冯凯一边朝河里喊着,一边迅速把警服脱了下来,扔在岸边。因为他很清楚,警服口袋里还揣着关于蒋劲峰的证据,那可是宝贝,不能损坏了。再说了,这个天气,如果穿着外套入水,反而会成为救人的负担。

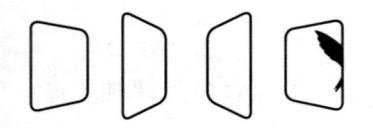

冯凯正准备往水里跳，却突然被一只手给拽住了。

"公安同志，不能下去！"一名路过的村民可能看到了全过程，跑过来拉住了冯凯，说，"最近河神在收人，不能下去！"

"啥河神，别迷信。"冯凯甩开了村民的拉扯，说道。他知道，如果他再不下去，小偷可能就真的有危险了。

"真的！最近河神发怒，总是有大片的死鱼！"村民喊道，"我们去找绳子救人！你可千万别下水啊！"

"那就来不及了。"冯凯丢下一句话，"扑通"一声跳进了水里。

水温很低，像是无数把尖刀在冯凯的周身刮刺。冯凯调整着呼吸，奋力向不远处的小偷游去，希望用运动来产生热量，对抗这刺骨的寒气。

"救，救我。"小偷还在扑腾着，几乎已经漂到了河中央，他的呼救声已经极其微弱了。

冯凯知道，不会游泳的人在水里挣扎，一旦抓住任何东西，都会激发出生命的潜能，不顾一切地抱住这个东西。所以实施救援的人员，一定要从背后抓住被救者的衣领，防止他在挣扎过程中把救援人员给抱住了。

冯凯游到了小偷的身后，刚抓住他的衣领，小偷就不知哪来的力气，迅速翻身抓住了冯凯的手腕。

求生的本能赋予了小偷无限的力量，冯凯感觉自己的腕骨都要被小偷捏碎了，连忙喊道："你放手！不要抱住我，放松！我救你上去，你放心，松手！"

可小偷根本听不进去冯凯的话，只是死死抓住冯凯的手腕。

就这样，冯凯努力维持自己在水面的漂浮，又要努力挣脱小偷的束缚。他竭尽全力在水里扑腾着、翻滚着，却依然没有摆脱当下的困境。

三分钟……五分钟……八分钟过去了，冯凯已经精疲力竭。好在，小偷也已经精疲力竭了。

冯凯抓住了这个机会，趁着小偷没了力气，猛地挣脱他的束缚，绕到他背后，用力推着他的身体往岸边游去。天色更黑了，堤坝上星星点点的灯光为他默默地指示着前进的方向，差一点他就看不到这灯光了，还好只是虚惊一场。

在冯凯的护卫下，小偷离岸边越来越近。

可不知道为什么，冯凯忽然发现，自己离岸边的距离，却并没有拉近。

无论怎么蹬腿，他的身体就是无法向前，好像有什么东西，死死地缠住了自己

第八章
公鸡与死神

的脚腕。被拖住的冯凯和被推出去的小偷之间的距离，越来越远。

难道……真的有河神？或是……水鬼？

岸边，刚才劝说冯凯不要下水的村民已经喊来了两个人，还找了一些工具。他们伸出一根竹竿，把已经靠近岸边的小偷拉了上去，然后对着冯凯喊："抓竹竿，抓竹竿！"

"抓个啥，不够长啊！"冯凯一边想着，一边深吸一口气，潜入水底，想要看清自己被缠绕的情况。可是，水里更是一团漆黑，什么也看不见。他的手触到了滑滑的、软软的东西，残存的理智告诉冯凯，那应该是水草……像是千万条发丝缠绕在他脚腕上的水草。

冯凯的气快要憋不住了，他只能浮出水面来换气。寒冷让他开始颤抖，他感觉自己无法游刃有余地控制自己的身体了。

天色越来越黑。岸边的灯光越来越模糊。

他听见岸边有人好像在哭，又有人好像在喊。

"求求你们，救救他！他是为了救我才这样的，求求你们救救他！"

"竹竿不够长啊！"

"绳子呢？刚才那捆绳子呢？"

"扔不过去那么远吧，哎，试试！"

"喂！你能看到绳头吗？"

"附近有没有船？"

……

人声嘈杂，冯凯想回应什么，却发现自己已经发不出任何声音。

水在往他的身体里灌，他忽然冒出一个念头，庆幸东西都还放在岸边的警服里，顾红星一定会看到那份协议书。现在，哪怕他在往深处坠落，他也……

不，他不能死。他不能就这么死了。

他拼足了自己最后一口气，让自己的头部浮出水面，想要看清村民们抛过来的绳子。但那一刹，他感觉脚底的肌肉一阵抽搐，刺痛感让他忍不住闭紧了双眼。

随之而来的，是彻骨的寒冷。就像是睡梦前的那一刻，像是大脑里进入了一团迷雾，冯凯渐渐失去了意识，进入到一片无边无际的黑暗之中。

"雯雯，雯雯，我可能见不到你了。"

这是冯凯最后想的一件事。

| 第九章 |

尸骨袋

1

黑暗，无边的黑暗。

他感觉到自己的身体被某种物质紧紧地缠绕着，大量刺鼻的东西从鼻腔、眼睛、嘴巴、耳朵里涌进来，头顶和脚下都是空的，晃动的、旋转的……他想要冲出这让人窒息的炼狱，却不知道应该往哪边逃，这深邃的空间似乎没有尽头，再激烈的喊叫声都会被吞没……

"雯……"

冯凯的嘴唇里，费力地发出了一丝声音。

就像是套在外面的黑色塑料袋被人撕开了一个口子，空气忽然流动起来。他大口地呼吸着，身体也似乎不再被锁住了。冯凯费力地睁开眼，被眼前的白光刺得酸痛。他忍着不适感，艰难地环顾四周，努力不让自己呕吐出来。

雪白整洁的病房，厚重的病床，一台电脑模样的仪器，通过十几条管子和他的身体连接，对面还有一台40寸的液晶电视机。

冯凯努力地想让自己坐起来，可是身上的管子限制了他的运动，他上身明明已经抬起了30度角，却就是无法坐起来。

就在此时，一名穿着白大褂的医生和两名护士突然从门口冲了进来。医生不由分说地把冯凯按倒在床上，有人翻他的眼睑，有人用笔杆刮他的腿部皮肤。

"睁眼！张口！你现在感觉怎么样？能抬动腿吗？胳膊呢？角膜反射正常，呼吸、心跳、血压正常，GCS14分。不错，意识状态基本正常了。你去拿体温计，量个体温。"

冯凯本能地回答着医生的问题，他还有些恍惚。

"顾局长，他苏醒了，一切正常。"医生的声音里充满了喜悦。

"好，好，好，谢谢。"一个听起来有些疲倦的声音，如释重负地回答道。

第九章
尸骨袋

"他长时间卧床,现在肌肉没力气,也不能随便下床,会晕倒。"医生对护士说,"你先把他的床摇起来一些,让他在床上自主翻身,过一段时间再尝试坐着,然后才能慢慢下床。对了,你们先聊,我出去一下。"

随着一阵吱呀声,冯凯感觉到自己随着床的上半部分升起而坐了起来。可他紧接着就吓了一跳,面前出现的,居然是一张意想不到的脸。

医生口中的"顾局长",正是顾红星。

只是,这又完全不是那个他所熟悉的顾红星了。

他的头发已经花白,清秀的脸上爬上了皱纹,眼里充满忧虑与不安……时间好像从他身上瞬间夺走了几十年。

"老……老顾?"

冯凯伸出手去,有点慌张:"你怎么了?我……我这是昏迷了多久?"

顾红星没有接住他伸过来的手,又忧心又庆幸地看着他,说:"二十多天,你可算是醒了……"

"二十多天?可你怎么就……"冯凯本来想说"老成这样了",却生生憋了回去,因为他在病床的某个不锈钢物品的反光里,陡然看到了自己的模样。

那个人……是2020年的陶亮。

他顿时捂住了自己的嘴。

但紧接着,一种揪心的感觉涌上心头,他迟疑地收回手,问:"对了,我,哦不,是冯凯,冯凯他……他被人救上来了吗?"

就像是一场暴雪突袭了草原,顾红星的眼神变了。

他的鼻尖和耳朵都开始发红,张了好几次口,最后才缓缓地问:"你说什么?……冯凯?"

陶亮不知道从何说起,眼前的人,是他无比熟悉的老顾,却也是他无比陌生的岳父。他有些苦涩,有些难过,自嘲地笑了笑,说:"那应该就是我这二十多天做的一场梦吧……喀喀,说起来真好笑,爸,我看了太多你的笔记,就做了一个非常荒唐的梦……我梦见你有一个朋友叫冯凯,不,确切地说,我梦见自己成了你的朋友冯凯,咱们俩破各种案,抓各种坏人。嘻,我还梦见自己为了救人掉进了水里,你说我是不是电视剧看多了……"

顾红星深深地叹了一口气。

"那不是电视剧,那是真的。老凯他……他就是那么牺牲的……"

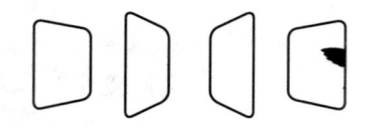

陶亮的笑容还没从脸上褪去，整个人就直接僵住了。

其实，在看到老年顾红星的那一刹，他就有种强烈的、痛苦的预感。他以冯凯的身份沉入1990年的水底，却以陶亮的身份在2020年醒来，他就已经再也回不到水面上那个灯火阑珊的昨日世界了。他曾经无比渴望逃离梦的世界，回到现实中，只是没想到，他梦里的最后一日，原来竟是冯凯生命中的最后一天。

顾红星从未想过，有一天，他会在女婿的脸上看到些许故人的影子。他正有些恍惚，便听到陶亮不甘心地喃喃道："为什么呢？我——不，冯凯他那么命大的一个人，怎么会就这么死了呢？小卢，小卢不是也在附近吗？他没有赶过来救我吗？还有那些村民，他们不是去找绳子、找船来救人了吗？还有……"

他的话听起来语无伦次，却深深戳痛了顾红星的心。

这位在公安战线上摸爬滚打了几十年、铁骨铮铮的汉子，此时眼眶已经全红了。听到这些熟悉的名字，他仿佛一瞬间回到了30年前。这些回忆，他以为自己不会再撕开了，但不知道为什么，他忽然有了一种强烈的倾诉欲。

"老凯牺牲的那一天，一点预兆都没有。我甚至还记得，那天早上，我的心情很好。因为市局刚刚批复了我的申请，要授予冯凯三等功一次。"顾红星苦笑着说，"所以那一天，我是拿着这一纸批复，在办公室里等他出门调查归来的。"

陶亮怔怔地听着。

"告诉我这一噩耗的，就是小卢，法医卢俊亮。"顾红星黯然道，"小卢和老凯一起去调查案子，归来的途中遇到了小偷。事主因为被小偷吓到心脏病发，所以小卢留下抢救事主，老凯则去追小偷。小卢把事主送到了医院，等事主生命体征平稳之后，他就回到了城南镇派出所，准备对此事进行备案。可到了派出所，他就看到了全身湿淋淋的小偷。那个小偷手里还拿着老凯的警服，一直在哭，连话都说不清楚。等到小卢和派出所、医院的同志赶到河边时，事情早就来不及了。小卢跳到水里，疯狂地找人，冬天的水很冷，天很黑，但大家都不想放弃希望。经过半个多小时的打捞，终于把老凯给捞上来了，但是，太晚了，那太晚了。"

"小卢一定也很难接受吧……"陶亮想到那个画面，心里一阵酸楚。

"这件事，完全把他击垮了。"顾红星转过身，用衣袖擦了擦眼睛，"老凯出事后，小卢说什么都不愿意相信他是溺死的。他发现老凯的手腕上有伤，觉得是那个小偷故意谋害老凯，坚持要对尸体进行解剖。尽管老凯救人的过程有很多目击者，但法医是有权利根据尸表疑点，要求对尸体进行解剖的。我考虑再三，还是同意

第九章
尸骨袋

了。当时，我准备从云泰市借法医来进行解剖工作，但是小卢受到了强烈的刺激，他坚持要亲自进行解剖。"

在陶亮的脑海里，小卢还是那个阳光、开朗、一腔热血的大男孩，他总是一口一个"凯哥"，和冯凯形影不离。想到这里，陶亮忍不住一阵心痛。

"我拗不过小卢，而且也确实没有法律规定他需要回避。"顾红星说，"所以，我只能同意了。解剖的结果，冯凯并没有遭受加害，就是被水草缠绕而导致的溺死。但从那以后，小卢就再也拿不了解剖刀了。只要拿起解剖刀，他的手就会不停地颤抖。"

"强烈的心理阴影啊。"陶亮叹了口气。

"所以，他觉得自己胜任不了法医工作，便向市局领导提出了辞职。"顾红星说，"他是带着不甘心走的，但我也能够理解。刚开始，我还和他保持着联系，我知道他去了深圳，代理了一家医疗器械公司的销售权。后来，我们的联系就慢慢变少了。我知道，他在下意识地切断和过往的交集。也许……他应该过得不错吧。"

30年，真是物是人非。

顾红星还说了很多。陶亮逐渐确信，自己在梦中的所见，和岳父的笔记所记录的那几段人生经历，几乎是重合的。陶亮在市局工作了那么久，笔记里的殷俊、周满，他之前都听说过，却唯独没听说过市局刑科所的法医卢俊亮，原来是因为小卢已经离开了警察队伍。而每年所有的年轻民警都要去龙番山下的烈士陵园吊唁公安烈士，陶亮从来没有在烈士墙上看到过冯凯的名字，原来是因为冯凯并没有被授予烈士称号，组织上最后只认定他是因公牺牲。

在时间的洪流里，冯凯只是一只小小的蜂鸟，曾经燃烧过、闪耀过，最后无声无息地汇入了万家灯火。

"对了，爸——"陶亮忍不住打断了顾红星的感慨，他想起一件重要的事，"有一样东西，我在梦里拼了命都想交给你，我想知道，那个东西，你收到了吗？它就放在冯凯警服的口袋里，它是真实存在的吗？"

顾红星一怔。

"让我想想，那个东西的名字叫……"陶亮皱着眉头，拍了拍自己的脑袋，"啊，叫《土地征用协议书》！那个，那个青南村大学生被虐杀的案子，你们后来破了吗？"

顾红星若有所思地看着陶亮，说："看来你做的还不是一般的梦，细节都对上了——只可惜，你忘了你为什么去翻我的笔记了。雯雯现在在办的'1990.12.3专

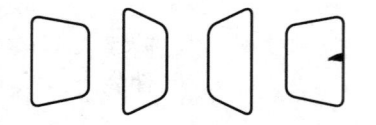

案'，就是发生在青南村的这起案子。"

陶亮"啊"了一声，一时回不过神来。

"我这一辈子，没破的案子有好几起，但这起印象最深，可能就是出于冯凯在这个案子里牺牲的缘故吧。"顾红星说，"那份《土地征用协议书》，我翻来覆去也看了很多遍。可惜，除了补齐了蒋劲峰的指纹，并没有获得更多的信息。案子一直没有破，小卢离开的时候也很不甘心。没想到，多年后，这一棒又交到了雯雯手里。"

陶亮记得，顾雯雯知道父亲曾经侦办过这起案子后，反反复复找他问了很多细节。为了避免遗漏，顾红星就找出了他珍藏多年的所有笔记。顾红星一直是个细致严谨的人，信奉"好记性不如烂笔头"的道理，所以无论是案件的基本情况，还是自己的感悟，他都会通过笔记记录下来。这桩案件，一定是他心头的遗憾，所以每一个细节，他肯定都反复重温过，一听到陶亮说的协议书的名字，他就反应过来了。

"对了，雯雯呢？"陶亮忽然兴奋起来了，"我在梦里梳理了好几遍案子，说不定可以和她碰一碰，给她出出主意！"

"她出车祸了。"顾红星的话一说出口，陶亮就感觉自己肾上腺素飙升，猛地坐了起来。

"没事，你别紧张，雯雯没有生命危险。"顾红星连忙补了一句，"那是四五天前的事情了，她晚上有急事，刚离开医院没多久，就被一辆大货车撞上了。唉，幸亏雯雯也是命大，颅内少量出血，在急诊科留院观察。刚才的医生就是雯雯的同学，你一醒，他就去楼下通知雯雯了，估计她一会儿就会上来。"

"颅内出血？不要紧吗？"陶亮的心还在怦怦直跳，他已经不自觉地从床上下来了。

"医生说不要紧。那天你母亲来换雯雯的班，结果雯雯被送进医院的时候，她正好看见了，因为惊吓过度发生了晕厥，也住院了。所以这几天，你父亲、我和你岳母轮流来看护你母亲、你和雯雯。不过你醒来就好了，你不用担心，你母亲今天能出院，你父亲应该正在给她办出院手续。"

真是兵荒马乱。这一家子，这些天居然都是在医院度过的。

陶亮深深吸了一口气，又缓缓呼了出来，这样他才能感受到自己逐渐冷静了下来。他扶着床站着，想着，顾红星给他倒了一杯水。他知道，他应该去休息，但他更想做的，是另一件事。

他从顾红星的笔记本里，获取了海量的信息，所以他才会出现在那样的一个梦

第九章
尸骨袋

境里。这不是偶然或巧合，而是相隔 30 年的两代警察的信念，在潜意识里默默地引领着他，一步步地靠近那个被遗落的真相。

破案，才是他要做的事，不仅仅是为了他心疼的顾雯雯，更是为了长眠在山中的曹松乔，为了顾红星，为了小卢，为了冯凯。

"爸，我不明白，当时你们已经锁定了嫌疑人，后续不过就是抓捕蒋劲峰的事情了，应该没有那么复杂吧？"陶亮问出了自己最想问的问题，"30 年了都没归案，是怎么回事呢？"

"在过去，抓人不容易，但是现在科技这么发达，按理说确实不难。"顾红星说。

"可是，这个案子既然只涉及抓人，不涉及证据问题，那应该是刑警支队大案大队负责侦办吧？为什么会交到雯雯的手里？"陶亮问。

"去年，公安部部署了'云剑行动①'，所以每个公安局都成立了侦办命案积案的工作组，雯雯就在我们局的工作组里做副组长。"顾红星说，"他们在梳理命案积案的时候，发现了这一起案件。雯雯认为，案件表面上看起来就是抓捕犯罪嫌疑人而已，但是如果仔细研究卷宗，会发现没有一个物证可以直接证明蒋劲峰就是犯罪分子。那么，即便我们抓住了蒋劲峰，他不交代，不还是无法破案吗？所以雯雯就回来问了我。我非常同意她的观点，本案看似嫌疑人明确，但证据并不确凿，于是我就建议由雯雯来主管这一起案件。"

"哦，原来如此。"陶亮一边慢慢在病房里挪动着步子，一边说。他很想再翻开那些卷宗和笔记，核对一下梦境里的信息，看看还有哪些物证是值得再研究一下的。

就在此时，刚才的医生忽然快步走进了病房，说："顾局长，顾雯雯她跑了，我找遍了急诊科也没找到她。"

2

原来，已经在医院躺了四天的顾雯雯，身在曹营心在汉。她不仅每天都要通过电话来指挥下属们加速审查案件，还让他们把一些重要的资料送到医院来给她看。

昨天下午，经过 CT 复查，顾雯雯的颅内出血已经完全被吸收了，再观察两天

---

① 云剑行动，即以互联网云服务、云平台为利剑去抓捕疑犯。是 2019 年 6 月 13 日由公安部部署，全国公安机关开展的以"打诈骗、抓逃犯、保大庆"为主题的专项打击行动。

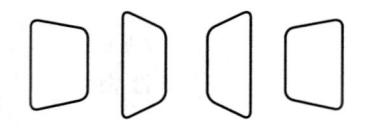

就可以顺利出院了。可是，顾雯雯根本就等不及了。所以今天上午，顾雯雯终于成功劝说了母亲林淑真回家休息，林淑真前脚刚走，顾雯雯后脚就跑回了单位。

"我要去找雯雯。"陶亮听到这个消息，立马来了精神，他见自己还穿着病号服，问，"我的衣服呢？"

"不行！你刚醒，还需要观察，不能乱跑。"顾红星有些急了。

"哎呀，爸！雯雯都已经带伤上阵了！我这都好了，哪能不去帮她啊？"陶亮拽着医生的白大褂，说，"我衣服呢？"

医生下意识地看了看病房的柜子。

陶亮感激地跑到柜子边，拉开柜门，见自己的衣服都挂在里面，于是赶紧换了起来，边换边说："爸，你放心，你看我这头脑清醒、四肢灵活的，没问题了。我躺了这么久，肚子上的肉都少了。"

"你别逞强！回来躺下！"顾红星站起身。

"爸！换成是你，你是不是也会去？"陶亮加快了换衣服的速度，说，"咱家都是警察，雯雯也好，你也好，我也好，谁能放着案子不破，就这么安心躺着呢？再说了，我梦见自己变成冯凯，肯定是天意，冯凯说不定就在天上看着呢，看我们能不能把这案子破了，把他的遗憾给弥补了。你想想，他最后留给我们的，都是这个案子的物证，是不是？"

这句话一说，顾红星顿时定在了原地。

"你就放心吧，我保证，我不乱跑，就当好雯雯的助理，争取早日破案！"陶亮说。

"你真的没问题吗？"顾红星有些犹豫，但口气明显不那么强硬了。

陶亮了解顾红星的顾虑。以前的陶亮，就是个一事无成、只会惹祸的民警，他把警察当成一份工作，只是为了谋生罢了。但在梦境里经历了这么多之后，他已经不再是原来的自己了。陶亮的心里，已经完全认同了那句话："国家安危，公安系于一半。"

"爸，你放心，我绝对不会帮倒忙的。"陶亮把顾红星的担心直接给说了出来，"我仔细看了你的笔记，不仅记住了案子里的很多信息，还学会了很多和物证相关的东西。你看，我知道显现指纹的方法有粉末法、茚三酮、502熏显之类的；我也知道提取、固定足迹的方法，有灌石膏、静电膜吸附法之类的；我还记得你制定的《现场勘查规则》，每一条规定的背后都有一个真实的案子……虽然我现在脑子里一

第九章
尸骨袋

团乱麻，但我一定可以把事情捋顺的！你要相信我，我和冯凯一样都是侦查员，我可以和他一样把蛛丝马迹都串联起来的！"

顾红星看着陶亮，有点缓不过神来。以前的陶亮对各种技术手段都嗤之以鼻，更不用说什么规章制度了。他既然能记得住这么多技术手段和规章制度，至少证明他在阅读顾红星笔记的过程中，是真正用了心思，也真正脱胎换骨了。

换好衣服的陶亮，风一般冲出了病房。就连他自己也没想到，他的身体恢复得这么快，从苏醒到健步如飞，只用了这么一点时间来缓冲。可能是冯凯在冥冥之中给了他力量吧。

"对了，别忘了跟你爸妈打声招呼！"顾红星在他背后喊道。

"我给他们打电话，放心！"陶亮一边跑，一边本能地想找个公用电话。但是他突然想起，他已经回到了2020年。于是，陶亮浑身摸了一遍，从外套口袋里摸出了久违的手机，一看居然还有电，不过电量只有3%了，应该是顾雯雯在出车祸之前给他的手机充了电。

他心头一热。顾雯雯从来没有放弃过希望，她一直相信陶亮随时都会醒来。

陶亮连忙拨通了父亲的手机，说："爸！我醒了，啥事都没有了，我现在去办案，你照顾好我妈！"

"好！好！"陶若愚惊讶又惊喜的声音在电话中响起，让陶亮莫名地想哭。

还没来得及挂电话，手机就自动关机了。陶亮奔出了医院，挥手叫停了一辆出租车，然后向公安局的方向驶去。

出租车开到市公安局的楼下，陶亮正好遇见了迎面走来的法医宁文。

"姐夫？啊，你不是……"宁文一脸诧异地看着陶亮。

顾雯雯是这帮年轻技术员的姐姐，所以大家都会称呼陶亮为"姐夫"。

陶亮没空和宁文解释，对他说："我手机没电了，你帮我付一下车费。"

说完，他拔腿就向位于市局大楼二楼的刑事科学技术研究所跑去。

问了两个民警之后，陶亮知道顾雯雯正在三楼的刑警支队会议室里开会，他连忙又上了一层楼，直接推开了会议室的大门。

会议室里，各部门的十几个领导正在开会。顾雯雯额头上还打着一个"补丁"，坐在会议桌的一侧。

随着陶亮推开大门的声响，所有人都扭头向陶亮看去。顾雯雯更是站了起来，直直地看向从门口冲进来的陶亮。她的脸上并没有惊讶的表情，说明顾红星已经发

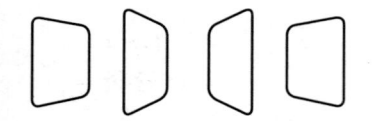

消息给她，告诉过她这个喜讯了。

陶亮看到顾雯雯的那一刻，激动和兴奋就迅速填满了他的胸膛。这是他久别的恋人，他在漫长梦境中无时无刻不想念的妻子，他也不管那么多了，加快几步走到了顾雯雯的身旁，一把把她拥入了怀中，紧紧地抱住。

"嗨，你这大庭广众之下就撒狗粮啊？"市局副局长高勇笑着说道。他也是陶亮和顾雯雯的同学。

"哎呀，放手，你干啥。"顾雯雯尴尬地说道。但实际上她也没有推开陶亮紧紧搂住自己的手。

陶亮抚摸了一下顾雯雯额头上的"补丁"，心痛不已，转头对高勇道："受伤了还要上班，你就是这样当领导的？"

高勇有些尴尬，摊开双手说："这可不关我的事。"

"放开，放开。"顾雯雯还是挣开了陶亮的怀抱，脸上带着掩不住的笑意，说，"你去我办公室等我，一会儿我们就开完会了。"

"不用，拿把凳子给他，让他坐下。"高勇指了指一旁的椅子，说，"陶亮现在也是我们专案组的成员。"

"啊？"陶亮和顾雯雯异口同声道。

"刚才覃市长给我打了电话，专门说了这个事情，是顾老交代的。"高勇笑着说，"不过，这个会马上就开完了，你听两句是两句吧。"

覃市长是现在的龙番市副市长、公安局党委书记、局长，是龙番公安的一把手，顾红星的接班人。不用说，陶亮刚才在医院的一番言辞，打动了顾红星。陶亮仔细研究过顾红星的笔记，对这个案子的所有细节都有着恐怖的记忆力，如果他加入专案组，对本案的侦破来说也是一个可靠的助力。命案积案一日不破，专案组一日不撤，这样一个有可能对命案积案侦破起到作用的人才，专案组自然不能"放过"。所以顾红星把情况和覃市长说了，覃市长从尽快破案的角度考虑，决定让陶亮这个派出所民警加入专案组。

本来还想着只当顾雯雯的助理，没想到自己就这样进了专案组，所以陶亮一时兴奋得有些发蒙，以至于后来高勇副局长说了些什么，他是完全没听进去，只听到了最后两句："你们大案大队派人负责去陶亮的派出所协调，帮他销假，履行抽调他过来的手续。好了，散会。"

第九章
尸骨袋

陶亮坐在顾雯雯的办公室里,和她四目相对,眼神中尽是爱意和欣慰。

"真是太阳从西边出来了,咱爸居然还推荐你这个'问题民警'加入专案组了,你给他灌了什么迷魂汤?"顾雯雯一边上手检查着陶亮的脑袋,一边又摸摸他因为长期输液而显得有些浮肿的手背,笑着问。

"咱爸一向是秉公办事,要不是我真的熟悉案情,他怎么可能推荐我呢?"陶亮一看到顾雯雯,就忍不住嘴角上扬。

顾雯雯拍了一下他的手,说:"得了吧,那我问你,这个案子目前的主要嫌疑人是谁?之前调查到了哪些关键线索?"

陶亮知道雯雯和她爸一样,是个眼里不揉沙子的人,于是就一五一十地把自己梦里记得的信息都梳理了一遍。说来也怪,一般人做梦,醒来就忘了一半,他倒是越说越兴奋。从顾雯雯逐渐惊讶的眼神中可以看出,他说的这些信息,还真没有什么错漏。

"简直太不可思议了。"顾雯雯这下是真服气了,由衷地说,"你这脑子长得和别人真不一样吗?别人昏迷是失忆,你一昏迷还变聪明了?"

陶亮抓着顾雯雯的手,一本正经地说:"不是你老公变聪明了,是你老公'穿越'了。你敢信吗?我做了一个超长的梦,你爸还在梦里管我叫哥呢!"

顾雯雯很想打他一拳,又怕伤了他刚恢复的身体,于是瞪了他一眼。陶亮赶紧把梦里的这些事儿,挑重点的跟顾雯雯说了一遍。听到冯凯牺牲的部分,顾雯雯也有些伤感,毕竟她在顾红星的笔记里也读到过这一段。

"其实,这案子已经办了有一段时间了。"顾雯雯说,"在你昏迷前,我们就组织所有辖区派出所对蒋劲峰进行撒网搜捕了。你们所长当时应该也跟你们交代过这个任务,只是那时候你没怎么放在心上。"

"老婆,你就不要挤对我了。"陶亮有些惭愧,"那我昏迷的这段时间里,案子有什么新的进展吗?我先赶紧补补课。"

"最近,青南村要整体拆迁。"顾雯雯下意识地摸了摸额头上的纱布,说,"我们暂缓了他们的进度,停工倒是停工了,但我们去案发现场又搜了一圈,还是一无所获。刚重启这个积案的时候,我就已经去现场搜过一圈了,当时就想找到蒋劲峰的DNA。可是毕竟过去30年了,房子都倒了半边,里面荒草丛生,东西也被日晒雨淋,所以没能找到蒋劲峰的DNA。"

"看来,你们前期还真是做了不少工作啊,老婆。"陶亮说。

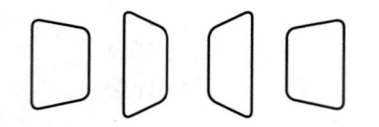

"那可不，你昏迷前那段时间，我的精力可全部放在这案件上了。"顾雯雯一说到案子，就变得极其认真，"'云剑行动'启动，我们成立了工作组，就对全市新中国成立以来所有的命案积案进行了梳理。当我审核到这个案件的卷宗的时候，就发现这案子的证据是有问题的。所有的推断，都只是推断，丝毫没有物证的加持。所以，我就主动请缨，领了这个案件的侦办指挥权。"

"这案子不是没有物证，而是没有直接能证明嫌疑人犯罪的物证，那也是因为现场条件的限制。所有的杀亲案件，都容易出现缺乏直接物证的问题。"陶亮分析道。

顾雯雯有些惊讶，说："可以啊，陶亮同志，你以前对物证可都是不屑一顾的。"

"老婆，士别三日，当刮目相待，何况是……"陶亮说，"嗨，你接着说。"

"虽然案件是我领的，但查缉工作还是第一要务。"顾雯雯说，"所以，我一方面要求所有的派出所和责任区刑警队，针对蒋劲峰的照片和指纹，对本辖区内的可疑人员进行全面筛查，因为蒋劲峰有可能会换一个身份继续在龙番市生活。毕竟根据当年对周边旅馆的调查，他应该没有跑远。不过，我们也没有放弃远处，周边各个市我们都发了协查通报。人脸识别系统也都用上了，可就是找不到任何蛛丝马迹。"

"这让我想到了金苗的案子……你说，蒋劲峰会不会已经死了？"陶亮说。

听到"金苗"这两个字，顾雯雯的眉毛也是一挑，前几天她正好也翻到了这一页。

"如果他死了，尸体也应该会被发现啊。"顾雯雯认真思索道，"当然，不能排除你说的这种可能。所以，另一方面我就组织了技术人员，对当年的所有物证都进行了梳理，希望可以从物证里发现一些问题。我们想到要去现场采集DNA，是因为——"

"是因为蒋劲峰的十指指纹你们都有，但当时没有DNA检验技术，更没有提取DNA的意识，所以你们并没有掌握蒋劲峰的DNA，对不对？"陶亮抢答道。

"对你刮目相看了，你看笔记看得确实很仔细。"顾雯雯笑了一下，又认真地继续说道，"当时我们也考虑，假如蒋劲峰还活着，今年都已经74岁了。如果在此之前，他非正常死亡了，那么他的DNA就有可能收录入库。所以，提取到DNA，就等于多了一条寻找蒋劲峰的途径。只可惜，我们搜了现场，什么都没有了。"

"他们家房子倒了都没人管啊？"

"这个青南村的人，在这30年中都慢慢搬出去了。"顾雯雯说，"说什么河神发怒，所以村子里的人寿命都不长。所以大概在10年前吧，村子就已经空了。"

"那现在拆什么迁？"

第九章
尸骨袋

"那个村子的位置特别好,风景很漂亮,特别适合建度假村。"顾雯雯说,"而且很多村民都找不到了,开发商觉得拆迁成本低吧。"

"好吧,过了这么多年,东西又不是在标准化物证室里保存的,当然找不到DNA了。"陶亮说,"通风、干燥、恒温,才有可能持久地保存DNA。"

"你真的不一样了呀。"顾雯雯由衷地赞叹道,"你说得没错,技术同志们虽然梳理好了所有的物证,却很难在这些物证上发现什么新的、有用的信息。这个案子当年也是爸主办的,案子没破,我知道他也一直有心结。他把那堆宝贝笔记全都给了我,那段时间,我就一直在翻爸的笔记,想从笔记里找到一些破案的线索。别说,还真的被我找到了。"

"是什么?"

"摄像机。"顾雯雯说,"当时我在咱爸的笔记里看到他为分局技术部门购买摄像机的记录,所以就去物证室里找录像带,可是怎么找都找不到。"

"怎么会找不到呢?"陶亮说,"这起案件很有特点,是咱爸购买摄像机后发生的第一起案件,也是分局标准化物证室建成后,物证'入住'的第一起案件。"

"是吗?有这记录?"

"那你看看,我也是看过笔记的人。人家不是说,'一千个读者心中有一千个哈姆雷特'吗?笔记、卷宗都是一样的,但不同的人看,就能看见不同的重点。"陶亮有点得意地说,"我好歹也是大案大队出身的老刑警……"

"好啦,你厉害。"顾雯雯无奈地摇摇头,继续说道,"虽然我没有留意到这个细节,但我也想到了通过爸的笔记去找录像带的具体管理人。谁能想到,就在这时候,你昏迷了。"

"我当时一心想着要帮你,其实都没和你沟通,就在那里瞎拼命。"陶亮看着顾雯雯憔悴的脸,心痛道,"老婆,我错了,我应该一切行动听指挥的——那后来我昏迷了,这案子还有继续往下查吗?"

"看着你昏迷不醒,我当时确实很崩溃。"顾雯雯把手放在陶亮的手里,"不过,你醒来就好了。这个案子我没有放下,一直在用电话遥控指挥,专案组的其他同志终于把录像带给找到了。"

"录像带不在物证室,最后是在哪里找到的?"

"档案室。"顾雯雯说,"当年,专案组认为录像带必须保存,但录像带是影像资料,不应该保存到物证室,所以送到档案室里去保存了。于是我就安排人去档案

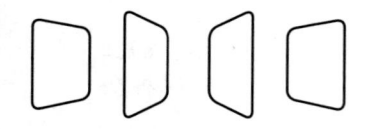

室里找了两天，还真的被我们找到了。不过又出现了新的问题，现在局里没有录像机，无法播放，他们就又找了技术人员，把录像带里的影像转换成数字化的，拷贝到U盘里，带到医院来给我看。"

"你看出什么线索没有？"

"看完当时现场勘查的录像，我印象最深的，就是曹松乔那个被翻动的内裤口袋了。"

"这个我在梦里也有印象，咱爸的笔记里可能也写了。"

"我看笔记的时候还真没注意。"顾雯雯说，"但看录像的时候，就很难忽略。当时没有DNA检验技术，更不用说微量DNA的发现、提取和检验技术了，所以大家都没有这种意识。"

"所以，你找到蒋劲峰的DNA了！"陶亮激动起来。

3

"是的。"顾雯雯微微一笑，说，"准确地说，我们从内裤口袋上提取到了嫌疑人的DNA。能掏死者内裤口袋的人，是凶手的可能性极大。但我们没有蒋劲峰的DNA样本，所以无法比对。只能说，我们暂且认为这个DNA数据可能是蒋劲峰的。"

"等等，那会不会是死者乔乔的？"

"排除了。"顾雯雯说，"刚才忘记说了，我们在梳理这一起案件的物证的时候，发现包括死者衣物在内的物证都保存得很好。当时我们就想，因为人都有脚汗嘛，死者在袜子上留下的物质应该是最多的，所以就对死者的袜子进行了DNA检验。很显然，这个数据就是死者的DNA数据，它和内裤口袋上做出的微量DNA数据是不匹配的。"

"那内裤口袋上的DNA，还真的应该就是凶手的了。"陶亮说，"感觉你距离破案已经很近了。"

"我们把这个DNA数据入库比对，可惜，没有比对上。"顾雯雯耸了耸肩膀，说道。

"如果是这样，还存在三种可能。"陶亮也来劲了，积极地分析道，"一是蒋劲峰死了，因为是正常死亡，所以没有留下DNA。二是蒋劲峰还活着，因为没有被公安机关打击、处理过，所以没有留下DNA。三是蒋劲峰死了，是非正常死亡，但咱

第九章
尸骨袋

们没找到尸体，所以没有留下DNA。我觉得，第三种可能性最大。"

"我也觉得。"顾雯雯赞同。

"那其他办法呢？比如调查家族什么的？有可能从蒋劲峰的后代身上发现什么吗？"

"这项工作正在做。"顾雯雯说。

"不管怎么说，你们已经做了大量的工作。"陶亮说，"哪怕现在还没有取得突破，但既然有了凶手的DNA，破案是迟早的事了。"

"我也是这样觉得的。"顾雯雯指了指眼前的指纹卡，说，"所以，我虽然提前从医院跑出来了，但开完这个会后，我觉得我们能做的事情都已经做完了。现在，除了在办公室里等待惊喜，应该没有可以再走的路了。"

"让我想想，还真不一定就无路可走了⋯⋯"陶亮捏着鼻子根部的皮肤，说，"我记得，咱爸的笔记本里，提到了一个文件检验专家，说是在研究什么'朱墨时序'。那个⋯⋯大概意思就是说，一份文件里，可以检查出是字先写上去的，还是章先盖上去的。"

"这个我知道啊。"顾雯雯说，"可这和我们的案件有什么关系？"

"关系⋯⋯倒是没关系。"陶亮说，"但是，你想啊，墨和印泥混合后，依旧可以看出顺序，那⋯⋯指纹卡呢？毕竟我们当年——哦不，是他们当年在现场提取了那么多的指纹卡。指纹卡，是利用汗液指纹的黏性，把细小粉末黏住，然后才显现出指纹的。你们技术人员会用胶带把这些刷出来的指纹的汗液和粉末一起粘下来，贴在卡片上进行保存，这个我记得没错吧？"

"你居然从爸的笔记里，学会了我们痕检的技术？"顾雯雯大吃一惊。

陶亮压着嘴角的笑意，继续说："所以，按理说，这些指纹卡上的指纹，就是由粉末和汗液组成的。而汗液里应该有脱落细胞，有脱落细胞，是不是就可以做出DNA？毕竟人家只是翻动了一下死者的内裤口袋，你们都能做出微量DNA，那么一个完整的指纹，更应该做得出来啊。"

顾雯雯愣住了，她瞪大了眼睛看着丈夫，觉得眼前的这个人简直是焕然一新。那个曾经对刑事技术不屑一顾的陶亮，居然真的把心思用在了研究刑事技术上。

"是不是啊，老婆？"陶亮伸出五指，在顾雯雯面前晃了晃，说，"这样你就可以通过曹松乔指纹卡里的DNA，来比对你们之前做的袜子上的DNA，确定那个DNA究竟是不是他的。同理，也可以通过蒋劲峰指纹卡里的DNA，来确定内裤上的DNA是不是蒋劲峰的。"

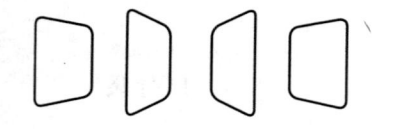

"但是,毕竟刷了粉末……"顾雯雯回过神来,谨慎地思索着,说道。

"你先别说不行,你又不是法医专业的。"陶亮说,"你可以问问法医啊。"

顾雯雯二话不说,拿起了手机,拨通了法医宁文的电话。

"姐夫提到的这个办法,确实是可行的。而且,粉末一般不会污染 DNA。"宁文说,"问题是这个案件已经过去 30 年了,内裤能够做出 DNA,是因为当时保存得当,遗留在内裤上的 DNA 物质迅速被风干,于是保存了下来。但是指纹卡就不行了,指纹卡上的汗液是被胶带封闭的,不通风、不透气,很容易腐败。"

"可是,当时物证室已经是标准化的了。"顾雯雯不甘心。

"即便物证室的环境没问题,但指纹卡本身保存细胞的能力是不行的。"宁文斟酌着,说,"不过,这个我也不太确定,要不你去省厅问问郑大姐?她的 DNA 检验技术最好,如果她都觉得不行,那就真不行了。"

"走。"陶亮站起身来,拉起刚刚挂断电话的顾雯雯。

"你什么时候这么雷厉风行了?你不是一直都有拖延症吗?"顾雯雯拿起包,小心地把指纹卡装了进去,说道。

"一场梦就治好了。"陶亮说。

龙林省公安厅刑警总队法医物证检验科。

DNA 检验的灵敏度现在已经非常高了,所以为了防止外来人员污染现场物证,DNA 实验室现在除了科内成员,其他人都是不能进入的。

郑大姐此时正在实验室外的受案室,和一个戴着眼镜的胖胖的中年男人说着话。

"师兄?"顾雯雯叫了一声。

胖胖的男人回头见到顾雯雯,说:"咦?师妹,你怎么来了?"

"我来找郑大姐咨询个案子。"顾雯雯说完,转头对陶亮介绍道,"这是我们的师兄,法医秦明。"

"哦,我知道,写小说的那个胖……那个师兄。"陶亮摸摸脑袋,说。

"师兄,这是我爱人,也是你师弟。"顾雯雯笑着介绍道,"不过他不是搞刑事技术的,所以你可能不认识。"

"嚯,你们这是夫妻齐上阵啊,而且你还是带伤上阵,佩服,佩服。"秦明寒暄道,"我这边的事情不急,你们先说。"

顾雯雯也不客气,简要地把这起命案积案的侦破过程,以及重启后的检验鉴定过程和郑大姐都说了一遍。

"听完你的故事，我的第一感觉就是：嫌疑人会不会是被人杀了，然后毁尸灭迹？"秦明插话道。

陶亮点头，说："对，这是我们推测的三种可能中的一种。"

郑大姐说："那你找我，是希望在30年前的指纹卡上找DNA？宁文说得不无道理，这事难度确实很大啊。"

"没事，再大的难题，郑大姐也能给你搞定。"秦明又笑嘻嘻地插话道，"之前啊，郑大姐从一个香炉的香灰里面，给我们找出了受害人的头发毛囊，还做出了DNA，你说她有多牛！你这事儿，对郑大姐来说不算事儿。"

"你这是帮我拍板了？"郑大姐瞪了一眼秦明，又正色道，"虽然说难度很大，但并不是不可以一试。不过，指纹卡是无法备份的，又是最直接的法庭证据，如果我要从这些指纹卡上提取DNA，就要破坏这些指纹卡。如果DNA做不出来，指纹卡又被破坏了，岂不是得不偿失？"

顾雯雯沉默了。

过了好一会儿，顾雯雯抬起头来说："我前段时间翻看我爸的笔记的时候，看到一句话——不急功近利、不故步自封。如果凡事都只想保稳健，那如何取得突破呢？只要我们不急功近利，适当的冒险精神还是应该有的。更何况，这些指纹卡都进行了拍照固定，只要和法庭说清楚指纹卡的去处，照片应该同样可以作为证据。所以，我拍板了，破坏几张指纹卡，试一试。"

"行，那我现在就去试试，"郑大姐说，"加班给你们做。微量物证前期提取很复杂，最早也要到明天出结果，所以你们也无须在这里等待，回去等我消息吧。"

从省厅出来，陶亮开着车，还在思考着。

"在想什么呢？"顾雯雯问。

"我在想，师兄也觉得蒋劲峰被杀死后毁尸灭迹的可能性最大。"陶亮说，"如果真的是这样，你说，谁最有可能杀死蒋劲峰？"

"村长！"陶亮和顾雯雯异口同声地说道。

"曹松乔是村里的宝贝，村长口口声声说等他回来造福村民。"陶亮说，"所以，谁杀死了宝贝，村长肯定会杀死谁。我一直就觉得他有疑点，这样也就能解释杀鸡祭祀的事了。其实村长原本就知道曹松乔被埋在山里，只是曹松乔被杀的事情一暴露，

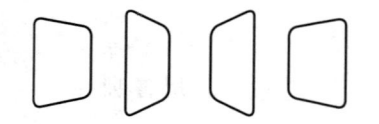

他替乔乔复仇而杀死蒋劲峰的事情也就可能会被发现,所以他才一直假装在找人。"

"但是,村长曹永明都已经死了好多年了。前期我们对本案重启调查的时候,青南村村民现今的去处和落脚点,我们都调查过。"顾雯雯说。

"村长是不是有帕金森?"陶亮向顾雯雯求证,问道。

"是有,这个我在卷宗里也看到了。"顾雯雯说。

"那村长要杀人的话,会不会有帮凶?"

两人沉默了。

确实,如果蒋劲峰真的也被杀死了,那这案子就更加复杂了。光是找到他的尸体,就已经是一件天大的难事,更不用说寻找证据继续破案了。这个案子看起来很简单,好像找到犯罪嫌疑人案件就结束了,但仔细这么一想,可能还真的不简单。各种可能性就像是乱麻一样,缠绕着车里的两个人。

"不管怎么说,今天我很开心,特别开心。"坐在副驾驶座的顾雯雯歪头看着陶亮,说,"你知道吗?刚才你在那里分析案情的时候,我忽然好像看到了上学时的你。"

"哦?"陶亮嬉笑着说,"是不是'宝刀未老',还和上学的时候一样潇洒帅气?"

"还和上学的时候一样不要脸。"顾雯雯笑话他,随即又认真地说,"其实,我们已经很久都没这么有默契了。"

陶亮沉默了。事实上,这也正是他此刻的感受。

他的思绪也不自觉地跟着雯雯回到了大学时代。

刑警学院的男女生比例高达17∶1,所以像顾雯雯这样优秀的女生,可以说是大多数男生的梦中情人。而"潇洒帅气"的陶亮,原本压根和顾雯雯没有任何交集,他之所以能引起顾雯雯的注意,是因为一件小事。

当时,学校来了一个新的散打课老师,是一个散打冠军。这个老师做事一向古板,不讲人情。有一天,一名女生因为生理期不适而请假,被老师严词拒绝了,眼看女生面色苍白还要上场,大家心里都觉得这事儿不对,却敢怒不敢言。结果,陶亮毫不犹豫地就从队列里站了出来,对这个女生表示了支持,要求老师准假。老师被学生当众反驳,感觉下不了台阶,就说散打课要用实力说话,如果陶亮可以击倒他,他就听陶亮的意见。别人都觉得老师是全国散打冠军,陶亮自然不敢动手,没想到陶亮想都没想就同意了。虽然在搏击中,陶亮总是被老师击倒,但他就是不愿放弃,面对强敌使出了很多耍小聪明的招数,希望能搏出奇迹。当然,实力悬殊,陶亮最终也没能击倒老师,但在同学们潮水般的喝彩和鼓励声中,老师也意识到了自己的处理方法不妥，向同学们承认了错误。

顾雯雯当时就在喝彩的人群中。

大概就是从这个时候起，两个人越走越近，在陶亮向顾雯雯表达爱意的时候，顾雯雯毫不犹豫就答应了。

"你知道吗？那天，如果你没有站出来为那个女生说话，我也会站出来的。"顾雯雯感慨道。

"快拉倒吧。"陶亮笑着说，"你要是站出来顶撞老师，再挨了老师的处罚，被咱爸知道了，肯定被训得抬不起头。"

"我爸才不是那样的人。"顾雯雯说，"他做事严谨，是有他的原因的。你啊，以前一见到他，就跟老鼠见了猫似的，逃都来不及。不过他呢，对你也一直是冷冰冰、凶巴巴。你们俩总是不对付，还不是因为你压根就没了解过他，他也没有了解过你。"

"确实……"陶亮说，"你知道吗？我醒来第一个看到的人就是你爸，我还挺惊讶的。他那样一个不苟言笑的人，居然在旁边安安静静地守着我，一看我醒来，就着急忙慌地跑去找医生了。我还和他聊了冯凯的事，唉，你爸也哭了。我当时就在想，假如这一次我死了，他肯定不会开心，也会很难受的。因为咱爸，归根结底就是一个把自己柔软的心装在硬壳子里的好人。"

"所以啊，你们是性格不同的两种人，但也都是我顾雯雯亲自鉴定过的好人。如果不沟通交流，矛盾就会越来越多。但一旦交了心，就没有什么事情说不开了。"顾雯雯说，"不过，你居然把我爸给弄哭了，我都没见过我爸哭——你是不是得补偿补偿？"

陶亮笑着说："那是必须的！回头我找个馆子，叫上四位老人，庆祝一下陶亮警官顺利苏醒，也庆祝咱爸和我妈康复出院！咱们也该大团圆了！"

4

第二天一早，天才蒙蒙亮，顾雯雯床头柜上的手机就响了起来。

顾雯雯一翻身坐了起来，连忙接通了电话。

"起床没？"电话那边是郑大姐的声音，"雯雯，一个好消息，一个坏消息。先告诉你好消息啊，指纹卡上的指纹做出来了，曹松乔指纹卡上的DNA和之前在袜

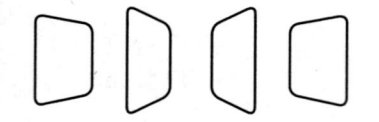

子上做出来的 DNA 吻合。"

顾雯雯见陶亮也坐了起来，于是把手机开了免提，问："那蒋劲峰的呢？"

"蒋劲峰指纹卡里的 DNA 也做出来了。几枚指纹的 DNA 都互相吻合，也就是说，咱们现在掌握蒋劲峰的 DNA 数据了。"郑大姐说，"不过，这个 DNA 数据和之前从曹松乔内裤口袋上提取的微量 DNA 数据不吻合。"

"啊？"陶亮有些惊讶，事情没有按照他的思路往下推进。

"现在我们分析，要么是翻动曹松乔内裤口袋的另有其人，要么就是曹松乔的内裤口袋被污染了。"郑大姐说。

"被污染不太可能吧？"顾雯雯说，"现场勘查的录像我都仔细看了，即便是在 1990 年，勘查现场的人也都是'四套'齐全的，他们连口罩都戴上了，不可能污染到内裤上。"

"那我就不知道了。"郑大姐说，"我只能把结果告诉你，破案的思路，还是得你们自己去捋。"

"那蒋劲峰的 DNA 入库也比对不上吗？"陶亮问。

"这就是我要跟你们说的坏消息。"郑大姐说，"我们把 DNA 数据录入了省里的所有数据库，都没有能比中的。"

"唉，没找到人，反而多了个事儿。"陶亮叹了口气，说，"本来就是一团乱麻了，现在曹松乔内裤上的 DNA 还不是蒋劲峰的，更乱了。"

"是啊，除了蒋劲峰，还能有谁去虐待曹松乔？这说不过去啊。"顾雯雯也说。

"但我还有一个好消息。"郑大姐又说。

"我说姐，你就不能一气儿说完吗？"陶亮说。

顾雯雯拍了陶亮一巴掌，让他仔细听，不要抱怨。

郑大姐发出一阵爽朗的笑声，接着说："虽然省里的数据库没有比对上，却比对上了外省的一起无主的非正常死亡案件。当时他们因为没有搞清楚尸源，所以案子也毫无进展。"

"那不就是比对上了吗？蒋劲峰真的死了！"陶亮从床上跳了起来，说，"姐，你把资料给我，我今天就开车带雯雯去案发地了解情况！"

挂断了电话，陶亮和顾雯雯抢着进行洗漱。等他俩洗漱完毕，郑大姐也已经把比对上的案件的基本资料通过警务通传给了顾雯雯。

原来，那边也是一起命案积案。

第九章
尸骨袋

2000年，龙林省南边的山南省辖区内，在距离龙林省界碑5公里的地方，发现了一具白骨化的尸体。当地警方经过尸体检验和现场勘查之后，确定这是一起命案。但是现场周边杳无人烟，没有什么可以支持破案的证据和线索。所以，警方只能从查找尸源入手。尸体已经白骨化了，自然没有指纹了，那么唯一可以用来查找尸源的就是DNA了。

在当时，DNA技术发展得还很有限，对白骨化尸体的DNA进行检验是一个难题。于是，山南警方提取了尸体的长骨和牙齿，送到公安部物证鉴定中心进行疑难案件DNA检测。好在公安部物证鉴定中心的专家不负众望，做出了尸骨的DNA数据。

拿到死者的DNA数据后，山南警方也进行了多方面的查找，发布了很多协查通报，可就是没能比对上尸源。于是，山南警方将DNA数据入库，期待之后有所发现。

万万没想到，20年后，郑大姐从青南村虐杀大学生案的指纹卡上提取到的DNA，居然和这具无名尸骨的DNA认定同一了。

顾雯雯和陶亮一起飞快下了楼，顾雯雯坐上驾驶座，说："别急，咱们先回单位一趟。"

"啊？回去干啥？山南省可不近啊，开车过去要四个小时。"陶亮系上安全带，说。

"换车啊，我现在就找车队要辆车。"

"那么麻烦，开咱们自己的车就是了。"

"那可不行，我刚刚出过车祸，领导还批评我呢。"顾雯雯说，"公车不能私用，私车也不能公用，不然万一出了事怎么划分责任？"

"我呸，我呸。"陶亮想到了冯凯，说，"那行吧，去局里。"

"肯定要去的。再说了，咱们还得办一下手续，好和山南警方合作。"顾雯雯说。

回到了市公安局，顾雯雯在陶亮的催促下，用最快的速度开具了协作函，又从车队派了一辆警车，由陶亮开着，向南方疾驰而去。

山南省警方也认真执行了公安部"云剑行动"的部署，正在梳理命案积案。当他们听说2000年这一起命案积案的死者的尸源找到后，兴奋之情丝毫不亚于陶亮和顾雯雯。所以，他们一接到要求协作的电话，就立即派员赶到了案发现场，等候着陶亮和顾雯雯的到来。

近三个小时后，陶亮驾驶着警车，经过两省交界处的收费站后，就看见几辆闪着警灯、挂着山南省车牌、停在高速公路应急车道上的警车。

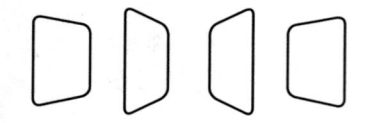

陶亮把车停在应急车道上，和顾雯雯一起下车，与对方寒暄了一下。顾雯雯把协作函交给了对方警衔最高的一名警察。

"你们好，我是山南省公安厅刑警总队大案科副科长黄子宸，这位是我们山南省照临市公安局分管刑侦的副局长邱浩。这里就是我们省'2000.5.14命案'的发生现场，是照临市的地界。"那名警察说道。

"现在咱们这两起案件可以并案侦查了。"陶亮环顾四周，周围都是荒郊野岭，他好奇地问道，"这尸体，是怎么发现的啊？"

"哦，以前这里不是高速公路，是国道边的一片小山。"邱局长指了指路边的小山，说，"原来这些小山是连在一起的，2000年这里开始建设高速公路。高速公路嘛，都要尽可能取直线，所以就得开山。在挖山修路的时候，把尸体给挖出来了。"

"原来如此，这里确实偏僻。"顾雯雯点头赞同，"不过，既然是国道边，也具备作为埋尸地点的条件。那我们重点就要考虑是汽车运尸了。"

"是啊，这里处于偏僻之地，我们当年也认定是汽车运尸的。"邱局长说，"现场就是这么个情况，其他的具体情况，你们跟着我们的车，回局里再说。"

他们又在高速公路上行驶了快一个小时，警车车队下了高速公路，进入了照临市市区。开了大概二十分钟，驶入了市公安局的大院。

照临市公安局刑警支队的会议室里，已经坐满了人。

"把案情说完了再吃饭，盒饭已经安排了。"邱局长说。

"我先来说吧，我是法医。"一名民警说道。

"对，法医最重要。"陶亮说。顾雯雯微笑着，看了一眼陶亮。

"当时我正好刚入警，所以对这案子印象深刻。"法医说，"在接到高速公路施工队的报警电话后，我们第一时间赶到了现场。施工队在挖山的时候，挖出了一个麻袋，打开麻袋口，看见了一团黑发，就没有继续查看，直接报警了。"

"是30年前农村常用的那种麻袋吗？"陶亮问。

"30年前，呃，我还在上初中。"法医笑着说，"就是普通麻袋，没有什么特征。麻袋里的尸体已经完全白骨化了，黑色头发，发长13厘米，都因为头皮消失而散落在麻袋里。"

说完，法医打开了电脑，在会议室的投影仪上投出了几张照片，说："当年我们还没有数码相机，我就把那些照片扫描到电脑里了。"

"都成白骨了，那死亡时间是不是得有10年了？"陶亮问。

第九章
尸骨袋

"一般认为埋在土中的尸体，一两年就可以完全白骨化了。"法医说，"不过你们看，死者身上的衣服都已经腐败成条状了，这个一两年可不够。所以，当时我的师父根据经验推断，应该是埋了有10年了。"

"那说明，蒋劲峰1990年年底作完案后不久，就被人杀死，埋在这里了。"顾雯雯说。

法医翻动着照片，找到了一张当时对死者颅骨拍摄的细目照。法医说："从颅骨来看，死者应该是龅牙，而且右侧切牙脱落。这个特征和你们提供的蒋劲峰的情况，是高度吻合的。我们当时也按照这个特征，对尸源进行了查找。只可惜，20年前信息不发达，我们又不在一个省，所以没能碰撞上信息。"

"那死因呢？"陶亮问。

"软组织都没有了，所以判断死因也比较麻烦。"法医说，"首先，死者身上穿的，应该是秋衣、秋裤，虽然大部分衣服都已经腐败了，但我们没有在衣服残片上发现血迹。其次，头颅完好，没有骨折的迹象。再加上死者的颞骨岩部出血，我们综合判断死者应该是机械性窒息致死。"

"是被勒死或掐死的吗？"陶亮问。

"我们仔细观察了骨骼，发现死者的舌骨有轻微骨折的痕迹，牙槽骨也有骨折的痕迹。"法医说，"因此，死者应该是被人捂压口鼻、扼压颈部致死。"

"您等会儿。"顾雯雯盯着一张尸体衣物概貌照说，"您说的是，蒋劲峰被发现的时候，穿着的是秋衣、秋裤？那他被害的时候，应该是在睡眠状态啊。"

"是睡眠状态。"法医说，"麻袋里发现的是秋衣、秋裤加上一双拖鞋。"

"怎么会是睡眠衣着？"顾雯雯转头问陶亮。

"要么就是蒋劲峰杀人埋尸后，自以为神不知鬼不觉，但其实早被人发现了，于是他在家里睡觉的时候被人杀死了；要么就是蒋劲峰杀完人，在逃离的路上住进了旅社，而凶手一直在跟踪他，就在旅社里趁他睡着的时候下手了。"陶亮边思考边列举，说道。

"反正不可能是路遇劫财而被杀。"顾雯雯说，"不然凶手不会费那么大力气，到那么远的地方埋尸。"

"对，我们的分析也是熟人作案。所以，查找尸源就是我们当年对本案的主要侦破思路。我们对死者的性别、身高、年龄进行推断后，还努力请部里做出了DNA，当时通过骨骼做DNA是很困难的。"邱局长说。

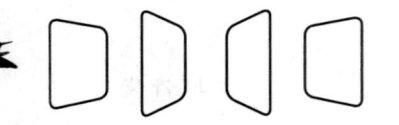

"可是，当年我们对周边旅社都进行了清查，并没有找到蒋劲峰的下落。"顾雯雯说。

"但假如他是住在我们省境内的旅社呢？"邱局长说。

"可惜时隔30年了，这个细节已经没法查了。"顾雯雯说。

"不，我觉得蒋劲峰很可能是在自己家里被杀的。"陶亮说，"因为1990年，我们的技术员在蒋劲峰家的地面上发现了麻袋拖擦的痕迹。当时他们认为麻袋里装的是曹松乔的尸体，是蒋劲峰为了方便埋尸，才把曹松乔的尸体装进麻袋的。现在看来，麻袋里的尸体未必是曹松乔，也有可能是蒋劲峰。"

顾雯雯又看了一眼陶亮，眼神里满是赞同。看来，顾红星让陶亮加入专案组是对的。

"我还没说完。"法医打断了他们的对话，说，"当时我们见死者的衣物没有什么特征，就对裹尸的麻袋进行了分析。首先，这个麻袋就是普通的麻袋，上面没有任何LOGO，只有四个字'化工产品'。"

"哦？"陶亮来了兴趣。

"是的，从照片上你们可能看不出来。"法医指着投影，说，"因为过去10年了，时间太长了，所以麻袋上的字迹看不清楚。我们找来了文件检验专家，对麻袋花了一番功夫，用了化学方法，才搞清楚上面的内容。只可惜，没有LOGO，找化工厂就是大海捞针。"

顾雯雯听到这里，迅速转头看了一眼陶亮。

陶亮微微点头。

"其次，我们仔细询问了发现尸体的工人。"法医接着说，"他们陈述，麻袋原来是扎口的，扎口的绳索系在袋口，而不是系在麻袋的中间。"

陶亮没太明白法医的意思，顾雯雯解释说："如果尸体是蜷缩着被放进麻袋的，扎口的位置应该是麻袋的中间，但如果尸体是直挺挺地被放进麻袋的，就只能在袋口扎了。"

"哦，因为尸体白骨化了，你们看不出尸体的姿势，所以做了这个分析。"陶亮说。

"麻袋扎口的绳索系在袋口，所以袋子里的尸体是直挺挺的状态，这样的话，一般的轿车就装不下了。"顾雯雯分析道，"所以，你们当时分析的结果是，凶手应该开的是货车。"

陶亮看着顾雯雯，简直有了一种和梦里的顾红星并肩作战的感觉。他也接了一

第九章
尸骨袋

句:"对,那个年代,面包车也多。"

"除此之外,我们就没有其他的发现了。"法医点点头,说,"毕竟我们发现尸体的时候,离发案已经有10年的时间了,现场勘查和尸体检验能发现的线索都很有限。所以,我们一直找不到尸源,也就一直没能破案。"

"现在找到尸源了,但要破案也不容易啊。"陶亮揉着太阳穴说道。

"当年的物证都还在吗?"顾雯雯问。

"衣服残片和麻袋都在。"法医说,"尸骨已经火化了。"

"这起案件,应该是在我们龙番市发生的,山南省只是埋尸点。而且和本案关联的另一起命案,在1990年我们就立案侦查了。所以无论是时间先后,还是属地管辖,这起案件都应该由我们龙番警方来侦办。"顾雯雯郑重地说。

"规矩我们懂。"邱局长笑着说,"一会儿,我让赵法医办理物证移交的手续。衷心祝愿你们龙林省警方顺利侦破此案,也能带破我们这一起命案积案。如果在办案过程中有用得上我们的地方,尽管吩咐。"

办理好物证移交手续后,顾雯雯让陶亮抱着一箱物证,打道回府。

"你这抢案件的气势,以后也要用在抢家务活儿上。"陶亮打趣道。

"想得美,我做饭你刷碗,我洗衣服你拖地,规矩不能变。"顾雯雯笑道,又认真起来,问,"对了,你听到麻袋上的字的时候,是不是也想到了青南村的那个村办企业化工厂?"

"是啊。"陶亮说,"我在咱爸的笔记上看到了,这个化工厂是个年轻人办的,征用了一些农民的土地,每年给农民分钱,分的钱数目还挺可观的。蒋劲峰也被征过地,拿过分红。"

"嗯,我也研究过这个厂。"顾雯雯说,"当时这个厂的效益好像很不错,但有重污染的问题。2000年左右,政府清查污染企业的时候查到了这个厂,责令其整改。我想想,这个厂长……厂长叫什么来着?"

"曹广志。"陶亮接茬儿道。

"你记性真不错啊。"顾雯雯惊讶道,"对,就是这个曹广志,那时候得了癌症,要化疗,也没心思管厂子,所以就让它倒闭了。"

"都倒闭20年了?"陶亮也惊讶。

"是啊,从2000年开始,青南村的村民就陆续往外搬了。因为很多人都和曹广志一样生了病,村民传是河神发怒什么的。"顾雯雯说,"唉,其实就是污染。所以,

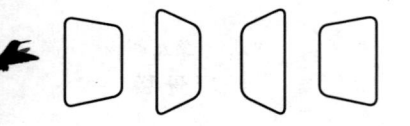

青南村成了一个空村。去年，政府确认村子附近的环境已经治理完毕，有个企业就接下了这块地皮，准备拆迁，建度假村了。"

"那这个厂子，岂不是没有什么资料了？"

"是啊，什么资料都没了。"顾雯雯说，"只知道当年大部分村民都在厂里兼职，但对厂子的经营情况都不熟悉。厂长死了，也没法问了。现在，连厂子都拆没了，更是什么信息都获取不了了。"

"至少可以找人问问，看看这个麻袋是不是他们厂的麻袋。"陶亮说，"至少我们能确定，是不是他们厂里的人杀死了蒋劲峰。"

| 第十章 |

镇墓兽

1

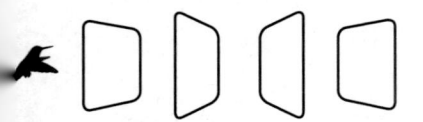

傍晚时分,陶亮和顾雯雯回到了龙番市公安局。

顾雯雯找来了两名技术员,对照临市公安局移交的物证进行拍照、录像固定,并准备登记入库。

当他们在物证室里忙活的时候,陶亮则从这起案件的物证柜里,找出了所有和化工厂有关的资料。他记得自己还是冯凯的时候,和卢俊亮一同度过的最后一天,就是在村委会的文秘室里清理资料。当时他们已经整理到了最后一柜,里面全是村办企业的资料,他们用了整整一天才整理完。但是,当他又回到了陶亮的生活中,他对梦里那一柜子的资料的内容却已经记不清了。除了建厂的基本资料和分红的大致情况,他就只记得那张冯凯死前都很在意的《土地征用协议书》。

这也难怪,毕竟陶亮的梦境都是从顾红星笔记的内容里来的,所以顾红星没有记录的东西,他自然不会知道,只有模糊的想象。

"我跟你说,老婆,我在梦里的时候,就非常留意这个村办企业。"陶亮说,"当然,也许是因为我看笔记知道冯凯是在调查这个企业的资料的时候牺牲的,所以才特别有印象。但我当时就是觉得,这案子可能和这个企业有关系。所以那个厂长的名字,我才会记在心里。"

陶亮说着,戴着手套从物证中取出了那一张《土地征用协议书》。

看到上面密密麻麻的名字和手印,陶亮不禁怔住了。

"这个我们之前统计过,一共有23个人的签名,这些人应该是核心利益集团。"顾雯雯一边指挥着技术员拍照,一边说道。

"是啊,既然他们是核心受益者,多多少少会对厂子有一些印象,如果我们挨个找一找呢?"陶亮问。

"他们不一定会说,因为这个厂子是被责令整改的,所以一出事,大家都怕担责任，都避之不及。"顾雯雯说，"我们找过两个人，他们都说自己不记得了。"

"从目前的情况看，想要突破这一起案件，最好的办法就是找到这二十多个人中的某一个。"陶亮说，"你把你们之前梳理的村民名册给我，我来看看还有多少人活着。"

"你居然会主动要活儿干了。"看到陶亮如此积极，顾雯雯揶揄道。

"那是必须的。"陶亮咧嘴一笑，认真道，"而且这样做，还有一个好处。假如，我说假如，曹松乔内裤口袋上的DNA是这23个人中的某个人留下的，而这人现在还活着，那么我们这一次撒网调查就很有价值了。我建议，我们同时安排抽血检验，不放过任何一种可能性。"

"好，那就这样干。"顾雯雯说，"明天一早，我俩就来梳理这些核心利益集团的人。"

把所有的物证安置妥当，顾雯雯他们两口子回了家。

之前陶亮说要拉大家一起下馆子，结果岳母林淑真大手一挥，决定还是在家做饭。等他俩到家的时候，饭菜的香味都已经扑面而来了。

四位老人都已经在顾红星家的客厅坐定，两个老头儿不知道在说什么，正在哈哈大笑，这温馨的场面让陶亮忍不住也跟着咧起了嘴。

见顾雯雯他们回来，顾红星第一句话就是："案件怎么样了？"

顾雯雯正准备开口，被陶亮打断了。

"咔咔，他们三个是外人，是不是要回避一下？"陶亮指着自己父母和岳母说。

"哎，那我退休了，也是外人。"顾红星笑道。

"您不一样，您是光荣退休的老民警，这点保密意识还是有的。"陶亮吐了吐舌头，解释道。

"要说这个，我可就不服气了。我和你妈作为龙番大学的教授，有公安局发的外聘专家证书。"陶若愚笑着说，"亲家母刚参加工作的时候，就帮忙干过法医的活儿。我们怎么就是外人，怎么就没有保密意识了？"

"嚯，我咋不知道，你们都成外聘专家了？"陶亮笑着说。

顾雯雯推了一把陶亮，制止了他的油嘴滑舌，两人洗洗手入座，边吃着东西，边把案子的进展跟顾红星同步了一遍。顾红星听得很认真，差点忘记吃饭，还是林淑真把菜夹到了他碗里，他才反应过来。

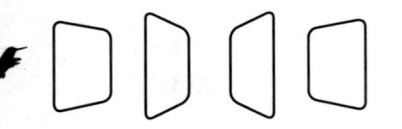

陶亮端起饮料杯，和大家干了一杯。看着面前的四位老人，他百感交集。之前，陶亮并不觉得父母们已经老了。可是，从梦境里归来的他，刚刚和年轻有活力的他们打过交道，如此反差，让他不自觉地有些伤感。

若不是他们奋斗的往昔，哪有我们幸福的今天？

"对了，你俩是怎么认识的？"陶亮忽然岔开话题，问两个老头儿。

"这话问的，你们不结婚我们怎么认识？"顾红星说。

"你这孩子，是还没睡醒吗？"陶若愚也说。

"哎，按照我的梦啊，你们应该早就认识了。"陶亮一边胡吃海塞，一边对林淑真说："妈，您现在的手艺真好！我都好几年没吃过您做的菜了，真好吃！"

林淑真慈爱地看着陶亮大快朵颐，笑着说："胡说什么呢，你昏迷前不还来吃过吗？"

"嗨，我这三场梦啊，跨越了十几年，我在梦里都像是活了另一辈子了。"陶亮笑嘻嘻地说道，"就说 1985 年，我妈刚生我的时候，有个公安局的人去龙番大学找我爸做 IgE[①]，你们可有印象？那案子是在一个煤窑里发现了女尸，后来推断是过敏死的。"

两个老头儿都愣住了。

倒是林淑真最先想起来了，说："哦，我想起来了！嘻，这得是多少年前的事了！是我看论文的时候看到了，推荐你们去的！难道说，那位年轻的教授，就是亲家？"

"当年我确实对 IgE 进行过研究，也记得曾经帮公安做过一个案子的检测。"陶若愚说。

"还真有这么回事！真是缘分啊！来，亲家，走一个。"顾红星笑着说。

大家一阵欢笑后，顾雯雯看向父亲，问道："爸，青南村的案子，当年就是你办的，很多细节你也都还记得，要不你也加入我们专案组呢？"

"我？我老了，脑子没有年轻的时候好使了。"顾红星叹了口气。

"嗨，爸还老当益壮呢！"陶亮笑着说，"爸，你就来当我们的顾问吧，笔记再详细，也不如本人到场。新老两代警察齐心协力，这回准能破案！"

"也不是不行，不过需要覃市长同意。"顾红星被说服了，旋即问道，"那你们下一步准备怎么查？"

---

① IgE：免疫球蛋白 E。

第十章
镇墓兽

"查和化工厂有关的村民,抽血、询问,看能不能问出一点情况。"顾雯雯说。

"那是侦查部门干的事情,你们技术部门呢?"顾红星一说到工作,立即又像一个公安局局长在听专案汇报了。

"我是这样考虑的,既然曹松乔内裤口袋上提取到了微量DNA,"陶亮说,"那么,是不是也可以在蒋劲峰的衣服残片和藏尸麻袋上提取DNA?如果麻袋上有其他人的DNA,那么最大的可能就是埋尸的人。这个DNA证据,比曹松乔内裤口袋上的DNA证据的证明力更强。"

顾红星有些惊讶,陶亮居然能从技术的角度来寻找突破口了。

"不行,不一样。"顾雯雯说,"曹松乔的内裤口袋,包括你之前提出的指纹卡上的DNA,在我们的标准化物证室里保存了30年,所以才能做出DNA。可是蒋劲峰的衣服残片和藏尸麻袋在土地里埋了10年,日晒雨淋的,不可能做出DNA了。"

"这一次,我赞同陶亮的观点。"顾红星插话说,"你不试试,怎么能知道结果呢?而且我刚才听你们汇报的时候,也想到了一点。如果埋了10年的麻袋上的字迹,都能用化学方法显现出来,那么,曹松乔的外衣呢?行李箱呢?这些物证能不能再做一遍检验?"

"这些物证,我在刚接手此案的时候,已经全部重新提取过一遍了。"顾雯雯说,"除了内裤口袋,其他地方都没有找到DNA。我们分析,曹松乔被埋在土里,尸体没有包裹物,所以外面的衣服上即便有微量物证,也在几天之内就腐败降解了。而内裤在里面,有外衣遮挡,才保存了微量物证。"

"DNA做不出来,那其他检验手段呢?"顾红星说,"前些年,我给你们刑科所买了好些技术装备,什么色谱,什么电镜的。这时候不用,什么时候用呢?"

"爸,你是说对衣服、行李箱再做一遍微量物证的检验?"顾雯雯问。

顾红星说:"没错。包括陶亮刚才说的,对蒋劲峰的衣服残片和藏尸麻袋进行一次全方位的检验。之前你们检验过的检材,也可以再做一次检验。据我所知,在大物体上提取DNA,有时候也是看运气的,提取不到,自然检验不出来。但万一运气好提取到了,说不定就能检验出来了。那样,咱们的标准化物证室就发挥出它的作用了。不试,肯定不知道结果;试一试,说不定有惊喜。"

"爸说得对。"顾雯雯说。

"老公说得也对。"陶亮龇牙笑着。

"那行,明天就这样。"顾雯雯对陶亮说,"我明天安排一名民警跟你一起梳理

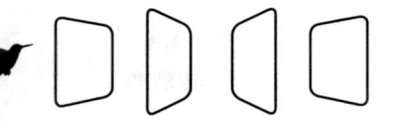

村民名单，然后你们去访问村民。我把这些物证从头到尾再检验一遍，DNA 检验和微量物证检验都来一遍。"

"那我跟着你去查。"顾红星对陶亮说。

"你身体行吗？"林淑真说，"都退休了，还这么魔怔。"

"没事，我现在好得很，而且现在都是坐车，比我们当年舒服多了。"顾红星执拗地说，"跟着年轻人跑跑，就当锻炼身体了。"

第二天一早，当陶亮来到市公安局的时候，发现顾红星已经在门口踱着步等着他了。

"爸，你这么早就到了。"陶亮加紧走了几步，迎了上去。

"是你们年轻人起得太晚。"顾红星说，"走吧，咱们抓紧梳理名单。"

顾红星和陶亮上楼，来到刑警支队大案大队的办公室，配合他们工作的年轻刑警已经整理好材料，在等着他们了。

"顾局长，您怎么来了？"年轻刑警猛地起立，敬了个礼。

"老顾同志现在是我的助理，咱们仨今天是一起行动的，听我指挥。"陶亮没大没小了起来。

顾红星没有发表异议，挥手让年轻刑警坐下，问："材料上的 23 个人，现在还有多少活着的？"

"根据顾姐之前组织调查回来的资料，23 个人中，有 14 个人已经过世。"年轻刑警说，"不过这 14 个人中，有 11 个人是有亲属可以配合调查的。"

陶亮接过名册看了看，对顾红星说："这些人的名字，不少都在你的笔记中出现过。尤其是这个董子岩，我印象比较深，我记得他是曹松乔的发小。"

"你是想从他发小入手？"顾红星说。

"是的，你的笔记上记载，他在案发的时候只有 20 岁，为人处世都还比较稚嫩。"陶亮说，"这样的人，既和死者熟悉，又容易问出东西。"

"那行，不浪费时间，我们按照地址去找他一次。"顾红星起身说道。

"行，助理，这次听你的。"陶亮说完，看了看顾红星。虽然顾红星的表情没有变化，但年轻刑警忍不住向顾红星投去了好奇的目光，这让陶亮连忙收起了插科打诨的心，拿起了桌上的车钥匙。

陶亮梦中见到的董子岩还是个年轻人，但现在的他已经 50 岁了，目前是龙番

第十章
镇墓兽

市的一名出租车司机。陶亮、顾红星和年轻刑警三人找到董子岩的时候,他正在出租车公司的食堂里吃饭。

"前不久,有个女警官来找过我。"董子岩有些疑惑,说,"我记得的事情都已经和她说过一遍了。"

"哦,我们这次来,不是来问你和乔乔有关的问题的。"陶亮说,"我们来问问你,乔乔和你们村当年的那个化工厂有没有什么关系?"

"没什么关系。"董子岩说,"乔乔去上大学的时候,化工厂刚开始建设。他出事之前,都没有回过村里。"

"乔乔上学前,知道你们要建化工厂吗?"

"大概不知道吧,他高中是在镇里读的。"董子岩说。

"那他为什么会选择化工专业?村里办的正好也是化工厂,难道不是为了专业对口、能给厂子出力?"陶亮步步紧逼。

"啊?这我还真没想过……"董子岩张大了嘴巴,一脸茫然地说,"要么就是村长让他选的这个专业,村长对他有恩嘛,他很听村长的话。当然,我们村里人都很听村长的话。"

"据我所知,你也在这个厂子里兼职?"陶亮接着问。

"我,我偶尔帮帮他们吧,算不上兼职。"

"你帮他们做什么?"

"我那时候拿了驾驶执照,会开车,帮他们跑运输。"

"厂子里有几辆车?"

"最开始就一辆车吧,1993年左右厂长才买了私家车。"

"你说的就一辆车,是运货的货车吗?"陶亮问。

"这你们都知道啊?"董子岩有些惊讶,说,"他们有专职的司机,但就一个人,所以司机请假或休息的时候,我就去帮他们的忙,跑一趟能赚10块钱。放在那个时候,也还不错了。"

"这辆车早就报废了吧。"陶亮说。

"啊?你们想找这辆车?"董子岩问。

"不是,我们随便问问。"顾红星连忙岔开话题,"你是啥时候搬出青南村的啊?"

"我1995年就进城了。"董子岩说,"一开始开'面的',后来就改开出租车了。"

"那村长是什么时候去世的?"

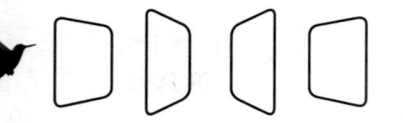

"那可有些年头了。"董子岩想了想，说，"好像是香港回归那一年吧。"

他们又说了几句闲话，陶亮用血卡取了董子岩的 DNA 样本，然后告辞出来。上了车，陶亮问："爸，你怀疑他？"

"不值得怀疑吗？他可是曹松乔的发小，若说报复杀人，他和村长有同样的动机。更何况，他还开货车。"顾红星说完叹了口气，又说，"警察就要对一切充满怀疑。"

"这句话真耳熟。"陶亮说，"董子岩撇清了和厂子的关系，所以也不会给我们提供多少线索。但名册里，有个叫董世豪的人，确定是在这个厂子干全职一直干到厂子倒闭的，他可撇不开关系。"

"那我们接下来就去找他。"顾红星俨然一副指挥官的模样。

寻找这个董世豪还真是费了一点功夫。董世豪在派出所留的电话号码打不通，派出所联系了他的家人，才知道他因为肺癌晚期住院了。

来到了龙林省立医院的肿瘤科病房，陶亮他们见到了虽然只有 60 岁，却全身插满了管子、奄奄一息的董世豪。

在得到医生的允许后，陶亮对董世豪进行了问询。

董世豪从 28 岁退伍归来开始，就在青南村的村办化工厂当保卫科科长，一直工作到厂子倒闭。但是，用董世豪的话说，他不过就是厂长养的一条看门狗，根本就进不了核心利益集团，所以对厂子的运营情况一无所知。

陶亮把包裹蒋劲峰尸体的麻袋照片给董世豪看了，董世豪确定这就是厂子里用来包装、运输产品的麻袋。不过，这种麻袋在厂子里到处都是，也有村民偷偷从厂子里顺几个回去装东西。因为偷麻袋的事情，他还专门训斥过几个村民。

所以，现场发现了这种麻袋，实在说明不了什么问题。

不过，在整个问询的过程中，陶亮总有一种怪怪的感觉，这个董世豪总是一副欲言又止的模样。

顾红星显然也感觉出来了，于是他问道："你是有什么心里话想说又不敢说吗？我们三个都是靠得住的人，会帮你保密。"

这句话像是一根尖刺，刺破了装满了水的气球，董世豪居然呜呜地哭了起来。他哭了好一阵，才低声说道："有个秘密埋在我心里 30 年了，我反正也是要死的人了，也不怕谁，今天就告诉你们吧！"

第十章
镇墓兽

2

年轻刑警连忙从口袋里掏出执法记录仪,开始录制。

"案发当年就有公安同志问过我,但我当时靠着厂子吃饭,所以根本不敢说。"董世豪说,"其实,当年是有异常情况的。就在你们发现乔乔尸体的前几天,有天晚上10点多,正好是我值班,我在门卫室都已经睡着了,忽然被汽车喇叭声吵醒了。我一看,发现是我们厂的货车正要出车,按喇叭让我开门。"

"半夜出车?"陶亮问,"以前有过这种情况吗?"

"没有过。"董世豪说,"我们厂的货车一般都是早晨或者午饭后出车,从来没在夜里出过车。我一看,开车的是董子岩,他旁边坐着的居然是厂长,厂长说有一批重要的货要连夜送,他要亲自押送,所以我就赶紧给他们放行了。毕竟厂子就是他的,什么事情不还是他说了算嘛。"

"他们几点回来的?"陶亮连忙问。

"早晨8点多,我正在交班的时候回来的。"董世豪说。

陶亮看了一眼顾红星,顾红星也看向了他。陶亮微微点了点头。

"当时我给他们开门的时候,发现董子岩左手上缠着一条毛巾。"董世豪说,"那时候天气确实比较冷,但驾驶员一般都是戴手套,像他这样缠毛巾的很少见,所以我心里就有点起疑了。后来,乔乔的尸体被发现了,我越想越害怕。但我转念又一想,董子岩那小子是乔乔的好朋友,而厂长和乔乔一点都不熟,他们俩都没有杀死他的动机啊。再加上我靠厂子吃饭,就没敢把这个疑点告诉公安同志。但是我越是瞒啊,就越是慌,这个秘密压在我的心头30年,压得我时时做噩梦,梦里头,我总觉得谁都是坏人,醒了之后呢,又觉得是自己想多了。哎哟,今天当着你们的面,我总算可以说出来了!"

"那你还记得,董子岩和厂长夜里出车的事儿,具体是发生在哪一天吗?"陶亮追问道。

"具体日期我记得不那么确切,但应该是在你们找到乔乔的尸体之前。我想想,应该是11月的……28日?不,是29日。我想起来了,第二天是30日,我交完班就回家给我老婆过生日了,当时还和我老婆说了一嘴,我老婆骂我多管闲事……唉,那时候我老婆还有力气骂我,后来我老婆也没啦。啊对,没错,就是29日这

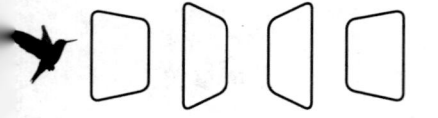

一天。"董世豪絮絮叨叨地说道。

"这个信息太重要了，谢谢你！"陶亮等人和董世豪告辞，出了病房。

"你怎么看？"顾红星问。

"埋蒋劲峰尸体的现场，我自己驾车跑过，从市里过去需要三个小时，但从青南村过去只需要两个小时。"陶亮说，"当时还没有高速公路，即便是夜间路上没车，货车的速度也相对较慢。所以我估计至少应该需要三个半小时，至多四个半小时。来回是七至九个小时，加上埋尸一个小时，就是八到十个小时。出车是晚上10点多，回来是次日早上8点多，这么一算，正好是九到十个小时，完全吻合。"

"嗯。"顾红星说，"而且不知道你注意到没有，董子岩的左手虎口上有个伤疤。"

"是吗？"陶亮惊讶道，"您这真是痕检员的眼睛！"

"所以，先不管曹松乔的死是怎么回事，现在看来，杀死蒋劲峰的头号嫌疑人就是董子岩。"顾红星说，"我们应该马上回去抓他。"

一路上，陶亮把车开得飞快。

"别超速。"顾红星说。

"没超速。"陶亮指了指仪表盘，说。

虽然没有超速，但以这样的速度在车流里穿行，还是挺刺激的。顾红星一只手抓着副驾驶室上方的把手，不发一言。看他的表情，似乎很紧张，但又很享受这种和年轻人一起疯一次的感觉。又或者，他只是想到了喜欢开快车的冯凯罢了。

回到出租车公司，陶亮一眼就瞥见了停在车群之中的董子岩的车，他心中一喜，留下年轻刑警看守董子岩的车，自己则和顾红星一起径直去了总经理办公室。

他们说明来意之后，总经理很配合地让秘书去把董子岩找来。可是，等了良久，秘书传回来的消息是董子岩的车没动，人却不见了。

陶亮明白了过来，之前他们找董子岩，又抽了他的血，算是打草惊蛇了，这小子是趁机逃跑了。不跑还只是有嫌疑，一跑，那可就坐实了。

"你现在把这个董子岩的信息传给高勇，我来给他打电话。"顾红星似乎又变回了公安局局长，说，"我让高勇安排辖区派出所的同志去他家蹲守，通知视频侦查部门寻找他的下落。"

"就是啊，跑什么跑。"陶亮掏出手机发信息，说，"这又不是上个世纪了，在咱们这年代，想抓你，你还跑得掉吗？"

安排好一切，陶亮让年轻刑警留在出租车公司，防止董子岩返回，自己则和顾

第十章
镇墓兽

红星一起回局里,看顾雯雯那边工作的情况。

到了局里,他们发现刑事科学技术研究所的门前乱成了一锅粥。原来,顾雯雯派出去对青南村 50 岁以上村民血液样本取材的大部队陆陆续续返回了,正在 DNA 实验室外的受案室里逐个进行登记录入。

"你们回来了,怎么样啊?"顾雯雯穿着白大褂,忙得气喘吁吁,"因为曹松乔内裤口袋上的 DNA 还没找到主人,所以我就申请了手续,把还健在的村民的样本取回来做一下 DNA,说不定就能对上呢。"

"我也是这样想的。"陶亮从口袋里掏出装着董子岩血卡的物证袋,递给了顾雯雯,说,"我觉得这个掏过曹松乔内裤口袋的人,应该就是凶手,而且应该就是村里的人。"

"可是,当年的很多村民现在都不在了,DNA 也无法获取了。"顾雯雯说,"我把这一拨检材安排好,我们再去会议室捋一下。"

陶亮和顾红星在会议室里等了好一会儿,顾雯雯才像一阵风似的快步走了进来。此时她脱了白大褂,一身警服更显英气。她一边把头发扎起来,一边说:"顾局长,刚安排好检材上机器,要几个小时后才能出结果。"

十几年的工作中,顾雯雯养成了一到单位就称呼父亲为"顾局长"的习惯。

"不是局长了。"顾红星坐在会议桌的一边摆了摆手。他虽然面庞苍老,眼里的光芒却不减当年。

"我听高勇说了,董子岩跑了?"顾雯雯问,"真的是他用私刑处决了蒋劲峰啊?"

"传消息还挺积极。"陶亮嘀咕了一句,说,"具体作案动机还得捋一捋,但他确实是在我抽了他的血之后跑的。而且,有一个叫董世豪的人,当年是化工厂的保卫科科长,指证董子岩和厂长曹广志在案发前后有异常出车的情况。"

"化工厂的麻袋、化工厂的货车,应该是可以串起来的。"顾红星补充道。

"可惜,麻袋我们仔仔细细检验了一遍,没有任何物证残留。"顾雯雯说,"是我盯着他们一寸寸取材的,确实没有找到线索。"

"那当时遗留的衣物、行李什么的呢?"顾红星问。

"也没有。"顾雯雯说,"不管是外衣还是行李,我们都复检了一遍,但什么都没有做出来。我们分析,毕竟当年掩埋的时间太长了,即便后来保存得好,DNA 还是早就降解了。不过,在提取外衣和行李表面检材的时候,我总觉得那件棉袄有些脏,用多波段光源照射,也可以看到很多斑迹。所以,我就让他们理化检验部门介

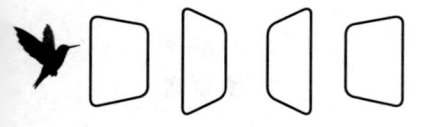

入，对棉袄上的斑迹进行了检验，却有了意外的发现。"

"哦？"刚刚歪倒的陶亮又坐直了身子。

"这些斑迹里，检出了沉香醇、硝酸钠、苯甲酸钠、十一烷、正二十二烷，还有其他的烷烃化合物……"顾雯雯说。

"你就说结果，那些是什么东西？"陶亮着急地问道，"你这样说，我有点迷糊。"

顾雯雯被陶亮逗乐了，说："我咨询了一下，简单说，应该是香灰、灯油、蜡烛之类的东西。"

"听起来怎么像是到了庙里呢？"陶亮说完，开始沉思。

"我觉得，是要捋一下。"顾红星说，"根据你们之前说的，我也回忆了一下。30年前，我们认为是蒋劲峰杀死了曹松乔，埋尸在小山，然后畏罪潜逃。可是，根据陶亮找到的指纹卡DNA的对比，发现蒋劲峰的尸体在2000年被人发现埋在荒郊野岭，死亡时间是10年前。也就是说，1990年，曹松乔死亡后不久，蒋劲峰也死了。于是，我们自然而然地推断，蒋劲峰应该是在杀人后潜逃的路上被人杀死，凶手很有可能是为了给曹松乔报仇。现在，再仔细想想，我们会不会是先入为主了？如果有人那么早就发现曹松乔被杀死了，为什么当年我们找尸体还找了那么久？如果蒋劲峰是在逃离的路上遇害的，凶手为什么还要煞费苦心地把尸体拖到那么远的地方再埋尸？"

"是啊，如果是蒋劲峰杀死了曹松乔，为何在曹松乔身上找到的是另一个人的DNA？"顾雯雯说。

"这两天，我又翻看了当年的笔记，当年我就有疑惑。"顾红星说，"现场没有打人的工具，没有捆人的绳子，甚至连一点血迹也没有。当时的解释是，工具和相机都被蒋劲峰带走了，没有血迹是因为包扎得及时。"

"当时还有别的疑点。"陶亮插话道，"现场有麻袋的拖擦痕迹，但曹松乔的尸体没有被包裹麻袋，反而是蒋劲峰的尸体被包裹了麻袋。那么，蒋劲峰家的所有痕迹，都只能说明这是杀死蒋劲峰的现场。"

"可是，蒋劲峰和曹松乔是继父子，他们共同生活的场所只有这里。"顾红星说，"如果是蒋劲峰虐待并杀死曹松乔，除了现场，就没有更好的地方了。更何况，当时根据村民的调查，他们家门锁的情况，也确实符合蒋劲峰在家里虐待曹松乔的状态。"

"咱们抛开可能性推测，就单纯用物证来说话。"陶亮说，"你说的那么多庙里

第十章
镇墓兽

才有的东西，在蒋劲峰的家里，一样也没有。所以……"

"所以曹松乔确实不是死在蒋劲峰家里。"顾雯雯补充了陶亮的话。

两人相视一笑，又是这种默契的感觉。陶亮的一句"单纯用物证来说话"，更是让顾雯雯莫名地有了心动的感觉。那个只凭直觉破案的陶亮，已经不复存在了，眼前的丈夫像是变了一个人，原来人不仅会长大，也是会成熟的。

"是啊，我赞同你们的观点。"顾红星说，"之前我们先入为主，认为会杀曹松乔的，就只有蒋劲峰，因此作案地点就只能是家里。但如果杀死曹松乔的另有其人，作案地点就不一定是家里了。更何况，如果按照之前的推理，蒋劲峰杀死了曹松乔，那他还能心安理得地在自己家里睡觉吗？毕竟他的尸体被发现的时候，是睡眠衣着。所以，一开始我们的方向就错了。"

"这也难怪，当年没有及时发现蒋劲峰的尸体，所以导致推断错误。"陶亮说，"而且，曹松乔是村里的宝贝大学生，确实没有任何人有动机杀死他。我在梦中和爸一起办了好多案子，也都是我看爸的笔记时印象最深的案件。无论是1976年的女工案、1985年的金苗案，还是后来的火车抛尸案和剖腹取子案，都是之前的推理基础错误导致案件侦破走了弯路。现在我算是知道为什么会对这些案件印象深刻了，因为我的潜意识告诉我，青南村这起案件，咱们的基础也是有问题的。"

"这样看，曹松乔内裤口袋上的DNA，就是最关键的物证了。"顾雯雯说。

"只可惜当年的好多村民都已经死了。"顾红星说，"能不能比对上，还是个问号。"

"不要紧，我们现在有了新的抓手。"顾雯雯说，"就是看能不能找到曹松乔被杀的第一现场。这个村子，30年前交通非常闭塞，从村子外面把尸体运进来的可能性不大，所以曹松乔应该就是在村子里被杀的。那么，村子里没有寺庙，什么地方才会有这些祭祀用品呢？"

"是个好问题。你先送咱爸回去休息，我倒是想起来点什么，等我去查证查证。"陶亮对顾雯雯说完，疾步向物证室走去。

龙番市公安局的标准化物证室是10年前重建公安局大楼的时候新修的，这里除了有全新风空调，还有完善的防火、防潮、防虫、防尘系统设备。物证室里一排排整齐的物证架分区合理，找起物证来就很容易了。

在物证室管理员的帮助下，陶亮找来了"1990.12.3专案"物证中所有的文档资料。他戴好了口罩和手套，在物证室的操作台上一一观察了起来。

看了好一会儿，陶亮发现这些资料中有一张很大的宣纸，展开一看，是一张简

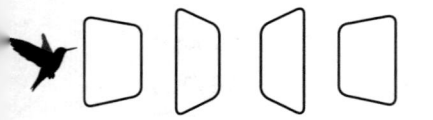

笔画。陶亮想起，他在梦境中对村委会文秘室的文档进行翻看的时候，确实看到了一张村子的全景示意图。但是，梦里的图和眼前的这一张不一样，眼前的这张图非常详细，不仅把整个村子的建筑物方位都画得一清二楚，还把村里每家每户的户主姓名都标在了图上。可以说，这是一张超详细的内部资料图。

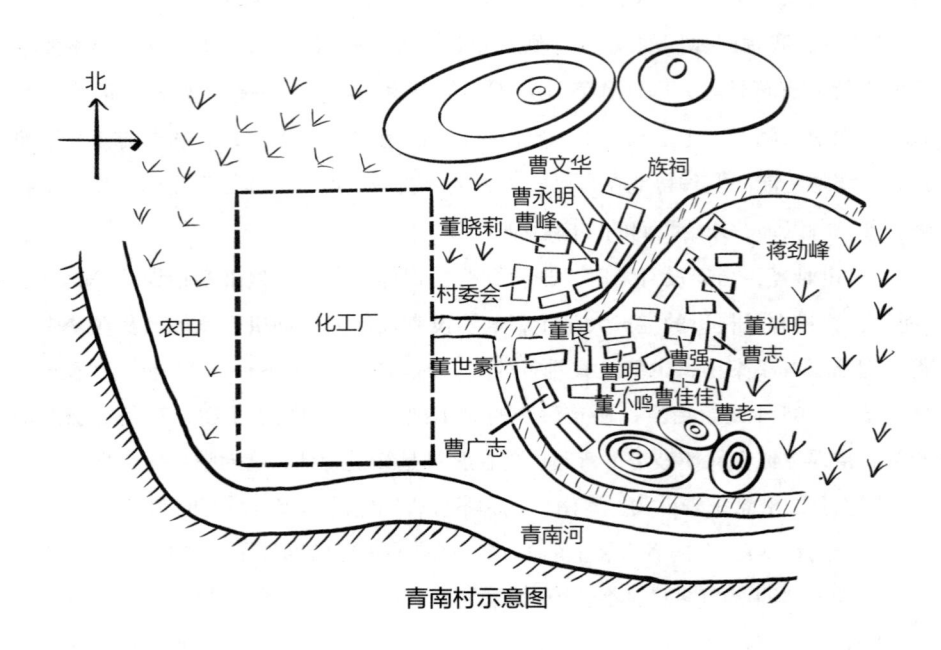

青南村示意图

陶亮在图上仔细辨认着已经有些褪色的墨迹，他先是找到了埋尸的小山，又找到了村委会的地址，还找到了蒋劲峰家。虽然画图的时候，化工厂还没有修建，但是根据《土地征用协议书》的描述，陶亮也可以大致搞清楚化工厂的具体位置。

顺着写满了字迹的一个个小方框看下去，陶亮注意到位于村落中轴线最北边靠东方的一个稍大的小方框里，写着两个有些模糊的字。他仔细辨认了一下，才看出这两个字是"族祠"。

"祠堂。"陶亮恍然大悟，脑海中的很多线索就在这一瞬间串联到了一起。之前对这起案件的基本认知，在他的脑海里完全被推翻了，取而代之的是另一种猜测和推理。

违反族规，家法处置，重伤猝死，深夜埋尸。

显然，曹松乔的死，如果不是因为被蒋劲峰虐待，那么凶手就只有这一种动机了。只不过，陶亮还有一点没有想明白，那就是为什么按照族规处置曹松乔，会连坐到蒋劲峰？蒋劲峰和曹松乔是敌对状态，没有血缘关系，而且蒋劲峰的身上并没有虐待伤。难道蒋劲峰是被灭口的？可如果他是被灭口的，为什么案发地点又不在一起呢？村长当年就有帕金森，难道厂长曹广志和司机董子岩都是他的帮凶吗？

陶亮的脑海里，一半清晰，一半模糊。

如果真的是按照族规处置，那么"执法"的就应该是村长。他记得在顾红星的笔记里，冯凯一开始怀疑过村长，但因为村长家的藤条不符合致伤工具的条件，就排除了村长的嫌疑。那么，假如还有另一根藤条存在呢？

只可惜，村长和厂长早已死了好多年，尸体也已经被火化了。经过前期调查，村长和厂长都没有后代，那么，从哪里去找村长曹永明和厂长曹广志的 DNA 呢？

想要证实陶亮的猜测，只能寄希望于曹松乔内裤口袋上的 DNA 是董子岩的了。

陶亮这样想着，又拿起了那份《土地征用协议书》，看着下面一排排整齐的油墨指纹，发起了呆。

3

这一夜，陶亮没有回家。

他办了手续，从物证室里借出了不少资料，在顾雯雯的实验室里研究了一夜。

第二天一早，顾雯雯来到局里，一头就扎进了 DNA 实验室，和 DNA 检验师们研究起跑了一晚上的机器吐出来的图谱。

顾红星则找到了陶亮，训斥了一通："你刚从医院出来才几天，居然又开始熬夜了？你就不怕再晕死过去？留得青山在，不怕没柴烧，你这样过度消耗自己的身体，下半辈子怎么办？雯雯怎么办？"

听着这一番训斥，陶亮既觉得好笑又觉得温暖。他在心里说，你现在 60 多岁了，开始教训我了，当年你在青山区分局不也整夜整夜不回家吗？

顾红星还是那样，一训起人来就停不下来，陶亮连插话的机会都没有。一直到顾雯雯走进办公室，顾红星还在那里滔滔不绝。

顾雯雯说："爸，你先别训他了，DNA 检验结果不好。所有活着的村民，DNA 都比不中曹松乔内裤口袋上的。有些去世了的村民，我们找到了他们的后代，经过数据比对，也比不上。"

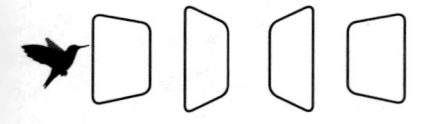

"也就是说，内裤口袋上的 DNA 也不是董子岩的。"陶亮沉思后道。

"不是。"顾雯雯说，"现在我们的侦查员都开始怀疑，曹松乔是被外人杀死的。"

"不可能。"顾红星说，"他是被虐待的，有很明显的熟人作案特征。"

"毕竟，我们最重点的嫌疑人，也就是村长曹永明，他的 DNA 还没有获取到。"陶亮说，"所以现在不算是山穷水尽。"

"那你一晚上没回家，研究出什么没有？"顾雯雯问陶亮。

陶亮指了指实验台上的文档资料，说："那当然，研究出了很多东西。"

顾红星戴上了手套和口罩，翻了翻这些资料，说："如果我没有记错的话，这些都是当年冯凯从村委会文秘室里提取回来的物证。"

"是啊，这份《土地征用协议书》就是他落水前保存在警服里的。"陶亮说。

"这些资料，有什么用处呢？"顾红星问。

"至少有值得我们去突破的地方。"陶亮笑着说，"你们看，这份《土地征用协议书》上面有这么多核心人员的指纹，而这些核心人员，有一大半都死去了。死去的人中又有几个是没有后代的，咱们获取不了他们的 DNA。那么，他们生前按下的指纹里，是不是应该有他们的脱落细胞呢？如果这些指纹能做出 DNA，这岂不是获取核心人员 DNA 的最佳捷径？"

"哦，你从当年的指纹卡里获取了蒋劲峰的 DNA，就得到了这个启发。"顾红星点头认可。

"可是，这不一样。"顾雯雯说，"之前做的是指纹卡，指纹里的细胞不会和刷出指纹的微小颗粒相互作用，所以做得出来。但这个是油墨，是化学物质，很有可能会和细胞发生作用，破坏细胞。至少，我从来没有听说过油墨指纹 30 年后还能做出 DNA 的。"

"你有没有听说过不重要，重要的是郑大姐有没有听说过。"陶亮说，"所以，想要取得案件的突破，我觉得还得跑一趟省厅，寻求一下帮助。"

"我觉得陶亮说得对，不管行不行，试一试。"顾红星说，"只不过，上一次是指纹卡，有备份，数量也多，破坏了就破坏了，不会造成多大的影响。但是这一次，资料仅此一份，破坏了就没有了，零容错。这个，你敢试吗？"

"而且这还是冯凯牺牲前还不忘保存的物证。"陶亮说。

顾雯雯低着头，咬着嘴唇，想了好一会儿，说："走，去省厅！"

第十章
镇墓兽

龙林省公安厅DNA实验室。

"什么？30年前的油墨指纹？"郑大姐惊呼了一声，把陶亮吓了一跳。

"姐，这可是本案的救命稻草了。"陶亮说，"油墨指纹都能弄出来，那才能显出你的本事啊。"

"对于油墨指纹的检验，我确实看过几篇论文，有现成的方法。"郑大姐说，"但是毕竟过去这么多年了，现有的办法能不能检出DNA，我可不敢保证。"

"不需要你保证，试试就行。"陶亮说。

"这个，我们取材了，资料可就破坏了。"郑大姐谨慎地提醒。

"知道，我觉得值得冒险。"顾雯雯坚定地说，"还是那句话，责任我来担。"

郑大姐点点头，说："等我两三个小时吧。你这丫头，真不错。"

坐在等候室的三个人也没有闲着，陶亮掏出了手机，点开一张图片并放大，递给了顾红星，说："爸，你看看，这是我拍摄的一张村落示意图，这里写的是不是'族祠'？"

顾红星眯着老花眼，把图片放大了又缩小，看了好一会儿，说："不管这两个字是啥，但这个位置确实就是村子里的祠堂。那个现场我当年去过很多次，有印象。"

"所以，这个DNA检验很重要。"陶亮说，"如果真的是村长在曹松乔身上留下了DNA，就说明很有可能是家法处置。而家法处置的场所，很有可能会在家族祠堂。而家族祠堂里，很有可能会有灯油、蜡烛、香灰等物质。如果曹松乔是被囚禁在祠堂里，并且有翻滚、厮打、挣扎的过程，他的身上就会沾染这些物质。"

"当年老凯确实怀疑过村长，他们也去村长家里勘查过，发现了家法杖，可惜和死者身上的损伤不符。因此，排除了家法处置的可能性。"顾红星说，"所以，当年没有人想到去村子里的祠堂看一看。"

"你的笔记里说到了这一节。"陶亮说，"主要以当时的情况，没有人会想到违反族规、家法处置的可能性。毕竟曹松乔一直都在外地上学，这才回来没两天，怎么可能违反什么族规？而且，他可是全村的希望，就算违反了族规，也罪不至死啊！那都是九十年代了，得犯了多大的事儿，才会被处置啊？但现在回过头想想，如果真的是家法处置，真的是村长杀人，说不定他就会故意在显眼的地方挂一根不一样的家法杖来干扰侦查。冯凯可能是掉进了村长的陷阱。"

"是啊，村长知道公安会从死者的尸体上发现损伤。"顾红星点着头说，"如果怀疑到家法处置，就有可能突破迷雾。这时候，他故意告诉我们，他们的家法杖不

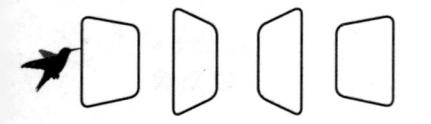

是那个样子的，就会打消我们的怀疑。你说得对，即便是现在，我也难以想象这个临时回来两天的大学生，会犯了什么天条。"

"我们重新启动这个案子的时候，我派人去村里走了一趟。"顾雯雯说，"祠堂里他们也勘查了，但那就是一个大厅，我觉得不具备拘禁人的条件，也没有发现什么家法杖或是祭祀用品。"

"是的，那个祠堂我也进去过，坐北朝南的一座大房子，顶很高，有四五米。"顾红星说，"我印象中，站在祠堂门口，里面就一览无余了，根本没有死角。祠堂里好像什么都没有，最北边的墙壁上应该是挂了一张祖宗的画像，墙壁前面放着一张很大的条案，估计有 10 米长，5 米宽。条案上铺着毯子，上面有一些牌位、香炉和供果。所以，那里确实没法拘禁一个人，太容易逃跑了，而且祠堂没有门板，有人经过门口就能看见里面的情况。"

"雯雯你之前派人去看的时候，没有针对性，也没人往可疑之处去想，所以看一次不稳妥，还得再去看一遍。"陶亮说，"我担心的是，村子正在拆迁，祠堂还在吗？"

"如果这个祠堂真的有用，那我之前的工作就没有白做。"顾雯雯说，"拆迁确实已经开始了，但他们是从西往东拆。而且，因为我们的干涉，他们也放缓了拆迁的进度。看你拍的这张图，祠堂在东北方向，所以肯定没有拆到。"

"所以，如果曹松乔内裤口袋上的 DNA 真是村长的，我们就要马上赶往青南村。"陶亮说，"我仿佛已经看到了破案的曙光。"

"你太乐观啦。"顾雯雯笑着说，"那个祠堂，真的没法藏人。"

"能不能藏人我是不知道，爸的笔记里又没有写，我在梦里当然看不到。"陶亮笑嘻嘻地说。

顾红星拿着陶亮的手机，一直在盯着看，此时慢慢地来了一句："如果我没有记错的话，这张图，也是冯凯弄回来的。"

"是啊。"陶亮收起了笑容，郑重地说，"如果因为这份《土地征用协议书》和这张图，咱们最终破了案，那就是对冯凯最好的祭奠。"

"那就真是冥冥之中的天意了。"顾红星看向远处的天空。

"喀，那我是不是也该夸夸陶亮同志，现在都懂得绞尽脑汁地找物证了。"顾雯雯有意打破这略显伤感的气氛。

"那还是夸夸这个时代吧，科技腾飞的时代。"陶亮说，"我想起了在爸的笔记里看到的一张图。爸说，物证会一成不变，所以是一条直线。而科技随着时间的推

第十章
镇墓兽

移,必然是进步的,所以是曲线。当曲线和直线相交的时候,就是破案的时候。科技发展得越快,曲线上扬的角度就越大,就会越快和直线相交。30年,说长不长,说短不短。但30年后,可以实现当年想都不敢想的科技创新,这也算是我们这两代人的幸运吧。"

"我好像确实说过这样的话。"顾红星说。

"不仅说过,笔记里还画了图呢。"陶亮说道。

"现在,我觉得要改一改这段话。"顾红星说,"物证并不会一成不变,随着时间的流逝,物证也会逐渐损毁,这是大自然尘归尘、土归土的规律。而一旦物证损毁了,它就不再是一条直线,而成了一条线段。无论科技的曲线如何上扬,只要在相交之前,直线变成了线段,它们就会永不相交。"

"听起来好像更有道理了。"陶亮说。

"所以,我们在促进科技的曲线上扬的同时,也要尽可能延缓物证损毁的时间。"顾红星说,"让变化发生,这就是时间的意义。"

"只要事物发生变化,时间就有意义。"陶亮说,"这也是你写在笔记本上的。"

"是老凯说的。"顾红星说。

"所以,爸是率先建设了标准化物证室的那一批人,爸应该感到自豪。"顾雯雯笑着说。

"那也是受到了老凯的启发。"顾红星说,"不仅仅是建设标准化物证室,我们现行的《现场勘查规则》,里面有很多内容,都是我和老凯一起摸爬滚打、吃了教训才得来的。"

"任何一项看似无用的规定,背后都有失败的教训。"陶亮喃喃道。

说话间,郑大姐手上拿着两张纸,推门走进了等候室。

"怎么样?"顾雯雯和陶亮站起身来,异口同声地问道。

"按照你们的要求,我们这一拨就做了曹永明的油墨指纹。"郑大姐说,"出的图谱不算太好,但勉强也够做对比了。我和之前的数据对了一下,曹松乔内裤上的DNA,就是曹永明的。"

"耶!"陶亮跳了起来。

"曹永明已经死亡了,如果证据确凿,确定他是犯罪嫌疑人,按照《刑诉法》的规定,就应该撤销案件。"顾雯雯说,"但他有帕金森,这起案件应该不只是他一

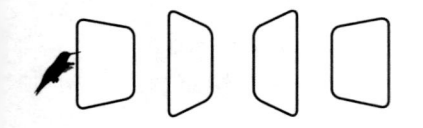

个人作案,如果有同伙,那就不能撤案,我们要把还活着的犯罪嫌疑人抓回来。"

"所以,我接下来的时间,就是把你给我的那张纸上所有人的油墨指纹都做一遍,对吧?"郑大姐笑着说。

"活着的,我们都已经做过了,已经去世的,就麻烦郑大姐了。"顾雯雯拥抱了一下郑大姐,说,"我们现在就去复勘现场。"

经过一个多小时的车程,三个人开着车抵达了青南村。

村子已经很多年没有人居住了,将近一半的房屋都已经倒塌或者破损,但这个村子所处的自然环境真的非常秀美,比陶亮梦境中所见的样子还要美丽。

人类退场后,大自然成了这里的主人。依山傍水的小村庄,到处郁郁葱葱,一副生机勃勃的模样。

村子的西边已经拆除了一小块,在已拆除的化工厂原址旁,有一大块草坪。这块草坪曾经是村民的自留地,但早已废弃多年。此时经过锄草作业,只剩下过踝的草桩。草坪上架起了十个火红的大字:"绿水青山就是金山银山"。

因为公安局的干涉,拆迁队放缓了拆除的速度,此时刚拆到村落建筑群最西边的村委会。而位于东北方向的祠堂,还安然无恙。

祠堂作为家族的圣殿,建筑的质量比一般的民房要好得多,所以虽然废弃了几十年,依旧屹立不倒。

这座祠堂四周都有墙壁,靠南的正门没有门板。大门有3米高、2米宽,是完全敞开的设计。和顾红星说的一样,站在大门口就可以看到祠堂的内部。祠堂内部有8根石制的立柱,支撑着将近5米高的房顶。

和顾红星说的不一样的是,祠堂内部并不能一览无余,因为最北边的墙壁被一扇砖砌的屏风遮挡住了,屏风后面的区域是看不到的。而顾红星说的很长、很宽的木质案板也没有了,很可能是被这一扇屏风取代了。

这扇3米高、7米宽的屏风上,曾经应该挂过祖宗的画像,只是长时间没有人维护,屏风上只能看到挂过卷轴的痕迹。

陶亮说:"爸,你是不是记错了,和你说的不太一样啊。"

顾红星沉思了良久,说:"不,我的印象不会错,这个祠堂内部应该发生了变化。"

听顾红星这么一说,陶亮立即有了力气。他三步并作两步,绕到了屏风后面。

屏风后面也没有什么木质的案板,而是矗立着一座石像。这是座底座1米见方、

第十章
镇墓兽

高约2米的石像,它紧贴着屏风,面朝北,坐落在屏风之后。陶亮仔细看了半天,也没看出这石像是个什么东西。

石像雕的应该是只动物,因为年头太久看不太真切,乍看上去像是只老虎,细看又带了点其他动物的影子,后背似乎还有双隐约存在的翅膀。

"这是什么玩意儿?长得古古怪怪的。"陶亮打量着屏风后的这只神兽。

顾雯雯看了半天,也说不出个所以然来,倒是顾红星思忖着道:"我也拿不准……但我之前在别的地方可能看到过类似的东西,叫什么来着?好像是神兽天禄。但是,这东西不应该出现在这里啊。在古代,这可是镇墓兽啊!镇墓兽怎么能放到祠堂里面来?"

"镇、墓、兽?"陶亮一字一顿地重复道。

几乎是同时,陶亮和顾雯雯的眼睛里都闪过了一道光芒,他们同时看向了对方,眼神里充满了惊喜。

4

推土机轰隆隆地开进了祠堂。

正好村子要拆迁,也省去了顾雯雯申请调配机械的麻烦。他们直接去了拆迁队,说现在可以加速进行拆除作业了,希望他们从祠堂开始拆。

一听到可以拆了,整个拆迁队是求之不得。不管是从哪里开始拆,他们都是乐于配合的。于是,陶亮和顾雯雯坐着一辆推土机,从村西头到了村东北头,开进了祠堂,准备先把屏风拆除,再拖走那只叫"天禄"的镇墓兽。

明眼人都可以看出,当年顾红星去过祠堂之后,祠堂的布局就发生了变化。多出来一扇莫名其妙的屏风和一尊莫名其妙的镇墓兽,可以说是"此地无银三百两"。

顾红星推测,曹松乔的案子发生一段时间后,村里就组织对祠堂进行了翻新。对外的说法可能是重修祠堂,但对掌权的人来说,真实目的或许就是掩盖作案现场。

过去,当所有人路过这座祠堂的时候,注意力都会被挂在墙壁上的卷轴画以及墙壁前的木质条案吸引。没有人会注意到,条案和墙壁之间还有一些空间。而中间多出来一尊莫名其妙的镇墓兽,那就说明这个作案现场的入口,很可能就在这尊镇墓兽的下方。

顾红星很后悔当年案件陷入僵局后,自己没有再来这座祠堂看看。假如他再看

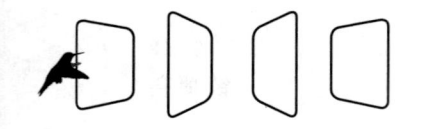

一眼这座翻新的祠堂，必然可以发现这蹊跷之处。

随着推土机的轰鸣声，砖屑横飞，屏风应声而倒。紧接着，推土机的铲斗顶上了那尊神兽像，轰隆隆地将它向前推进了1米。

和他们预料的一样，镇墓兽一移动，底座下面就出现了一个黑洞洞的入口。这里果然是一个地窖的入口，只是以前这个入口有窖门的遮挡，又有条案的掩护，所以很难被人发现。

"好了，谢谢你们，你们可以去村里的其他地方继续进行拆除工作了，但这座祠堂要多给我们保留几天。"陶亮和推土机司机打了招呼，然后打开手电筒，就要第一个进入洞口。

"等会儿。"顾雯雯一把抓住陶亮，说，"不能这样下去，要先用鼓风机往里鼓风。"

"为啥？"陶亮问。

"这个洞口处于地下，容易蓄积比氧气重的二氧化碳，形成二氧化碳湖。"顾雯雯说，"高浓度的二氧化碳是可以致死的。"

"那点根蜡烛带进去不就行了？"陶亮说，"人点烛，鬼吹灯，这不就可以测试二氧化碳了吗？"

"带蜡烛的作用不大，因为二氧化碳湖就像是一个湖面，低于这个湖面，就会有高浓度二氧化碳，而高浓度二氧化碳会让人'闪电式死亡'。"顾雯雯说，"蜡烛一灭，人也就没了。"

"说得挺吓人。"陶亮没有逞强冒险，而是等着顾雯雯从拆迁队借来了鼓风机，对地窖进行了鼓风作业。他们耐着性子等了好久，确定地窖里已经充入了足够的氧气，顾雯雯点点头，陶亮才打着强光手电筒进入了地窖。

鼓风作业后，整个地窖里灰尘飞扬。即便陶亮戴着防毒面具，也觉得有些呛人。不过，他一看到地窖里的一切，心里就安定了。这个地窖很有可能就是杀死曹松乔的第一现场，而且这么多年来并没有被打扫和整理过。

地窖只有十多平方米，正中央是一根木柱，起到支撑顶部的作用。地窖的角落里堆放着蜡烛、香灰等祭祀用品。地窖里没有电源，照明靠的是挂在木柱上的一盏煤油灯。木柱的两侧，放着两张藤椅，藤椅的旁边是一张行军床。行军床的上面铺着一床棉絮，因为时间久了，已经腐烂成絮状。行军床的旁边，有一个外表锈得很厉害的煤炉。

"来，戴好装备再勘查。"顾雯雯也已经下到了地窖里，把手套、头套、口罩和鞋套递给陶亮以及身后的顾红星。

第十章
镇墓兽

  三个人穿好了装备，三束手电筒的强光同时聚焦在地窖中央的木柱上。木柱上已经黏附了大量的灰尘，但幸亏地窖的密封效果好，所以还没有什么蜘蛛网。顾雯雯用勘查毛刷把木柱上的灰尘拂去，显现出几道比较明显的横行擦痕。

  "看，这种痕迹就是硬质的绳索和木头反复摩擦造成的。"顾雯雯说，"说明这根木柱上以前绑过人，只是不知道绑的是不是曹松乔。"

  "有DNA就行。"陶亮用手电筒照射着木柱的另一侧面，说，"这块黑色的斑迹，应该是血吧？"

  陶亮说完，蹲下身来，背对着木柱，比画着说："你看，曹松乔和我差不多高，蹲下来，头顶的位置和这块斑迹的位置差不多。"

  "对，曹松乔头部受伤，当时我还疑惑为什么他家里没血。"顾红星说。

  顾雯雯也看了看木柱，煤油灯的下方有一些灯油流淌留下的痕迹，但陶亮发现的那块斑迹颜色很黑，且有喷溅的方向，和灯油留下的痕迹不一样。她二话不说，从随身携带的勘查包里拿出棉签和生理盐水开始取材。

  陶亮用手电筒继续照射地窖的其他位置，因为地窖的面积很小，又没有什么摆设，所以一览无余。唯一可以藏匿物品的，就只有那张行军床的下面了。于是，陶亮俯下身来，照射床底。

  果然，床底有一团麻绳，还有一根条杖。

  "雯雯，这儿还有更带劲的。"陶亮掩饰不住内心的喜悦。

  顾雯雯已经把木柱上的可疑斑迹提取了下来，放进物证袋里。听到陶亮的呼唤，她和顾红星不约而同地走了过去。两人走到床边一看，也发出了惊呼："这就妥了，这里肯定是现场了。"

  说完，顾雯雯小心翼翼地取出那一团麻绳看了看，又拿起条杖看了看，说："我看过曹松乔身上的伤痕，无论是约束手脚的绳索损伤痕迹，还是击打在身上造成的皮下出血痕迹，和这麻绳、条杖的形状、纹路都是一致的。"

  "这条杖上面还有一个磕碰痕迹。"顾红星指了指条杖上的一处凹陷，说，"我记得当时小卢分析，致伤工具会有这样的磕碰痕迹。"

  说到卢俊亮，顾红星的表情里似乎有一丝心痛。

  "木柱捆人，留下血迹，工具俱全，还有看守的人睡觉的地方，就连曹松乔衣服上的微量物证都对得上，这里就是刑讯、拷问、虐待的地方，这一点没跑儿了。"陶亮说，"只是不知道，这些工具上面，还有没有希望做出DNA？"

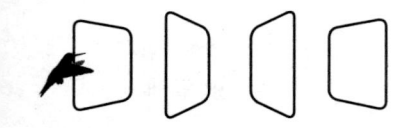

"我们对 DNA 检材的保存要求就是放在阴冷、干燥的环境里。"顾雯雯说,"这里密封得这么好,周围的香灰即便变成粉了,也没有受潮的痕迹,而且这里面不冷不热,我觉得很有希望从这些工具上做出 DNA。"

"案发当时是年底,是天气最冷的时候。"顾红星指着煤炉说,"即便是在地窖里,也还是需要取暖的工具的。"

"当时就这样烧炉子啊?也不怕一氧化碳中毒。"陶亮把手伸进了炉膛,扒拉了一下里面厚厚的炉灰。

陶亮这么一扒拉,脸色顿时变了。他连忙把两只手都伸进了炉膛内,摸索了半天,拿出来一个圆柱形的物体。

"这是……胶卷啊!"顾红星用手电筒照射着陶亮手中的物件,说道,"外壳有被烧毁的痕迹,不知道里面的胶卷有没有残存。"

"这,这东西怎么弄?"陶亮努力回忆着自己小时候拍照时是如何将胶卷变成照片的。

"我会弄,走,找个暗房,我们看看去。"顾红星说。

黑暗的房间内,只有一盏红色的小灯亮着,照红了两个人的侧脸。

顾红星小心翼翼地用镊子从药液池里夹出一张照片,夹在悬挂在绳索上的夹子上。

陶亮屏着呼吸,忍不住赞叹道:"配药、显影、停显、坚膜、水洗、漂白,再水洗、定影、晾干,全程还要控制温度。这……出一张照片也太不容易了!"

"是啊,现在有了新技术,就给我们带来了捷径。"顾红星感叹道,"原先没有这样的技术,我们就只能用老办法来。不过,只要按照步骤,一步一步来,最终也会得到自己想要的结果。"

"嗯,我以前觉得,有捷径不走,都是傻子。"陶亮说,"可有时候,明明走的是捷径,反而容易变成弯路。欲速则不达,越快越容易出错。"

"是啊。"顾红星也感叹道,"答案就在眼皮底下,我们却花了 30 年才看到它。只可惜,胶卷受热损坏了,只有这半张似乎还能看出一些图形。等显现完毕,看看究竟是什么。"

两人屏息等了一会儿,照片显现了出来,半张是空白,而另外半张则是在野外拍摄的管道之类的东西。

"这张照片没有拍到人。"顾红星细细地看着照片,说,"拍的这是什么呢?"

/// 第十章
镇墓兽

"我大概猜到一些了。"陶亮说,"走吧,老……爸,我们先去看看雯雯那边的战果。"

两人从暗房出来,开车回到了公安局。

顾雯雯正坐在自己的实验室里,对着眼前的一堆 DNA 图谱,在白板上涂了又写,写了又涂。

"怎么样?能做出来不?"陶亮着急地问道。

顾雯雯看了一眼陶亮,说:"希望做出来的结果,全都做出来了。不过,情况看起来有点复杂。"

"复杂好啊,越复杂越能证明事实的真相。"陶亮说,"这就是物证的魅力啊。"

顾雯雯听陶亮这么一说,脸上恢复了一些神采,看看陶亮,又看看父亲,笑道:"那就请两位大神帮我参谋一下吧。郑大姐那边对油墨指纹的 DNA 检验结果也传送过来了,我和我们自己的 DNA 实验室做的现场物证的 DNA 结果进行了一个碰撞。"

"碰撞出什么了?"顾红星问。

顾雯雯在白板上一边画,一边解说:"现场木柱上的血迹,是曹松乔的;现场绳索上检出的 DNA 是曹松乔和老师曹文化的;现场条杖上检出的血迹是曹松乔的,检出的 DNA 是化工厂厂长曹广志的;现场藤椅上检出的 DNA 是曹文化、曹广志和曹松乔的发小董子岩的;曹松乔内裤口袋上的 DNA 是村长曹永明的……你们看,是不是很乱?"

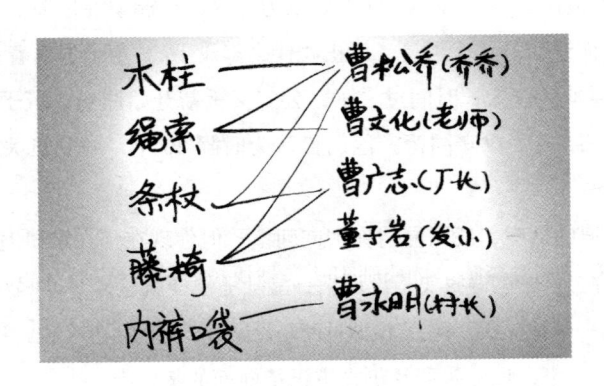

```
木柱 ——————— 曹松乔(乔乔)
绳索 ——————— 曹文化(老师)
条杖 ——————— 曹广志(厂长)
            董子岩(发小)
内裤口袋 —————— 曹永明(村长)
```

"不乱不乱,我应该知道是怎么回事了。"陶亮神秘一笑,说,"这可多亏了冯凯当年提取的这张《土地征用协议书》啊,我们从中获取的村民们的 DNA 信息,为本案提供了查清事实的基础。"

"我大概也知道是怎么回事了。"顾红星也笑了笑,说道。

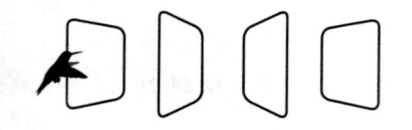

"喂喂，你俩别打哑谜啊。"顾雯雯道，"是你们的照片里冲洗出什么了吗？有什么秘密吗？这时候卖关子就太没道义了啊！"

"别急别急，"陶亮道，"当务之急是抓人，我来的路上就听说视频侦查支队已经查到了董子岩的下落，现在去抓人了。那么，曹永明、曹广志、曹文化这三个人中，是不是只有曹文化还活着？"

"是啊，他现在70多岁了。"顾雯雯说，"当年他搬出村子后，就在一个民营的培训机构教书，直到退休。他应该就在家里，你现在就要抓他吗？"

"抓！"陶亮回想起梦境中曹文化"西装球履"的模样，说道，"咱们边走边说！"

龙番市公安局刑警支队办案中心第一审讯室。

陶亮绕着审讯椅走了三圈，这让坐在椅子上的董子岩明显焦躁了起来。

"我说警官，你有什么话直说好吗？"董子岩挠着自己的头发，说，"对于乔乔那事，我是真的什么都不知道。"

"那你跑什么？"陶亮问。

"我没有跑啊，我就是去亲戚家休息两天，我们跑出租的，天天累得要死，给自己放两天假怎么了？"董子岩一脸委屈地说。

"你心里很清楚你为什么要跑。虽然事情过去这么久了，但当年你们做的事情也不是完全没有漏洞。"陶亮说，"你不要以为你这次还能蒙混过关。"

"我不知道你说的是什么事情，反正我什么都没干。"董子岩摇着头。

陶亮心里清楚，这么长时间过去了，公安又重新开始调查，董子岩和曹文化肯定私下碰过头，结成了攻守同盟。他们自认为时隔30年，公安机关是不可能获得任何证据的。

"要是没证据的话呢，我只能请你去询问室。但你现在坐在审讯室，坐在这把带有手铐的审讯椅上，你觉得我要是没证据，能随随便便就这样对你吗？"陶亮说。

董子岩只是一味地摇头，说："没做过就是没做过，你们再怎么说，我也是这句话。"

陶亮冷笑了一声，把一张照片扔在审讯椅前面的案台上。

这是蒋劲峰的尸骨中颅骨的正面照。

"什么啊这是？你干吗拿张骷髅的照片吓唬我？"董子岩吓了一跳，却并没有乱了阵脚。

"你不认识他了？"陶亮说。

第十章
镇墓兽

"谁啊？我不知道你在说什么。"

"其实蒋劲峰挺好认的，即便是变成骷髅了，也好认。因为他这个牙啊，还真是独一无二，不仅是龅牙，还缺一颗。"陶亮提示道。

董子岩闻言，身子微微一抖，嘴里兀自说着："什么龅牙，我不记得了。"

陶亮坐到董子岩的对面，轻轻触碰了一下董子岩左手虎口部位的疤痕，说："你知道不知道现在我们警察有一种技术，能从人身上的咬痕还原出咬人者的牙齿模型，然后再和咬人者进行比对？"

董子岩好像僵住了，眼神刻意地避开了案台上的那张照片。

"以前吧，我们都是从尸体上找咬痕，来和嫌疑人的牙齿进行比对。"陶亮说，"现在说不定要反过来了。"

陶亮盯着董子岩，知道眼前这个男人的内心其实并不强大，接着说道："那天晚上你和曹厂长一起出车，手上还包扎了，那可是被人看到了。目击者没有死，还能上法庭作证。"

董子岩的呼吸越来越急促，他已经无法掩饰了。

"哦，除此之外，我们还找到了一个地下室。祠堂的地下室，你知道吧？"陶亮继续抛出重磅炸弹，说，"那里面的物证可多了去了。哦，对了，给你科普一下，现在的技术手段可先进了，多少年前的DNA都做得出来。"

"不，不是我……"董子岩的脸涨得通红，他忽然往后一仰，紧紧抓住了扶手，"乔乔的死，和我没有关系！二流……蒋劲峰的死，也不是我干的！都是他们，都是他们在逼我！他们陷害我！警官，你们要相信我！我没有杀人，我是被连累的！我真的是被连累的！"

龙番市公安局刑警支队办案中心第二审讯室。

顾红星坐在年轻刑警的身边，用鹰隼一样的目光盯着眼前穿着西装的老者——曹文化。

"鄙人属实难以理解，鄙人一辈子投身于教育事业，德高望重。"曹文化用力挣了一下，却挣不开审讯椅上的手铐，说，"你们凭什么用如此阴损的手段对待鄙人？"

"回到曹松乔的案件上来吧。"年轻刑警没有评价他的表演，冷静地说，"你说说，当年为什么会在曹松乔家里发现你的鞋印？"

曹文化愣了一下，说："当年不都说了吗？乔乔失踪了，鄙人和大家一起去找

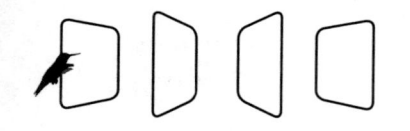

乔乔，自然就去了他家。"

"那为什么一直在门口看热闹的董子岩的父亲没有看见你去他家？"年轻刑警问。

"他眼神不好，总不能怪我吧？"曹文化避开顾红星的目光，说，"我当时不也有董子岩作证吗？"

"董子岩现在也是犯罪嫌疑人。"顾红星说，"他就在隔壁。"

"你们这些公安，就是这么对待人民教师的？你们暴殄天物啊！你们良心何在？"曹文化故意岔开话题，又开始乱用成语了。

"教书育人，那是人民教师。为了自己的利益不惜残害自己的学生，不配拥有人民教师这个名号。"顾红星说。

"你们不要诬陷鄙人啊，我告诉你们，鄙人可以投诉你们！"曹文化喊道。

"诬陷？你们村里有那么多人，我们为什么要找你，不找其他人？"年轻刑警说，"你不是老师吗？你没听过'若要人不知，除非己莫为'吗？你用绳子捆曹松乔的时候，心里就没有一点愧疚吗？"

"一派胡言！"曹文化梗着脖子说。

"你一直自诩德高望重，那你们村里分红的时候，别的村民知道你拿的比人家多吗？"顾红星慢慢地说道，"如果他们知道你为了这些钱，害死了自己的学生，还会觉得你德高望重吗？不要紧，如果你不交代，我们可以去找你们村子里的人，一个一个去聊，这些一直被蒙在鼓里的村民，总有人会意识到哪里不对劲吧？"

一语中的，曹文化的脸上开始青一阵白一阵。

"你们的村子，风景秀丽，环境宜人，本来是一块风水宝地。可是，是什么原因让村庄凋敝？让村民早逝？"顾红星接着说，"村民们说的什么河神发怒是事实吗？我不相信你心里就没有一点数。如果村民们知道了真相，那么他们会怎么看你？"

"那不是我的主意。"

"你不要狡辩，曹永明已经死了。"顾红星说，"除非你丝毫没有参与，村民们才不会把账算在你头上。"

曹文化的嘴唇翕动着。

"什么德高望重，都是假的。在谋财害命的罪行面前，你的名声一文不值。"顾红星撕破了曹文化的薄脸皮和心理防线。

"鄙人……鄙人为这个村子鞠躬尽瘁！"曹文化青筋暴起，道，"鄙人问心无愧，是他们，是他们害死了乔乔。冤有头，债有主，鄙人做的一切，还不都是为了他们！"

| 尾声 |

漫长的告别

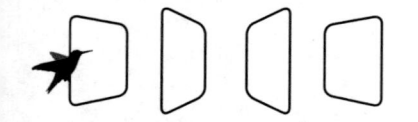

1. 董子岩

乔乔死的那年，我也只有 20 岁。

30 年后再回头看，一切就跟做了场梦一样。

我和乔乔住在隔壁，从小感情非常好，他那个二流子继父打他的时候，只要我在家，我就会去他家拍门，他只要能跑出来，就会往我家躲。如果二流子再来拍我家门，那我就没办法了，我爸妈也不常在家，我和乔乔就只能把门闩上，躲在屋子里。

我很讨厌那个二流子。我问乔乔，咱们老要躲他，什么时候是个头啊。

乔乔说，他迟早要离开这里，去外面过日子。但他又说，他欠村子里的东西太多了，他要一点一点攒，一点一点还，等还完了恩情，他就再也不回来了。

他还说，我们一起加油，他如果先出去，回头也一定带我走。

我应该是笑着说"好"的，但那时候，我其实有点不高兴。我知道，我不会读书，也没有本事，我大概一辈子都会在这个村子里了。乔乔要离开这个村子，那也迟早会离开我。当然，那时候我也没想到，我们两个里，最后离开村子的人，只有我。

后来，乔乔果然考上了大学。

我们几年没有见面，但他经常写信给我，有时候还给我寄东西，我们俩好像还跟以前一样好。

1990 年 11 月的某一天，我收到了乔乔的信，他说他要回家办事，我们终于又能见面了。11 月 26 日上午他会坐火车到龙番市，然后再坐汽车到我们城南镇，接着他想让我骑自行车去接他，我们一起回村去。

一切都很顺利，我接到了他，我们俩聊了一路都没有停。我听他说了他的大学，那个要先骑自行车，然后换乘汽车，再换乘火车才能到的大城市。我也跟他说了我的工作，我学了开车，在村里的化工厂偶尔替班开货车，可惜不是全职，工资

尾声
漫长的告别

也不多。他说他回来是找村长办材料,他打算在大学里入党。我说我也要找村长,想找他问问村委会还有没有可能进,我又年轻又肯干,总得给自己找点事做,要不将来谁家姑娘愿意嫁给我。

不知不觉,我们就到家了。他那个二流子继父没在家,我喊他到我家吃饭。他说等会儿,他带了一个宝贝回来,要给我拍张照。我们俩就站在我家的大门口,拍了一张合影。

第二天,我们就各自去忙了,我是要去找村长的。我们村子和其他村子一样,就是一个小社会,村长就是说话最管用的人,村里有什么抽签分配的好事,村长一开口,名额就定完了。我爸妈种了一辈子的地,在这方面就是一点都不会来事儿,分配到的地都是最远的,还不如隔壁的二流子。我那时候20岁了,决心要从我这一代争口气,所以去镇上接乔乔的时候,我豁出去了,买了一箱那时候还不常见的方便面。可惜,村长把东西收下了,却连眼皮子都没抬。他说,回家等消息。

等到下午,有人来敲我家门。

我一看,不是村长,是乔乔。

乔乔还背着那个很贵的相机,看起来有点着急,递给我两卷胶卷。

他说,他有急事要去找村长,让我赶紧把胶卷送到镇子上去冲洗。那时候,我们村子里没有照相馆,所有的胶卷都必须送到镇子上去冲洗。

我当时感觉莫名其妙,他昨天就说要给大家都拍拍照,可拍照就拍照,洗照片有啥好急的。

乔乔说,和大家拍的那卷胶卷不急,可第二卷拍的东西就不同了。

他说,他去化工厂附近转了转,意外发现化工厂在排污。他说了一堆话,什么没有按规定设置污水处理系统啊,什么会对村子的生态造成严重危害啊,什么会让村子遭受灭顶之灾啊。说老实话,我只是中学毕业的学历,当时根本就听不懂他说的那些词,更不理解一个工厂就排点废水,能对村子造成多大影响。后来,我再回想起当年的事情,才发现乔乔说的都是对的。可惜,我们知道得太晚,而他知道得又太早了。

乔乔说,他拍了厂子的排污结构,是重要的证据。但洗照片要隔夜才能取,他等不及了,所以让我送去洗,他得抓紧时间去村长那里反映情况,让村长出面去解决问题。

我虽然听不懂他的话,但毕竟我们是最好的朋友,我没多想就答应了,骑着自

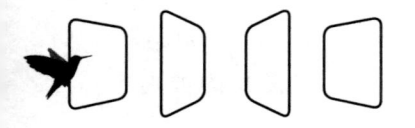

行车就去了镇里，把两卷胶卷都送去洗了。回家的时候天有点黑了，我就没去乔乔家，想等着照片洗好后再带过去。第二天，也就是11月28日，下午我骑车去镇子里取回了照片和胶卷，就带着这些"证据"回来找乔乔。

骑车经过村里祠堂的时候，我突然看到乔乔从祠堂大门里冲了出来。

他一边跑，一边大喊"救命"。

我当时就傻眼了，光天化日的，谁要害乔乔？他为啥要喊"救命"？

我刚把自行车停在一边，就看到曹文化跟在乔乔身后，也从祠堂里冲出来。他是我们村的文化人，平时一向很稳重的，但这时候他动作一点不慢，一把就把乔乔按倒在地，手里还拿着一卷绳子，要捆他的手腕。

乔乔被按在地上，看到了我，立马大喊："子岩快跑！拿着东西找警察，拿着东西找警察，快跑！"

我都吓蒙了，完全不知道该怎么办，我以为祠堂里会冲出其他人来把我也按倒，可是并没有。因为当时祠堂里就只有曹文化一个人。

曹文化抬头看着我，有点急，也有点狼狈，他见我吓得不能动弹，一边捆乔乔，一边跟我说："子岩，你可要想好了，乔乔现在是咱们村的叛徒，我是迫不得已才动粗的。你要是听他的，那你就是背叛全村的叛徒！你知道叛徒的下场不？你、你爸、你妈，都会被全村人唾骂！你是要站在你爸妈这边，还是站在这个叛徒这边？"

曹文化不仅是我和乔乔的老师，也是全村德高望重的老师。听他这么一说，我更是不知道自己该怎么办了。

所以我就愣在那里，眼睁睁地看着曹文化气喘吁吁地把乔乔捆牢了，用布塞好了乔乔的嘴巴，然后把他弄得站起来，推着他往前走。

"还愣着干什么？过来帮忙啊！"曹文化冲我喊。

我就跟灵魂出窍一样，不知不觉就向他走过去了。乔乔背对着我，我看不到他的眼神，他的身体还在扭动，但我感觉有一双很大的手在按着他，压着他。这双手，好像也压在我的头上。

我们一起进了祠堂。

祠堂的条案下面，有一个地下室的入口，这个地下室平时是储存祭祀用品的。我们这些年轻人都知道，小时候经常会在捉迷藏的时候躲到这里来。

现在，地下室的入口是开着的。曹文化推着乔乔进了地下室，然后把他捆在了

/// 尾 声
漫长的告别

中间的木柱上。

全程乔乔都在挣扎,他的嘴巴被封住了,说不出话,但他一直在给我使眼色。其实,这里只有三个人,我如果对曹老师动手,我和乔乔未必不会占上风。但我……我不敢。一想到曹老师说的话,我的力气就好像被抽空了。我可以把曹老师按住,和乔乔去报警,可是报了警该说什么?乔乔拍的那些照片能给我们作证吗?别人会相信我们,还是相信曹老师?我……我不知道。

曹文化看着我,正要说几句,地下室的入口那里,忽然出现了村长。

我和村长看到对方,都是一愣。

村长拉着脸,很严厉地说:"董子岩,你不是白眼狼吧?乔乔这只白眼狼要砸全村人的饭碗,要关掉我们的化工厂,让村里人没饭吃,我们才把他关在这里。你要是能把他的思想工作做通了,你就是村里的功臣,要不然你就和乔乔一样,是村里的罪人。罪人就要受到惩罚,你懂吗?"

我从小到大都知道,村长是说一不二的,他要做的事就一定会做到。全村没有一个人敢忤逆村长,我当然也不敢。更何况村长说我可以当功臣!我只需要说服乔乔,就可以加入村委会,本来连门都够不上的事儿,一下子就能成了!

曹文化也在旁边劝说我。他说,村长对化工厂每年给村里的分红也是有话语权的,化工厂只要好好地开着,我们村里每家都能分到钱,我要是当了功臣,还能多分一点。但要是化工厂没了,大家该种地还是得种地,这些钱谁也赚不着。到时候大家不光要恨乔乔,也会连带着恨我。"升米恩,斗米仇",曹老师说这是他以前给我们讲过的故事,问我可还记得。

他们劝说我的时候,乔乔一直看着我。

他一直在摇头,一直在挣扎。他让我想到了小时候我们一起躲过那些大人的漫骂。那时候,我们多好啊……可他终归是要走的。留在这个村子里的人,是我。

于是,我把口袋里的东西掏了出来。

乔乔拍摄化工厂的那卷胶卷,我洗出来了,照片被我紧紧地攥在手上。我看向村长,看到他对我露出了赞许的笑容,我没有再犹豫,递了过去。

乔乔看着村长把这些东西扔进了炉灶,他不再挣扎了。我不敢再看他的眼神,我低着头说,乔乔,你要真为我们好,你就听话吧。

乔乔没说话。后来,无论我说什么,他都一点反应也没有。

村长没待多久,留下曹老师和我两个人看守乔乔。整个晚上,乔乔连水都不喝

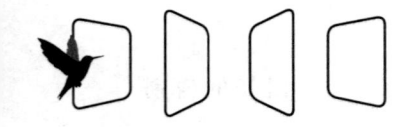

一口。我以前知道他很犟，可没有想到他这么犟！曹老师坐在旁边，其实也在观察我，看我是不是死心塌地为他和村长办事。

那个时候我就知道，他们还不信任我，毕竟我和乔乔是从小一起长大的朋友。但经过一晚上的努力，就算我没说服乔乔，长辈们也该信任我了。毕竟一面是被村长处置，另一面是得到村委会的工作，正常人都应该知道要怎么选吧。

熬到了 29 日的早晨，他们就允许我自己回家了。

曹老师跟着我一起走，来接班做乔乔的思想工作的，是化工厂的厂长曹广志。

曹广志那时候应该不到 30 岁吧，比我们大不了多少，但这个人平时看起来就不太好惹，我不知道他有多大的能耐，让村长都在大家面前敬他三分。我以前也很少和他接触，不知道他在外面混出了什么本事。但曹老师要我别管，说曹广志有能耐，他会用自己的方式来说服乔乔。我想，行吧，乔乔要是服了软，一切也就没事了。

那天，我在家睡了一天。幸好那段时间我爸妈都不在家，要不然我真不知道该怎么跟他们解释。

睡到晚上 8 点左右，曹老师突然来我家找我，他神色慌张，带我去了祠堂的地下室。进了里面，我才知道，乔乔被曹广志打死了。

我当时差点吓尿了。我本来以为，他们就是要吓唬吓唬乔乔，叫他闭嘴，别去报警，乔乔再犟，不吃不喝也熬不住吧……没想到，却闹出了人命。乔乔是曹广志打死的，他被打得好惨，看起来真是可怜……

出了人命，我想跑。杀人偿命，应该让曹广志负责。可村长却说，我们四个人，谁也逃不了干系。要是没事，大家一起没事；要是被枪毙，大家一起被枪毙。

我怕极了，我文化程度不高，也不懂法，我只知道，他们敢杀死乔乔，也就敢杀死我。乔乔本来是有机会逃出去的，可我背叛了他……没错，我也逃不了干系，我们都是一根绳子上的蚂蚱了。

村长问我，乔乔是不是只有这么一卷胶卷？

其实我身上还有乔乔的另一卷胶卷，但那都是乔乔和大家的自拍，并没什么威胁，里面还有我和乔乔唯一的合照。我留了一点私心，没有跟村长说实话。我说，是，只有那一卷。

村长说，乔乔的继父蒋劲峰这两天在哪儿？他有没有发现乔乔失踪？乔乔的行李箱里，会不会有其他的证据？

这些问题我也不知道，大家只能面面相觑。

///尾 声
漫长的告别

村长说，做事要做干净，不能留下后患。他让曹老师和我一起，去乔乔家搜一搜，看看他家里还有没有其他证据。只要东西都清理干净了，没人会知道我们杀了乔乔。

所以我就和曹老师一起，去了乔乔家。

曹老师说是一会儿给我放风，其实一直在监视我。我知道他也有点害怕，出了这种事，是个人都会害怕吧。

我知道，蒋劲峰那个二流子其实27号就回村了，只是没有和乔乔见上面，因为那天乔乔去找村长，就已经被囚禁起来了。28号我去洗照片之前，经过他家门口，看到大门都是上锁的，二流子应该是去打牌了。29号我清早从祠堂回来，二流子在门口倒垃圾，整个人很萎靡，说身体不舒服，要在家里躺一天。他还抱怨乔乔回来了都没见自己一次，自己把乔乔养大，生病了还没人照顾。

我太熟悉二流子了，他这个懒人，身上哪怕有一点小毛病，也能躺几天不动弹。所以我们偷偷进乔乔家里搜东西，他又不睡在乔乔的房间，只要我们轻手轻脚，他自然就不可能发现。

我和乔乔从小玩到大，我自然知道乔乔家的情况，他们家如果家里有人，院门是不上锁的。屋子的大门是从里面闩住的，而门缝很大，只要用一根树枝就能拨开。

我就这样进了乔乔家，曹老师在院子里放风。我进了乔乔的房间，找到了他的书包和行李箱。他的相机就在他的书包里，我当时心想他已经死了，这么贵重的东西总要有人保管，就把相机揣到了自己的口袋里。可是相机稍微有一点大，我的口袋有点揣不下，就在我刚把相机揣进口袋的时候，一不小心把乔乔房间的一个玻璃瓶碰倒了，发出了声音。

这个声音惊醒了隔壁的二流子，也惊动了院子里的曹老师。

我听见二流子趿拉着拖鞋就往我这边走，吓得四处找地方躲。不过，我想多了，曹老师比我胆子大，二流子刚进屋，曹老师从他背后一把将他推进了房间，我们两个人前后夹击，把他给制服了。

这时候，院外突然有人在喊二流子，好像是问他明天去不去打牌。听见院外有人，二流子一下子就来劲了，很明显就是想呼救。我赶紧用手死死地把他的嘴巴给捂住了。也就是在这时候，他咬伤了我的左手。我疼得很，但还是没敢松手。我知道，一旦惊动其他人，乔乔被打死的事情就瞒不住了。而蒋劲峰这个二流子，只要他不出声，我们把他送到村长那里去，村长自然有办法对付他。

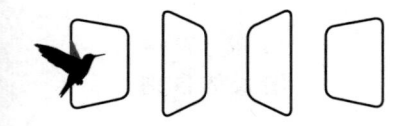

为了不让他叫出来，曹老师也拼命用手掐着二流子的脖子。你们相信我，我是捂不死他的，是曹老师把他掐死的。我真的是被连累的。

等到外面没动静了，我俩才发现，二流子已经没有任何抵抗能力了。曹老师摸了摸他的脉搏，试了试他的鼻息，说他已经死了，是被我捂死的。明明就是被他掐死的，他却要诬陷我。我知道，我又被曹老师给带到坑里了。他有文化、会狡辩，要是这件事败露了，别人只会相信他，不会相信我。

但现在不是内讧的时候。我们赶紧跑回祠堂，把这件事和村长汇报了。

原本我以为村长会生气，可没想到他似乎挺高兴。曹广志更是一点也不怕，说不如就把两具尸体一起埋了，一了百了。村长却说不行，说乔乔是村里供出来的大学生，就算是死了也是村里的宝，要埋到风水宝地，镇一镇村子的风水。而蒋劲峰不姓曹也不姓董，是个外人，埋得越远越好。

过了好些年，我才把村长的心思给摸透，他肯定知道乔乔的失踪是瞒不住的，不管把乔乔埋在哪里，都可能被发现。而一旦发现了两具尸体，这件事就说不清了。但如果大家只找到乔乔的尸体，找不到二流子的尸体，那么大家都会觉得是二流子杀了乔乔，然后畏罪潜逃。村长是真的有手段，好毒的一个诡计，别说乔乔了，我们谁能斗得过他呢。

于是村长做了部署，说他对村子熟悉，知道埋在哪里可以留住村子的福气，可以镇住乔乔的魂魄，不让他生事，还能让他看守村子，所以他负责埋乔乔。不过，因为他有帕金森，没力气，所以叫曹老师来配合他。而二流子的尸体，埋得越远越好，最好埋到外省去。那么，他们就需要一辆车来运尸体。正好，厂长曹广志有权利调动厂子里的货车，而我会开货车，所以由我和曹广志一起去把二流子的尸体运到外省埋掉。

要我和曹广志单独行动，我是一百个不愿意的。我很怕曹广志把我也给做掉。可他阴着一张脸，我也不敢说一个"不"字。三更半夜的，我和曹广志来到厂里，开着厂里的大货车到了乔乔家门口。好在这次没有任何人经过，也没有任何人发现。曹广志从货车上取下一个麻袋，我们进屋把蒋劲峰的尸体装好，拖出了院子，弄上了货车，然后一路向南开。

我记得开了好几个小时，到了一大片荒郊野岭。

曹广志让我停车，说再开天都亮了，就没办法埋尸体了。于是，我们把车停在国道边，把尸体拖到附近的小山上埋了。我挖土的时候一直在害怕，怕他在背后给我一铲子，把我也埋进去。

好在他们没有对我下手。可能是因为他们都看穿了我这个人，知道我是个没有胆儿的人，没有胆儿帮自己的朋友，也没有胆儿背叛他们。

我知道的就这么多了。虽然我是被连累的，但这30年来，我也天天做噩梦，梦见乔乔向我呼救，梦见二流子从土里钻出来，梦见村长、曹广志和曹老师在背后阴阴地看着我……曹广志这些年赚了不少钱，也找过不少女人，但就是没有生出一个孩子。他死的时候，我松了一口气。

哦，对了，乔乔的相机最后我也没敢拿去换钱。我不敢看我洗出来的那些照片，后来都悄悄给烧了。但胶卷和相机还在，都藏在我家五斗橱最下面柜子的最里面，你们可以去搜查。

乔乔这辈子连张遗照都没有，该让大家都看看他的样子。

我不配当他的发小，这是我能为他做的最后一件事了。

2. 曹文化

别听董子岩那孩子瞎说。

鄙人做的一切，都是为了顾全大局。

好吧，事情要从1990年11月27日说起。

那天，鄙人在村委会办事，听见隔壁办公室里村长的声音很大，好像在和谁争论。鄙人向来关心村里的大小事务，就转悠过去看看是怎么回事。

然后我就看到了乔乔这孩子，他坐在村长的对面，面红耳赤的，不知道在争论什么。村长经常会骂人，但被骂的人一般不敢顶嘴，即便有人不服，我也会去做一个和事佬。于是，鄙人就去调节了一下气氛，听他们说了一番才知道，乔乔上了大学，又没有社会经验，机械地认为化工厂不做污水处理就一定会危害全村。他啊，太天真喽！他又不知道，如果没有这个化工厂，大家的日子过得那么紧张，产生的矛盾也会有很多。他不是在给村里解决问题，而是在给村里制造问题，真是掘室求鼠，掘室求鼠啊！

乔乔说的事情，难道鄙人不懂吗？污染、环保什么的，鄙人虽然不算精通，但也略知一二。鄙人认为，一点点污染换来很大的利益，是没有任何问题的。是，村子里后来得病的人很多，但人吃五谷杂粮，焉能无病？难道别的村子就没有人得病

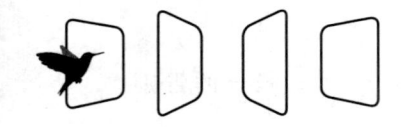

了？这和一个厂子能有多大的干系？董子岩这小子非要说是报应，我看这才是"欲加之罪，何患无辞"呢。

再说了，就算要提环保，也不应该是乔乔来提，一来他是吃百家饭长大的，每个村民都对他有恩惠，他现在来砸大家的饭碗，那不是白眼狼吗？二来他又不在村子里生活，上了大学也不回来，不想着怎么回来出力，倒想着摆起谱来刁难村子，显出他自己的能耐，真是居功自傲、得意忘形啊！

乔乔和村长之前争执得太厉害，为了让乔乔想明白，鄙人提议就去祖宗的祠堂里商议此事，不要闹得村委会的其他人都知道了。毕竟鄙人和村长是最疼爱乔乔的，要是其他人知道乔乔要砸大家的饭碗，真的会上手直接揍他。所以，去祠堂是我的主意，为的就是保护乔乔。

到了祠堂，乔乔还是嘴硬。他自己那么大个人，却毫无大局观，毫无大义，坚持要显出他自己的能耐，非要坏了村里的大事。没辩论几句，他的情绪就非常激动了。我知道这样不行，他是个年轻人，村长已经老了，还有帕金森，万一动起手来，村长岂是他的对手？为了阻止乔乔的大逆不道，我只能冲上去把情绪越来越激动的乔乔给摁住，塞进了地下室，把他用绳子捆在木柱上。鄙人是文化人，从来不动粗的，这么做也是为了他好，我只是想让他冷静一下。

哦，你们刚才说的分红。确实，鄙人比其他村民分得多。但这有什么问题吗？我在村里德高望重，当年征地建厂，很多人不同意，都是鄙人一一去说服的。整个厂子的规划、建设，鄙人全程参与指挥。可以说，鄙人为了全村的利益，殚精竭虑。我们是按劳分配的，我做得多，多分一点不也是应该的吗？

再说了，鄙人赚的钱，又不是最多的。赚得最多的是村长和厂长曹广志。

当时我就想啊，既然乔乔是针对厂子，自然应该由曹广志来说服乔乔，于是我就去叫来了曹广志，让他晚上去守着乔乔，好好和他说说。但曹广志这个人，年纪虽然不算大，做事却实在有些狠辣。我觉得乔乔没被社会毒打过，让曹广志吓唬吓唬他，应该就能懂得我们的苦心了。

28号一早，鄙人有些不放心，赶紧去祠堂看了看。我担心的果然没错，曹广志那人就是一个没文化的莽夫，他说服不了乔乔，就对乔乔进行了殴打。我去的时候，乔乔已经遍体鳞伤了。我看到乔乔的时候，哎呀，我那个心疼啊。你说，这孩子怎么就这么犟呢？这么点事，有必要拿命来拼吗？

鄙人狠狠批评了曹广志，让他回去了。这一整天，鄙人都在苦口婆心地劝乔

/// 尾 声
漫长的告别

乔,告诉他什么是大义,什么是格局,不能因为书本上的一些条条框框就不去创新、不去奋斗。古人说,尽信书不如无书,就是这个意思了。

鄙人发誓,我没有打乔乔,一下都没打。

乔乔可能是因为挨了打,也可能是为了麻痹我,所以一整天都萎靡不振的。到了下午,他说要上厕所,我就给他找来了便盆,给他松了绑。可没想到,他从恶如崩,居然用逃跑来"报答"我对他的信任。

不过,他毕竟受了伤,我还是在祠堂外面摁倒了他。你说巧不巧,这一幕就被董子岩给看到了。

怎么说呢,董子岩这孩子虽然是和乔乔一起长大的,但比乔乔要明事理多了。人家都说大学里教文化、教做人,乔乔上的这是什么大学?怎么学完了回来就变样了呢?

董子岩很快就站在了我和村长这一边,村长也让董子岩留下来,陪我一起做通乔乔的思想工作。可我们都没想到的是,这孩子是真犟啊,开始不吃不喝,搞起绝食那一套了。

熬了一晚上,我真的熬不住了,29号那一天就只能继续让曹广志来做他的思想工作了。交班的时候,我明确地和曹广志说了,不准再打乔乔了。暴力,是解决不了问题的。

可曹广志那家伙实在是成不了大器,他还是打了乔乔,还把乔乔打死了。

再强调一下,鄙人没有任何伤害乔乔的行为。

我们得知乔乔的死讯,是29号天黑了以后,当时我就蒙了。唉,你们肯定无法感受到我当时心有多疼,有多痛苦和沮丧。在那种悲不自胜的情绪之下,我甚至都无法正常思考了。村长倒是一贯有手段,他说要去搜乔乔的家,让我和董子岩一起去。

岂知,村长要我们两个去,就是想把我们拉下水。董子岩也是个没轻没重的,捂个嘴,也能把人给捂死了。我再强调一下,鄙人也没有任何伤害蒋劲峰的行为。董子岩说是我干的?尽是瞎扯。为了不让蒋劲峰发出声音,我确实帮助董子岩把他给按住了。但捂死他的人又不是我,我可是个文化人啊,哪有那么大的劲。董子岩是开大车的,有劲着呢。

后来,村长坚持要把两具尸体分开埋,我意识到他老谋深算,是为了嫁祸到蒋劲峰身上。毕竟人手有限,原本我不想参与他们埋尸的行动的,但是我不得已,只

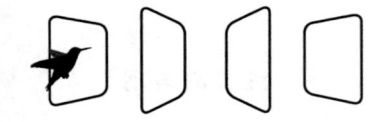

能协助村长去小山上把乔乔给埋了。

唯一让鄙人欣慰的是，我们埋他的地方，是一块风水宝地。

埋了乔乔之后，我两晚上都睡不好觉，总是梦见他的样子。为了让他不再纠缠我，我去山脚下杀了一只鸡，为他祭奠。我希望他冤有头债有主，要找也是找他们几个去，我真的是无辜的！

鄙人做的这一切，都是问心无愧的啊。如果没有鄙人，村里人怎么会赚到那么多钱？如果没有鄙人，他们哪能搬到城里去住？鄙人这是深明大义，为了他们，我承担了不该由我承担的责任！

3

青南河边的堤坝上，一团火焰照亮了周围。

顾红星把一沓草纸扔进了火里，火焰又旺盛了一些。

"冯凯叔叔也可以瞑目了。"站在一旁的顾雯雯说。

"你们不用在这里陪我了，去看看青南村的情况吧。"顾红星抬头对眼前的女儿和女婿说道。

"您一个人回家？"陶亮问。

"高勇一会儿会派车来接我回家，你们放心吧。"顾红星说，"最后一次勘查正在进行，你们这两个专案组的主要人员应该在现场坐镇。我呢，就在这里陪冯凯说说话。"

陶亮和顾雯雯点头，离开了当年冯凯离世的地方，开着车向青南村驶去。

本案已经基本结案，事实清楚，证据确凿。为了不留遗憾，顾雯雯决定在将此案移交到检察院之前，再对祠堂进行一次全面搜证，搜查结束后，这里也就可以开始拆迁了。

他们来到了青南村，整个村子灯火通明。

半个村子已经被夷为平地，几辆大推土机正等候在祠堂的一边，准备对祠堂进行拆除。十几盏高功率的大灯以及几辆刑事勘查车的顶灯，把祠堂周围照射得如白昼一般。

见陶亮和顾雯雯走到祠堂边，宁文走上前来，说道："姐，全面搜证工作已经结束，拆迁队已经等不及了。"

/// 尾 声
漫长的告别

顾雯雯点了点头，简单清点了一下大家提取的物证，说："你们撤吧，拆迁可以进行了。"

顾雯雯的指令很快传了下去，现场的勘查员们纷纷拎着勘查箱回到了勘查车上，而随着工地上的红旗挥舞，几辆推土机点火启动。

随着推土机的轰鸣声，祠堂的墙壁慢慢坍塌了下来，灰尘瞬间弥漫，象征着一个时代彻底结束了。

"走吧，我们的任务也完成了。"陶亮拉顾雯雯上车，发动汽车向村子的西边驶去。

很快，他们的汽车驶到了青南河边。河边是一大片刚刚栽植的草坪，上面竖立着那几个火红的大字："绿水青山就是金山银山"。

陶亮停了车，跑到草坪上，摘下一朵小野花，递给缓缓走过来的顾雯雯，说："今天是你的生日。"

"我过生日你就送这个啊？"顾雯雯接过小花，嗔道。

"还有这个。"陶亮从口袋里掏出一张纸。

这是一份红头文件，是市公安局的正式调令。陶亮被调回市公安局刑警支队重案大队，不过职级没有提升。

"呀，破完案才一个多礼拜吧？你连调令都拿到了？"顾雯雯惊讶道。

"是我自己主动申请的。高勇副局长鉴于我在这一起命案积案中表现突出，提议市局党委会研究后同意的。"陶亮兴高采烈地说，"看，我又是一名奋战在打击犯罪第一线的刑警了！"

"嗯，这个礼物还算是像个样子。"顾雯雯笑着坐到草坪上，仰望着星空，叹道，"破了案，心里就放松了。这里真美啊！"

陶亮坐到顾雯雯的身边，搂着她的肩膀，说："是啊，你看这小河，多好看。我听说，政府对这一片的生态进行治理，花了不少钱呢。"

"一条被污染的小河，又恢复了它本来的样子，真好。"顾雯雯欣慰地说道。

"是啊，当年的曹松乔就是为了保护它，才失去了自己宝贵的生命。"陶亮说，"他是个英雄。"

"小时候的乔乔想保护自己的母亲，长大了的乔乔想保护自己的母亲河。"顾雯雯说，"这就是乔乔内心的火种，永远不会熄灭的火种。"

"是啊，看到这片美丽的土地恢复原貌，他也可以安息了。"陶亮说。

顾雯雯靠在陶亮的肩膀上，指着天空，说："你看那些星星，多好看，我感觉

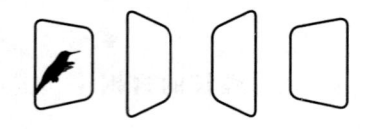

好多年都没有看到繁星点点的天空了。"

"嗯，我上一次看，还是在梦里。"陶亮笑着说，"偷看咱爸妈谈恋爱的时候。"

顾雯雯捶了一下陶亮，接着说："一切真像一场梦。这起案子，是两代人的接力。前辈们保存好了物证，交托给我们，我们才有机会帮他们完成未尽的愿望。他们保存物证的时候，一定是相信未来能破案的吧？这些信念，就像是天上这一颗颗星星，指引着我们破案的方向。"

"啊，你这话，让我想到了梦里偷看咱爸妈谈恋爱时，他们说的一番话。我猜大概也是在爸的笔记里写的，还怪浪漫的。"陶亮说，"他说什么传说中的蜂鸟，就是为人类衔来火种的动物。这火种，就和你说的星星一样。"

"是啊，星星之火，可以燎原。"顾雯雯顿了顿，接着说，"心中的火种，哪怕暂时被黑暗吞噬，只要我们不疾不徐、不矜不盈，终有燎原的一天。"

"你不愧是你爸的女儿，说起话来和你爸一样，哈哈哈。"陶亮说。

顾雯雯又捶了陶亮一下，说："行啦！对了，你说让我和你一起请一周的年休假，想去做什么？"

"去深圳。"陶亮说。

"旅游？"

"不，去找卢俊亮。"陶亮说，"我要找到他，把破案的好消息告诉他。我要告诉他，正是冯凯烈士的努力，才给我们留下了破案的希望。"

"冯凯没有被追授为烈士，你这样说，会不会反而刺激到卢俊亮？"顾雯雯问。

陶亮摇摇头，说："烈士不是一个称号，而是老百姓心中的评判。冯凯的努力，终于在今天得到了回响，我要去告诉卢俊亮，在老百姓的心中，冯凯就是个烈士。他就像刚才咱们说的蜂鸟，牺牲了生命，衔来了火种。"

"公安队伍是和平年代牺牲最多、奉献最大的队伍，这就是群众对我们的肯定。我们可得努努力，不能辜负前辈们的期待，也不能辜负群众的嘱托。"

"国家安危，公安系于一半！"两个人一同默念道。

【蜂鸟系列三部曲·完结】

如果某一天
你失去了方向感
不妨回过头
向来时的路看一看

黑夜掩不住炽热
蜂鸟从不惧远方

法医秦明全部作品阅读指南

法医秦明系列 | 根据真实案件改编

第一卷：万象卷　死亡不是结束，而是另一种开始

《尸语者》（上册） 　《尸语者》（下册） 　《无声的证词》 　《第十一根手指》

《清道夫》 　《幸存者》 　《偷窥者》

第二卷：众生卷　众生皆有面具，一念之间，人即是兽

《天谴者》 　《遗忘者》 　《玩偶》 　《白卷》

即将推出：《蝼蚁之塔》（策划中）《骨钟》（策划中）

蜂鸟系列 | 跨时空追凶的复古悬疑

黑夜掩不住炽热，蜂鸟从不惧远方

《燃烧的蜂鸟》　　《燃烧的蜂鸟：迷案1985》　　《燃烧的蜂鸟：时空追凶1990》

科普书系列 | 有趣又有料的法医世界

超硬核的专业法医科普书

《逝者之书》　　《法医之书》　　《超正经凶案调查·都市篇》

即将推出：《超正经凶案调查·山海篇》（策划中）《逝者之书（升级版）》（策划中）

守夜者系列 | 脑洞大开的破案故事

无论黑暗中有什么，我都是你的守夜者

《守夜者：罪案　《守夜者2：黑暗潜能》《守夜者3：生死盲点》《守夜者4：天演
终结者的觉醒》

即将推出：《守夜者X》（策划中）